細說桃花扇

——思想與情愛

廖玉蕙 著

三民書局

國家圖書館出版品預行編目資料

細說桃花扇：思想與情愛／廖玉蕙著.
--初版.--臺北市：三民，民86
面；　公分
ISBN 957-14-2585-0（平裝）

1. 桃花扇-評論

853.67　　86004277

國際網路位址　http://sanmin.com.tw

© 細說桃花扇
——思想與情愛

著作人　廖玉蕙
發行人　劉振强
著作財產權人　三民書局股份有限公司
臺北市復興北路三八六號
發行所　三民書局股份有限公司
地址／臺北市復興北路三八六號
電話／五〇〇六六〇〇
郵撥／〇〇〇九九九八——五號
印刷所　三民書局股份有限公司
門市部　復北店／臺北市復興北路三八六號
重南店／臺北市重慶南路一段六十一號
初版　中華民國八十六年六月
編號　S 03145
基本定價　捌元肆角
行政院新聞局登記證局版臺業字第〇二〇〇號

ISBN 957-14-2585-0（平裝）

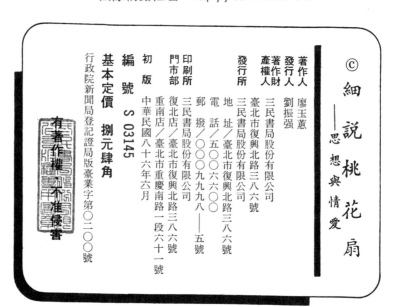

前言

本文的寫作動機因緣於對柳敬亭的研究，一位處於當時社會低階層的說書人，竟一反常態的得到許多文士投贈詩詞，甚至被寫入號稱清代傳奇雙璧之一的《桃花扇》中。在蒐羅、分析並歸納有關的資料時，發現明清之際的許多文人都曾由各種不同的角度為柳敬亭寫作一些類似傳記的文字，但是，有趣的是，同一個柳敬亭，卻因為寫作者的身分不同，而寫出了不同的柳敬亭。詩人、學者與劇作家在觀察人與事時，他的切入點與思考模式竟然有著極大的差異：文人的吳偉業寫出的〈柳敬亭傳〉，讓我們看到吳的史筆和才思；學者的黃宗羲所寫的傳記，讓我們注意到他的思想見解；劇作家的孔尚任筆下的柳敬亭則跳脫史實的羈絆，靈動飛躍，讓我們見識到劇作家的構思點染功夫。

因為寫作有關柳敬亭的考證文字，我將孔尚任的《桃花扇》很仔細的閱讀了一番，對孔氏的編劇才能大為嘆服之餘，也不禁聯想起歷史與歷史劇的關係問題。歷史的責任在還原過去已發生的真實，戲劇的責任在模擬人生，依照亞里士多德的說法，歷史所陳述者為特殊事件，戲劇所陳述者則應更具普遍性，當劇作家選定歷史作為他劇作的題材時，為使歷史事件「構成蓋然的和可能的美好秩序」❶他必須在歷

❶ 亞里士多德著、姚一葦譯注：《詩學箋註》（中華書局）第九章，頁八七。

史材料中做一些揀選、裁汰與點染的功夫是無庸置疑的，問題是，歷史與歷史劇的分界到底在哪裡？史學家固然有他的史才、史學與史識，劇作家在改編歷史時，除了才情與技巧外，又何嘗沒有他對歷史的個人見解！這個見解的來源，也許是他個人的身世背景，也許是他私人的人生際遇，也可能是大環境所提供的刺激。中國劇作家常受徵聖宗經觀念的影響，在劇作中承擔社會教育的使命，這種現象在歷史劇中表現得尤其明顯。而歷史一旦被搬演於舞臺之上，其影響力自然遠甚於歷史本身，這也是許多歷史劇或時事劇經常驚動朝廷，甚或遭到禁毀的原因。在文字獄發生率頻繁的當時，《桃花扇》作者孔尚任何以挑選這樣一個距離他的年代不過五十年左右的真實的政治題材？他是如何來處理這樣一個敏感又棘手的題材？他到底想要表現一些什麼觀念？他達到目的了嗎？或者這個劇作是不是曾經為他帶來了什麼麻煩？這些問題一一浮上腦海，於是，我決定以《桃花扇》為論文的題材。

雖然知道《桃花扇》的論述文字不少，經過長時間反覆的蒐集過後，才發現比預期的更多上許多，尤其是大陸的研究，短則百餘字，多則萬餘言的論文陸續出現。論文的主題，常常因報紙期刊的推波助瀾，演為論辯，尤其在某些特殊懸而未決的議題上，如：孔尚任的罷官風波、《桃花扇》的主題推論及借用曲的論定等，因證據不足，形成各說各話，不過，經過反覆論辯，也使得事件的面目逐漸明晰，雖一時尚未有明確的答案，相信對劇作或作者的了解上，應該多少是有助益的。

論述文字雖多，作為一篇扎實的劇作，仍有許多可資討論的空間。譬如《桃花扇》劇名的命意、寫作手法的創新、有關資料的辨正，甚至《桃花扇》中那柄綰合劇情的桃花扇，到底是團扇還是摺扇？都是值得注意的。另外，《桃花扇》的寫作固然有它創新的地方，但它畢竟也自傳統戲曲或文學中汲取了營養，孔尚任又是如何在傳統與創新間另闢境界，也是我寫作的重點所在。

在寫作的過程中，曾永義老師曾提醒我注意傳統表記在劇作中被大量使用的事實，我為此翻檢自《詩經》以來的詩集、小說及劇作，加以歸納分析，發現時代風尚在表記上的影響，及作家對表記持有人觀察的細密，是非常有意思的事，當然，也因為對大量劇作的研讀，使我更具體肯定孔尚任後來居上的編劇手法。

當然！前述引發我研究《桃花扇》的動機——觀察歷史與歷史劇的關係，孔尚任弭平兩者差異的巧思，及他如何遊走在文網的斧鉞邊緣，以取得劇作中心思想的發揚機會，更是論文的重點。而作者的生平，因考證文字已多，不再贅言。

研討的主體原是《桃花扇》，但由《桃花扇》出發，卻探觸了不少《桃花扇》以外的相關世界，幸而文學不管是體材或技巧原本是相互生發、生生不息的，尤其是戲劇，接受其他文類或戲劇前輩的滋養更甚，一些相關資料的釐清，對欣賞或研究《桃花扇》應有某種程度的幫助才對，所以本論文名曰《細說桃花扇——思想與情愛》。

全書共分四章十五節：首章為《桃花扇》研究之狀況與檢討。這一部份，因為研究的人已多，所以著重重要論文資料的引介，但是，在每節最後亦闡述個人對這問題的看法與判斷，有時也提供不同的角度以供繼起研究者的參考。探討的問題有刊刻與版本、借用曲的觀察、作者孔尚任的罷官始末、主題的論辯及文學藝術成就等五部份。

第二章係《桃花扇》中桃花扇的運用線索。包括桃花扇之形狀、意涵表徵及其表記運用之探討。桃花扇形狀的考證是針對若干文獻以其中那柄桃花扇乃是團扇的說法提出質疑，並由劇中內容及當時風尚推論，它其實應是一把摺扇；意涵表徵的探索由《桃花扇》名稱的淵源談起，探討傳統文人對桃花象徵意義的思想蹊徑，並由其中闡釋《桃花扇》中扇上桃花的豐富意涵；與表記文學的關聯部份先考證表記文學的源流，次敘表記的種類及所代表的時代意義，再看《桃花扇》中表記的運用，最後歸結孔尚任運用表記以記情的過人處。

第三章探究《桃花扇》中人物形象與史實的關係，選取侯方域、李香君、楊龍友、柳敬亭劇中關鍵性的四人為代表，探索他們真正的歷史面貌，並比較孔尚任為他們所重塑的形象，再由比較的結果中，去歸納出孔尚任編寫歷史劇的高明手法。因為這章是原始重點所在，所以花了相當的功夫，也佔據了可觀的篇幅，必須先加以說明。

第四章探究《桃花扇》的因襲與創新。因襲部份，取〈罵筵〉齣的痛罵阮大鋮與〈守樓〉齣的貞麗代嫁，追溯其歷史淵源，從歷史與非歷史資料中找尋相似情節，並比較其異同，再就《桃花扇》裡運用手法來評論其高下；創新部份，則提出體製、人物刻畫、上下場詩及結局等四方面言之。

另有附錄兩則，乃資料的辨正。資料的辨正是就史料來考察，其目的是防範其他研究者因使用不當的資料而導致作出錯誤的判斷。

最後是結論。針對本書前述的研究成果，做一綜合歸納。《桃花扇》的研究還有許多空間，譬如：當時及其後流行的時事劇是否對《桃花扇》寫作有過影響或曾受《桃花扇》的啟發；戲劇人物的歷史還原工作在本論文中只仔細探究了四人，其餘如史可法、左寧南、阮大鋮等，其實都值得繼續做下去；關目的因襲，也不止於「罵筵」、「李代桃僵」兩端，其中的傳檄、傳扇，更可溯源至唐人傳奇的〈柳毅傳書〉，甚至更早的魏晉小說；而排場的因襲也是有目共睹的，自然也不該被忽略。然而，由於篇幅太過龐大，一切只能俟諸來日。幸而，研究的路是要不停的走下去的。真的要很感謝張清徽老師的細心指導，她總是能在關鍵處給予啟迪，曾永義老師在題目及內容的取捨上，都給了我許多寶貴的意見，使我獲益甚多；寫作期間，顛倒日夜，作息無定，帶給家人諸多不便，幸得外子及一雙兒女的包容及支持，都在此一併致謝。

論文雖然構思甚久，也花了相當的時間蒐集資料，但因資質駑鈍，腹笥不廣，粗疏難免，但祈方家不吝指正；而本文若稍有可取之處，願將小小成績獻給最愛的母親及先父。

細說桃花扇
——思想與情愛

目次

前言

第一章《桃花扇》研究之狀況與檢討

第一節《桃花扇》的刊刻與版本 一

一、《桃花扇》的刊刻 一

二、《桃花扇》的版本 四

三、《桃花扇》的外文譯本 一四

第二節《桃花扇》借用曲的觀察 一六

一、〈哀江南〉的作者問題 一六

二、〈寄扇·北新水令〉及〈題辭〉的作者問題 三〇

第三節《桃花扇》作者孔尚任的罷官始末 三二

一、孔尚任罷官乃因《桃花扇》召禍 三三

二、孔尚任罷官乃因被人讒害　四〇
第四節《桃花扇》主題的論辯　四八
一、表現民族意識　四八
二、擁護清朝　五一
三、悼明戒清並存論　五二
第五節《桃花扇》在文學藝術上的成就　五四
一、格律　五七
二、結構　六二
三、曲文賓白　六七
四、情節　七三
第二章《桃花扇》中桃花扇的運用線索
第一節　桃花扇的形狀考　七七
一、由扇的賞玩動作來看　七九
二、由扇的使用及比擬來看　八〇
三、由裂扇的動作及結果來看　八一
四、由扇子的結構來看　八二
五、由當時的風尚來看　八三

第二節　《桃花扇》的意涵表徵　八九
一、前言　八九
二、《桃花扇》名稱的淵源　九〇
三、中國文人筆下的桃花　一〇三
四、扇上桃花的象徵意義　一一二
五、結論　一二六
第三節　《桃花扇》與表記文學　一二七
楔子　一二七
一、表記文學源流考　一二七
二、表記的種類及其所代表的時代意義　一五〇
三、《桃花扇》中表記的運用　一五四
四、《桃花扇》中表記運用的卓越性　一六〇
第三章　《桃花扇》中人物形象與史實的關係
第一節　侯方域的兩朝應舉與修真學道　一六七
一、前言　一六七
二、史書中的侯方域　一七〇
三、劇作中的侯方域　一九七

第二節　李香君的短暫邂逅與情愛點染　二〇七
一、史料中的李香君　二〇九
二、戲曲與歷史的不同　二一五
三、孔尚任以香君個性塑造弭平與歷史的差異　二一八
四、李香君與妓女文學的發展　二二五
第三節　楊龍友的死難殉國與臨難脫逃　二二八
一、史料中的楊龍友——慷慨就義　二二九
二、劇作中的楊龍友——臨難苟免　二三九
三、劇作的剪裁與加工　二四四
第四節　柳敬亭的重義多情與機變磊落　二四八
一、筆記中的柳敬亭　二四九
二、劇作的採摘與斟酌　二九七
第五節　孔尚任寫作《桃花扇》歷史劇的手法　三一七
一、紀實存真　三一八
二、諱筆藏巧　三二〇
三、虛構寫意　三二四
四、誇飾摹神　三二六

五、以簡御繁　三三一
六、對比襯映　三三三
第四章《桃花扇》的因襲與創新
第一節　關目的因襲　三三九
一、罵筵關目與《桃花扇》　三三九
二、李代桃僵關目與《桃花扇》　三七六
第二節　寫作手法的創新　三九五
一、體製的創新　三九五
二、人物刻畫的創新　三九八
三、上下場詩的創新　四〇二
四、結局的創新　四〇五
附錄：兩則有關《桃花扇》資料的辨正　四一一
一、蔣瑞藻《小說枝談》卷下錄《脞語》之誤。　四一一
二、吳梅《顧曲麈談》言：「自《長生殿》進御後，此曲（指《桃花扇》）稍衰矣。」　四一六
結論　四二一
重要參考書目　四二七

第一章《桃花扇》研究之狀況與檢討

第一節《桃花扇》的刊刻與版本

一、《桃花扇》的刊刻

《桃花扇・本末》有云：

桃花扇鈔本，久而漫滅，幾不可識，津門佟蔗村者詩人也，與粵東屈翁山善，翁山之遺孤，育於其家，佟為謀婚產，無異己子，世多義之。薄游東魯，過予舍，索鈔本，讀之才數行，擊節叫絕。傾囊槖五十金，付之梓人，計其竣工也，尚難於百里之半，災梨真非易事也。

由於佟蔗村的激賞，以至於解囊相助，使得《桃花扇》得以廣為流傳。雖然《桃花扇》的若干注本，如梁啟超、王季思等對這位佟蔗村皆未有詳注，但此人還是於史有載的。《（乾隆）天津縣志．人物流寓》裡有云：

鋐字蔗村，已而道人，其別號也。長白人，父某官河南布政使，兄弟六人皆通籍仕路。鋐以國學生例授別駕，不願謁選，絕意華膴，卜居天津城西，臨流水，榜其居曰滄浪考槃。布衣葛屨，忘為貴介也。性嗜山水，耽吟詠，早年詩學蘇陸，一變而入大歷貞元之室，津之能者未有過之。❶

至於《桃花扇．本末》提到他為屈大均撫育其孤，無異己子的事，在《（光緒）番禺縣續縣志．人物》裡也有所載：

（屈大均）子男八人，以翁山八泉分字之，故又號八泉翁。今可考見者六人：明洪、明泳、明治、明渲、明萬、明嘯。……明渲字涌泉，為天津衛佟某養子。初，新會令佟鋐有弟某隨任，無子，與大均為詩友，愛明渲，欲子之，托諸名宿緩頰，值大均病篤，許之，改稱佟湜，後歸天津，生子宗茂。❷

---

❶ 清朱奎、揚修、吳延華等撰：《天津縣志》（臺北，成文出版社，中國方志叢書）卷一八。

❷ 清良鼎芬修、丁仁辰纂：《番禺縣續志》（臺北，成文出版社，中國方志叢書）卷一八。

這位世人多義之且津之能詩者未有過之的清初詩人，似乎並無詩集傳世。《（乾隆）天津縣志・藝文》裡，錄有他的〈冬日過海光寺〉詩及其與錢陳群的〈初夏艤舟葛沽偶步野寺聯句〉。

雖說佟蔗村仗義贈金五十，但誠如孔尚任所說「計其竣工也，尚難於百里之半」，孔尚任生前似乎並沒有看到《桃花扇》刻成。因為，在傳世的《桃花扇傳奇》刻本中，無一不刻有金埴題贈的四首絕句，其中的兩首作於康熙五十六年（丁酉），金埴《巾箱說》云：

康熙丁酉八月，……予過岸堂，索觀《桃花扇》本，……因題二絕句于《桃花扇》後，云：「潭水深深柳乍垂，香君樓上好風吹。不知京兆當年筆，曾染桃花向畫眉。」「兩家樂府勝康熙，進御均叨天子知，縱使元人多院本，勾欄爭唱孔洪詞。」❸

後二首詩題曰〈東魯春日展桃花扇傳奇悼岸堂先生作〉，必然作於康熙五十七年孔尚任逝世之後。據此推測，《桃花扇傳奇》的刻成，必然在金埴題詩之後，所以，《桃花扇》的刊刻時間，還是著錄為康熙間較為可靠。袁世頌《孔尚任年譜》云：

康熙四十七年（一七〇八）戊子……天津佟鋐游曲阜過訪，助金刊行《桃花扇》。自三月起，酌定《桃花扇》全文，並作〈桃花扇小識〉、〈桃花扇本末〉諸文，置諸卷端，付梓。❹

❸ 清金埴撰：《巾箱說卷》（臺北，新興書局，筆記小說大觀四四編第一〇冊），頁四五五。

此說認定未署寫作時間的〈本末〉作於康熙四十七年，似乎並無根據。另外，金埴《巾箱說》又云：

今四方之購是書者，其家染刷無虛日。❺

《不下帶編》又說：

四方之購是書者甚眾，刷染無虛日。今勾欄部以《桃花扇》與《長生殿》并行，罕有不習洪、孔兩家之傳奇者三十餘年矣！❻

《桃花扇》寫作於康熙三十八年，加上三十餘年，可證此段文字作於雍正年間，則據此又可推測出《桃花扇》原刻本版片，於雍正年尚存。

二、《桃花扇》的版本

❹ 袁世頌撰：《孔尚任年譜》（嶺南學報第三卷第二期）。

❺ 同注❹。

❻ 清金埴撰：《不下帶編》（臺北，新興書局，筆記小說大觀四四編第一〇冊）卷二，頁三五八。

（一）清康熙間介安堂原刻本

特徵：刻本版框16.7×12.8厘米，每半頁十行十九字，白口，四周單邊，眉欄鐫評，封面鐫「云亭山人編，桃花扇，介安堂藏版」，這「介安堂」實即孔尚任的一個鮮為人知的齋室名稱。其證據有三：

（甲）孔尚任的朋友倪匡世在《詩最》一書中稱他「撰述益富，著有《介安堂集》」。

（乙）孔尚任《給顏修來書》信箋上有角鈐「介安堂」半印。

（丙）孔尚任所刻《湖海集》一書，版心皆鐫有「介安堂第五刻」字樣。

據此可知此書為《桃花扇》原刻本。

此本現存於北大圖書館，校對認真，繕刻工整，較西園本更佳。如西園本將「幙」誤作「慔」；「百子山樵作好仇」句，西園本將「樵」誤作「憔」；卷上正文第十九頁眉欄評語「四十二折下場詩，皆用本折宮調」句，西園本將「調」誤作「詞」。即如一向號稱校刻精審的蘭雪堂本，也將「調」誤作「詞」，可見此一版本之可貴。總之，介安堂本是最早也是最好的刻本，西園刻本則是最早的重刻本，重刻時間約在康熙末至乾隆初這二十餘年間。此書孫殿起《販書偶記》著錄之，當即蘭雪堂主所謂「云亭自刻原槧」、枕雷道士所謂東塘原刻也❼。

❼ 見蘭雪堂本卷首總目蘭雪堂主人漫識，《彙刻傳奇桃花扇》初刻本劉士珩跋。

（二）清西園刻本

特徵：此本〈聽稗〉首頁版框20×17厘米，每半頁十行十九字，白口，四周單邊，眉欄鐫評。封面鐫「云亭山人編，桃花扇，西園梓行」。西園據推測即孔尚任的族叔孔貞燦。❽書中有梁溪夢鶴居士序、康熙己卯（三十八年）三月孔尚任小引，康熙戊子（四十七年）三月孔尚任〈小識〉、北平吳穆〈後序〉，以及〈凡例〉、〈題辭〉、〈砌末〉、〈考證〉、〈本末〉、〈跋語〉、〈綱領〉等。此本有人認為極可能是原刻本，但此本訛字較多，刀法滯拙，據宋平生先生推斷，更像是坊刻，而不像是家刻本。❾《簡明中國古籍辭典》將其著錄為《西堂刻本》，顯係筆誤。

（三）乾隆七年海陵沈成垣刻本（亦稱乾隆壬辰刻本）

特徵：〈聽稗〉首頁版框13.7×9.6厘米，每半頁九行二十字，白口，左右雙邊，眉欄鐫評。封面鐫「云亭山人編，桃花扇，西園梓行」。

❽ 孔貞燦，字用晦，又字垣三，號西園。曾任曲阜四氏學學錄，著有《西園詩》、《家政》等。孔尚任曾從之受業。孔尚任罷官歸里後，與其詩酒過從甚密。

❾ 宋平生撰，〈桃花扇傳奇版刻源流考〉。中國人民大學學報，一九九二年，第六期，頁七二。

卷前沈成垣〈重刊桃花扇小引〉云：「《桃花扇》自進內廷以後，流傳宇內，雖愚夫愚婦，無不知此書之感慨深微，寄情遠大。所憾者刻板為云亭主人珍藏東魯，印本留南人案頭有時而盡。後學求觀不得，每借鈔於友朋，甚勞筆墨。先大人遯叟公慨然念此書不可阻於後人之目，久欲重刊，以代鈔寫之苦，而同志絕少，遂不能計日成功。庚申春，大人游淮上，與水南道人程子風衣言及此舉，程子欣然共襄之。歸即剋期匠人，謂可遂此志。不意是年冬，大人忽棄人世，不能見此刻之竣。嗚呼！天不助美，概如是也！小子墨經（絰）囑工畢事，將一印萬本，流於天地，求觀者無俟過費筆墨矣。時乾隆七年壬戌仲秋上浣愚亭居士沈成垣識於清芬堂。」由此〈小引〉可知，真正的原刻本在乾隆初年已相當罕見，以至於沈成垣在重刻此書時，竟將西園刻本誤為原刻本。這亦證明西園刻本的刊刻至晚在乾隆七年以前。

此刻除較西園刻本多出此篇〈重刊小引〉外，尚增添了兩則〈跋語〉，一則署名海陵沈墨；一則署名沈成垣。二則〈跋語〉置於葉藩跋語之末，是鑒別此本的重要依據。然此本刻印粗劣，訛字甚多，且偷工減料，妄自刪略。如〈綱領〉中「副淨」之「淨」誤作「爭」；「鄭妥娘」之「妥」誤作「安」；目錄中，「投轅」之「投」誤作「授」；「阻奸」之「奸」誤作「好」；第一齣〈聽稗〉首頁眉欄原鐫評語云：「風流蘊藉，全無開場腐套，壓倒古今。鶯顛燕狂，管甚興亡，是南朝病根。」而此刻本竟刪略未刻。另外，此頁首行原有「癸未二月」四字，亦刪略。較之諸本，缺〈小識〉、〈本末〉、〈考據〉、〈砌末〉、〈後序〉、〈跋語〉等。

（四）清清芬書屋刻本

特徵：此本〈聽稗〉首頁板框13.4×9.5厘米，每半頁九行二十字，白口，左右雙邊。

此本與前述沈氏刻本相較，十分類似，沈刻本刪略處，亦照樣未刻。唯沈刻本原為二卷，此本改四卷，且訛字更多，如〈重刊小引〉中「不可阻」誤作「不可廢」；「共襄之」誤作「其襄之」；「風衣」誤為「風采」；「清芬堂」改作「清芬書屋」；卷前〈綱領〉誤作〈細領〉；第一齣〈聽稗〉首頁「太常」誤作「大常」……訛字不勝枚舉。較沈氏刻本刻工更劣，疑為坊間據沈氏刻本重刻者。此本今存暨南大學圖書館。

（五）清嘉慶間刻本

特徵：第一齣〈聽稗〉首頁板框16.3×11.3厘米，每半頁十行二十字，白口，四周單邊，眉上鐫評，有梁溪夢鶴居士序、康熙己卯（三十八年）三月孔尚任小引、康熙戊子（四十七年）三月孔尚任〈小識〉、北平吳穆〈後序〉，以及〈凡例〉、〈題辭〉、〈砌末〉、〈考證〉、〈本末〉、〈跋語〉等，較其他諸本獨缺〈綱領〉，而多出侯方域所撰〈李姬傳〉。

此版本刊刻時間，說法不一。約有以下幾種說法：

（甲）清初刊本：《中央研究院歷史語言研究所普通本線裝書目》著錄。

（乙）康熙三十八年刊本：《東方文化研究所漢籍分類目錄》、《國立臺灣大學普通本線裝書目》、日本《京都大學人文科學研究所漢籍目錄》著錄。此說乃以序斷年之誤。因《桃花扇》傳奇完成的己卯年秋夕，「內侍索《桃花扇》甚急，予之繕本莫知流傳何所，乃於張平州中丞家覓得一本，午夜進之直邸。」既然康熙三十八年都只有繕本，何得以此本前有康熙三十八年《桃花扇・小引》就斷定是康熙三十八年刊刻？

（丙）康熙四十七年刊本：袁世頌《孔尚任年譜》、王季思編《中國十大悲劇集》、《江西省圖書館古籍善本書目》、《山西省古籍善本書目》皆持此說。此說之誤乃是根據〈小識〉而致誤。

（丁）康熙刊本說：此說最為流行。《中國版刻圖錄》、《中國古籍善本書目》（油印稿）、新版《北京圖書館古籍善本書目》、《中國書店三十年所收善本書目》、《南開大學圖書館館藏古籍善本書目》、《青海省古籍善本書目》、《泰州圖書館古籍善本書目》等，皆持此說。此說源出吳梅先生，他於一九一八年五月為此書所作跋說：「余所藏《桃花扇》計有四本：一為西園本，一為姚序本，一為李健父刻本，一即此本，為云亭原刻。卷首有壯悔〈李香傳〉，各本皆無之。四種中以此種為最佳。……」此誤係因吳氏未注意避諱問題而導致。

（戊）乾隆刻本：《中國科學院圖書普通線裝古籍卡片目錄》著錄。

（己）乾嘉刻本：浙江圖書館編印《館藏古戲曲書目》著錄。

（庚）舊刊本：首都圖書館編印《館藏中國文學古籍參考目錄》著錄。

（辛）清刊本說：《西諦書目》著錄。

（壬）清末刊本：《首都圖書館善本書目》著錄。人民大學圖書館的宋平生先生依據該書避諱情形，斷定此書當為嘉慶間所刻。其說法如下：

下卷八十八頁第二行，「小生扮弘光帝」，「弘」諱作「宏」。

下卷六十二頁第二行，「萬曆」，「曆」諱作「歷」。這顯然是避清高宗名諱。

上卷題辭第七頁，「休與春燈一例傳」句末原署「錢塘吳陳琰題」，但此本將「琰」改作「玉」，顯然是避清仁宗顒琰的名諱。

現在我們已知此本避諱至嘉慶朝了，那麼再查一下是否避清宣宗旻寧的名諱呢？下卷六十二頁第七行「寧」字未避諱。上卷《李姬傳》倒數第三行「寧」字作「寕」字，乃是俗寫，古已有之，而非避諱。

綜上所述，此本當為嘉慶間所刻。⑩

（六）道光十三年重刻本

特徵：板框13.6×8.9厘米，每半頁十行十九字，白口，左右雙邊，眉欄鐫評。封面鐫「道光癸巳，桃花扇，西園梓行」。內容與西園本相同，未作增刪，唯刻印較粗率，訛字多。如《桃花扇・本末》中「索鈔本」句，「本」字作「木」，應是坊間所刻。

⑩ 同上注。

（七）清光緒二十一年合肥李國松蘭雪堂刻本（此版又有光緒三十三年江蘇廣陵古籍刻印社重印本）

特徵：此本卷數為四，另將〈序跋〉、〈題識〉等一併合入卷首之中。每半頁九行二十字，白口，左右雙邊。版心下鐫「蘭雪堂」。卷前有光緒二十一年乙未蘭雪堂主人識語。

蘭雪堂主人李國松，字健父，自稱青蓮後人，安徽合肥人。〈識語〉中有云：「《桃花扇傳奇》四卷，前人推許至矣，顧坊間遞相翻印，偽謬幾不堪寓目。今年夏有以是書求沽者，雖散佚過半，實為云亭自刻原槧，友人見而悅之，慫恿重刊，以公諸世。爰搜集市肆諸足本，參考互訂。追涼之暇，日校數頁，其序目題辭諸篇之編次未當者，又復謬加釐正，別為一卷，冠於首。凡三月而竟事。又閱月而梓成。」故知此本乃據原刻本為底本，參校他本而成。雖襯字不辨，各齣標目下歲月失記，圈點皆無，然總體而言，此本刻印認真，錯誤較少，但訛誤或妄改之處，仍然不免。如卷一第九至十頁「只管矇嶒著雙眼」，「嶒」便誤作「瞳」。光緒三十三年丁未，蘭雪堂主人又對書版做了校改，並於封面上鐫刻「光緒乙未鋟板，丁未復校修改」，以為標示。

（八）民國三年劉世珩暖紅室刻《匯刻傳劇》本

此書即《匯刻傳奇》第二十三種，枕雷道士之初刻《桃花扇》。此書跋云：「余以刻〈小忽雷傳奇〉，並刻此本，搜羅各刻，詳加勘訂。……凡各曲均按九宮大成比勘，圈點悉照西園刊本⓫，其換敓總字與夫各襯字、原本各俗誤字，一一復為校正；如齣、您、丟、……等字，以院本中自元以還，多見沿用，都仍之；〈序跋〉、〈題辭〉、〈凡例〉、〈砌末〉、〈本末〉、〈考據〉，一依原訂，以長卷例次第之，不使手民裝置失次，復加圖繪，仿照冰絲館刻《還魂記》格式付刊，不敢謂有過原刻，其於蘭雪堂本或有所補益也。」其校刻之精審，瞿安先生亦讚之曰：「已駕各本而上之。」

（九）民國四年楚園重刊本（又有一九七九年江蘇廣陵古籍刻印社重印本）

特徵：此本每半頁九行二十字，白口，四周單邊，原題「匯刻傳奇三十種，夢鳳樓暖紅室刻校」，版心下鐫「暖紅室」三字。此本為吳梅先生據蘭雪堂刻本及西園刻本、葉起元序校本所校勘而成，並增刻若干幅插圖而成。

吳梅先生聲稱：「（此本）匯各本之長，亦有可取處。」信非虛語！瞿安先生自述其校刊〈凡例〉云：「通本用入聲代協三聲處，概據中州音韻，一一圈出；正襯各字間，有分晰未當者，又依《南詞定律》，復為釐正。」故此書除正襯之分析較各本為詳外，其最大特色，則為入聲字之圈出。此書版尚存，一九七九年江蘇廣陵古籍刻印社有重印本。

⓫ 西園本全書一無圈點，此疑有誤。《重刻桃花扇》跋易為「圈點悉照葉序刊本」，是初刻誤也，當以重刻之言為是。

（一〇）民國二十四年商務印書館排印本

《萬有文庫》第一、二集簡編五百種第一百三十冊。

（一一）民國二十五年商務印書館排印本國學基本叢書簡編

（一二）民國三十年梁啟超注本，上海中華書局印行

收入《飲冰室專集》第十冊。有梁氏所撰〈著者略歷及其他著作〉，每一齣後皆據史乘詳注。

（一三）民國三十六年世界書局排印本

世界書局排印本。有序、小引、題辭、李姬傳、凡例、目錄、正文、考據、跋語、本末、小識、後序、砌末。

（一四）民國四十五年臺北文光圖書公司排印本

侯方域像及插畫四幀、梁啟超撰〈著者略歷及其他著作〉、序、小引、題辭、李姬傳、凡例、目錄、正文、考據、跋語、本末、小識、後序、砌末。

（一五）一九五九年王季思等注本，見（三），人民文學出版社出版

每齣後有王蘇合注，供初學者參考。文附有小引、小識、本末、凡例、考據、綱領，及梁溪夢鶴居士撰序文，前有王季思所撰〈前言〉。臺灣里仁書局印刷本，後有王氏所撰〈再版後記〉。

三、《桃花扇》的外文譯本

（一）英譯本

陳世驤(Chen Shih-hsiang)與哈德羅·阿克頓(Harold Acton)，一九七六年合譯的《桃花扇》(*The Peach Blossom Fan*)，一九七六年伯克利加利福尼亞大學出版社(Berkeley, University of California Press)出版。

（二）法譯本

徐仲年(Hsu, S. N.)譯著《中國詩文選》(*Anthologie de la litterature chinoise des origines a nos jours...*)一書頁三八〇—三八五，譯有《桃花扇》(*Leventail aux fleurs de Pecher*)第二十二齣〈守樓〉，一九三三年巴黎得拉格拉夫書局(Paris, Librairie Delagrave)出版，共四百四十五頁。

(三) 德譯本

Cheng Shou-lin 選譯的《桃花扇》，題為〈中國之女子〉(*Chinesische Frauengestalten*)，刊在萊比錫《大亞係亞》雜誌(Leipzig, Asia Major) 一九二六年，頁一一七—一二七。

(四) 日譯本

1. 《桃花扇》，今東光譯，收入《支那文學大觀》，一九二六年東京支那文學大觀刊行會出版。
2. 《桃花扇傳奇》，鹽谷溫譯注，收入《國譯漢文大成》文學部第十一卷。一九二〇—一九二四年，東京國民文庫刊行會出版。
3. 《桃花扇傳奇》，山口剛譯，收入《近代劇大系》第十六卷。一九二三—一九二四年東京近代劇大系刊行會出版。⑫

⑫ 以上有關《桃花扇》外文譯本參見王麗娜編著：《中國古典小說戲曲名著在國外》(上海，學林出版社，一九八八年八

第二節 《桃花扇》借用曲的觀察

雜劇、傳奇中往往有引自民間俚曲及當代名家散曲以為插曲者。《桃花扇》中如第一齣〈聽稗〉之「太師摯適齊鼓詞」、第二齣〈傳歌〉引《牡丹亭・驚夢》曲文、第二十五齣〈選優〉引《牡丹亭・尋夢》曲文、第三十一齣〈草檄〉引《琵琶記・中秋翫月》曲文及續四十齣〈餘韻〉引巫腔〈問蒼天〉、盲女彈詞〈秣陵秋〉、弋陽腔〈哀江南〉。凡借用他曲者，皆低格書寫。前述引用之詞，除〈哀江南〉之外，雖與原文略有出入，但其為借用曲，則大體皆無異詞。〈哀江南〉雖亦低格書寫，但是否即為借用曲，至今則仍異議不斷。另外，未曾低格書寫的第二十三齣〈寄扇〉套曲與《桃花扇・題辭》因同時見諸徐旭旦《世經堂樂府》中，亦引起諸多的揣測，以下便就這若干爭議，作一歸納與分析：

一、〈哀江南〉的作者問題

三〇年代，盧冀野首先發現孔尚任友人徐旭旦作品《世經堂詩詞鈔》卷三十有〈北雙調新水令・舊院有感〉套曲與《桃花扇・餘韻》齣裡的〈哀江南〉套，十分類似。十年後，盧先生於《京滬周刊》上發表〈桃花扇・餘韻齣哀江南曲之本來面目〉一文，論定〈哀江南〉乃孔尚任借用徐旭旦〈舊院有感〉，

月）頁五三七。

再稍加點染而成。⑬十四年後，竺方先生又於《文學遺產》專刊上，發表了〈雜考二則〉，其中之一則正是重複了盧先生的論點，以為〈哀江南〉非孔尚任所創作。此後，繼起研究者甚夥，大體言之，結論不外三端：

（一）〈哀江南〉為借用自賈鳧西《木皮鼓詞》

〈哀江南〉套又見於賈鳧西的《木皮鼓詞》，因此，關德棟⑭、齊如山、鄭因百、屈翼鵬、孔德成⑮、袁世頌、曾永義、梁樂三先生都主張〈哀江南〉乃襲用自賈氏鼓詞。

關於賈鳧西的生平，劉階平考證最詳。撮其大要如下：

> 賈鳧西即賈應龍，字思退，一字晉蕃，鳧西是他的別字，號澹圃，木皮散客也是他的別號，明末山東曲阜人，天啟間的恩貢生，崇禎十二年己卯任河北固安縣知縣，不久擢升為刑部主事，旋升為刑部郎中。後因見政治腐朽，事不可為，在抑鬱失望下，告休還鄉。崇禎十七年，明帝自縊殉

⑬ 盧冀野撰：《桃花扇・餘韻齣哀江南之本來面目》（上海，京滬周刊，一九四七年，第三期）。

⑭ 見《賈鳧西木皮詞校注》前言。

⑮ 曾永義先生〈桃花扇哀江南曲的作者問題〉云：筆者曾聽鄭因百（騫）師說過〈哀江南〉曲是賈鳧西所作，近日又請教屈翼鵬、孔達生（德成）師，也有同樣的見解。

國，梟西身經國破慘變，悲憤隱痛的情緒，遂寄託在狂歌長嘯的鼓詞。晚年悲憤愈深，佯狂愈甚，竟不能見容於鄉里，遂從曲阜移家滋陽。死後葬滋陽城西牛王村，享年約八十三。⓰

孔尚任曾撰〈木皮散客傳序〉，談及兩家交往事云：

予髫年，偶造其廬，讓予賓座，享以魚肉，曰：吾自奉廉，不惜魚肉啖汝者，為汝慧異凡兒，吾老矣，或有須汝處，非念汝故人子也。因指牆角一除糞者曰：此亦故人子也，彼奴才，吾直奴之矣。又曰：汝家客廳後，綠竹可愛，所掛紅嘴鸚鵡無恙否？吾夢寐憶之，汝父好請我，我不憶也。⓱

主張〈哀江南〉套襲自賈梟西者，一方面認定孔、賈二家素有交情，或有借用情事，一方面是因為《桃花扇》第一齣〈聽稗〉柳敬亭口演的〈太師摯適齊〉章鼓詞，乃從《木皮鼓詞》中借出，云亭山人於眉批中說得十分明白：

此段鼓詞，出曲阜賈梟西刑部手，借敬亭口演之，頗合時事。

⓰ 參見劉階平考輯：《木皮散客鼓詞》（臺北：正中書局，木皮散客生平行實，事略）。
⓱ 同前注葉十八所附云亭山人撰〈木皮散客傳序〉。

他如第十齣〈修札〉敬亭的開場詩「老子江湖漫自誇，收今販古是生涯」和鼓詞裡「老子江湖漫自嗟，販來古今作生涯」頗為相同，又在續前四十齣〈餘韻〉敬亭唱〈秣陵秋〉彈詞前的開場白「六代興亡，幾點清彈千古慨；半生湖海，一聲高唱萬山驚！」和鼓詞裡「十字街坊，幾下捶皮千古快；八仙桌上，一聲醒木萬人驚！」字句亦極類似，孔尚任既為木皮散客寫過傳序，一定讀過《木皮散客鼓詞》，因此借用其中的曲子也是很自然的事，孔尚任〈哀江南〉與《木皮鼓詞》又只有少許字句的差異，難免予人抄襲的聯想。劉階平以為賈鳧西未到過南京，未必能寫得如此懇切，來質疑此種借用的說法，齊如山駁斥他說：

> 再說賈鳧西未到過南京一節，我以為也不足證明此文非他所作！按〈哀江南〉的詞句，情節自是很真切，但亦多想像中語；例如「直入宮門一路蒿，住幾個乞兒餓殍」等句，便非真境，滿清佔了南京，他豈肯使皇宮這樣閒著！任乞兒居住耶？我對於這件事，還有一點意見，就是這套〈哀江南〉，總是賈鳧西一流人物所作。否則孝陵、故宮不會與秦淮、舊院並列。可弔的地方還多的很，何以只說這幾處呢？別的文人恐無此見識，亦無此膽量！⓲

齊先生自見識與膽量上著眼，終是抽象的臆測；曾永義先生則提出七點具體的理由來加證明：

1. 〈哀江南〉曲和《桃花扇》其他借用曲，皆較正文低格書寫，此乃戲劇慣例。

⓲ 同前注，齊如山序，頁四—五。

2.《桃花扇》中〈聽稗〉齣的一段〈太師摯適齊〉鼓詞，眉批上已明言是出自賈鳧西鼓詞，另外，其中許多柳敬亭說書字句，也有不少出自賈鳧西鼓詞，〈哀江南〉借自其中，是很自然的事。

3.孔尚任曾為賈鳧西《木皮散客鼓詞》作序，若此曲為云亭先生自作，當不會不置一辭。

4.孔尚任曾於《木皮散客鼓詞・傳序》中坦承對賈鳧西這位鄉長父執的景仰，引用其鼓詞，也是理所當然。

5.由《木皮鼓詞》裡〈哀江南〉與前面鼓詞銜接的一貫性來看，〈哀江南〉為賈鳧西的作品，其理至明。

6.〈哀江南〉文筆氣味與鼓詞一致。

7.今傳鼓詞本三類中，雖有乙、丙兩類未有〈哀江南〉曲，然由其文詞的整潔凝鍊，可斷定為晚出之本，可證包含〈哀江南〉曲的甲本，才是原作。[19]

由以上七點理由，曾先生於是認定《桃花扇・哀江南曲》乃借用賈鳧西《木皮鼓詞》中的曲子。梁樂三更進而推論《桃花扇》裡唱〈哀江南〉的蘇崑生暗指賈鳧西。[20]

(二)〈哀江南〉曲乃借用徐旭旦詞

---

[19] 曾永義撰：〈桃花扇哀江南曲的作者問題〉：（臺北，聯經出版公司，中國古典戲劇論集）頁二七九。

[20] 良樂三撰：〈桃花扇與木皮鼓詞〉文。

自盧冀野、竺方提出此一論點後，此一說法即受到多人的肯定。如鄭康民、謝伯陽、袁世頌等人，或於舊有證據上再加以推論補充，或於新證據的搜求上有所突破。鄭康民曾將徐、孔二文作一比較，發現：

> 綜計起來，以上二十五次的改易，雖然每句不過幾個字，可是孔文卻把曲文的氣氛，加深得蒼涼多了，將舊院的感舊之情，一變而成為一種懷古的情意。孔尚任先生堪稱為抄襲的大手筆，當之而無愧。㉑

他認為孔尚任與徐旭旦有相當的交情，可能在寫作《桃花扇》時看到老友的〈舊院有感〉，為圖省事，便將此文稍加改頭換尾，而成為自己的作品。謝伯陽則更進一步考察出徐旭旦由康熙十八年到康熙三十八年的二十載宦海生涯，乃於蘇北度過。㉒而孔尚任於康熙二十五年隨孫在丰到淮揚疏濬海口、修下河的三年間，曾和徐旭旦於海陵共事，在二人詩集中有頗多相互唱和之詩㉓。可見二人交情頗篤，因此，

㉑ 鄭康民撰：〈桃花扇餘韻齣中之哀江南曲〉：（臺北，建設雜誌第八卷第二、四期合刊）頁三四。

㉒ 參見《世經堂初集》中，〈康熙丁亥兄元正序〉、卷三十〈顯繼妣沈太君行狀〉和康熙刊本《世經堂集唐詩詞刪》裡〈康熙甲午閔中鄭晃序〉、卷四〈五十八歲生日七言絕詩小序〉以及咸豐刊《重修興化縣志》卷六宦績、光緒刊《惠州府志》卷二十職官、光緒刊《杭州府志》卷一四五文苑。

㉓ 《湖海集》中和徐旭旦有關之詩有五首，分見於卷二（三首）、卷五、卷六。《世經堂詩詞集》中和孔尚任有關的詩則有

孔尚任於作品中插入徐作，徐旭旦因和孔尚任意氣相投，也樂於共襄盛舉。㉔

關於徐旭旦其人，《清史稿》、《清史》列傳皆無傳，僅見於方志之中：

徐旭旦字浴咸，錢塘人。十歲舉神童，以〈燕子賦〉榴花七律受知當路，一充拔貢生，三中副軍，康親王尚善延至幕中。康熙十八年，舉鴻博，旋以河督靳輔薦，開宿遷河三百餘里。河成，補興化知縣。聖祖南巡，召對五次，應制撰〈西湖〉、〈金山〉諸賦及〈迎鑾〉詩三十六章、〈西湖十景〉曲，援筆立就，丁母憂起，以連平知州終。㉕

徐旭旦號西泠，錢塘拔貢，康熙三十三年任縣丞，蒞任即遇水災，陳請蠲賦，全活甚眾。三十八年攝縣事；厚重寬容，勤於政治，修濬河道，民利賴焉，旭旦有雋才，獻賦在，名噪當時，尤精水利，著有《治河議》數卷。在興九年，公暇惟與騷人逸士校藝談詩，至今人爭頌之。㉖

徐旭旦，浙江錢塘人，監生。康熙四十九年十月任。弭盜除兇，修城賑濟，於地方有整護功。學問淹通，所著《集唐詩》，尤自成一家。㉗

九首，分見於卷一三（七首）、卷一五、卷二六。

㉔ 參見謝伯陽撰〈孔尚任桃花扇中的徐旭旦作品〉：（南京大學學報，一九八三年，第三期）頁四四—四八。

㉕ 見乾隆刊《杭州府志》卷一四五，文苑。

㉖ 見咸豐刊《重修興化縣治》卷六，宦續。

㉗ 見《連平州志》卷六。

今人淩景珽、謝伯陽所編選《全清散曲》中亦載：

> 徐旭旦，字浴咸，號西泠，別署聖湖漁夫。浙江錢塘人。五歲能詩，十歲舉神童，康熙十一年，拔貢士。但仕途不順，三中副車，九赴棘闈，不能博一第。十三年，應大將軍尚善之聘，從戎湖湘，十八年獲薦舉博學鴻詞，旋以河督靳輔題請特授監理，閘導中河，三十三年大工告成，加級超擢，以六品服俸補興化縣丞，三十八年升知縣，次年丁母憂，服除，補署清瀏等地。四十九年遷連平知州，兼攝海豐令。旭旦有雋才，康熙南巡，召對五次，應制撰〈西湖〉、〈金山〉諸賦及〈迎鑾〉詩。著有《世經堂初集》三十卷、《世經堂詩詞集》三十卷、《世經堂集唐詩詞刪》八卷及《靈秋會》雜劇和《芙蓉樓》傳奇等。順治十六年（一六五九）生，康熙五十九（一七二〇）年卒，年六十二。㉘

因徐旭旦十歲舉神童，校藝談詩，人爭頌之，而且學問淹通，所以，孔尚任取其作品借入其創作的《桃花扇》中是極有可能的。何況，《桃花扇》借用他人曲詞已有先例。或以為乃徐旭旦誤收孔尚任曲文，謝伯陽亦以兩點駁斥：

1. 徐旭旦詩文集現存三種四十八卷，據考訂皆為生前所刻，㉙後人編《全清散曲》輯錄其作有小令

㉘ 淩景珽、謝伯陽合編：《全清散曲》（齊魯書社，南京大學古典文獻研究所專刊，一九八五年九月）頁六四〇。

㉙ 《世經堂詩集》與《世經堂初集》皆為康熙間家刻本（名山藏即徐之齋名）。其中《靈秋會》雜劇校對者洪升歿於康熙

三十四首，套數五十篇，就數量而言，為全清曲家之冠，徐旭旦不必以他人作品來光自我篇幅。

2. 參與編選《世經堂文集》之徐氏友朋有毛奇齡等三十七人，其中如鄧孝威、宗元鼎、許師六、俞錦泉等非但熟悉徐旭旦作品，而且熟悉《桃花扇》劇作，應不至於刊刻中發生此種張冠李戴之事。

這樣的推論看似十分有理，因此，於是袁世頌的《孔尚任年譜》中便總結說：孔尚任創作《桃花扇》，稍加改動的借用了徐旭旦的〈北新水令・舊院有感〉。㉚

(三)〈哀江南〉為孔尚任自創

首先主張〈哀江南〉曲為孔尚任自創者為蔣星煜先生。他在〈桃花扇之小引與北雙調套曲作者考〉裡，獨排眾議，斬釘截鐵的認定〈哀江南〉：

> 應該是孔尚任的嘔心瀝血之作，絕無掠徐旭旦之美的可能性。㉛

四十三年，初集中有康熙丁亥徐元正序，丁亥為康熙四十六年，徐旭旦逝於康熙五十九年連平知州任上，可見二集皆於生前即已付梓。

㉚ 袁世頌撰：《孔尚任年譜》（山東人民出版社，一九六二年）「交遊考・徐旭旦」。

㉛ 蔣星煜撰：〈桃花扇之小引與北雙調套曲作者考〉（河北師院學報，一九九一年，第四期）頁四七。

蔣先生從文字本身來考察，覺得孔尚任〈哀江南〉套與整部《桃花扇》，不管在風格或構思來說，都渾然天成，毫無扞格，完全看不出襲用拼湊的痕跡，反觀徐旭旦的〈舊院有感〉滿紙荒唐、不知所云，甚至還有語法不通的現象產生，比起徐旭旦的其他作品，顯得生硬牽強得多，不像一篇渾然天成之作。況且，孔尚任詩中有〈拜明孝陵〉㉜者，和〈哀江南〉的〈駐馬聽〉一曲所描繪的情景基本一致；而〈過明太祖故居〉㉝和〈哀江南・沈醉東風〉也具有許多共同點；〈折桂令〉、〈沽美酒〉、〈太平令〉三曲，用以寫秦淮河畔的長橋和舊院的，從孔尚任詩〈游青溪一帶〉㉞也可找到蛛絲馬跡。因此，即以孔尚任其他有關詩文做考察，也都沒有理由說是借用的曲子，而不是自己的創作。

而在當初認定孔尚任襲用徐旭旦作品的謝伯陽，在事隔一年後，因校訂施子野《花影集》，無意之中發現，徐旭旦的《世經堂樂府》從《花影集》中抄襲了大量的曲子，他細加比勘，竟有二十二套數完全

㉜《孔尚任詩文集》（中華書局，一九六二年八月）頁一四五。詩云：夕陽紅樹間青苔，點染鍾山土一堆，厚道群瞻今主拜，酸心稍有舊臣來。石麟礙路埋榛草，玉殿存爐化紙灰。賴有白頭中使在，秋晴不放墓門開。宋寢齊陵盡野莎，英雄有恨欲如何！寶城石壞狐巢大，龍座金消蝠糞多。瞻像猶驚神猛氣，禁樵渾仗帝恩波。蕭條異代微臣淚，無故秋風灑玉河。

㉝《孔尚任詩文集》（中華書局，一九六二年八月）頁一四五。詩云：匆忙又散一盤棋，騎馬來看舊殿基。夕陽遍逢鴉點點，秋風只少黍離離。門通大內紅墻短，橋對中街玉柱倚。最是居民無感慨，蝸廬僭用瓦琉璃。

㉞《孔尚任詩文集》（中華書局，一九六二年八月）頁一五三。詩云：當年遊俠街，荒埒今誰賃？行行問長橋，故老聲如喑。

相同，有七篇部份一樣，約佔徐曲散套十分之六。這一發現，大大動搖了他先前的結論，他改口說：

這無疑地對研究《桃花扇》傳奇中的「借曲」，並對他重新做出合乎實際的結論，不能不是一個有力的佐證。㉟

這段話雖然有些含糊，但我們亦可從中領會謝先生對舊作的隱晦修正之意。一九九三年，徐沁君、黃強二人於《揚州師院學報》發表〈桃花扇中「寄扇」「餘韻」齣套曲的作者問題〉一文，繼續蔣星煜、謝伯陽的論點，反對〈哀江南〉套乃襲用徐旭旦或賈鳧西的作品，再次強調：

我們認為，除了孔尚任以外，其他任何人都不會是〈寄扇〉齣套曲和〈哀江南〉曲的作者。㊱

對孔、徐二人作品雷同一事，他認為是徐旭旦襲用孔尚任之作，除了繼續謝伯陽提出的《世經堂樂府》多抄襲的證據外，他更進而由套曲本身的連貫性及改寫留下的痕跡上尋求證據，以為〈哀江南〉不可能獨立於《桃花扇》劇情之外，套曲中不少曲詞與其他各齣不少曲詞緊密呼應、前後勾連。何況《桃花扇》中凡借用他人成作之處，眉批中皆直言不諱，〈哀江南〉若為借用曲，眉批中不可能隻字不提。

㉟ 謝伯陽撰：〈散曲雜考二則〉（南京大學學報，一九八四年，第三期）頁八二。

㊱ 徐沁君、黃強撰：〈桃花扇中「寄扇」「餘韻」齣套曲的作者問題〉（揚州師院學報，一九九三年，第一期）頁一四。

對孔、賈二人作品相似之事，他們以為《木皮鼓詞》數百年來口耳相傳，經過許多人加工、修訂，版本極為混亂，因此，《木皮鼓詞》裡的〈哀江南〉套，很可能是後人添加上去的，這可由相當多的版本未收這套曲子可證。另外，《木皮鼓詞》結尾部份的〈哀江南〉套曲，前面說道：

> 在下還有一套現成弋陽腔曲兒，名喚〈哀江南〉。[37]

則此套曲顯然不是為《木皮鼓詞》結尾而寫，而是獨立的作品。而且，如果此曲確係賈鳧西作品，為何賈氏所有著作，包括其《澹圃詩草》都未發現此套曲呢？

因此，他們的結論是：

> 同一篇作品出現在同一時代幾位作家名下，要確定其歸屬，可靠的辦法是尋找內證。《桃花扇》中〈寄扇〉〈餘韻〉齣套曲與全劇不可分割，〈餘韻‧哀江南〉曲與孔尚任同類詩作彼此契合，足可證明孔尚任是這兩套曲子的真正作者。徐旭旦襲用了孔尚任這兩套北曲，做了笨拙的改動，導致改作不倫不類。〈哀江南〉套曲又被他人移植到賈鳧西《木皮鼓詞》結尾。現在，這兩套曲子的著作權理所當然要歸還孔尚任。[38]

---

[37] 同注[16]，頁一〇九。

[38] 同注[36]，頁一五。

（四）〈哀江南〉曲到底真正的作者為何人？

《桃花扇》中〈哀江南〉曲文的作者經過多年的討論，事實上已經呼之欲出。許多的證據顯示，它不可能是賈鳧西的創作，也不可能是徐旭旦的原創。然而，主張是孔尚任自創者的人，多半刻意規避〈哀江南〉低格書寫的形式，亦是避重就輕的作法。由作品的連貫性及風格的統一性來立論，事實上還缺乏明確的證據，因為，這樣的照應，對一位技巧圓熟的改寫者而言，也並非不可能達到，依孔尚任的才情，應是游有餘刃，所以拿此點來加認定，尚嫌證據不足。賈鳧西鼓詞寫到「為什麼寫到這裡便住了手？只恐怕你鐵打的心腸也淚如梭」。底下接著說：

> 住便住了，在下還有一套現成弋陽腔的曲兒，名喚〈哀江南〉，說的是明末弘光改元，孤根難立，又把個龍蟠虎踞的金陵，等時批的粉碎。正是古今興亡，雲煙過眼，好不悲涼感慨的很。然而如今唱來，卻是際太平而取樂，不必替往古以擔憂。列位，若肯相幫接接聲，大家同唱，便賽過「諸絃疏越，三嘆遺音」。若是不肯，也算是箇「白雪陽春，曲高和寡」。㊴

由文中「一套現成弋陽腔的曲兒」及「大家同唱」看來，似乎〈哀江南〉已是當時相當流行的曲調，

㊴ 同注⑯。

否則，怎能要求大夥兒幫腔同唱？所以，謝麗淑〈桃花扇研究〉文中便推測：

> 云亭之借用弋陽腔〈哀江南〉者，亦如同齣之借用巫腔〈問蒼天〉、盲女彈詞〈秣陵秋〉，蓋為借用時曲，而作者似為已不可考之無名氏也。[40]

這樣的推論應該是有其根據的。事實上，劉階平在考輯《木皮散客鼓詞》時，也曾提出孔尚任、賈鳧西都不太可能是〈哀江南〉的作者，此曲作者應是：

> 頗懷疑這〈哀江南〉曲，可能出於得弘光遺事甚悉的秦光儀，或為南部曹的鳧西友人孔方訓等的手筆，是不一定出自鳧西，但無確證，附記以待後考。[41]

所以，《桃花扇》中曲文低格書寫，雖說孔尚任並未在凡例中明確表明為借用曲或僅是插曲性質，但由以上謝麗淑及劉階平的說法看來，此曲之出似乎是早在《桃花扇》之前，不管是插曲性質或屬借用曲，都不是孔尚任所作。但到底是何人之曲，則尚無定論。據現有證據看來，當非賈鳧西之作，亦非徐旭旦之曲，僅知該曲當時已頗為流行，並為多人借入其詩文集裡，孔尚任即是其中的一個。

---

[40] 謝麗淑撰：〈桃花扇研究〉（臺北：東吳大學中文碩士論文）頁一六〇。

[41] 同注[16]，頁五〇—五一。

二、〈寄扇・北新水令〉及〈題辭〉的作者問題

《桃花扇》中有三篇作品，曾見於徐旭旦《世經堂詩詞集》裡，引起著作權誰屬的爭議。除前述的〈哀江南〉之外，其他兩篇分別是《桃花扇・小引》及第二十三齣〈寄扇・北新水令〉，在《世經堂詩詞集》裡，題為〈桃花扇題辭〉及〈新水令・冬閨寄情〉。這二者之間到底是誰抄襲誰？一般也有不同的看法。

關於這一點，謝伯陽先生在〈孔尚任桃花扇中的徐旭旦作品〉一文裡，主張這兩篇作品和〈哀江南〉一樣，都是孔尚任借用徐旭旦作品。他並針對〈寄扇〉齣的曲文數目和孔尚任自定的規則不符來推論。孔尚任在《桃花扇・凡例》中曾明言：

> 各本填詞，每一長折例用十曲，短折例用八曲，優人刪繁就簡，只歌五六曲，往往去留弗當，辜作者之苦心。今於長折，詞填八曲，短折或六或四，不令再刪故也。

孔尚任唯恐自己嘔心瀝血的作品，被不解題旨的優伶刪繁就簡、精粹盡亡，故而有這等考慮。但〈寄扇〉一折共計十二曲，和自己的規定相牴牾，整整增加三分之一，唯一合理的解釋，是借徐旭旦的散曲入劇，因原作首尾完整、不可分割，故而只好破例。但如同前述所說，次年，他發現徐旭旦作品集中抄

襲之作甚多，便開始懷疑這個結論的正確性。

蔣星煜與徐沁君、黃強先生則持相反的看法，以為這兩篇絕對是孔尚任的作品，不可能是抄襲來的。蔣先生拿〈題辭〉和〈小引〉二文，逐一比對，發現二者不同之處甚少，可見本來確是同一篇文章，〈小引〉與〈小識〉、〈本末〉、〈凡例〉、〈考據〉、〈綱領〉等同署云亭山人所作的文字，不但風格一致，而且相互呼應，應該都是孔尚任之作，不大可能是孔尚任抄襲徐旭旦的作品。〈寄扇〉寫李香君病臥空樓，楊龍友與蘇崑生前來探望，楊為濺血詩扇添枝加葉，成一柄桃花扇。蘇崑生自告奮勇為李香君代傳桃花扇給侯方域。蔣星煜以李香君所唱〈北雙調套曲〉與徐旭旦〈冬閨寄情〉異文相較，覺得《寄扇・北雙調套曲》寫得神情並茂，不可能是從徐旭旦〈冬閨寄情〉借入而加工的。既然如此，那麼，徐旭旦《世經堂初集》及《世經堂樂府》中何以有這兩篇作品？他的猜測是：

> 孔尚任的寫作得到徐旭旦的配合與協作，這種可能性不能排除。某些篇章達到了近乎集體創作或共同創作的地步，也是合情合理的。當時沒有什麼著作權或版稅的問題，所以《桃花扇》僅署孔尚任一人之名。出之於文字遊戲，徐旭旦又略加改動，分別把這三篇作品另加標題，收進自己的集子了。[42]

徐沁君、黃強則以為孔尚任《桃花扇》中填了許多佳曲，怎會將幾乎是全劇命脈的〈寄扇〉曲詞讓

[42] 同注[31]，頁四七。

人代填？而且，由劇情的綰合及和全劇的映照上來考察，在在都只能說徐旭旦抄襲孔尚任。

總之，這兩篇文字和前述〈哀江南〉雖都共同出現在徐旭旦的《世經堂樂府》中，但最大的不同在於〈哀江南〉乃低格書寫，明示曲文是借用而來，而〈小引〉、〈北新水令・寄扇〉既未低格書寫，也未在眉批上說明借用，依照體例，當為自作才是，蔣星煜、徐沁君、黃強等人對〈寄扇〉、〈小引〉的說法，應該是可信的。

第三節　《桃花扇》作者孔尚任的罷官始末

有關《桃花扇》作者孔尚任生平的考證與研究甚多，年譜部份有陳萬鼐《孔東塘先生年譜》[43]、容肇祖《孔尚任年譜》[44]、袁世頌《孔尚任年譜》[45]；專著部份有陳萬鼐《孔尚任研究》[46]、《孔尚任》[47]、曹增祥《孔尚任與桃花扇》[48]、洪柏昭《孔尚任與桃花扇》[49]、徐振貴《孔尚任評傳》[50]、胡雪岡《孔

---

[43] 陳萬鼐撰：《孔東塘先生年譜》（臺北：商務印書館，一九七三年四月）。

[44] 容肇祖撰：〈孔尚任年譜〉（嶺南學報，第三卷第二期，一九三四年四月）。

[45] 袁世頌撰：《孔尚任年譜》（山東人民出版社，一九六二年九月）。

[46] 陳萬鼐撰：《孔尚任研究》（臺北：商務印書館，一九七一年八月）。

[47] 陳萬鼐撰：《孔尚任》（臺北：河洛圖書出版社，一九七七年三月）。

[48] 曹增祥編寫：《孔尚任和桃花扇》（一九六一年九月）。

尚任和桃花扇》[51]……等，其他零星單篇文字，多得不勝枚舉，對了解東塘先生的生平，可說助益良多，一般對他身世、交遊、生活狀況的研究，多無異詞；唯對他罷官原因的探討，因《闕里文獻考》只說他「以事致休」，而現有的公、私史籍，都沒有對這件事的直接記載，到底孔尚任是為何事致休，一般有不同的推測，曾引起一些討論，現將其要點，分述於後：

一、孔尚任罷官乃因《桃花扇》召禍

孔尚任所撰的《桃花扇・本末》上說：

> 予未仕時，每擬作此傳奇，恐聞見未廣，有乖信史，寤歌之餘，僅畫其輪廓，實未飾其藻采也。然獨好誇于密友曰：吾有《桃花扇》傳奇，尚秘之枕中，及索米長安，與僚輩飲讌，亦往往及之。又十餘年，興已闌矣。少司農田綸霞先生來京，每見必握手索覽，予不得已，乃挑燈填詞，以塞其求，凡三易稿而書成，蓋己卯之六月也。

[49] 洪柏昭著：《孔尚任與桃花扇》（廣東人民出版社，一九八八年四月）。

[50] 徐振貴撰：《孔尚任評傳》（山東大學出版社，一九九一年）。

[51] 胡雪岡撰：《孔尚任和桃花扇》（上海古籍出版社，中國古典文學基本知識叢書，一九七八年四月）。

則《桃花扇》脫稿於己卯年（康熙三十八年）。寫成之後，竟引起康熙皇帝的關注：

己卯秋夕，內侍索《桃花扇》本甚急。予之繕本莫知流傳何所。乃於張平州中丞家覓得一本，午夜進之直邸，遂入內府。

就在《桃花扇》進之直邸的次年三月，孔尚任就罷官了。因此，大多數的研究者都認為孔尚任因寫《桃花扇》而被罷官。如一九五四年馬雍寫〈孔尚任及其桃花扇〉，就認為康熙帝並不是一個汲汲於徵歌選舞的荒淫之主，何以急迫想看《桃花扇》，甚至得「午夜進之直邸」？猜測可能想審查此劇本。而看完之後，非常厭惡其濃厚的民族思想，因此，無端將孔尚任罷官。[52]

可是，在康熙觀劇之後，孔尚任罷官之前的三月上巳，東塘先生還曾晉升戶部廣東司員外郎，這樣的一個事實，也給因演《桃花扇》而罷官的說法，增添了一些疑雲。對這樣的疑慮，杜朝光先生〈也談孔尚任罷官〉一文，曾做過辯解：他認為玄燁帝城府最深，雖然對孔尚任這位好事的聖裔銜之入骨，卻因種種複雜的客觀條件和主觀因素的錯綜結合，不便廣興孔氏大獄，所以，罷官之前，先為之升官，再馬上以另外的藉口，巧妙而嚴厲地懲罰了孔尚任。[53]

一九八〇年，王進珊先生〈桃花扇的首演與孔尚任的罷官〉[54]中，更進而指出，孔尚任解組罷官的

---

[52] 馬雍撰：〈孔尚任及其桃花扇〉（光明日報文學遺產，第七期）。

[53] 杜朝光撰：〈也談孔尚任罷官〉（中山大學學報哲學社會科學版論叢一古代戲曲論叢）。

案由不詳，表面上不是為了《桃花扇》，而是另有原因，所謂另有原因，也不過朝廷藉口。孔尚任有〈休官好〉三首之一，就是為罷官而寫，但語句也相當含糊：

> 休官好，今日賀客跡如掃。手種藤蘿未吐芽，屋裡琴書已顛倒。故人握手皆皺眉，勸我休官身須保。生小山澤食蕨人，清癯是我舊頭腦。收拾布襪著青鞋，汲泉夜把紅塵澡。賴有同僚贈酒錢，西山東山待幽討。休官好！[55]

由「勸我休官身須保」句，可知友人勸他不必節外生枝，想是案情有些複雜。他的另一首〈放歌贈劉雨峰寅丈〉七古，有句云：

> 命薄忽遭文字憎，緘口金人受謗誹。自古公卿去國多，不才何況臣蝨蟣。

又〈答僧偉載〉七古也說：

> 安能為郡學折腰，解組歸去人曰可。送我詩發溫厚情，方外亦懼文字禍。

---

[54] 王進珊撰：〈桃花扇的首演與孔尚任的罷官〉（徐州師院學報，一九八〇年，第二期）。

[55] 孔尚任、劉廷璣合著：《長留集》（中國書店出版，海王邨古籍叢刊）下冊七古，葉三十五。

另外，〈和蔡綱南贈扇原韻，送之南還〉七律，自注云：

予被謫疑案，綱南頗知，曾贈金慰予。

孔尚任在這些詩文中，一再提到「文字憎」、「文字禍」、「被謫疑案」，王先生以為這隱隱暗指有人藉故羅織罪名：

《桃花扇》自己卯六月脫稿到當年秋夕，在外間流傳差不多已經三個月了，在這三個月內，難免沒有好事之徒向權貴或宮廷推薦或揭發。推薦是善意的，作者事先不會不知道；也應該有所準備，用不著那麼緊張的尋找抄本。所以說告密的可能性最大。[56]

一九八〇年，張庚、郭漢城合著的《中國戲曲通史》還舉出另一首〈容美土司田舜年遣使投詩贊余桃花扇傳奇，依韻卻寄〉：

自是籠頭收藥物，何須扇底看桃花？驚魂陣馬雲馳想，眨眼風濤海傍涯。解組全辭形勢路，還鄉穩坐太平車。《離騷》惹淚餘身世，社鼓敲聾老歲華。

---

[56] 同注[54]。

認為既是「受謗誹」而得禍，那麼：

所謂《離騷》，當是借以指其《桃花扇》。[57]

也就是說，致禍之由，關鍵還是在於《桃花扇》。一九八四年四月，洪柏昭撰《孔尚任與桃花扇》也持相同的看法。他認為：

不管朝廷免孔尚任的官用的是什麼公開理由，而其實際原因，卻仍然是《桃花扇》文字肇禍。[58]

他並強調：有人認為《桃花扇》並沒有遭到禁演是孔尚任罷官與《桃花扇》無關的證明，這是一種錯誤的判斷。因為，康熙不動聲色，以表面上與《桃花扇》無關的罪名免了孔尚任的官，又沒有進一步追究下去，一些不明真相的人，自然照演無誤了。這雖然未能在康熙朝找到書面的證據，但卻在繼承康熙朝的乾隆皇帝口諭裡可以看到這樣的伎倆：

……因思演戲曲本內，未必無違礙之處。如明季國初之事，有關涉本朝字句，自當一體飭查。

[57] 張庚、郭漢城合著：《中國戲曲通史》（臺北：丹青圖書公司）第二冊，頁一六三。

[58] 同注[49]，頁二二〇。

……但須不動聲色，不可稍涉張皇。[59]

乾隆許多措施乃繼承康熙朝而來，所以前述的論述並非空穴來風。

一九八一年第二期的《文學評論》上，黃卓明先生撰〈有關評價孔尚任的幾個問題〉，認為孔尚任罷官是因「文字」的關係，而這所謂的「文字」無疑應是《桃花扇》。這是因為：

《桃花扇》雖然寫的是南朝遺事，卻是旨在通過對「舊君」的「興亡之感」，來為「今主」的「于以警世易俗，贊聖道而輔王化」的。……問題在於，《桃花扇》畢竟具有追挽明王朝的內容；他的演出也起了副作用，這就是，在「笙歌靡麗之中」，「或有掩袂獨坐者」的「故臣遺老」，看完了戲，「欷歔而散」。「為時人紿」即在於此。至於清王朝統治者則是懂得這個戲的主旨的，所以在《桃花扇》進入內府後，還升了孔尚任的官；只是為了處理某些短見的封建官僚對孔尚任所提出的攻訐，不得不在升官之後又罷了他的官。[60]

而當時孔尚任所交往的朋友，又是如何來看待這件所謂的疑案呢？劉雨峰在孔尚任剛罷官時所寫的七律中有云：

[59] 見《大清高宗純皇帝實錄》卷一一一八。

[60] 黃卓明撰：〈有關評價孔尚任的幾個問題〉（文學評論，一九八一年第二期）頁一二五—一二六。

只知天下才無敵，誰料人間有禍藏。❻❶

孔傳鐸〈喜東塘戶部歸〉詩也說：

詞壇聲價與雲齊，名滿京華被謫宜。❻❷

李壿瑞〈聞孔東塘戶部罷官卻寄〉說：

那有微詞歌下里，卻教謗篋滿中山。❻❸

眾口一致，都說孔尚任因才賈禍，被人讒害，無端去官。

劉彥君在一九九三年第三期出版的《河北學刊》中，雖然並不認為孔尚任是因《桃花扇》的演出而遭到罷官的命運，但也不排斥《桃花扇》的寫作與罷官的干係。他說：

❻❶ 劉雨峰撰：《又來館詩集》卷三，〈送岸堂〉。

❻❷ 見《闕里孔氏詩鈔》卷一。

❻❸ 李壿瑞撰：《後圃編年續稿》卷二。

孔尚任的文名，實際上主要還是因為《桃花扇》而大興的，本來他一介窮儒，躲在閒衙冷署裡寫點詩文，沒有什麼值得別人特別嫉妒的，他說過他的環境是，「坐破舊青氈，鮮利亦寡害。下士隱金門，言行不足載」。因而我們毋寧相信他的《桃花扇》是造成他悲劇命運的罪魁禍首。64

不管如何，孔尚任的《桃花扇》在康熙三十八年六月殺青，入秋康熙索讀，次年罷免令就下了，因此，將這兩者聯想在一起是很天經地義的事。大多數研究《桃花扇》的人認定孔尚任因《桃花扇》而罷官也就很自然了。

二、孔尚任罷官乃因被人讒害

不管孔尚任是否因《桃花扇》的演出而遭致罷官，一般對他「被人讒害」都有共識。但是以何種罪名被讒，則有各種不同的猜測：

（一）因牽連貪污而被讒

劉雁霜（劉輝）在一九六五年寫了一篇〈試談孔尚任罷官問題〉，首先提出了一個不同的看法，他

64 劉彥君撰：〈功名文名相生相剋——孔尚任命運的癥結〉（河北學刊，一九九三年三月）頁六三—六四。

懷疑孔尚任以一介貧官，怎麼有能力擁有那麼豐厚的收藏！根據孔尚任本人在著錄他的收藏品的《享金簿》所載，許多著名的文物如漢玉羌笛、漢刁斗、魏太和鐘、沉香硯山……等，都是他在北京購買入藏的。這情況引起劉先生的揣測，他說：

> 這證明情況的發展有兩種可能性。一種可能性是，他有了新的經濟來源，增加了收入，因而在短短幾年內購買了大批的文物。還有一種可能性是，他的收入並沒有增加，為了購藏這些文物，耗費了他手頭現存的許多錢財，或者欠下了一筆債。從他前一時期在淮揚一帶的生活情況看，這時他購藏大批的文物，即使沒有向親友借債，也一定會給他造成嚴重的拮据的局面，無論如何，為了購藏這一大批文物，他必然付出了高昂的代價。[65]

那麼，這所謂的高昂的代價是什麼呢？劉先生雖然沒有明言，卻強烈暗示和金錢有關。因為罷官正發生在寶泉局監鑄五年之後，寶泉局監鑄是個肥缺，孔尚任曾在〈燕臺雜興〉三十首裡這樣寫著：

> 銅山金埒勢崢嶸，暴富乞兒恬不驚。每日垂鞭歸第邸，有人來看孔方兄。[66]

---

[65] 劉雁霜撰：〈試談孔尚任罷官問題〉（光明日報文學遺產，一九六五年六月二十七日）。

[66] 同注[55]。

他並自注云：

子畏監倉而得監鑄，免累可已，寒如故也。泛交者不知，多來稱貸。

可見在一般人眼中，寶泉局監鑄的確是個肥缺。孔尚任雖自言出汙泥而不染，但卻有人不相信，他在給張潮的一封信中說：

今年在銅臭中，不為所染，自覺瀟灑，而長安僚友多不相信。[67]

在《友聲新集》中，他甚至透露了一些無奈的慼嘆：

長安名利之藪，為雅俗所共豔者，近乃知己寥寥，交臂道上，不辨何人，則弟之不合時宜也可知矣。[68]

可見當時是有些人不諒解他。所以，劉雁霜先生推測他的罷官和監鑄有關。劉先生的結論是：

[67] 張潮輯刊：《友聲壬集》（乾隆四十五年重刊本，北大藏本）。

[68] 張潮輯刊：《友聲新集》卷三。

1. 孔尚任的罷官和《桃花扇》無關。這是可以從孔尚任的政治態度、《桃花扇》的思想傾向、當時統治階層人物對《桃花扇》愛好的狂熱等等方面得到證明。

2. 孔尚任罷官的真實原因，由於直接資料的缺乏，目前還不能提出完全肯定的判斷。

3. 我們認為，根據對間接資料的分析，孔尚任的罷官和他在監鑄任上的表現有關，即牽連在貪污一類的案件之內，這有著較大的可能性。

(二) 因「忠」而被讒

陳萬鼐〈論孔尚任因事罷官疑案〉提出了另一個看法。[69]他舉出《長留集》中有一首詩寫著：

> 羅雀之門繫肥馬，鄰人驚問誰來者？一揖不識魯仲連，卻與促膝論儒雅。天下英雄多細心，記我出處符在把。我是白頭簿書郎，被讒不辯如聾啞。[70]

而在王源《居業堂文集》中又提到：

[69] 陳萬鼐撰：〈論孔尚任因事罷官疑案〉（臺北：故宮博物院故宮文獻）第一卷第二期，頁三五—四一。

[70] 同注[55]。

先生以文章博雅重於朝，羽儀當世，而孜孜好事不倦，士無貴賤，挾片長，莫不折節交之。凡負奇無聊不得志之士，莫不以先生為歸。先生竭俸錢、典衣，同時煮脫粟沽酒，與唱和談燕，酣嘻慰藉。[71]

兩段文字合觀，孔尚任羽儀當世，附和之士，人品流雜，他和他們唱和談燕、酣嘻慰藉，是否因此引起不知情者的疑竇，因之被讒！而在李塨《恕谷詩集》裡又有一首〈集孔東塘岸堂，同陳心簡、萬季野、吳鏡庵、曹正子、陳健夫、邢偉人即席分韻得元韻〉：

紫陌尋春無處存，罷官堂上暮雲屯。琅玕藤老環三徑，車笠人來共一尊。此日何方留聖裔，昔年遺事說忠魂（座中心簡、季野說明張春事）。升沉今古那堪恨，只慕君家舊石門（東塘家居石門山，諷之速歸也）。[72]

「聖裔」指尚任，「忠魂」指張春。明代張春疾惡如仇，屢次被小人中傷，李塨既諷孔尚任速歸，將「忠魂」與「聖裔」對舉，則孔尚任被讒是和張春一樣因忠而起，否則何必並列？因此，陳先生的結論是：

[71] 王源撰：《居業堂文集》（光緒五年定州王氏謙德堂刊本）卷一六，〈送孔東塘戶部歸石門山序〉。

[72] 李塨撰：《恕谷後集》（臺北：廣文書局，一九六五年）卷下。

孔尚任罷官原因，自云「被讒」，大凡與人君地近親切，即易導致遭讒之後果，尚任與玄燁之關係，自非凡官小臣所可比擬，以一監生，超擢國子博士，在江南時接駕，撤宴賜食，榮寵備至，還朝後，由戶部主事晉廣東司員外郎，「遽罷官」故有人曾疑進讒人之目的，係遏阻他的政治生命，所以，《顏李師承記》云：「時東塘方以主事晉員外郎，遽罷官。」頗相符合。[73]

（三）因詩酒而罷官

曾經在文章中推測孔尚任罷官是因為被牽連在貪污的案件的劉雁霜，十八年後，又寫了篇〈再談孔尚任罷官問題——答杜朝光先生〉，又提出了另一種的可能性，即以詩酒罷官。他舉出張潮寫給王士禛的信，信上說：

孔東老以詩酒受累，深為嘆息。[74]

張潮寫給孔尚任的信裡也說：

---

[73] 同注[69]，頁四一。

[74] 《尺牘偶存》卷八，〈覆王阮亭先生〉。

先生以詩酒去官，正如柳屯田奉旨填詞，自是千秋佳話，曠達之懷，想亦必作此解耳。75

在另外一封信裡還寬慰孔尚任：

年先生望重東山，自是廟堂圭璧，賜環寵召，拭目俟之。76

張潮把孔尚任的罷官一方面比做柳永「奉旨填詞」，一方面又有「賜環」之待，這說明孔尚任的罷官，絕不是個嚴重的政治事件，更不可能是如杜朝光所說，因孔尚任有濃厚的民族意識所招致。張潮說的「以詩酒受累」、「以詩酒去官」，與孔尚任自己以及他的許多朋友在詩歌中對罷官一事的描述是一致的，如果和顧彩寫的另一首詩合起來一起看就更清楚了：

朱紱遂因詩酒捐，白簡非有貪饕證。77

除了貪污的罪名外，詩酒疏狂也是一個表面的原因。因此，劉輝（劉雁霜的本名）在此文中補充：

---

75 《尺牘偶存》卷八，〈寄孔東塘〉。（據顧國瑞、劉輝輯《張潮與孔東塘書十八封》，文獻雜誌第九期所載，頁六四。）

76 同前注，卷九，〈寄孔東塘〉，頁六五。

77 顧彩撰：《往深齋詩集》，〈有懷戶部孔東塘〉。

看來，可以這樣作結了：詩酒受累，只是一個表象；孔尚任與僚友間的矛盾是因，罷官是果；貪污，則是被誣陷的一個罪名。這就是今天我們對孔尚任罷官問題的看法。[78]

總之，孔尚任罷官是事實，但孔尚任罷官原因，因史無明載，引起後世頗多猜測。有人說是因為《桃花扇》的演出觸怒了清王朝；有人據《桃花扇》進呈內府後，孔尚任還曾陞官，及罷官後，《桃花扇》卻仍如火如荼的上演來論定罷官與《桃花扇》無關。但到底為什麼原因呢？因官場傾軋而導致被人讒害，幾乎是研究者的共識。但進一步推測以什麼藉口被讒，則又各有意見：有人以為可能牽連到貪污案件；有人以為他和當朝皇上關係的密切引起嫉妒，加上他羽儀當世、交友複雜，被人乘機進讒；也有人認為他平日人際關係不好，加上流連詩酒，遂以詩酒致禍，眾說紛紜，莫衷一是。

由諸多新發現的文獻及可觀的論辯文字來觀察，孔尚任因《桃花扇》而罷官的可能性極小，因為如果孔尚任真是因為《桃花扇》而罷官，三月罷官，四月李楠就招孔尚任觀演《桃花扇》，且北京上演，揚州也演，張潮還從揚州寫信給孔尚任說：

《桃花扇》傳奇，邗上已有能演之者，旗亭畫壁，快新可知。[79]

---

[78] 劉輝撰：〈再談孔尚任罷官問題——答杜朝光先生〉（臺北：貫雅出版社，小說戲曲論集）頁二九九。

[79] 顧國瑞、劉輝合輯：《張潮與孔東塘書十八封》（文獻雜誌第十期，頁六五）第一七封。

這些主持演出的人，在文字獄盛行的年代，真有如此大膽嗎？何況，當時孔尚任還編選了《人瑞錄》、《出山異數記》都是對清王朝及康熙歌功頌德之作，《桃花扇》的內容是在探討南明興亡的原因，對清王朝並無微詞，這也是可以看得出來的事實，這由清朝一直沒有禁演《桃花扇》可以證明，康熙沒有理由因《桃花扇》罷孔尚任的官。

既然排除了《桃花扇》的創作導致孔尚任罷官的這個說法，則被讒言所害便成了最有可能的原因，因文字招禍是當時許多朋友的共同說詞，我們沒有理由懷疑。至於是哪些文字，由於文獻的缺乏，恐怕還是俟之來日有更多的證據時再來論斷比較周延。至於劉輝先生提出的貪污事件，由於事關重大，可能需要更多的證據來證明，否則單憑現今的文獻，這樣的推測顯得太過大膽。

第四節 《桃花扇》主題的論辯

孔尚任寫作《桃花扇》的主旨，近年來，突然在大陸引起廣泛的討論，主要是由穆欣先生一篇〈不應當為投降變節行為辯護〉文章首起爭端。[80]歸納言之，有三種說法受到不同的支持，現分述於後：

一、表現民族意識

[80] 穆欣撰：〈不應當為投降變節行為辯護〉（光明日報，一九六二年十二月二十九日）。

在六〇年代以前，研究者幾乎毫無爭議的認定《桃花扇》反應了南朝興亡，寄寓了作者強烈的民族意識與愛國思想。最典型的說法莫如陳志憲〈關於桃花扇的一些問題〉所說：

它是假託一個妓女不肯嫁與閹黨餘孽的權門顯宦，以致碎首出血來反抗的故事，指出統治了中國二百八十年的明帝國的衰朽全貌和他滅亡的責任；進而藉以說明中華民族在遭受到嚴重異族侵略時間的民族氣節。……作者不僅嚴厲地在誅「權奸」，為明帝國的崩潰惋惜，而內心深處，實存著對故國山河的懷戀，在為中華民族的淪亡悲痛啊！[81]

支持這樣的觀念的人非常多，趙景深、李平、江巨榮所寫〈實事求是地評價孔尚任和桃花扇〉就指出：

孔尚任的世界觀中，存在不滿於清政府的矛盾，特別是後期，他在感情上和清廷日益疏遠，與人民縮小了距離，民族意識也明顯上升了。[82]

[81] 陳志憲撰：〈關於桃花扇的一些問題〉（光明日報文學遺產專刊第十八期，一九五四年八月九日）。

[82] 趙景深等撰：〈實事求是地評價孔尚任和桃花扇〉（文學評論第七輯，一九八〇年十月）。

其他如姚忠聲[83]、趙儷生[84]、王季思[85]、袁世頌[86]、蕭善因[87]、洪柏昭[88]、史鐵良[89]等人都持同樣的看法。他們理論的根據大約是依據《桃花扇》的內容來判斷的：

1.《桃花扇》中對黃得功死節及史可法沉江盡忠，再三致意。

2.閏二十齣中，不但借錦衣衛堂官張薇之口，把北京城崇禎死後慘狀敘述出來，而且大膽的把崇禎搬上舞臺痛哭朝拜一番，在當時懷念崇禎，無異於標幟對滿清的反抗。

3.四十齣〈入道〉借張薇之口，怒斥侯李二人在祖國危亡之際，尚割捨不斷花月情根。

4.續四十齣〈餘韻·哀江南〉把敗瓦頹垣慘狀活現紙上，抒寫亡國之痛。

5.〈餘韻〉末段，對清政府訪求隱逸的措施做正面的諷刺。

6.孔尚任在《桃花扇》的編年紀月上運用了《春秋》筆法，不標順治年號，只標干支。

趙儷生更進一步尋索孔尚任愛國主義的社會根源，歸納為：

---

83 姚忠聲撰：〈讀桃花扇的偶得〉（文學遺產增刊第一期，一九五五年四月）。

84 趙儷生撰：〈論孔尚任愛國主義思想的社會根源〉（文史哲，一九五五年十月）。

85 王季思撰：〈桃花扇校注前言〉（文學研究，一九五七年第一期）。

86 袁世頌撰：〈關於孔尚任和桃花扇的幾個問題〉（山東大學學報，一九六一年第四期）。

87 蕭善因撰：〈試論孔尚任的桃花扇〉（社會科學戰線，一九七八年四月）頁二六七—二七一。

88 洪柏昭撰：〈孔尚任與桃花扇〉（廣東人民出版社，一九八八年四月），頁一二三—一四四。

89 史鐵良撰：〈論桃花扇的傾向〉（社會科學，一九八二年第七期）頁六七—七〇。

1. 明末滿兵入侵，淫殺狠掠，曾在漢族人民中引起了普遍的仇恨。

2. 揚州一帶市民和遺民的氛圍對孔尚任的影響。

3. 顧炎武、顏元的學風對孔尚任也不無啟發。

二、擁護清朝

自穆欣先生首先登高一呼「不當為投降變節行為辯護」後，對孔尚任《桃花扇》的民族思想的肯定，開始有了懷疑者。祝冬泗以孔尚任一首阿諛康熙皇帝的詩〈送駕至淮上恭賦〉質疑孔尚任的愛國思想，並肯定孔尚任對清朝的擁護[90]。劉世德繼起以為《桃花扇》的出現適應了清初封建統治者的政治需要，大肆撻伐孔尚任的氣節[91]。另外，井維增[92]、戴勝蘭[93]……等人也支持這樣的說法。他們根據的證據，歸納起來有以下幾點：

1. 《桃花扇》中對清王朝竭盡歌功頌德之能事，把康熙朝描繪成太平盛世，把聖祖比做堯舜。

2. 劇中寫張薇自北京逃到江南，路遇蔡益所、藍瑛等人，談起北京情況，說：五月初旬，大兵進關，

[90] 祝冬泗撰：〈為何曲意迴護——從孔尚任的一首詩談起〉（光明日報，一九六四年十一月二十九日）。

[91] 劉世德撰：〈桃花扇的出現適應了清初封建統治者的政治需要〉（光明日報，一九六五年一月十七日）。

[92] 井維增撰：〈桃花扇的政治傾向及其評價問題〉（齊魯學刊，一九八五年第三期）。

[93] 戴勝蘭撰：〈談桃花扇的思想傾向〉（齊魯學刊，一九八一年第六期）。

殺退流賊，安了百姓，替明朝報了大仇。完全肯定清兵入關的正義性，從而強調清王朝繼承明朝的合法性。

3.《桃花扇》對南明弘光政權的腐敗黑暗充份暴露，似乎向觀眾灌輸南明必亡、清朝必興。

4.孔尚任由於參與祭孔，受到清聖祖的賞識與擢用，對聖祖感激涕零，所以寫《桃花扇》時，不忘對新朝阿諛奉承。

三、悼明戒清並存論

主張《桃花扇》的主旨既非單純的民族思想的發揚，也非一味擁護清廷，而是悼明戒清並存的這一派理論，在八〇年代左右異軍突起，傅繼馥首先在〈桃花扇底看左傾〉一文中說：

> 從孔尚任的生平和思想來看，明既不是他的故國，也就很難有故國之戀，清也不是他的敵國，也就沒有敵國之仇。他的興亡之感，主要是對一個在眼前旋立旋亡的王朝的感慨，希望藉此「懲創人心，為末世之一救」；同時也寄託著對清朝政治的不滿和希望。[94]

黃天驥先生在次年也跟著發表〈孔尚任與桃花扇〉文[95]表示了類似的論點：他認為孔尚任所謂「懲

[94] 傅繼馥撰：〈桃花扇底看左傾——桃花扇的評價問題〉（江淮論壇，第一期，一九七九年）。

創人心，為末世之一救」云云，從根本上來說，是要鞏固清朝的統治。但是，《桃花扇》雖迴避了明末清初民族矛盾的描寫，但字裡行間，明顯的流露出民族情緒，因此，它也有不適應清朝統治需要的一面。

黃卓明先生則針對孔尚任此一心理加以深入探討，認為謎底在於孔尚任寫作《桃花扇》乃秉持封建統治者的正統性為基礎的倫理觀和社會歷史觀。[96]

在諸多探究《桃花扇》的文字中，張乘健的〈桃花扇發微〉是一篇頗為宏觀的論述文字。他從哲學史的角度來提出前人未有的新見解。他認為《桃花扇》的主旨是「一篇形象的過明論」，而所謂的「過明論」，不再用總結一代一姓的興亡眼光停留在枝節的具體問題上做文章，而是對封建社會的整個上層建築取一種檢討、反省的態度。這和當時的思想家如顧炎武、黃宗羲等人的想法是一致的。[97]

另外，孔瑾的〈封建王朝的挽歌——孔尚任桃花扇的思想內容〉也接著指出：《桃花扇》不只寫明王朝必亡，其實也預示清為末世。《桃花扇》是整個封建王朝的挽歌，不只是民族悲劇，而且是時代悲劇。[98]

對《桃花扇》主旨的探究，在有關《桃花扇》的研究中，算是最為熱門者，眾說紛紜，可謂莫衷一是。但融會所有的證據看來，後起的「悼明戒清並存論」似乎有轉精的態勢，因為，不管是民族主義論

---

[95] 黃天驥撰：〈孔尚任與桃花扇〉（文學評論，一九八〇年第一期）。

[96] 黃卓明撰：〈有關評價孔尚任的幾個問題〉（文學評論，一九八一年第二期）。

[97] 張乘健撰：〈桃花扇發微〉（文學遺產，一九八三年第四期）。

[98] 孔瑾撰：〈封建王朝的挽歌——孔尚任桃花扇的思想內容〉（中央戲劇學報，一九八八年夏季號）。

者或擁護清朝論，都有它無法合理解釋的地方，歷年來，反覆爭辯，非但沒有使疑點盡釋，反倒越加夾雜不清。只有「悼明戒清並存論」才能使疑點盡釋。

第五節 《桃花扇》在文學藝術上的成就

有關《桃花扇》的曲學成就，時人都給予高度的肯定。《桃花扇》跋語中就有許多的揄揚，如黃元治就說：

有明三百年結局，君臣將相，奸佞忠良，其間可褒可誅，可歌可泣者，雖百千萬言，亦不能盡。茲獨借管絃拍板，寫其悲感纏綿之致。又從最不要緊幾輩老名士、老白相、老青樓飲嘯談諧、禍患離合、終始之跡，而寄國家興亡、君子小人、成敗死生之大故，貫穿往覆，揮灑淋漓，大旨要歸，眼如注矢；淒音楚調，聲似迴瀾。紀事處，忽爾鍾情；情盡處，忽爾見道。戰爭付之流水，兒女歸諸空花。作史傳觀，可作內典觀，亦可寧徒慷慨悲歌，聽者墮淚而已乎！

劉中柱云：

一部傳奇描寫五十年前遺事。君臣將相、兒女友朋，無不人人活現，遂成天地間最有關係文章。

往昔之湯臨川，近今之李笠翁，皆非敵手。

李柟也說：

先生胸中眼中，光明洞達。其是非褒貶，雖自成一家言，實天下後世之公言，所謂游夏不能贊一辭也。列國賢士大夫誰無意見？若聽其筆削《春秋》一書，今已粉碎矣。觀《桃花扇》者，如睹祥麟瑞鳳，當平恕其心，歡喜讚嘆，即感慨亦多事，況議論乎？

要皆對《桃花扇》稱讚備至。然肯定之外，當然也有一些不同的聲音。如：梁廷枏《曲話》就說：

然就中亦有未愜人意者：福王三大罪五不可之議，倡自周鑣、雷縯祚，今〈阻奸〉折竟出自史閣部，則與〈設朝〉折大相逕庭，使觀者直疑閣部之首鼠兩端矣。且既以〈媚座〉為二十一折矣，復加入〈孤吟〉一折，其詞意猶之「家門大意」，是為蛇足，總屬閒文。至若曲中詞調，伶人任意刪改，亦斯文一大恨事。然未有先慮其刪改，而特于作曲時為俗伶預留地步者。今《桃花扇》長者七八曲，其少者四五曲，未免故走易路；又以左右部分正、間、合、潤四色，以奇偶部分中、戾、餘、煞四氣，以總部分經緯二星，毋論有曲以來，萬無此例，即謂自我作古，亦殊覺淡然無味，不知何所見而云也。[99]

[99] 梁廷枏撰：《藤花亭曲話》（中國戲劇出版社，中國古典戲劇論著集成，一九五九年七月）頁二七一。

這是對體製與結構的批評。近人吳梅《顧曲麈談》則對《桃花扇》的科諢提出看法：

唯孔岸堂《桃花扇》科諢，出自己作，不許伶人增損一字，然通本殊少解頤語。此以知科諢雖小道，而其難且過填詞也。⑩

另外，吳梅對此劇的曲文也頗有微詞，他在《霜厓曲跋》裡說：

故論《桃花扇》之品格，直是前無古人。所惜者通本無耐唱之曲，除此選諸套外，恐亦寥寥不足動聽矣。馬阮諸曲，固不必細膩風華，而生旦則不能草草也。〈眠香〉〈卻奩〉諸齣，世皆目為妙詞，而細唱曲不過一二支，亦太簡矣。東塘〈凡例〉中，自言曲取簡單，多不過七八曲，而不知其非也。⑩

王季烈《螾廬曲談》則另有看法：

《桃花扇》賓白最工整，曲詞亦佳，特平仄多失調，襯字欠妥貼，是其所短。⑩

⑩ 吳梅撰：《顧曲麈談》（臺北：商務印書館，人人文庫本）第二章「製曲」，頁一二四。
⑩ 吳梅撰：《霜厓曲跋》（臺北：中華書局，新曲苑第三冊）卷二，頁六七三下。

整體而言，過去對《桃花扇》的評論，不管稱許或提出針砭，都不免流於空泛。近年來，或者是西方批評理論東傳，或者是研究者想進窺堂奧，對《桃花扇》的研究已開始跳脫類似前述直觀式的陳述，逐漸直探《桃花扇》的核心。以下謹將重要的觀點陳述於後：

一、格律

根據《桃花扇・本末》中孔尚任的自述，當《桃花扇》初面世演出時，曾盛況空前、歲無虛日，因之，他的朋友金埴書贈作者的詩曾形容說：

縱使元人多院本，勾欄爭唱孔洪詞。

但是，奇怪的是，翻檢若干乾隆以來資料，除《納書楹曲譜》收有〈訪翠〉、〈寄扇〉、〈題畫〉三齣外，演出戲曲選本幾乎很少看到收錄此劇的。如完成於乾隆中葉的錢德蒼選編本《綴白裘》，計收錄八十餘種劇作，折子戲四百九十三齣，《桃花扇》竟無一齣選入。而根據陳多先生的翻檢[103]，陸萼庭廣收自同治十一年的申報等舊報戲目廣告整理出的《清末上海崑劇演出劇目志》，當時演出的南戲傳奇多達八十

---

[102] 王季烈撰：《螾廬曲談》（臺北：商務印書館，人人文庫本）卷二，「論作曲」葉二下。

[103] 陳多撰：〈無情之戀——桃花扇情愛描寫新析〉（戲劇藝術，一九九〇年，第三期）。

七種、五百十一齣，《桃花扇》仍是榜上無名；另外，顧篤璜《昆劇史補論》所抄錄的內廷供奉陳金雀於咸豐十年「大約是他帶到內廷去的點戲用的戲折」，根據老藝人曾長生口述整理的《清宣統以後恢復的後全福直至民國以後的仙霓社所常演的劇目》也未曾見到《桃花扇》被提到。據此可推論《桃花扇》儘管曾風靡過一段時間，卻如曇花一現，很快銷聲匿跡。深究其原因，孔尚任不懂音律，使得搬演時的舞臺效果大打折扣，可能是一個重要的因素。

對於這一點，似乎一直有人提出批評，除前述吳梅認為它「乏耐唱之曲」及「有佳詞而無佳調」外，日人青木正兒也批評道：

> 孔尚任素以詩成家，於戲曲一端屬門外漢，通曉音律不深。[104]

> 論其文辭，比之《長生殿》僅典麗而乏生動者，《桃花扇》當出一頭地。然以音律故，遂使《長生殿》稱霸近代，而《桃花扇》至近日，戲場內演之者漸稀少焉。[105]

周妙中在《清代戲曲史》上也說：

---

[104] 青木正兒撰：《中國近世戲曲史》（臺北：商務印書館）頁三八九。

[105] 同前注，頁三八九。

只就音樂而論，所用曲牌很多是大家都很生疏的曲子，而大家慣用的動聽的曲牌卻用得很少。甚至像〈正宮・端正好〉這樣幾乎每劇都不能缺少的套曲，一部《桃花扇》竟沒有用。因此演員和樂工學習起來要困難得多，不可避免地會嚴重影響劇本的流傳。⑩⑥

除此之外，莊一拂也有同樣的看法。⑩⑦究竟這樣的說法是否有據？這點，有三本論文集曾較為深入的加以探究，一為陳安娜《桃花扇傳奇之研究》⑩⑧，一為耿湘沅《桃花扇考述》⑩⑨，一為謝麗淑《桃花扇研究》⑪⓪。

陳安娜論文，有關格律方面論及句法、用襯、組套及韻協。她逐一檢視全劇後，認為《桃花扇》曲律及韻協多所未合，其宮調之安排遠不及《長生殿》配套之勻稱，截搭之處也不若《長生殿》的彌縫無罅；韻協部份，則四十四齣中，計十七齣有不當處，完全正確者只三四耳。總之：

《桃花扇》四十四齣中，其音律計有過半齣未當。

⑩⑥ 周妙中撰：《清代戲曲史》（中州古籍出版社，一九八七年十二月）頁一五三。

⑩⑦ 莊一拂撰：《古典戲曲存目匯考》以為：惜作者不諳度曲，如就其音律言，僅能歌唱，故昔無演者。見該書一二七二頁。

⑩⑧ 陳安娜撰：《桃花扇傳奇之研究》（臺北：師大國文系曲學集刊，一九六四年）。

⑩⑨ 耿湘沅撰：《桃花扇考述》（臺北：嘉新論文）。

⑪⓪ 謝麗淑撰：《桃花扇研究》（臺北：東吳大學中文碩士論文）。

不過，因陳文所據版本不妥，可能也影響了判斷的正確性。耿湘沅論文中論音律一節，探討句法、用襯及韻協。其論點除句法外，大都因襲陳著，較無可觀；謝麗淑之作晚出，所謂後出轉精，有比較精審的考察，值得注意。她一反前人認為《桃花扇》有佳詞而無佳調的說法，因為經過逐一比對過後，發現除數處存疑外，總計全劇之平仄、句法、韻協與韻律不合者，僅有六十餘句，而其中與律不合者，考之於本劇其他同調之曲，也都合律，可見並非孔尚任不懂音律，她懷疑可能是因為作者為求音樂變化而自創新聲。

孔尚任雖在《桃花扇・本末》裡自承當初創作《小忽雷》時，「雖稍諳宮調，恐不諧於歌者之口」，曾假手顧天石代為填詞；但他也說明，創作《桃花扇》時，蒙王壽熙提供當時流行曲本，他依譜填之：

> 每一曲成，必按節而歌，稍有拗字，即為改製，故通本無聱牙之病。

而孔尚任不通音律的說法，多半來自〈本末〉中他個人的謙辭，一般人並未真正認真去檢索，事實上，在他替李塨《大學辨業》作的序上曾說：「予自幼留意禮樂兵農諸學」，後來又在〈答費此度〉書中說：

> 樂律深邃精微，非狂鄙所能窺，但夙承家學，……二十年來，悉心考證。……⑪

⑪ 孔尚任撰：《湖海集》（臺北：世界書局，《孔尚任集》）卷一二，頁二六五。

可見他在隱居石門山中時，所注意的學問是禮樂兵農，而對樂律方面，尤其下了很大功夫。周貽白《中國戲劇發展史》的說法是正確的：

其審音協律之不厭其詳，即不加聲明，在每一曲調裡都可看出。……「所謂稍有聱句，即為改製」，當非徒託空言。112

如今，經過謝麗淑以各種版本詳加考證，也證明孔尚任並非不通音律，這應可解除《桃花扇》因無佳調而至影響到它的流傳的說法。

事實上，《桃花扇》之所以沒有在其後的舞臺上活躍起來，有人以為乃因《桃花扇》中的興亡之感太過敏感，又因孔尚任的罷官，於是人們引以為誡，比較少搬演此劇，以免招來麻煩。姑不論此說是否有據，《桃花扇》的演出之沒法恢復當年的盛況，是可以理解的。雖然一般都把《桃花扇》稱作歷史劇，事實上，就其寫作的年代看來，它可能更接近時事劇，而時事劇在明末清初大行其道，但鮮少流傳到今天也是個事實，畢竟時事劇的流行有它的特殊環境背景，一旦離開了那個滋養它的年代，魅力就要大減，何況，那個年代既然不斷的有新的時事劇出現，觀眾的注意力自然會隨之轉移，《桃花扇》在熱烈演出一段時間後，功成身退，為當時其他正當熱門的時事題材所取代，不是很容易理解的嗎！這和真正的歷史劇《長生殿》的情況是不能相提並論的。何況這二劇的主題是大相逕庭的，《長生殿》是唯情論的歷史劇，

112 周貽白撰：《中國戲劇發展史》（臺北：僶勉出版社）頁五〇四—五〇五。

雖寫宮廷逸史，畢竟人們對愛情不朽的嚮往是遠超過對特定年代興亡的關切的。所以，當大家把《桃花扇》未能如《長生殿》般風行不斷歸咎於音律不協或禁演等原因時，也許可以從主題及題材兩方面來加以思考。

二、結構

關於《桃花扇》的結構，歷來討論者都持肯定的態度，也都對孔尚任寫作劇作時刻意在結構上求新求變的用心，深有體會。吳梅先生以為此作：

通體佈局，無懈可擊。

青木正兒在《中國近世戲曲史》裡也稱讚道：

此作在史實的拘束中，而能自在運用其構思，毫無跼蹐瑟縮之態，起伏轉折照應，秩序整然，毫不見衝突處，此其所以為傑構也。[113]

---

[113] 同注[104]，頁三八六。

《桃花扇》的結構之所以備受稱許，端賴作者嚴密的掌握住結構三原則，亦即孔尚任自己所說的：

1. 劇名《桃花扇》，則桃花扇譬則珠也，作《桃花扇》之筆，譬則龍也。穿雲入霧，或正或側，而龍睛龍爪，總不離乎珠。《桃花扇・凡例》
2. 排場有起伏轉折，俱獨闢境界；突如而來，倏然而去，令觀者不能預擬其局面。《桃花扇・凡例》
3. 熱鬧就是冷淡的根芽，爽快事就是糾纏的枝葉。第十齣〈修札〉

所謂「龍睛龍爪，不離乎珠」是主張筆法多變而不離中心主題，即金聖歎《讀第六才子書》中所說的「獅子滾球法」[114]；「獨闢境界」是李漁《曲話》提出的「脫窠臼」[115]，讓人耳目一新；而熱鬧與冷淡的配置，尤其是一本傑出劇作的靈魂。孔尚任在設計《桃花扇》的結構時，就希望充份掌握住這三點原則，所以，一般的反應都相當一致的給予佳評。

在眾多討論的文字中，廖全京的〈論桃花扇傳奇的結構藝術〉一文是一篇專就《桃花扇》的結構來分析的文字，他認為《桃花扇》結構，在具體設計和配置中，採取了兩種方法：一是圍繞主線前後、敷

---

[114] 金聖歎批：《貫華堂第六才子書西廂記》（長安出版社，《金聖歎全集》第三冊），卷之二，「讀第六才子書西廂記法」一七則，云：文章最妙，事先覷定阿堵一處已，卻於阿堵一處之四而將筆來左盤右旋，右盤左旋，再不放脫，卻不擒住。分明如獅子滾球相似，本只是一個球，卻教獅子放出通身解數，一時滿棚人看獅子，眼都看花了，獅子卻是並沒交涉。人眼自射獅子，獅子眼自射球。蓋滾者是獅子，而獅子之所以如此滾，如彼滾，實都為球也。

[115] 李漁撰：《笠翁劇論》（中華書局，新曲苑第一七種）卷上，葉八。云：塡詞之家，務解傳奇二字，欲為此劇，先問古今院本中曾有此等情節與否，如其未有，則急傳之，否則枉費辛勤，徒作效顰之婦。

衍史實；一是主線和史實相互融合。這種線索安排方式，既非簡單的單線結構方式，也非一般的雙線結構方式，而是綜合二者之長，並加以發展了的主線貫串史實的結構方式。這種方式既可以突破單線結構發展時常見的狹窄、侷促、伸展不開的毛病；一方面又能克服運用雙線結構方式時所存在的主、副線關係處理不當的問題，使得經過提煉的豐富複雜的社會歷史事件跟劇本主要線索水乳交融的結合在一起，因而，使整個戲曲在結構上顯得如江似海、奔騰跌宕、深沈廣闊。

在境界獨出這一點上，廖先生指出：孔尚任擅長於在冷場戲裡挖掘「戲」，追求平靜處見波瀾的藝術效果，也成功的運用了製造懸念的藝術手法，引起觀眾的興味，正是「引而不發，躍如也」。但是在諸多美言之後，他也不忘指出《桃花扇》的未盡之處：

> 由於各種條件的限制，孔尚任對傳奇結構的探索畢竟是有限的，不可能對這種結構形式進行脫胎換骨的改造。因此，《桃花扇》不可避免地存在諸如篇幅仍嫌冗長，節奏過於緩慢等傳奇在結構上的共同毛病。[116]

張阿利先生〈桃花扇結構新論〉是另一篇專就《桃花扇》[117]的結構立論的文字。他以皮亞傑結構主義的觀點來加以分析，他認為《桃花扇》的總體建構可分為表、次、深三層，其總體建構基本如下：

[116] 廖全京撰：〈論桃花扇傳奇的結構藝術〉（戲劇論叢，一九八二年五月）頁一六六。

[117] 張阿利撰：〈桃花扇結構新論〉（西北大學學報哲學社會科學版，一九八七年，第三期）。

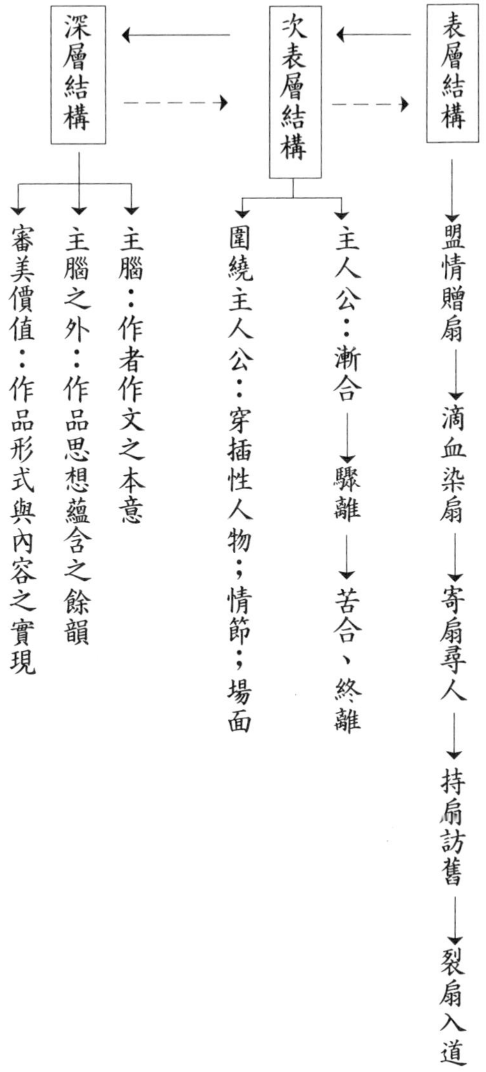

表層結構成了全劇骨骼，次層結構是劇本的血肉，深層結構則是劇作的靈魂。從表層結構到次層結構，以至深層結構，這種舊結構層次不斷被新層次替代的過程，形成《桃花扇》傳奇建構的整體性、系統性。在這整體建構中，《桃花扇》猶如針線，細密有致，貫穿始終，致使整部傳奇既有脈絡分明的主線部份，又有不可缺少的輔線部份，既成單一明快的演進趨勢，又有複雜多樣的內容充實；既能圓滿體現作者的主腦，又有更為豐富博深的思想意蘊，同時使整部傳奇的審美價值得到創造性實現。

這樣的分析讓我們更深刻體會《桃花扇》結構建造對劇本多方面的深化作用，對解說《桃花扇》的結構而言，可以說提供了另一個視窗。

洪柏昭《孔尚任與桃花扇》除了對《桃花扇》的結構做了一番分析，並稱譽它「結構完整統一，成就很大」外，也不諱言：

用今天劇場要求來觀察，那麼它的枝蔓冗長，就更明顯。我們甚至可以刪掉一條情節副線（即單純寫政治、軍事鬥爭的線）而不影響主題和主要人物的鮮明、完整。⑱

但是，他隨即又為孔尚任辯護，以為這是因應觀眾的充裕觀賞時間的權宜，是當時傳奇的通病，不必獨責《桃花扇》。

確實，當我們在評論一部古典作品時，如果一味以現代劇場的觀念來評析，往往會失之毫釐，謬以千里，傳奇動輒四、五十齣的結構，是因當時劇場的觀賞習慣而建立的，現在看起來也許稍嫌冗長，但在當時每劇搬演兩、三天的慣例下，《桃花扇》的篇幅並不過份。

但是，就文學的觀點看來，它固然針線細密、貫串終始，有嚴密的結構，但在排場上則缺乏冷熱的調劑，依其時的劇曲標準來衡量，他不像《長生殿》般有可觀的大套曲以醒人耳目，也不像《長生殿》般，有俏皮的〈絮閣〉等鬧場來調劑，它只是四平八穩。當作案頭文學來欣賞，絕對是一本傑出的作品，但施諸舞臺，則齣齣妥貼並非即上乘之作，當時的劇場是娛樂的地方，觀眾會比較喜愛短場、大場、鬧場、正場、靜場、全場、文武場等搭配得宜的劇本，誠如清徽師所說：

---

⑱ 洪柏昭撰：《孔尚任與桃花扇》（廣東人民出版社，一九八八年四月）頁一八九。

假若全用正場以襯大場，聽眾在連續的欣賞整套戲曲下，必生厭倦，而有目不暇給之感。所以在大場、正場之間，搭配短場，以醒沈悶的空氣。[119]

這當然也和當時觀戲的習慣有關，觀眾往往利用過場時間，寒暄、吃點心、洗手……等，所以，排場的平鋪直敘、缺乏高潮迭起，我認為亦是《桃花扇》之所以無法與《長生殿》在劇場中一較短長的所在。

三、曲文賓白

對於寫作曲文賓白的原則，孔尚任說得最為詳明，〈凡例〉中至少有七處言及：

詞必新警，不襲人牙後一字。〈第六則〉

詞曲皆非浪填，凡胸中情不可說，眼前景不能見者，則借詞曲以詠之。又一事再述，前已有說白者，此則以詞曲代之。〈第七則〉

製曲必有旨趣，一首成一首之文章，一句成一句之文章。列之案頭，歌之場上，可感可興，令人擊節歎賞，所謂歌而善也。若勉強敷衍，全無意味，則唱者聽者皆苦事矣。〈第八則〉

詞曲入宮調，叶平仄，全以詞意明亮為主。〈第九則〉

[119] 張敬撰：《清徽學術論文集》（華正書局）頁四八。

詞中使用典故，信手拈來，不露餖飣堆砌之痕。化腐為新，易板為活。〈第十則〉

說白則抑揚鏗鏘，語句整練，設科打諢，俱有別趣。寧不通俗，不肯傷雅。〈第十一則〉

上下場詩……時本多尚集唐，亦屬濫套，今俱創為新詩。〈第十五則〉

這七則分別說明了曲文的創新性、曲文與賓白的搭配、曲文與劇情的關聯性、詞意的曉暢性、典故的推陳出新、說白的創作原則及上下場詩的不襲舊句等，幾乎已囊括了一般劇論者關切的所有問題。依他自己所訂下的準則加以衡量，《桃花扇》雖略有瑕疵，卻是瑕不掩瑜，歷來劇評家對此最多佳評，梁廷枏《藤花亭曲話》曾做了優美的形容：

《桃花扇》筆意疏爽，寫南朝人物，字字繪色繪聲。至文詞之妙，其豔處似鄰風桃蕊，其哀處似著雨梨花，固是一時佳構。[120]

吳梅對《桃花扇》曲文尤其稱許有加，他說：

余謂《桃花扇》不獨詞曲之佳，即科白中詩詞對偶，亦無一不美。如「葉分芳草綠，花借美人紅」、「新書遠寄桃花扇，舊院常關燕子樓」及上下本結穴之五七律兩首，幾乎無一字不斟酌。搏兔用

[120] 同注[99]。

全力，唯云亭足以當之耳。[121]

至於趣之一事，最難形容，無論花前月下密約幽歡之曲，不可帶道學氣；即如談忠說孝，或摹寫節烈之事，所作曲白，亦不可走入呆板一路。要使其人鬚眉如生，而又風趣悠然，方是出色當行之作。《桃花扇．沉江》一折，譜史可法死節事，何等可慘！而其曲云：「撇下俺斷篷船，丟下俺無家犬。」又云：「看空江雪浪拍天，流不盡湘纍怨。累死英雄到此日，看江山換主，無可留戀。」又尾云：「山雲變，江岸遷，一霎時忠魂不見，寒食何人知墓田。」讀之令人慷慨泣下，無一憔悴可憐之語，如見閣部從容就死之狀。末云寒食墓田，則又淒涼欲絕，感人心脾，無他，機趣流利也。若通首作名教中語，則反成一種不規則之格言，安能激動觀場者之心乎？故填詞者須有跌宕風流之致，雖存扶持名教之旨，切不可為迂腐可鄙之詞。元陳剛中論人品云：抑聖為狂，寓哭於笑。作傳奇者，亦須如是，此填詞重機趣之說也。[122]

梁啟超《飲冰室叢話》亦云：

《桃花扇》沉痛之調，以〈哭主〉、〈沉江〉兩齣為最。〈哭主〉敘北朝之亡，〈沉江〉敘南朝之亡也。〈哭主〉中如勝如花兩腔云：高皇帝，在九京，不管亡家破鼎，那知他聖子神孫，反不如飄

[121] 同注[100]，頁一八四。

[122] 同前注，頁一一六。

蓬斷梗。十七年憂國如病，呼不應天靈祖靈，調不來親兵救兵，白練無情，送君王一命。傷心煞煤山私幸，獨殉了社稷蒼生，獨殉了社稷蒼生。其二云：宮車出，廟社傾，破碎中原費整，養文臣帷幄無謀，豢武夫疆場不猛。到今日，山殘水剩，對大江，月明浪明，滿樓頭，呼聲哭聲。這恨怎平？有皇天作證，從今後，僇力奔命，報國仇早復神京，報國仇早復神京。〈沉江〉之普天樂云：撇下俺斷篷船，丟下俺無家犬，叫天呼地千百遍，歸無路，進又難前。那滾滾雪浪拍天，流不盡香累怨，勝黃土，一丈江魚腹寬展。摘脫下袍靴冠冕，累死英雄。到此日看江山換主，無可留戀。其古輪臺云：走江邊，滿腔憤恨向誰言？揮老淚寒風吹面，孤城一片。望救目穿，使盡殘兵血戰，跳出重圍，故國苦戀。誰知歌罷剩空筵，長江一線，吳頭楚尾路三千。盡歸別姓，雨翻雲變。寒濤東捲，萬事付空煙。精魂顯，大招聲逐海天遠。此數折者，余每一讀之，輒覺酸淚盈盈，承睫而欲下，文章之感人，一至此邪！[123]

這些都是從文學觀點來點出《桃花扇》的善於字句鍛鍊。而《曲欄閒話》則從文字的鋪敘上著眼，說：

孔云亭《桃花扇》深情悱惻，自在《燕子箋》以上。〈訪翠〉〈眠香〉兩齣，香馥穠豔，極一種美滿愉快之旨，尤為空前絕後之作。而鋪敘亦極其能事。〈哭主〉一齣，生氣勃勃，讀之尤能引起

---

[123] 本文發表於新小說社刊《小說叢話》，一九〇三年。

人一種愛國精神。[124]

洪柏昭乾脆以「高度詩化的語言」來為《桃花扇》的曲文賓白做註腳。他以為在曲詞風格上，《桃花扇》基本上採用的是典雅而富於文采的語言，但作者也注意到對不同的人物使用不同的風格，香君的溫柔淒婉、方域的風流蘊藉、龍友的圓滑多變、史可法的忠烈悲憤、柳敬亭的豪爽痛快……各有其基本格調。而且在情境變化時，曲詞風格也隨之變化，不拘於一格。

在賓白部份，洪先生也指出，《桃花扇》中除〈孤吟〉外，賓白都較曲文為長，〈閒話〉甚至全齣皆白，十分罕見。他以為《桃花扇》的賓白除模擬聲口肖似的特點外：

> 還具有整煉、和諧、節奏鮮明的特點。念起來鏗鏘上口，簡直與散文詩接近。[125]

雖說對《桃花扇》的曲文幾乎是眾口交譽，但同樣的，也有不一樣的看法。有人就覺得《桃花扇》部份內容的字句過分粗俗：

> 《桃花扇》以氣概雄厚勝，《西廂》以字句精細勝，其長處自不可同日語。讀《桃花扇》者當取

[124] 見《小說考證補遺》頁七〇三所引。
[125] 同注[118]，頁二〇八。

其氣概，而略其字句；讀《西廂》者，當取其字句，而略其氣概，此讀兩書之公論也。顧余有不滿意於《桃花扇》者，非苛求也，實其字句粗俗之處，令人不能入目也，如雖是客況，不堪卻也，春情難按，又要打著美人心上癢，此等言語，出於侯公子之口，吾恐侯公子決不承認也。[126]

而浴血生也有類似的看法：

《桃花扇》之所長，寄託遙深，為當日腐敗之人心寫照，二語已足盡之，填詞演白，頗有一二草草處，蓋云亭意本不在此也。[127]

其實，平心而論，以上二家的說法，還大有斟酌的餘地。事實上，《桃花扇》的曲詞賓白，非常雅致，就如作者〈凡例〉中自言「寧不通俗，不肯傷雅」，因此，雖然整體上顯得骨肉勻停，美不勝收，但施之舞臺，則不免典雅有餘、當行不足，這也正是明清之間文人劇的共同特徵。尤其，受限於孔尚任個人的身世背景，在描摹武將或低階層人物的聲口時，就特別容易表現出不夠草莽的缺失，這正是洪柏昭所說詩化語言在實際演出時常遇到的隔閡。所以，我認為王季思先生的批評最是中肯：

[126] 見任二北編：《曲海揚波》（臺北：中華書局，新曲苑第四冊）卷三，頁八二四。

[127] 同前注，頁七二六。

作者在〈凡例〉裡主張詞曲要寫得「詞意明亮」這是對的。我們從作者在《桃花扇》裡許多寫得較為流暢的詞曲來檢查，已基本上克服了從明代中葉以來梅禹金、屠赤水一派的典麗作風。然而另外一面，作者又主張製曲要「一首成一首之文章，一句成一句之文章」，主張在詞曲中用典要「信手拈來，不露餖飣堆砌之痕」，這就說明他的「詞意明亮」，只是就書本上的功夫說，還不可能像關漢卿、王實甫等作家除了從許多優秀的古典詩詞裡吸取有用的詞彙外，還從人民口頭上直接提煉語言，加強了曲子的表達力量。在說白方面，作者主張「寧不通俗，不肯傷雅」，也使戲中許多淨丑賓白，喪失應有的潑辣與機趣。[128]

四、情節

希臘哲學家亞里士多德說：

吾人肯定，悲劇之第一要素，亦可謂為悲劇之生命與靈魂，乃是情節。[129]

---

[128] 王季思等注：《桃花扇》（臺北：里仁書局）〈前言〉頁二一。

[129] 亞里士多德著、姚一葦譯注：《詩學箋註》（中華書局，一九七三年十一月）頁六九。

戲劇必須通過事件才能寫人，沒有情節就沒有人物，也就沒有思想。情節是否動人，是衡量作品成就高低的重要因素。《桃花扇》是一本歷史劇，它的情節主要是圍繞在侯、李愛情所綰合的南明歷史事件。孔尚任雖在考據中明列歷史材料的來源，但劇作的情節終歸須經藝術的熔裁、點染，才能使單調的歷史異彩紛呈。

王季思先生在談到《桃花扇》劇情的處理時，特別拈出〈修札〉中的對白「那熱鬧局就是冷淡的根芽，爽快事就是牽纏的枝葉」，認為上本寫侯、李那樣旖旎風光的生活，正為他們後來的淒涼歲月埋下根芽；下本寫弘光帝的選優演戲，馬阮的賞雪觀梅、傳歌開筵，也招致了國破家亡的後果。孔尚任的藝術構思，正是從「熱鬧局就是冷淡的根芽」這一現實認識出發。而另一方面，作者也認為復社文人對阮大鋮的抗爭過於厲害，也因而引起黨禍牽纏的問題。王先生並歸納出作者在劇情處理上的兩大特色：一是針線細密，一是轉換靈活。

董每戡《五大名劇論》裡，對《桃花扇》的情節發展，逐齣做詳明的分析，是討論《桃花扇》情節的一篇重要文字。[130]

洪柏昭先生《孔尚任與桃花扇》以為《桃花扇》點染史事，運用三種手法：一是更動歷史事實的時間，二是更動歷史事實的細節，三是增加史實中沒有的事件。而經過多方舉證後，洪先生認為：

《桃花扇》情節的擺脫窠臼，獨闢境界，曲折多變，不易擬測，也就是作者撰寫戲劇情節的技巧，

[130] 董每戡撰：《五大名劇論》（人民出版社）。

是達到了很高的水平的。明清戲曲家要求傳奇情節新奇，孔尚任是完全做到了。但是《桃花扇》情節的新奇，並不像明末以來那些一味追求情節離奇的劇作那樣，濫用誤會、巧合，隨意製造曲折，而不問事理必然性或可然性的有無。……它的情節大都是有理可尋的，是符合規定情景中的人物行動規律的，是符合藝術的真實的。劉勰要求作文要「酌奇而不失其真，翫華而不墜其實」，《桃花扇》的情節，也達到了這樣的境界。[131]

在眾多讚美聲中，陳多的〈無情之戀——桃花扇情愛描寫得失新析〉則毫不留情的提出異議，他認為孔尚任辜負了新奇可傳的《桃花扇》，沒有把這個題材處理好。其關鍵在既沒有把握住男女雙方的情感活動，借歌舞媒介予以表達，而約略寫到一些的，又每與觀眾意趣相背，難以博得共鳴。[132]

綜觀全劇，容或有小玼，但難掩大瑜，無怪乎劇作初出，王公薦紳，莫不借鈔之，一時洛陽為之紙貴，《桃花扇》在曲學上的成就，確實讓清代劇作家難望其項背。

---

[131] 同注[118]，頁一八五。

[132] 陳多撰：〈無情之戀——桃花扇情愛描寫得失新析〉（戲劇藝術，一九九〇年，第三期）。

第二章《桃花扇》中桃花扇的運用線索

第一節 桃花扇的形狀考

作為孔尚任《桃花扇》中重要地位的那柄桃花扇到底是支團扇（紈扇）或摺扇，向為論者所忽略。梁啟超於注解《桃花扇》一書❶時，於每齣之前，明列該齣戲發生的時間、地點、人物、布景及備用物，在備用物中，凡提到這把扇子時，或者稱呼「詩扇」❷，或者逕云「桃花扇」❸，並未對這柄扇子的形式有任何說明；而王季思、蘇寰中、楊德平合注的《桃花扇》僅在二十三齣〈寄扇〉中有過簡單的敘述，它是針對〈碧玉簫〉曲文的注解，原文為：

❶ 梁啟超注、孔尚任撰：《桃花扇》（臺北：中華書局，一九八七年十二月，《飲冰室專集》）冊一〇。

❷ 見前注，上卷，頁九二。

❸ 同前注，下卷，頁三〇、八五、九七、二五八。

揮灑銀毫，舊句他知道，點染紅么，新畫你收著。便面小，血心腸一萬條。手帕兒包，頭繩兒繞，抵過錦字書多少。

在「便面」的注解裡，說：

即團扇。因便於遮面，所以叫作便面。❹

顯見王、蘇、楊等先生，都認為此扇為團扇。而從作者在內文中稱呼或形容這柄扇子看來，也頗有可能被認為那是一柄團扇。第六齣〈眠香〉中，沈公憲起鬨「合歡有酒，豈可定情無詩乎？」正當大夥兒正要磨墨拂箋時，侯方域當場順手取出此扇，說：

不消詩箋，小生帶有宮扇一柄，就題贈香君，永為訂盟之物罷！

第七齣〈卻奩〉裡，楊龍友問侯方域「夜來訂情，必有佳作」時，香君即刻取出此扇，出示扇頭詩作，楊龍友看見詩扇，特別緊接了句：

❹ 王季思等注、孔尚任撰：《桃花扇》（臺北：里仁書局，一九九一年一月）頁一五二。

是一柄白紗宮扇。

依照以上二則文字判斷，桃花扇是一柄白紗宮扇無疑。而一般言「宮扇」則多指團扇而言，是因宮闈仕女多用團扇而得名。

可能就因為這樣的認知，所以，莊申先生在《扇子與中國文化》一書中便逕云：

近年大陸上曾經把孔尚任的《桃花扇》加以改編，兩次公開演出。可是無論是在改成的古裝話劇裡，還是在改成的平劇裡，李香君手裡的扇子，卻都不是白紗紈扇，而是畫了桃花的金色摺扇或素紙摺扇。孔尚任如果能夠看到這樣的桃花扇，難免不會產生失之毫釐，差之千里的感覺吧！❺

莊先生認為李香君手持的桃花扇應該是柄白紗紈扇。但是，在反覆閱讀原典，並參考其他書籍後，我卻有了不同的看法。因為有更多的證據顯示孔尚任所寫這柄桃花扇極有可能是一柄摺扇，今分述於下，以就教於方家：

一、由扇的賞玩動作來看

❺ 莊申撰：《扇子與中國文化》（臺北：東大圖書公司，一九九二年四月）頁六八。

第二十三齣〈寄扇〉裡，香君拒絕田仰硬娶後，臥病空樓，思前想後，備感心酸，於是：

獨坐無聊，不免取出侯郎詩扇，展看一回。

其後，在同齣裡，香君倚在妝臺盹睡片時，適逢蘇崑生、楊龍友相偕登樓，不明究裡的蘇崑生見扇上血痕，問道：

這柄扇兒，展在面前，怎麼有許多紅點兒？

第二十八齣〈題畫〉中，侯方域重訪媚香樓，值桃花盛開，對景觸情，不禁淚下，於是也說：

不免取開畫扇，對著桃花，賞玩一番。

不管是「展看」詩扇，或是扇兒「展」在面前，抑或「取開」畫扇，都是賞玩摺扇才有的動作，如果是團扇，則既無法「展」，亦不必「開」。

二、由扇的使用及比擬來看

第二十二齣〈守樓〉裡，李貞麗與楊龍友逼迫李香君嫁給田仰，為她強迫梳頭、穿衣，香君「持扇前後亂打」，楊龍友於是感歎道：

好利害！一柄詩扇，倒像一把防身的利劍！

可以持扇亂打，卻仍舊完好，並未毀損扇面，據推測，恐怕是沒有展開的摺扇較為可能。何況，一般拿來互為比擬的兩件物品，若非在形式上相似，便是在功能上相當，被比喻為「防身利劍」的詩扇，在尋求上述兩個相似點上，摺扇應該要比紈扇更為接近利劍。

三、由裂扇的動作及結果來看

第四十齣〈入道〉中，香君、方域重逢於棲霞山上的追薦法會上，正驚喜訴情，道士張薇怒斥他們「清淨道場，那容的狡童游女，戲謔混雜」，而且，「忙下壇向侯、香手中裂扇擲地介」，二人因之如夢忽醒，決意修身學道。張薇於大笑三聲後，高唱：

你看他兩分襟，不把臨去秋波掉，虧了俺桃花扇扯碎一條條，再不許癡蟲兒自吐柔絲縛萬遭。

如果是紈扇，「裂扇」的動作可能就比較困難，何況，恐怕也只有摺扇在扯碎後，才會變成一條條。

四、由扇子的結構來看

第二十七齣〈逢舟〉裡，蘇崑生與侯方域隔舟相逢，崑生急忙奉上香君所託交的桃花扇，並唱道：

這封書不是箋紋，摺宮紗夾在斑筠，題詩定情，催妝分韻。

短短一段曲文，透露了重要的證據。「摺宮紗夾在斑筠」，應該是摺扇的製作方法，「摺」字很明確的說出製作方式，如果是紈扇，應該是將紗、絹等絲質「繃」於竹架之上，和「摺」字無關。而摺扇的扇面，雖然以紙為材料者為大宗，但用絹和夾紗的也不是沒有。而摺扇的扇骨材料，以竹為最普遍，且明沈德符《萬曆野獲編》亦云：

吳中摺扇，凡紫檀、象牙、烏木者為俗製，惟以棕竹、毛竹為之者，稱懷袖雅物。❻

此處所說棕竹，顏色有紫、黑、褐，另有一種竹節上有帶白斑的，就是所謂的「斑竹」，即「斑筠」。

❻ 明沈德符撰：《萬曆野獲編》（臺北：偉文圖書出版社據中研院史語所藏舊抄本影印）冊四，卷二六，頁一七五一。

如果斑點勻密適度，是相當名貴的。通常摺扇的製作法是：先將竹骨用人工削成，再加以磨光、雕刻、上漆、貼金、穿孔、釘眼等手續，再以紙或夾紗、絹等糊成扇面，摺疊陰乾，依扇骨大小插入扇面黏合便成。所以，「摺宮紗夾在斑筠」不但完全符合摺扇的製作，也說明這是一把質地名貴的摺扇。

五、由當時的風尚來看

中國扇子種類繁多，其名稱因質料、功用、大小形狀及場合而不同。可粗分為柄扇和摺扇兩種。漢代扇子已普遍流行，使用範圍廣泛，由皇帝后妃行止儀駕障日蔽塵之具，到個人日常生活引風招涼之物，柄扇中流行最廣者屬團扇。而宮闈仕女最習用的，是其中以素絹、羅、綾製作的紈扇，就是所謂的宮扇，漢成帝寵妾班姬所作〈怨歌行〉裡所說：「新製齊紈素，皎潔如霜雪，裁為合歡扇，團欒似明月。」所指即此種圓形絹扇。迨及魏晉南北朝，風氣益盛，文人愛扇、惜扇，發為吟詠者不計其數，扇賦、扇銘、扇歌比比皆是。而兩宋之際，更成為團扇流行熾盛的時代，至明代，由於摺扇的崛起，團扇為主的柄扇急遽衰落，地位一落千丈。

摺扇又名折扇、摺疊扇、撒扇、聚頭扇。有關的記載，明確可考的，首見於北宋郭若虛《圖書見聞誌・高麗國》卷六：

彼使人每至中國，或用折疊扇為私覿物，其扇用青紙為之，上畫本國豪貴，雜以婦人鞍馬，或臨

> 水為金沙灘，暨蓮荷花木水禽之類，點綴精巧。又以銀塗為雲氣月色之狀，極可愛，謂之倭扇，本出於倭國也。近歲尤祕惜，典客者蓋稀得之。❼

由上述記載可知，摺扇原產日本，於宋時由朝鮮使者攜進我國。但在團扇風靡的兩宋，摺扇只作「私覿物」，即禮物，並未流行。但是，到了明代，朝鮮和日本大量以折扇入貢，而皇帝又往往以此作為賞賜。《萬曆野獲編》卷二十六就記載著：

> 今四川布政司所貢，初額一萬一千五百四十柄，至嘉靖三十年，加造備用二千一百，蓋賞賜所需。四十三年，又加造小式細巧八百，則以供新幸諸貴嬪用者，至今循以為例。……凡午節例賜臣下扇，閣部大臣及講筵詞臣例拜蜀扇，若他官所得僅竹扇之下者耳。❽

同時，皇帝亦開始命令臣工仿製，清劉廷璣撰《在園雜志》卷四有云：

> 明永樂中，朝鮮國入貢，成祖喜其捲舒之便，命工如式為之，自內傳出，遂遍天下。❾

---

❼ 宋郭若虛撰：《圖畫見聞誌》（臺北：商務印書館，四部叢刊本）二三冊，卷六，頁一二。

❽ 同注❻，頁一七四九—一七五〇。

❾ 清劉廷璣撰：《在園雜志》（臺北：文海出版社，近代中國史料叢刊）卷四，葉二五上。

皇上因見摺扇捲舒方便，令內府巧匠仿製，且遍賜群臣及嬪妃宮女，於是，摺扇成為士大夫所樂用，逐漸取代了團扇，並廣為社會大眾所接受，進而成為明清兩代，中國用扇主流，不論身份，無分貴賤，幾乎人手一柄，明陸容撰《菽園雜記》卷五有則記載道：

南方女人皆用團扇，惟妓女用撒扇。近年良家女婦，亦有用撒扇者，此亦可見風俗日趨於薄也。❿

連良家婦女都能突破身份藩籬，揚棄社會階級觀念，正足以顯示摺扇普遍流行的事實。摺扇的廣泛流行，除了內宮的推波助瀾外，其時正當明代手工業蓬勃之際，製作上提供了優良的技術亦功不可沒。另外，摺扇舒捲隨意與攜帶方便，迎合了講究閒情逸趣、重視生活情調的明代文人需要，於是，文人「相扇成風」，造成流行風潮。成化之後，製作日益精緻，摺扇除招風引涼之外，甚至成為文人生活上的裝飾品，好事者更踵事增華，發展出扇面書畫游藝，許多著名書畫家如沈周、唐寅、文徵明、仇英、祝允明、藍瑛、董其昌……等人，都有大量扇面書畫傳世，晚明清初，書畫扇面，興盛發達臻於極致，由書畫史記錄及實際流傳書畫蹟看來，此一時期的文人雅士，幾乎無人不擅於寫繪摺扇扇面。因此，《桃花扇》中，侯方域於筵席上，隨手便於扇上題詩；楊龍友見扇上血痕，即刻於另一面點染折枝桃花，其實正是當時風尚，所持桃花扇應是當時社交場合慣用的摺扇。何況，當時除一般仕女閨秀有些尚執紈扇外，文人雅士已多持摺扇，而桃花扇原屬侯方域所有，持之以贈香君。一般會錯認它是一柄紈扇，恐怕都是誤以為

❿ 明陸容撰：《菽園雜記》（臺北：新文豐出版社，叢書集成新編）冊一二，卷五，頁四八。

桃花扇原屬李香君，既是歌兒舞女，似乎理當手執紈扇。臺北文光圖書公司六十三年再版的《桃花扇》，於正文前，引了多幅插畫，有趣的是，其中侯方域於媚香樓閒居時，手上拿的分明是柄摺扇，可是，在另一幅強調二人題詩贈扇後的歡洽圖裡，香君手中所持侯方域送的詩扇，卻是一柄紈扇。而由劇中看來，侯並未刻意另覓一扇贈予佳人，而是應眾人的起鬨，順手取出隨身之扇題詩以贈，照說，應該即是閒居時所用的摺扇才是。

由以上五點推論，桃花扇極有可能是把摺扇。王季思、蘇寰中、楊德平等人注解「便面即團扇」，應是根據明人劉元卿《賢奕編》的記載：

翣即團扇，可以遮面，故又謂之便面，覯前人題詠及圖書中可見矣。⓫

劉元卿的說法主要是因摺扇為後起之物，宋人畫仕女，只有團扇，而無摺扇，所以，解釋「便面」為專指團扇，是有它的時代因素。只是在摺扇趨盛的明清，「便面」還有專指摺扇的。乾隆御敕的《石渠寶笈》⓬中，著錄明人書扇，其中題為〈明人便面集錦〉、〈明人便面畫〉、〈董其昌便面書〉……等，指的都是摺扇。其實，無論團扇或摺扇都可用來遮面，現今《中文大辭典》和《辭源》都將「便面」解做「摺扇的別稱」，不是沒有根據的。而《在園雜志》在說明摺扇所用材料時，便說：

⓫　明劉元卿撰：《賢奕編》（臺北：新文豐出版社，叢書集成新編）冊八八，卷四，頁一〇三。

⓬　乾隆御賜：《石渠寶笈》（臺北：商務印書館，四庫全書文淵閣影印本）。

其扇骨有用象牙者、玳瑁者、檀香者……其便面有白紙三礬者、有五色繽紛者。……⓭

「便面」明顯泛稱扇面。因此，《桃花扇》中的「便面小，血心腸一萬條」，意思是說扇面雖小，卻代表相思無限。「便面」於此解為「扇面」，最為妥適。王季思等人注為「團扇」，恐怕有待商榷。

而桃花扇如果真是一柄摺扇，孔尚任又為何稱它為「宮扇」？依我之見，有兩種可能：一來宮扇是元曲中常用詞，摺扇為新興物，入曲則仍沿舊說，較為典麗。二來晚明內宮習用摺扇，也是不爭的事實，《在園雜志》不就說：

迨後定制，每年多造重金者進御，一面命待詔書寫端楷，一面命書苑繪畫工緻，預於五月一日進呈，以備午日頒賜嬪妃宮女，其釘鉸眼錢皆用精金，每扇價值五金，至本朝三百餘年，日盛一日。……若古之紈扇、羽扇、蒲葵扇亦間有用之者，不甚多也。⓮

甚至晚明所謂「宮扇」也未必盡指團扇，吳偉業有一首題為〈宮扇〉的詩，就根本指的是摺扇，茲錄於下：

⓭ 同注❾。
⓮ 同前注。

宣皇清暑幸離宮，碧檻青疏十二重，七寶鑄銅薰鴨貴，千金磁翠門雞紅。玳瑁簾開南內宴，沉香匣起西川扇，蟬翼描來雲母輕，冰紈製就天孫豔。丹霞蓊起駕雲軒，王母雙成絳節還，玉管鳳銜花萬壽，銀濤龍蹴海三山。芙蓉水殿琉璃徹，內家常苦櫻桃熱，九華初御詠招涼，落葉迴風若霜雪。蛾眉萬里尚方船，雉尾千秋奏御箋，公主合歡交翡翠，昭容反影門嬋娟。遭逢召見南薰殿，思陵日昃猶揮汗，天語親傳賜近臣，先生進講豳風倦。黃羅帕捧出雕闌，畫筆丹青掌上看，俸薄買嫌燈市價，恩深攜謝閣門班。自離卷握秋風急，蹇驢便面誰人識，聞道烽煙蔽錦城，齊紈楚竹無顏色。石榴歎火照皇都，再哭蒼梧媿左徒，舊內謾懸長命縷，新宮徒貼辟兵符。雨夜床頭搜廢篋，摩娑老眼王家物，半面猶存蛺蜨圖，空箱尚記霓裳疊。蠹粉黃侵瓊樹花，麴塵香損紫鸞車，珠衣五翟悲秦女，玉墜雙魚泣漢家。莫歎君恩長斷絕，比來舒捲仍鮮潔，乍可襟披宋玉風，不堪袖掩班姬月。⓯

西川扇即川扇，為明代有名的貢扇，屬摺扇的一種。而由「天語親傳賜近臣」可印證《萬曆野獲編》及《在園雜志》中遍賜群臣和嬪妃的說法。另外，「自離卷握秋風急」、「比來舒捲仍鮮潔」等，更清楚的指出所歌詠的西川扇原是可以舒捲的摺扇。如此說來，孔尚任以宮扇指稱摺扇，也不偏離史實，當時是有人稱摺扇為宮扇的。

另外，細心的讀者應該不會忽略了，劇中另有兩處提及此扇的地方，是稱之為「宮紗」：第七齣〈卻

⓯ 明陳維崧編：《篋衍集》（清康熙壬申年精刊本，中央圖書館善本室藏）卷六，葉三一—三二。

奩〉中，楊龍友見香君出示方域所送詩扇，特別叮嚀她妥為收藏，說：「正芬芳桃香李香，都題在宮紗扇上。」第二十二齣〈守樓〉裡，楊龍友逼香君改嫁田仰，香君情急之下，取出昔日詩扇明志，也說：「宮紗扇，現有詩題。」宮紗是一種質地輕細的絲織品，宋朱翌〈生查子・詠摺疊扇〉也曾寫道：

> 宮紗蜂趁梅，寶扇鸞開翅，數摺聚清風，一捻生秋意。⑯

因此，此劇裡的「宮扇」，也有可能是「宮紗扇」的簡便稱呼。

總之，由種種證據顯示，《桃花扇》中的那柄桃花扇應該是一支摺扇才是。

第二節 《桃花扇》的意涵表徵

一、前言

孔尚任《桃花扇》中的那把桃花扇和此劇的寫作可謂息息相關，云亭先生於《桃花扇》本末中敘之甚詳：

⑯ 唐圭璋編：《全宋詞》（臺北：古新書局）頁一一七一。

獨香姬面血濺扇，楊龍友以畫筆點之，此則龍友小史，言於方訓公者，雖不見諸別籍，其事則新奇可傳，《桃花扇》一劇，感此而作也。南朝興亡，遂繫之桃花扇底。

因為面血濺扇之事新奇可傳，所以，孔尚任遂拿它來點染南朝興亡，則此扇的重要不言自喻。〈凡例〉中，作者即提醒讀者：

劇名《桃花扇》，則桃花扇譬則珠也，作《桃花扇》之筆，譬則龍也。穿雲入霧，或正或側，而龍睛龍爪，總不離乎珠，觀者當用巨眼。⓱

孔尚任把桃花扇比作珠，把寫作《桃花扇》之筆譬作龍，主張筆法雖可如龍之見首不見尾般變化多端，但總不能離中心之珠。因此，被視為《桃花扇》之珠的那柄桃花扇，實不宜等閒視之。本文擬探討《桃花扇》的名稱淵源，並對扇上桃花所象徵的意義再加研析歸納。

二、《桃花扇》名稱的淵源

孔尚任以「桃花扇」為其劇作命名，固然是因受到聽來的面血濺扇的故事所啟發，但事實上，在孔

⓱ 孔尚任撰：《桃花扇》（臺北：商務印書館，人人文庫，一九七九年三月臺三版）。

尚任撰作《桃花扇》傳奇前，「桃花扇」三字已成為歌妓或妓女的代稱。「桃花扇」三字首見於宋晏幾道〈鷓鴣天〉詞：

彩袖殷勤捧玉鍾，當年拼卻醉顏紅，舞低楊柳樓心月，歌盡桃花扇底風。從別後，憶相逢，幾回魂夢與君同，今宵賸把銀缸照，猶恐相逢是夢中。⑱

晁補之曾批評此詞云：

晁元獻不蹈襲人語，風度閒雅，自是一家，如「舞低楊柳樓心月，歌盡桃花扇底風」，知此人必不生於三家村中者。⑲

特別拈出「舞低楊柳樓心月，歌盡桃花扇底風」不蹈襲人語。在此之前，有王獻之〈桃葉團扇歌〉：

七寶畫團扇，粲爛明月光，與郎卻暄暑，相憶莫相忘。⑳

⑱ 盧元駿選註：《詞選註》（臺北：正中書局，一九六〇年九月），頁一〇二。

⑲ 張思巖輯：《詞林紀事》（臺北：中華書局，一九六〇年，中華國學叢書本）卷六，葉一下，按晁補之所云「晏元獻」為「叔原」之誤，《雪浪齋日記》中已有指正。

唐段成式《酉陽雜俎》中另有「桃核扇」：

桃核，水部員外郎杜陟常見江淮市人以桃核扇量米，正容一升，言於九巍山溪中得。㉑

有「桃葉團扇」、「桃核扇」，卻從無「桃花扇」之名。由晏幾道生平及詞的意境看來，這闋〈鷓鴣天〉應是描寫歌兒舞妓的。晏幾道為晏殊幼子，晏殊一生歷任顯職，幾道自幼生長於富貴之家，且因家學淵源，長年浸淫，遂養成他風流蘊藉的氣質，因此，他的詞造境自與「三家村」者不同，比較接近「六朝宮掖體」。年輕時，酒筵歌席，良辰佳景，有過無數旖旎歡愉的歲月，父死後，家道中落，對人情世故、悲歡離合有更深刻的體會，詞作遂逐漸走向深沉。他的詞，多以歌妓舞女為描寫對象，他在自做的《小山詞》序中曾自云：

始時沈十二廉叔、陳十君龍，家有蓮、鴻、蘋、雲品清謳娛客，每得一解，即以草授諸兒，吾三人持酒聽之，為一笑樂而已。而君龍疾廢臥家，廉叔下世，昔之狂篇醉句，遂與兩家歌兒酒使，俱流轉於人間。……考其篇中所記，悲歡合離之事，如幻如電，如昨夢前塵，但能掩卷撫然，感光陰之易遷，歎境緣之無實也。㉒

⑳ 徐陵編：《玉臺新詠集》（臺北：商務印書館，四部叢刊本九三冊）卷十，頁八三。

㉑ 唐段成式：《酉陽雜俎》（臺北：新文豐出版社，一九八五年三月，叢書集成新編本第一一冊）卷一〇，葉八〇。

因為幾道常出入廉叔、君龍之家，所以，和他們兩家的歌妓蓮、鴻、蘋、雲都非常熟悉，也非常關切，因此，兩家主人臥家、下世後，歌兒不知所終，必然引起詞人極大的思念。此闋詞寫與故人久別重逢、不勝欣喜之情，據推測，這位多年後與幾道相對驚喜莫名的女子，應該就是蓮、鴻、蘋、雲中的一位。《小山詞》中也確實有許多首詞都是寫給她們的，這是從幾道的生平來說明。

其次，我們從詞的意境來看：「舞低楊柳樓心月，歌盡桃花扇底風」兩句應都屬六一句式，正所謂「舞低楊柳樓心之『月』，歌盡桃花扇底之『風』」，詩眼為「月」、「風」二字，明顯點明所寫乃風月之事，「舞月歌風」之處自然是風流的溫柔之鄉。再回看「彩袖殷勤捧玉鍾，當年拚卻醉顏紅」則其意更為清楚。二句重點為捧玉鍾的「彩袖」，醉顏紅的「當年」，一則點明所寫乃捧玉鍾的「彩袖女子」，一則說明事件發生在過去的「當年」，四句連看，人物、時間、地點、事件皆在字裡行間，因此，此詞乃敘寫歌兒舞女應無疑義。

（一）元代

由晏詞之後，「桃花扇」之詞屢見於文人筆下，在孔尚任《桃花扇》出現前的元、明兩代間，不管散曲、雜劇、傳奇或文人詩文別集中，「桃花扇」出現的頻率可以說是相當高的。以下謹舉例言之：

㉒《宋六十名家詞》（臺北：中華書局，四部備要本）《小山詞》序。

1. 散曲

元代散曲中，不管小令或散套中，寫道「桃花扇」三字的曲文，不在少數，如：

桃花扇影香風軟，楊柳樓心夜月圓，繁弦急管送歌筵，杯量淺，爛醉玉人邊。〈中呂喜春來・賞春〉㉓

桃花扇底窺春笑，楊柳簾前按舞嬌，海棠夢裡醉魂銷，香團嬌小，歌頭水調，斷腸也五陵年少。〈雙調賣花聲・太平吳氏樓會集〉㉔

兩首都是寫急管繁弦吹送、海棠夢裡魂消的歌臺舞榭尋芳經驗，除此二則外，《全元散曲》有關的曲文還有六首㉕，全與晏詞命意相同。而《雍熙樂府》裡亦有〈端正好套蘇卿題恨〉㉖及〈新水令套離別〉㉗

㉓ 隋樹森編：《全元散曲》（臺北：漢京文化公司）頁四九二，曾瑞小令。
㉔ 同前注，頁六三二，喬吉小令。
㉕ 《全元散曲》另有張可久〈雙調水仙子・紅指甲〉（頁七六五）、張可久〈中呂齊天樂過紅衫兒・元夜書所見〉（頁八二九）、任昱〈越調小桃紅宴席〉（頁一〇一二）、無名氏〈雙調沈醉東風〉（頁一七三九）、無名氏套曲〈雙調新水令套曲

二套曲也做同樣的翻用。

2. 雜劇

元雜劇因為有完整的劇情，因此「桃花扇」被徵引進曲文中時，具代表意義就更容易辨識。由隋樹森編選《元曲選》及《元曲選外編》一百六十二齣戲裡檢索，至少有十齣（十一處）㉘提及「桃花扇」字眼。由劇情歸納，凡提及「桃花扇」者，多半不離歡樂飲宴場合，而執桃花扇者的身份大致可分為兩種：

(1) 仙女精怪

撥不斷〉（頁一八五一）、宋方壺〈南呂一枝花尾聲・蚊蟲〉（頁一三〇六）六首。

㉖ 不著撰人編：《雍熙樂府》（臺北，商務印書館，一九七六年，四部叢刊續編本）卷二，葉五六—五七，此曲據隋樹森《雍熙樂府曲文作者考》考證《詞林摘艷》中注為無名氏「詠蘇卿」。（隋著出版於一九八五年九月，北京，松目文獻出版社，文獻評考叢書）

㉗ 同前注，卷一一，葉八三—八四，隋書考證《太平樂府》卷七題為李致遠作。此則亦見《全元散曲》頁一二六〇。

㉘ 十齣為《東坡夢》、《昇仙夢》、《誤入桃源》、《城南柳》、《紫雲亭》、《玉梳記》、《梧桐葉》、《金童玉女》、《曲江池》、《東堂老》，其中《曲江池》有二處提及。

元雜劇中有所謂的「神仙道化劇」，其主題多為弘法度世或因果輪迴，許多神仙精怪被發派到人間。如吳昌齡《花間四友東坡夢》雜劇中第三折〈滚繡球〉曲正末所扮松神去阻止桃柳竹梅花間四友所喬裝的妓妾在玉春堂魔障東坡學士，便唱道：

俺這裡步蒼苔攀怪松，靠湖山凌翠峰，正和那玉春堂相共，俺只索悄冥冥躡足潛踪，上階基，近窗孔，見四個小鬼頭將端明來簇捧，竹梅呵滿泛著金鍾，那一個舞低楊柳樓心月，那一個歌罷桃花扇底風，飲興方濃。㉙

王子一《劉晨阮肇誤入桃源》雜劇第二折〈滚繡球〉曲裡，劉晨於酒中得道、花裡遇仙，唱道：

真乃是羅綺叢，錦繡中，出紅妝主人情重，玳筵開炮鳳烹龍，受用些細腰舞皓齒歌，琉璃鍾琥珀醲，抵多少文字飲一觴一詠，列兩下進仙桃玉女金童，不覺的舞低楊柳樓心月，歌盡桃花扇底風，筵宴將終。㉚

前為桃仙，後為桃花源中的仙女。他如賈仲名《呂洞賓桃柳昇仙夢》裡，呂洞賓發派翠柳及嬌桃二

㉙ 元吳昌齡撰：《花間四友東坡夢》（臺北：宏業書局，《元曲選》下冊，一九八二年九月）頁一二四五。

㉚ 元王子一撰：《劉晨阮肇誤入桃源》（臺北：宏業書局，《元曲選》下冊）頁一三五八。

樹托化人間時所唱㉛；谷子敬《呂洞賓三度城南柳》中呂洞賓為點化桃花精與柳樹精所託生的老柳、小桃夫婦，在酒筵上高唱㉜，都不離晏詞舊句，其所指角色固然並非妓女，而是仙女精怪，但所寫場合皆不離歡樂筵席，且仙女精怪與妓女之間亦有微妙之關聯，此點於下節中將有所探討。

(2) 歌兒舞女

元劇中許多良賤之間的戀愛劇㉝，多寫正末與妓女相戀、備嘗艱苦的情感，女主角既為妓女，文人寫作時便順理成章地引用晏幾道「桃花扇」詞入曲文，如石君寶《諸宮調風月紫雲亭》第一折〈金盞兒〉中，歌妓韓楚蘭被迫和秀才靈春馬在驛亭把酒餞別，便感歎道：

> 上俺門來的酒客每為我這妙唱若雛鶯，引的他每豪飲似長鯨，我委實為甚停盃聽曲教快成病，我安排桃花扇影影他每便破香棖。尚自著瓦磁為巨器，也則是陶瀉慶新聲，嗽若還更酒斟金款灩，大的好歌立玉娉婷。㉞

㉛ 元賈仲名撰：《呂洞賓桃柳昇仙夢》（臺北：宏業書局，《元曲選外編》頁六九八。

㉜ 元谷子敬撰：《呂洞賓三度城南柳》（臺北：宏業書局，《元曲選》下冊）頁一一九二。

㉝ 羅錦堂《現存元人雜劇本事考》將元人雜劇分為歷史劇、社會劇、家庭劇、戀愛劇、風情劇、仕隱劇、道釋劇、神怪劇八類，其中戀愛劇又分為良家男女戀愛及良賤間戀愛，見該書頁四三六，順先出版社。

㉞ 元石君寶撰：《諸宮調風月紫雲亭》（臺北：宏業書局，《元曲選》外編）頁三四七。

賈仲名《荊楚臣重對玉梳記》第二折〈賽鴻秋三煞〉裡，歌妓顧玉香也勸棉花商人柳茂英說：

販茶船柱兒大，比著你爭些個綿花載數兒儉，斟量來不甚多，那裡禁的半載週年。將你那千包百簍也不索碎扯零撏，則消得兩道三科，休戀這隋堤楊柳，歌盡桃花，人賽嫦娥，俺這狠心的婆婆，則是個追命的母閻羅。㉟

無論「桃花扇影」或「歌盡桃花」都是翻用晏詞，也都是寫妓女自憐陪笑追歡生涯。而石君寶《李亞仙花酒曲江池》中，名妓李亞仙初識鄭元和㊱及鄭元和表示願傾囊相贈以求亞仙為伴㊲，都以「半掩桃花扇」及「歌盡桃花扇」來點明亞仙身份；而秦簡夫《東堂老勸破家子弟》、無名氏《李雲英風送梧桐葉》及賈仲名《鐵拐李度金童玉女》雖然寫的不是良賤間的戀愛，然或寫富豪公子出入風月場所㊳；或為妻子期待丈夫莫流連聲色之地㊴；或為金童玉女與鐵拐李共同觀賞歌兒舞女演出㊵，在在均和妓女

㉟ 元賈仲名撰：《荊楚臣重對玉梳記》（臺北：宏業書局，元曲選下冊）頁一四一七。

㊱ 元石君寶撰：《李亞仙花酒曲江池》（臺北：宏業書局，元曲選上冊）頁二六五。

㊲ 同前注，頁二六六。

㊳ 元秦簡夫撰：《東堂老勸破家子弟》（臺北：宏業書局，元曲選上冊）頁二一七。

㊴ 元無名氏撰：《李雲英風送梧桐葉》（臺北：宏業書局，元曲選下冊）頁一二二六。

㊵ 元賈仲名撰：《鐵枴李度金童玉女》（臺北：宏業書局，元曲選下冊）頁一〇九四。《詞林摘艷》中此曲題為勝葫蘆，曲

歌兒有關，則「桃花扇」在元曲中偏指歌妓舞女當為確論。事實上，元燕南芝庵《唱論》即言：

凡歌之所，桃花扇、竹葉樽、柳枝詞、桃花怨、堯民鼓腹、壯士擊節、牛僮馬僕、閭閻女子……㊶

已明言桃花扇是「歌之所」；明初瞿佑（宗吉）所著《歸田詩話．富貴氣象條》也言道：

晏元獻公詩，不用珍寶字，而自然有富貴氣象，如梨花院落溶溶月，柳絮池塘淡淡風，樓臺側畔楊花過，簾幕中間燕子飛等句。公嘗舉此謂人云：貧兒家有此景致否？晏叔原，公姪也。詞云：舞低楊柳樓心月，歌盡桃花扇底風，蓋得公所傳也。此二句，勾欄中多用作門對。㊷

勾欄，宋元時指遊藝場所，以後則多指妓院，因此，經過元代的廣泛運用，「桃花扇」至明代初期即有特定用途而一直沿用至孔尚任時，應是可信的。

文不同。見該書上冊，頁四七七，鼎文書局。

㊶ 元燕南芝庵撰：《唱論》（臺北：中華書局，新曲苑第一種）葉二下。

㊷ 明瞿佑著：《歸田詩話》（臺北：藝文印書館，一九七四年，續歷代詩話下冊）卷上，葉九。此文云叔原為元獻之姪，不知何所據，叔原應為元獻幼子。

(二) 明代

1. 戲劇

不管是雜劇或傳奇，「桃花扇」在明代都不是陌生的字眼，盛明雜劇裡即有幔亭僊史編次《雙鴛傳》㊸、汪道昆《遠山戲》㊹及汪廷納《廣陵月》㊺三齣，都是寫才傾歌舞隊的妓兒，而傳奇中出現頻率亦不低，有屠隆《曇花記》㊻、鄭若庸《玉玦記》㊼、徐霖《繡襦記》㊽、屠隆《綵毫記》㊾、陳汝

㊸ 明幔亭僊史編次：《雙鴛傳》（臺北：文光出版社，盛明雜劇第一六冊）葉六及葉四。

㊹ 明汪道昆撰：《遠山戲》（臺北：文光出版社，盛明雜劇第一冊）葉二五六。

㊺ 明汪廷訥撰：《廣陵月》（臺北：文光出版社，盛明雜劇第八冊）葉一〇。

㊻ 明屠隆撰：《曇花記》（臺北：開明書局，六十種曲之第五十三種）第三八齣〈陰府凡情〉葉一二六，及三九齣〈窺園遘難〉葉一二九—一三〇。

㊼ 明鄭若庸撰：《玉玦記》（臺北：開明書局，六十種曲之第四十五種）第一五齣〈定計〉葉四七。

㊽ 明徐霖撰：《繡襦記》（臺北：開明書局，六十種曲之第二十一種）第二〇齣葉五七。

㊾ 明屠隆撰：《綵毫記》（臺北：開明書局，六十種曲之第二十五種）葉二六。

元《金蓮記》[50]等五齣，且也全無例外地不是寫歌舞侑觴的女樂工，就是描述失足風塵的妓女。

2. 詩文別集

事實上，「桃花扇」一詞至明代亦不僅限用於戲曲之中，一般的詩文別集亦約定俗成地用為「妓女」的代稱。如袁中郎詩〈彭長卿自武陵至公安遊，甚困，便欲由梁之魯入都，歌以送之〉也有句云：

> 七十老翁健如鐵，騷場尚可背城戰，大耳紅頰酒百盞，醉來猶枕桃花扇。[51]

寫彭長卿雖年近七十，但身體狀況良好，仍可在風月場中肆無忌憚馳驅。袁中道《珂雪齋詩集》中也有兩首這樣的詩：

> 危樓峨峨插半天，天邊江雪露清倩，未辨桃花扇裡人，先見一室桃花扇。畫樓展轉紅袖攀，壯士髯斗美人鬟，夜半酒客皆咋指，將軍已奪昆崙關。〈醉歌〉[52]

---

[50] 明陳汝元撰：《金蓮記》（臺北：開明書局，六十種曲之第二十九種）葉七五。

[51] 明袁中郎撰：《袁中郎詩集》（臺北：清流出版社，一九七六年，袁中郎全集）冊上，七古，頁二四－二五。

[52] 明袁中道撰：《珂雪齋詩集》（上海：上海雜誌公司，中國文學珍本叢書第一輯第四一種）卷五，頁二〇二。

桃花扇底步逍遙，野外鴛鴦態轉嬌，日暮遊人齊注目，一枝春色過河橋。〈春遊〉53

前者中道自述狎妓之事，後者明白寫出「野外鴛鴦」，則指妓女是很明確的了。詩中如此，詞裡亦然。陳維崧（其年）《湖海樓詞集》，亦有〈薄倖〉詞云：

綠楊金線，記此地經過百遍，曾驀遇水仙，祠後月裏遊船初轉。憑幾楞膩粉闌干水晶簾子桃花扇，正一色衫紅兩行蛾綠，何處鶯儔蝶眷。54

這是陳維崧行舟過惠山，想起昔日尋春之事，「正一色衫紅兩行蛾綠，何處鶯儔蝶眷」正是描摹「憑幾楞膩粉闌干水晶簾子桃花扇」的妓女。

另外，王思任《詠懷堂新編十錯認春燈謎記‧序言》有云：

（阮大鋮）時命偶謬，丁遇人痾，觸忌招愆，渭涇倒置，遂放意歸田，白眼寄傲，只於桃花扇影之下，顧曲辯撾。55

---

53 同前注，卷六，頁二二八。

54 明陳維崧撰：《湖海樓詞集》（臺北：中華書局，四部備要本）卷二三，葉九下，舟次惠山再疊前韻。

55 明阮大鋮撰：《詠懷堂新編十錯認春燈謎記》（臺北：天一出版社，全明傳奇，中國戲劇研究資料第一輯）。

文中記述阮大鋮創作《春燈謎記》的背景，乃放意歸隱，只於倚翠偎紅的選妓徵歌中一一顧曲辯撾，則「桃花扇」在此之意指歌兒舞女亦甚明矣。另外，周德清《中原音韻》在談及上去二聲施於句中、施於韻腳無用陰陽，惟慢詞中僅可曳其聲爾，這種自然之理是他：

屢嘗揣其聲病於桃花扇影而得之也。56

綜上所述，自晏幾道以「歌盡桃花扇底風」來描寫歌兒舞女後，元曲中便大量襲用此詞，雖有部分係指稱被貶入人間的仙女精怪，大部分仍承襲原意。至晚明則文人普遍對「桃花扇」三字有共識，非但戲曲，即使一般詩文別集亦拿它來指稱妓女，勾欄中甚至以晏幾道有關桃花扇詞為門對，因此，所表述女子若屬良家婦女則未有以之入曲者，「歌盡桃花扇底風」等句，一概用於敘寫良賤戀愛的風情劇，可見在孔尚任《桃花扇》之前，「桃花扇」已成妓女的代稱，應無疑義。孔尚任生當清初，對此等風尚想必應有所認識，雖說創作動機乃因面血濺扇之事新奇可傳，但主角人物李香君為秦淮名妓，孔尚任以《桃花扇》為名，既關照了綰合離合之情、興亡之感的那柄桃花扇，事實上，應該也有藉以點明劇中人物為秦淮名妓的用意在其中！

三、中國文人筆下的桃花

56 周德清著：《音注中原音韻》：（臺北：廣文書局）頁五—六。

《桃花扇》第二十三齣〈寄扇〉為全劇重要關鍵處，李香君為拒絕田仰求婚，以面血濺扇死拒，楊龍友乃以畫筆為其點染，於扇上畫成折枝桃花，云亭先生於批語上寫道：

龍友妙想妙手，為千古必傳之妙事。點染桃花，或正或襯，用異樣鮮妍之筆，扇上幾點，或未必如紙上一句也。

意思是龍友看到面血濺污的扇子，說：

幾點血痕，紅艷非常，不免添些枝葉，替他點綴起來。

似乎龍友於扇上題桃花僅是一時風雅的即興動作，其實其中另有深意在焉，並非如紙上所說而已。由此細加推勘，則知以面血點綴為桃花，其中必有更深刻的象徵意義存在。紅花多種，何以龍友獨獨選擇了桃花來題扇？孔尚任用心何在？值得吾人細細尋思。

要討論這個問題，也許從中國文學中出現的桃花來思考會更清楚些。黃永武先生曾說：

中國古典詩中的桃與柳，詩人對它們的讚美或諷刺，早形成一條沿習套用的思想蹊徑。儘管每首詩的命意都不同，思想範疇與規則卻前後因襲，大致相去不遠，研究這個「不定之中卻有一定」

的範疇規則，往往能窺見民族性的一斑。57

因之，探究中國詩文中桃花所因襲的範疇規則應可找到孔尚任以《桃花扇》命題的更深一層的涵義。首先，我們先歸納桃花曾被中國文人雅士引申出的幾種意義：

（一）春色

因為桃花盛開於春日，於是，桃花常為描寫春色的文人所假借，如：

春風花草滿院香，馬繫在垂陽，桃紅柳綠映池塘，堪遊賞，沙暖睡鴛鴦。雪兒對舞雲娥唱，百年有幾個春光。一壁廂仕女彈，佳人唱，採蓮人和，齊和著採蓮腔。〈梁州・春景〉58

沽酒樓前人聚集，掩映疏籬，桃花似錦柳依依，蒸和氣，賽閬苑勝瑤池。〈小梁州・春遊套曲〉59

呀！為甚呵村莊冷落，朱扉鎮鎖，春風靜掩桃李笑無言，可正是雲離楚岫，霧散秦樓，玉去藍田，則教我對花枝空憶當年。〈甜水令〉60

---

57 黃永武：〈古典詩中的桃與柳〉《中國詩學・思想篇》（臺北：巨流出版社，一九七九年四月）頁三三五。

58 明張祿編：《詞林摘艷》（臺北：鼎文書局，一九七二年四月）卷一，頁六五。

59 同前注，卷六，頁七四二。

前二則於標題上即明標「春景」、「春遊」，後者為孟稱舜《桃花人面》中崔護於清明時節舊地重遊，見朱扉內桃李無言，桃花於此三則記載中都在點明季節。以桃花怒放象徵春日離離，是文人慣用手法，曲文中尤為常見，茲不贅言。

（二）美色

陽春三月，桃花爛漫芳菲且艷麗姣媚，因此文人常以桃花來比喻或烘托美女的顏色，他們所根據的，無非是桃花的姿態冶艷，《詩經・周南》有云：

> 桃之夭夭，灼灼其華。之子于歸，宜其室家。[61]

就是以桃花的鮮明美麗來比喻出嫁少女的容顏；而崔護名詩：

> 去年今日此門中，人面桃花相映紅，人面只今何處去，桃花依舊笑春風。

---

[60] 明孟稱舜撰：《桃花人面》（臺北：文光出版社，一九六三年十一月，盛明雜劇第四冊）第三齣，葉一二下。

[61] 屈萬里選注：《詩經選注》（臺北：正中書局）頁六。

更明確以桃花比擬美人。韓駒的〈次韻程致道館中桃花〉詩也直言：

> 桃李如昭君，服飾靚以豐，徘徊顧清影，似為悅己容，數枝有餘妍，窈窕禁省中，何如武陵岸，繽紛落天風。❻❷

寫桃李之所以如美人，是因其顏色豐美，姿態猶如美女之顧影自憐。而豐坊〈雜詩〉則從反面寫起，以為美女之所以為美，乃因其燦若桃李：

> 盈盈美人姿，燦若李與桃，蓬軒弄哀瑟，怨柳何忉忉。❻❸

皮日休〈詠花賦〉及楊思本〈桃花賦〉對美人與桃花的關係闡述尤為詳細：

> ……或奕偞以作態，或窈窕而騁姿；日將明兮似喜，天將慘兮若悲，近榆錢兮妝翠靨，映楊柳兮顰愁眉，輕紅拖裳，動則裊香，宛若鄭袖初見楚王；夜景皎潔，閴然秀發，又若嫦娥欲奔明月；蝶散蜂寂，當閨脈脈，又若妲己未聞裂帛；或開故楚，艷艷春曙，又若息嬀含情不語；或臨金塘，

---

❻❷ 宋韓駒撰：《陵陽集》（臺北：商務印書館，文淵閣四庫全書本第一一三三冊）頁七七五。

❻❸ 明豐坊撰：《萬卷樓遺集》（明萬曆四五年明豐氏家刊本）卷三，葉一七。

或在綺井，又若西子浣紗見影；玉露厭浥，妖紅墜濕，又若驪姬將譖而泣；或在水濱，或臨江浦，又若神女見鄭交甫……。64

……想夫紅萼初攢，丹跗欲吐，垂條輕綴，交枝密佈，既穠纖兮得中，亦深淺而合度，遠含緋而送情，近渥丹而掩嫮。至如檀臉將舒，粉腮微破，紛縕似醉，葳蕤半鎖，越女笑而含嚬，齊姬醒而猶臥，若乃嫩綠剪新，嬌紅出態，寫兩靨之臙脂，發雙蛾之石黛，枝枝迸發，石家歌舞千群，兩兩含情……。65

凡此都以桃花灼灼來比喻美女含緋送情的姿容或粉腮微破的笑靨。因此，稱女子粉紅的臉頰為桃腮或桃花頰，如：

笑隱桃腮，舞袖歌裙成行擺，眉橫螺黛，金杯玉斝競前抬，太平閒殺濟川才，風流還卻遊春債，數十年在平地屣，今日箇看風波恰似東洋海。〈駐馬聽〉66

堪愛，繞翠華玉珮瓊琚，十二耀金釵，花拂翠翹，草映紅裳，春色煖添桃腮開懷，鳳簫鸞管交吹，

64 唐皮日休撰：《文藪》（臺北：新文豐出版社，叢書集成續編第一二三冊）卷一，頁六九〇。

65 《見古今圖書集成博物彙編草木典》第二一六卷，桃部藝文一引，第五四八冊之三六葉。

66 明王九思撰：《曲江春》（臺北：文光出版社，一九六三年一一月，盛明雜劇第十六冊）第四折，葉一八上。

聲徹梨花雲外，且高歌莫負春光如海。〈祝英台〉[67]

他把我先勾拽，引的人似癡呆。我和他四目相窺兩意協，好也囉他生的有芙蓉面，桃花頰，說不盡他百般嬌千般豔冶。你道他點星眸眉彎秋月，他可也有玉簪橫雲鬢偏斜。[68]

寫女子美麗的容顏或飲酒後呈桃紅色的臉面為桃花面，如：

星橋烏鵲填，笑嬋娟，金尊偏進桃花面。笙簧滿，笳鼓喧，盃盤亂，石榴妒殺羅裙茜，花飛點點侵銀蒜。〈節節高〉[69]

拂花箋青閨寫怨，寄芳詞黃雀傳言，臨風空憶桃花面，御溝紅枉到人間。他停機織女迷河漢，我失路劉郎憶洞天，腸堪斷，怎做得襄王雲雨，夢入巫山。〈解三酲〉[70]

他如稱女子所用的胭脂為桃花粉，用胭脂淡抹兩頰為桃花妝等，不勝枚舉，要皆拿桃花來比喻美色。

---

67 明謝讜撰：《四喜記》（臺北：開明書局，六十種曲之第三十種）第二九齣「詞傾宸聽」，葉七二。

68 元無名氏撰：《逞風流王煥百花亭》（臺北：宏業書局，元曲選下冊），第一折，葉一四二六。

69 明陳汝元撰：《金蓮記》（臺北：開明書局，六十種曲之第廿九種）第一三齣「小星」，葉四三。

70 明楊珽撰：《龍膏記》（臺北：開明書局，六十種曲之第五十四種）第一一齣「傳情」，葉三三一。

（三）輕薄鄙賤的代稱

桃花固然因姿質冶艷而常被取以比喻美色，而因它同時亦具備了以下特質，故而與大家閨秀絕緣，而常被引申為輕薄鄙賤：

1.零落無主

桃花因為常長於深山野地且易於凋落，故常有輕薄之稱，如：

桃花開東園，含笑誇白日，偶蒙東風榮，生此艷陽質，豈無佳人色，但恐花不實，宛轉龍火飛，零落早相失，詎知南山松，獨立自蕭颼。〈李白・古風其四十七〉71

野桃無主滿山隈，遷客攜觴獨自來；盡日馨香為我醉，每春顏色為誰開。〈王禹偁・静川野桃花下獨酌因簡同年馮中允〉72

鳳凰臺上月兒斜，春恨春愁何日徹，桃花零落胭脂謝，倏忽地春去也。舞翩翩忙煞蜂蝶，人去了，

71 清王琦輯注：《李太白全集》（臺北：河洛圖書出版社，一九七五年五月，夏學叢書），卷二，頁七二。

72 王禹偁撰：《小畜集》（臺北商務印書館，一九八一年九月，四部叢刊本）卷八，葉一七。

無消息，雁回時音信絕，感歎傷嗟。〈王愛山・雙調水仙子・怨別離〉[73]

他如杜甫〈江畔獨步尋花〉有「桃花一簇開無主」[74]句，王安石〈浣溪紗〉有「山桃溪杏兩三栽，為誰零落為誰開」[75]句，或寫桃花零落易衰，或寫野桃無主，這兩種特質遂引申出輕薄的象徵意義，因之大量指陳桃花輕薄文字不斷入詩：

腸斷春江欲盡頭，杖藜徐步立芳洲，顛狂柳絮隨風舞，輕薄桃花逐水流。〈杜甫・絕句漫興〉[76]

桃花輕薄柳花狂，蛺蝶翩翩燕子忙，唯有龜堂無一事，閉門白日不勝長。〈陸游・春日〉[77]

俺這裡霧鎖著青山秀，煙罩定綠楊洲，他道是輕薄桃花逐水流，恰便是粉襯的這胭脂透，早來到這草橋店垂楊的渡口，待不吃呵又被這酒旗兒將我來相迤逗，他他他舞東風在曲律杆頭。〈醉中天〉[78]

---

[73] 同注[23]，頁一一九一，王愛山小令。

[74] 清楊西河編：《杜詩鏡銓》（臺北：新興書局，一九七〇年十月）卷八，葉六下。

[75] 《全宋詞》（臺北：古新書局，一九七五年一月）頁二〇六。

[76] 同注[74]，卷八，葉七下。

[77] 宋陸游撰：《劍南詩稿》（臺北：中華書局，四部備要本）卷四二，葉八下。

[78] 元康進之撰：《梁山泊李逵負荊》（臺北：宏業書局，元曲選下冊）頁一五一八。

東風一夜吹桃萼，桃花吹開又吹落，開時不記春有情，落時偏怨東風惡。東風吹樹無日休，自是桃花太輕薄。〈豐坊·桃萼歌〉❼❾

四則文字，由唐宋至元明，文人皆不約而同的賦予桃花輕薄的品性。也因之有人取其輕薄易衰的特質來形容紅顏薄命，即所謂「桃花命」，如：

盼家鄉咫尺天涯，惡姻緣愁怎捱？燕飛不出重簾外，心似割淚盈腮，做了個牽情柳絮隨風擺，薄命桃花到處開，心目自揣，不如把紅顏斷送，同向泉臺。〈大聖樂〉❽⓪

關關雎鳥，雙雙向林杪，同舉還同宿，同食還同飽，誰想大限無端何期來早，雄在東洲喚，雌在西林叫，似雨逐寒梅粉褪嬌，畢竟桃花命裡招。〈月兒高〉❽❶

前則為孟稱舜《死裡逃生》中被和尚所搶禁的李六娘自歎運命淹蹇，後者係《霞箋記》裡女伎張麗容的愛情受挫，也自歎命薄。凡此皆因緣於桃花零落無主所衍生的意義。

❼❾ 同注❻❸，卷四，葉一二。

❽⓪ 明孟稱舜撰：《死裡逃生》（臺北：文光出版社，盛明雜劇第五冊），第二齣，葉九上。

❽❶ 明不著撰人：《霞箋記》（臺北：開明書局，六十種曲之第卅五種）第一二齣「書房私會」，葉三四。

2. 花繁價低見鄙

桃花盛開時，花繁似錦，有詞云：

燕子風高，小桃枝上花無樹，亂溪深處，滿地飛紅雨。〈周紫芝・點絳唇・西池桃花落盡賦此〉❽❷

高田二麥接山青，傍水低田綠未耕，桃杏滿村春似錦，踏歌椎鼓過清明。〈范成大・春日田園雜興十二絕之三〉❽❸

人物喧闐煙樹裏，桃花如錦爛春城。〈袁宏道・郊外送客即席〉❽❹

今歲桃花千百樹，去年人面應非故。〈陳維崧・雨中花〉❽❺

因桃花盛開季節，滿村滿園幾乎盡是桃花，所以皮日休〈桃花賦〉裡便說：

---

❽❷ 宋周紫芝撰：《竹坡詞》（臺北：汲古閣線裝本，宋六十名家詞）冊二九，卷三，葉七上。

❽❸ 宋范成大撰：《石湖詩集》（臺北：新文豐出版社，一九八五年三月，叢書集成新編本）冊七〇，葉七。

❽❹ 同注❺❶，冊下，七律，頁五三。

❽❺ 同注❺❹，卷四，葉八下。

花品之中，此花最異，以眾為繁，以多見鄙，自是物情，非關春意。[86]

可能也正因為桃花太盛，所以花價始終無法與牡丹的富貴相比，王衡〈東門觀桃花記〉便指出：

汝增曰：夫桃價不堪與牡丹作奴，人且以市娼辱之。[87]

因為它不像牡丹般為人所看重，人們甚至以市娼辱之，就大概可以解釋前節明人何以以「桃花扇」指稱妓女的原因了。而或許也正因為桃花被目為市娼，所以家語中記載著：

六果桃為下，祭祠不用，不登郊廟。[88]

桃果甚至被排斥於祭祀之外，由此遂與輕薄鄙賤結下不解之緣。

（四）肉慾的象徵

[86] 同注[64]。

[87] 明王衡撰：《緱山先生集》（臺北：中央圖書館善本書一二九四〇號，明萬曆間太倉王氏家刊本）卷十，葉二五下倉。

[88] 見《古今圖書集成博物彙編草木典》第二一五卷，桃部五四八冊之三一葉。

由春色的描摹，美色的敷衍，到輕薄鄙賤的引申，由這個思想邏輯一路延伸下來，桃花遂又有了第四層的新意——肉慾。灼灼的桃花既變成了女性美的代表，輕薄鄙賤，易於淪落的個性又引而下之，與繁花開放的滿園春色相綰合，遂形成情慾爆發的依據：

> 麗日和風三月天，準備西園賞禁煙，院宇立鞦韆，桃花噴火，楊柳綠垂煙。倚定門兒語笑喧，來往星眸廝顧戀，彼此正當年，花陰柳影，月底星前。〈賞花時套〉[89]

> 只因咱風流情興多，功名心較遠，強爭春引惹的蜂蝶怨，暫留月館風亭內，醉倚紅裙翠袖邊，看了這桃花面。因為俺一時間恩愛，成就了五百載姻緣。〈端正好套〉[90]

> 桃葉桃根把雙槳親迎鄰邑，記住在香街直下畫橋斜北，扶下銅輿鴉鬢妥，貯來綃檻鶯啼急。暈桃痕注靨道勝常羞郎揖，繡架彈鴛鍼緝，紅浪皺鸞衾濕，學夫人舉止漫嫌生澀，春懶一床和月捧，新嬌半搦從天拾，怪新詞艷粉恰盈箱閒情集。〈陳其年・滿江紅四用回韻為韻為幾士兄納姬人賀〉[91]

---

89 同注26，卷五，頁八四—八五。此套曲據隋樹森《雍熙樂府曲文作者考》考證出自《陽春白雪集》，撰注人不詳。

90 同注26，卷三，頁四—五，據隋樹森考證，此套出自朱有燉《李亞仙花酒曲江池》第二折。陳大聲《月香亭稿》小令中有〈耍孩兒〉「我和他身如比目魚」「只因咱風流情興多」二首係摘自此套。隋樹森並云「耍孩兒」不作小令，故非陳大聲作。

91 同注54，卷一二，葉七下。

桃邊未許裙題字，柳下曾將帶乞詩。今日眼波微動處，半通商略半矜持。〈王次回・賦得別夢依依到謝家〉[92]

花信風催到小桃，瘦腰寬勝半圍條，微寒自喜垂簾箔，深夜誰聞放剪刀。〈王次回・無題〉[93]

有的借用名妾「桃葉」、「桃根」為典故，明寫納妾的綺麗風情，有尋花問柳的暗示；有的以倚紅偎翠的溫柔鄉，來點明姻緣的成就，有的乾脆直接以噴火的桃花，象徵肉慾的纏綿迸放，最後的「無題」似是為點明春天的季節，實際上是雙關著蕩漾的春心。可見，桃花往紅塵低處引申其含意，則成為色慾。

（五）理想與希望的寄託

在中國傳統觀念中，桃木具有避邪祛凶制鬼等功能，故被稱為仙木。《古今圖書集成・草木典》多處引文[94]都說明桃有避邪、治鬼、長生及美容之效：

桃者五木之精，仙木也。故厭伏邪氣，制百鬼。（引《典術》）

---

[92] 明王次回撰：《疑雨集》（臺北：蘭台書局，一九七一年八月）卷四，葉三上。

[93] 同前注，卷四，葉八上。

[94] 以下所引，均引自《古今圖書集成》，同注[88]，頁三三一。

> 玉桃服之，長生不死，若不得早服之，臨終日服之，其屍畢天地不朽。（引《神農經》）
>
> 《肘后方言》服三樹桃花盡，則面色紅潤，悅澤如桃花也。（引陶弘景語）
>
> 《太清草木方言》酒漬桃花，飲之除百疾，益顏色。」（引蘇頌語）

桃木可以驅鬼逐疫，桃實可以助長生，桃花可以養顏，甚至桃花泉水還可以有美容之效。至今陝西臨潼地區的漢族青年在農曆三月桃花盛開時，都要到驪山溫泉洗澡，據說洗後可變成俊男美女。[95]

這種種有關桃的傳說，實際上是古代桃文化的形成與發展，也可以說是中華文化中所表達對美貌的渴慕及對幸福、平安、長生的理想境界的追求。有桃木驅邪，有桃實助長生，人人都可藉桃花或桃花泉水來增進悅澤的容顏，這正是桃花往煙霞高處引申，其含意自然成為「理想」、「希望」的原因所在。因此，將桃花從前述春日美人的境界中往上提昇，則演變為隱士的桃花源、道士的桃花觀，以至於西王母的仙桃園。所謂桃花流水，別有天地非人間，這是人們企圖透過禁慾過程而達到超脫飛昇理想世界的一種心理投射，代表縱慾的桃花因而又成為禁慾的表徵，這和西方心理學派學者認定的「禁慾」與「縱慾」同義的說法不謀而合。清人張忍齋〈桃源有感〉詩，便將這雙重意義明確表達出來：

> 雞犬如何不上天，桃源洞裡住年年，倘因春色勾當住，即是几夫不是仙。[96]

---

[95] 葉大兵、烏丙安主編：《中國民俗辭典》（上海：辭書出版社，一九九〇年）。

[96] 見聶銑敏《蓉峰詩話》卷九引。

即使長年深居桃花源內，若仍常為春色誘引，無法堅決擺脫情慾的糾纏，則又何能奢望成仙。所以，張氏又一再告誡：

不是休文懺悔時，猛抬頭處掉頭思，從今綺語都須戒，再過桃源莫作詩。

誓與青蓮結淨姻，青蓮色相尚非真，若令拈著桃花笑，便落桃花一劫塵。[97]

連拈花一笑都落劫塵，何況春花綺語，桃花源內處處充滿警戒，儼然是禁慾的聖地。然而，一再提示嚴格禁慾的聖地，是否亦正意味著色慾的陷阱其實正危機四伏般在原本清淨的桃源內蠢蠢欲動呢？由此說來，桃花既代表肉體的慾望，又象徵心靈的淨土，一則縱慾沈淪，一則禁慾超昇，兩者像拔河般相互使勁，看似矛盾，其實正準確而周延地寓意人類生存的矛盾掙扎。這也正是前述元雜劇中的「桃花扇」之所以既用以指涉色慾的妓女，又同時代表桃源內淨潔的仙女，卻從未用於人間的良家婦女的緣故。

(六) 超越自我，造福後人

不管縱慾沈淪或禁慾超昇，嚴格說來，都僅限於個人修為，其結果好壞皆須個人擔承。縱慾的結果，

[97] 所引二詩，引自黃永武先生撰《中國詩學・思想篇》，同注[57]，頁三八。

或者淪落風塵苦海，永劫不復，既無關他人；禁慾修持，或者得以登列清淨自然的理想世界，別人也分享不得。然而，桃花的象徵意義又不止於此，《山海經》內夸父逐日的神話傳說又提供了另一層新意：

聶耳之國在無腸國東，使兩文虎，為人兩耳聶其耳，縣居海水中，及水所出入奇物，兩虎在其東，夸父與日逐走，入日，渴欲得飲，飲於河渭，河渭不足，北飲大澤，未至，道渴而死，棄其杖，化為鄧林。（〈海外北經〉）98

《列子》中更加引申為：

夸父不量力，欲追日影，逐之於隅谷之際，渴欲得飲，赴飲河渭，河渭不足，將走北，飲大澤，未至，道渴而死，棄其杖。屍膏肉所浸，生鄧林，鄧林彌廣數千里焉。《列子・湯問》99

杖棄而成為鄧林，據《列子》所說，是因夸父「屍膏肉所浸」，也就是必須經由犧牲肉身以滋潤沃土，才能成就一片廣闊的鄧林。而所謂「鄧林」，據畢沅所注，乃：

98 《山海經》（臺北：新文豐出版社，一九八五年三月，叢書集成新編第九〇冊）卷八，頁二三五。

99 《列子》（臺北：新文豐出版社，一九八五年三月，叢書集成新編第二〇冊），卷五，頁六五。

鄧林即桃林也，鄧桃音相近。高誘注《淮南子》云鄧猶木是也。《列子》云鄧林彌廣數千里，蓋即〈中山經〉所云夸父之山北有桃林矣，其地則楚之北境也。[100]

據此，則鄧林即桃花林。夸父逐日「棄杖化為鄧林」的神話意義，有多種的解說，近人譚達先、袁珂等人以為是夸父死前因念及後來者必有欲追日景如自己者，為了使他們免於重蹈覆轍——渴死於道，故而棄手中之杖，並以膏肉浸潤之，使它長成廣闊幾千里的桃林，一片青蔥，氣魄萬千，造福於後世。[101]這樣的解釋也並非是近人獨創，東晉陶淵明所寫《讀山海經》中也曾如此讚揚夸父：

夸父誕宏志，乃與日競走；俱至虞淵下，似若無勝負。神力既殊妙，傾河焉足有，餘跡寄鄧林，功竟在身後。[102]

除對夸父奮鬥不息的精神加以肯定外，「功竟在身後」，也認定夸父擲杖為鄧林具有悲劇英雄通過虛死而實生的行動，傳達永恒意象的積極作用，如此說來，桃花林又有超越自我利害，造福後人的更開闊

[100] 同注[98]。

[101] 參見袁珂撰：《中國神話傳說》（臺北：里仁出版社，一九八七年九月）第五章〈黃炎篇〉頁二七八。譚達先撰：《中國神話研究》（臺北：木鐸出版社，一九八二年六月）頁一四和頁四三。

[102] 晉陶淵明撰：《靖節先生集》（臺北：中華書局，一九六六年三月，四部備要本）卷四，葉一四下。

意義。

四、扇上桃花的象徵意義

在上述對桃花的分析過後，我們再回頭來看《桃花扇》的命名就顯得格外有意義。《桃花扇》寫的是士子與秦淮名妓的戀愛故事，巧妙地以「桃花扇」的意象來點破女主角的妓女身份。然而，若果僅是妓女之扇亦不足奇，如云亭山人《桃花扇・小識》就說：

> 傳奇者，傳其事之奇焉者也，事不奇則不傳，桃花扇何奇乎？妓女之扇也，蕩子之題也，遊客之畫也，皆事之鄙焉者也；為悅己容，甘剺面以誓志，亦事之細焉者也；伊其相謔，借血點而染花，亦事之輕焉者也；私物表情，密緘寄信，又事之猥褻而不足道者也。桃花扇何奇乎？其不奇而奇者，扇面之桃花也；桃花者，美人之血痕也；血痕者，守貞待字，碎首淋漓，不肯辱於權奸者也；權奸者，魏閹之餘孽也；餘孽者，進聲色，羅貨利，結黨復仇，隳三百年之帝基者也。帝基不存，權奸安在？惟美人之血痕，扇面之桃花，嘖嘖在口，歷歷在目，此則事之不奇而奇，不必傳而可傳者也。人面耶？桃花耶？雖歷千百春，豔紅相映，問種桃之道士，且不知歸何處矣。

因此，如果把《桃花扇》僅看成一部鴛鴦蝴蝶似的愛情大悲劇，就要大大辱沒了孔尚任辛苦十餘年的經營了。《桃花扇》之所以不奇而奇，據作者自云乃「扇面之桃花」也。扇面桃花之所以被人「嘖嘖在口，歷歷在目」，留下深刻的印象，並稱之為「此事之不奇而奇，不必傳而可傳」，如果我們綜合前述有關桃花的種種象徵意義來看，便知確有深意在焉。孔尚任以《桃花扇》來為劇作命名，是利用中國傳統讀書人對桃花的諸多詮釋，深刻地豐富了劇作的內涵。侯、李相識於癸未年三月的清明佳節，正是桃李花開的明媚春日，美人學士訂情於秦淮河畔的歌臺舞榭，如第五齣〈訪翠〉中所唱：

金粉未消亡，聞得六朝香，滿天涯煙草斷人腸。怕催花信緊，風風雨雨，誤了春光。〈緱山月〉

望平康，鳳城東，千門綠楊。一路紫絲韁，引遊郎，誰家乳燕雙雙。隔春波，碧煙染窗；倚晴天，紅杏窺牆。一帶板橋長，閒指點，茶寮酒舫。聲聲賣花忙，穿過了條條深巷，插一枝帶露柳嬌黃。〈錦纏道〉

結羅帕，煙花雁行；逢令節，齊門新妝，海錯、江瑤、玉液漿。撥琴阮，笙簫嘹喨。相當，飛來捧觴，密約在芙蓉錦帳。〈朱奴剔銀燈〉

端詳，窗明院敞，早來到溫柔睡鄉。鸞笙鳳管雲中響，絃悠揚，玉玎璫，一聲聲亂我柔腸。翱翔，雙鳳凰。海南異品風飄蕩，要打著美人心上癢。〈雁過聲〉

誤走到巫峰上，添了些行雲想，匆匆忘卻仙模樣。春宵花月休成謊，良緣到手難推讓，準備著身赴高唐。〈小桃紅〉

字裡行間除了指陳無限春光和美人嬌媚的模樣外，更充滿了肉慾的暗示。第六齣〈眠香〉更是通折在描寫「春宵一刻天長久，人前怎解芙蓉扣」的旖旎春情，並以阮肇、劉晨天台山上遇仙女的故事，大肆鋪寫「酒態扶入太風流，貪花福分生來有」的夜夜風流縱慾情境。

《桃花扇》中侯、李二人的愛情結束於崇禎帝的修齋追薦道場上，二人歷盡人間滄桑，在國恨家仇和愛情上的諸多磨難後，好不容易相逢，正要重敘舊情之際，道長張薇以大義相責，撕裂代表情慾的那把桃花扇，說：

> 你們絮絮叨叨，說的俱是那裡話。當此地覆天翻，還戀情根慾種，豈不可笑！
>
> 阿呸！兩個癡蟲，你看國在那裡？家在那裡？君在那裡？父在那裡？偏是這點花月情根割他不斷麼？

於是，二人由縱慾的男女歡愛，躍昇為禁慾的棲真入道，侯方域經此點化，才幡然悔悟，於冷汗淋漓，如夢忽醒之際，承認：

> 大道才知是，濃情悔認真。

而李香君也因之頓悟：

回頭皆幻景，對面是何人。

由整部《桃花扇》的發展邏輯看來，說它是一部尋找桃源仙境的歷程應不為過。男女主角在追求愛情的過程中，一方面固然飽嘗相思之苦，另一方面亦在國破家亡的威脅中，接受戰亂的洗禮，促使他們能從慾望的重負下，逐漸割捨，而至對人生產生徹悟，這是一段以情悟道的艱難路程。對這段路程，孔尚任是時時不忘對讀者耳提面命，唯恐讀者不察的。《桃花扇》第一齣〈聽稗〉裡，孔尚任就藉著他所最鍾愛的角色——柳敬亭來為整齣戲指點迷津，唱道：

重來訪，但是桃花誤處，問俺漁郎。〈解三醒〉

云亭山人唯恐讀者錯失其殷切用心，乃在眉批上再加指點：

此《桃花扇》大旨也，細心領略，莫負漁郎指引之意。

第二十八齣〈題畫〉裡，孔尚任又安排了侯方域重返香君舊居媚香樓，見藍瑛所作畫乃一幅桃源圖，侯並在圖上題詠：

原是看花洞裡人，重來那得便迷津，漁郎誑指空山路，留取桃源自避秦。

眉批上也不憚詞費地提醒：

畫桃源圖有深意存。

劇中身歷亡國之痛的人，最終全聚集於棲霞桃源，藉著張薇撕碎桃花扇儀式，把「蕩志迷魂，沒溺不返」的慕艷貪色徹底打破，這一棒喝，方使得《桃花扇》的離合之情歸入了興亡之感，縱慾的桃花終於往煙霞高處引申，進入了桃花源的境界。

再從另一方面來看，桃花源終究不是孔尚任的最終理想，《桃花扇．小引》裡，作者就明言：

傳奇雖小道，凡詩賦、詞曲、四六、小說家，無體不備。至於摹寫鬚眉，點染景物，乃兼畫苑矣。其旨趣實本於三百篇，而義則《春秋》，用筆行文，又《左》、《國》、太史公也。於以警世易俗，贊聖道而輔王化，最近且切。今之樂，猶古之樂，豈不信哉？《桃花扇》一劇皆南朝新事，父老猶有存者。場上歌舞，局外指點，知三百年之基業，隳於何人？敗於何事？消於何年？歇於何地？不獨令觀者感慨涕零，亦可懲創人心，為末世之一救矣。……

則《桃花扇》的寫作，不止於修道棲真可知矣，他尚且有「知往鑑今」的更積極目的，希望讀者從閱讀中，不只得到感慨涕零的情感上的共鳴，更重要的是從其中看出《春秋》之筆，得知性的感悟，能夠從歷史的經驗中記取教訓，不再重蹈覆轍。就如同夸父擲杖成林般，孔尚任也希望藉侯、李二人的犧牲小愛的悟道過程，去成就並促進對南朝興亡的反省，使《桃花扇》一劇，就如同使人免於渴死於道的鄧林般，對後世有救亡圖存的功效。

由此看來，孔尚任以「桃花扇」三字來為這樣一部曠世鉅著命名，絕非只是偶然，原是有它傳統沿襲套用的思想蹊徑，雖說孔尚任自己未必有如此明晰的自覺，但作為中國的知識份子，無法自外於這樣的思想範疇與規則，應該也是可以理解的吧！

五、結論

綜合以上敘述，可以得到兩點結論：

1. 自從宋人晏幾道〈鷓鴣天〉詞中首開以「舞低楊柳樓心月，歌盡桃花扇底風」之句來描寫歌兒舞妓後，「桃花扇」一詞便屢見於文人筆下，元曲中，「桃花扇」之詞或指桃花源中的仙女，或指歌臺舞榭的歌兒妓女。到晚明文人筆下，則幾乎已約定俗成的成為「妓女」的代號，幾乎無一例外。

2. 《桃花扇》劇中的扇上桃花為全劇「不奇而奇」之關鍵，孔尚任以桃花入扇，實綰合中國傳統知識份子對桃花所沿襲套用的思想蹊徑，賦予劇作更豐富生動的意涵，其中不但點明故事發生的時間、地點、劇中主人翁的身份，更重要的是技巧地把桃花的多重象徵意義，如肉慾的沈淪、禁慾的清修、歸隱的理想及超越自我、造福後世……等不落痕跡的寫入字裡行間，這樣的命名，不但有助於作者呈現個人的寫作意圖，更讓讀者在閱讀中引發豐富的聯想，達到意想不到的高妙效果。

第三節 《桃花扇》與表記文學

楔子

「表記文學」之名，並未見諸任何文學史或文學批評論著中，它既非指《文選》分類中奏議類的〈出師表〉或〈陳情表〉，亦非指奏記、碑記或雜記類的類似〈岳陽樓記〉、〈壯悔堂記〉、〈袁家渴記〉等，而是傳統小說或戲曲中長久以來慣用的一種文學表現方式，所謂藉信物之贈送以傳情及約盟也。不論就其被運用時間的長久或被取用的廣泛程度而言，歸納它為文學表現的一種形式，或者並不是太過突兀的事。

一、表記文學源流考

男女相互悅慕傾心，互留訂情之物以為表記乃人情之常。「表記」二字始見於元雜劇中，《金錢記》裡柳眉兒於九龍池邂逅秀才韓翃，一見傾心，便將御賜開元通寶金錢五十文拋地為信物，云：

我見了那秀才，不由人心中牽掛。待要與他些甚東西為信物，身邊諸事皆無。只有開元通寶金錢五十文，與他為表記。[103]

「表記」二字據顧學頡、王學奇所編《元曲釋詞》的解說，意思是：

表記，謂信物、紀念品，主要是指男女情人之間互相贈送借以取信的證物，……有時也指一般憑據、證物。[104]

所以，表記和信物都有狹義和廣義的兩層意義，狹義是專指訂情物，廣義則泛指所有的憑證。而在中國文學中，表記的運用，也同時兼具這雙重功用，但大體還是專指愛情信物居多。以下的探討，也以訂情物為主，一般的憑證為輔。

[103] 喬夢符撰：《李太白匹配金錢記》（臺北：宏業書局，一九八二年九月，元曲選上冊）頁一七。

[104] 顧學頡、王學奇編著：《元曲釋詞》（北京：中國社會科學出版社，一九八三年十一月）頁一三一。

（一）漢魏以前——表情

雖說「表記」二字到元始見，但中國文學中相關的記載，可謂淵源流長。贈物表情在《詩經・國風》中已屢有所見。如〈衛風・木瓜〉篇云：

投我木瓜，報之以瓊琚，匪報也，永以為好也。投我木桃，報之以瓊瑤，匪報也，永以為好也。投我木李，報之以瓊玖，匪報也，永以為好也。[105]

〈召南・摽有梅〉云：

摽有梅，其實七兮；求我庶士，迨其吉兮。摽有梅，其實三兮；求我庶士，迨其今兮。摽有梅，頃筐塈之；求我庶士，迨其謂之。[106]

〈木瓜〉詩為男女相互贈答之詩，互贈信物以求長以為好而不相忘。〈摽有梅〉寫女子欲得及時而嫁

---

[105] 屈萬里選注：《詩經選注》（臺北：正中書局）頁一一七。

[106] 同前注，頁一一七。

的心情，聞一多云：

> 摽有梅，求士也，女求士拋果實以為贄。……意者古俗於夏季熟之時，會人民於林中，士女分曹而聚，女各以果實投其所悅之士，中焉者或以佩玉相報，即相約為夫婦焉。[107]

可見其時以投果實表現情感為常俗。《晉書》中美姿儀的潘岳「少時常挾彈出洛陽道，婦人遇之者，皆連手縈繞，投之以果，遂滿車而歸」[108]。想來應是同樣為表情而作。有關贈物表情之作，在《詩經》中俯拾即是，如〈鄭風・溱洧〉[109]、〈王風・丘中有麻〉[110]，二者都是寫男女相互愛悅之詞，〈溱洧〉所贈勺藥，一名江蘺，與「將離」同音，因此，古人分離時，常用此物相贈，以示其依依不捨。〈丘中有麻〉所贈的「玖」，乃是次於玉的一種石，用為佩飾，則示其不離不棄之意。此二詩乃男贈女之例，而女贈男亦不乏其例，如〈陳風・東門之枌〉[111]、〈鄭風・女曰雞鳴〉[112]、〈邶風・靜女〉[113]。〈東門之枌〉裡，

---

[107] 聞一多撰：《詩經新義》(臺北：九思出版社，古典新義)卷十五，頁八八。

[108] 房玄齡撰：《晉書》(臺北：鼎文書局，廿五史本)卷五五，列傳二五，頁一五〇七。

[109] 見注[105]，頁八五：溱與洧，方渙渙兮。士與女，方秉蕑兮。女曰：觀乎？士曰既且。且往觀乎？洧之外，洵訏且樂。維士與女，伊其相謔，贈之以勺藥。

[110] 同前注，頁七〇：丘中有麻，彼留子嗟，彼留子嗟，將其來施施。丘中有麥，彼留子國，彼留子國，將其來食。丘中有李，彼留之子，彼留之子，貽我佩玖。

男女於歌舞相樂之後，女子以一把花椒相贈，花椒除取其芳芬可愛外，花椒多子亦暗示娶伊可得多子之意。〈女曰雞鳴〉贈男以雜佩，也是藉致送佩戴的珩、琚、瑀、衝牙等玉器，以表纏綿之愛意。〈靜女〉形容男女約會時互相逗弄取悅的光景，美人則以彤管和荑相贈，其中特別標出「非徒悅贈物本身之美好」實乃寶重美人贈物的心意。

（二）漢魏之際——達意

其後的漢魏樂府詩中，表記的運用除了表達情感之外，作者更進而對贈物表情的意義多所闡發。繁欽的雜曲歌辭〈定情詩〉可謂此中敘述最詳盡者：

我出東門遊，邂逅承清塵，思君即幽房，侍寢執衣巾。時無桑中契，迫此路側人，我既媚君姿，君亦悅我顏，何以致拳拳？綰臂雙金環；何以致慇懃？約指一雙銀；何以致區區？耳中雙明珠；

---

111 同前注，頁一二一：東門之枌，宛丘之栩，子仲之子，婆娑其下。穀旦于差，南方之原，不績其麻，市也婆娑，穀旦于逝，越以鬷邁，視爾如，貽我握椒。

112 同前注，頁七八：知子之來之，雜佩以贈之。知子之順之，雜佩以問之。知子之好之，雜佩以報之。

113 同前注，頁三九：靜女其姝，俟我于城隅。愛而不見，搔首踟躕。靜女其孌，貽我彤管。彤管有煒，說懌女美。自牧歸荑，洵美且異，匪女之為美，美人之貽。

何以致扣扣？香囊繫肘後；何以致契闊？繞腕雙跳脫；何以結恩情？珮玉綴羅纓；何以結中心？素縷連雙針；何以結相於？金薄畫搔頭；何以慰別離？耳後玳瑁釵；何以答歡悅？紈素三條裙；何以結愁悲？白絹雙中衣。[114]

《樂府解題》對此詩曾加解說，云：

定情詩，漢繁欽所作也。言婦人不能以禮從人，而自相悅媚，乃解衣服玩好致之，以結綢繆之志，若臂環致拳拳，指環致慇懃，耳珠致區區，香囊致扣扣，跳脫致契闊，佩玉結恩情，自以為志而期於山隅、山陽、山西、山北，終而不答，乃自傷悔焉。[115]

詩中描寫男、女二人偶然邂逅，彼此男歡女愛而私訂終身。女子為表衷情，解衣服玩好贈與男子，卻仍不免色衰被棄的命運。其中對贈物以固君心的作用多所著墨，和《詩經》中簡略的敘述方式，顯然有很大的不同。相和歌辭〈怨歌行〉裡，女子贈扇與男子，亦說明其作用：

新裂齊紈素，鮮潔如霜雪，裁為合歡扇，團圞似明月。出入君懷袖，動搖微風發，常恐秋節至，

[114] 郭茂倩編：《樂府詩集》（臺北：中華書局，四部備要本）卷七六，葉六上，雜曲歌辭。

[115] 同前注，頁六下。

> 涼飆奪炎熱，棄捐篋笥中，恩情中道絕。116

裁贈合歡團扇乃取其和合歡樂且得以出入情郎懷袖之間，極盡親暱之能事。同樣的詩境亦見諸清商曲辭〈團扇郎〉117前首寫女子親繪團扇以贈郎君，一則可為郎君驅暑，一則提醒郎君莫要相忘；後者以「青青林中竹」象徵女子未蒙郎君眷顧之時，團扇則象徵女子既寵之後，得以隨伴郎君之手，搖曳生風，二者均以贈扇表達對男子無限的依戀之情，然而，情海生波亦屬常事，恩道中絕後，昔日達情表愛的信物，反成傷心之物，漢鼓吹鐃歌十八曲之一的〈有所思〉便藉燒信物來曲盡被棄女子幽憤的心境：

> 有所思，乃在大海南。何用問遺君？雙珠玳瑁簪，用玉紹繚之。聞君有他心，拉雜摧燒之。摧燒之，當風揚其灰，從今以往，勿復相思。相思與君絕，雞鳴狗吠，兄嫂當知之。妃呼狶，秋風肅肅晨風飄，東方須臾高知之。118

因思念郎君而打算寄贈珍貴的珍珠玳瑁髮簪，誰知情人變心，因愛轉恨，雖折斷燒毀玉簪，猶然無

---

116 同前注，卷四二，葉二下，相和歌辭，楚調曲，班婕妤。

117 同前注，卷四五，葉六：七寶畫團扇，燦爛明月光，餉郎卻暄暑，相憶莫相忘。青青林中竹，可作白團扇，動搖郎玉手，因風托方便。

118 同前注，卷一六，葉六。

法解心頭之恨，更進而迎風揚為灰燼方才善罷甘休。雙珠玳瑁簪的寄贈原為表情，而它的摧燒更代表了情愛的摧折，愛情的表記已不僅僅是情人間彼此傳達愛意而已，亦用以見證情愛的消長。

（三）唐宋之時

1.盟誓

表記進入以情節見長的小說、戲曲文學之後，逐漸在表情達意之餘，另外有了更多的新意。大部分唐傳奇中，男女相互贈物多半是在驚覺婚姻無望或離別在即，因之，信物於此反而充滿了嘲諷之意。如〈鶯鶯傳〉裡，張生文戰不勝，棲止於京，早有決絕之心，鶯鶯卻仍饋贈不絕，殷殷致意：

玉環一枚，是兒嬰年所弄，寄充君子下體所佩。玉取其堅潤不渝，環取其終始不絕。兼亂絲一絇，文竹茶碾子一枚，此數物不足見珍，意者欲君子如玉之貞，弊志如環不解；淚痕在竹，愁緒縈絲；因物達情，永以為好耳。[119]

[119] 王夢鷗：《唐人小說校釋》（臺北：正中書局）頁八六。

崔氏緘報之詞，可謂纏綿悱惻。然而，玉環、亂絲及文竹茶碾子等代表情愛堅貞的信物，終歸只是張生「忍情」說下無情的見證。〈霍小玉〉中，霍小玉於中宵之夜為秋扇可能見捐而悲泣，李益遂於三尺越姬烏絲欄素縑上援筆成章，引諭山河，指誠日月，然三尺越姬烏絲欄素縑上的誓辭，終成虛幻。〈長恨傳〉裡，玄宗、楊妃定情之夕，「授金釵鈿合以固之」。天寶末年，安祿山引兵嚮闕，楊妃於倉皇展轉之際，就死於尺組之下。馬嵬亭成為長恨之地，定情的金釵鈿合雖未能發揮「固愛」的作用，卻也成親訪蓬萊的道士求信於玄宗的憑證：

> (楊妃)指碧衣取金釵鈿合，各折其半。授使者曰：為我太上皇，謹獻是物，尋舊好也。[120]

玄宗睹物思人，皇心震悼，昔日定情之物，為這幽明二途的溝通平添有力的驗證。而表記於此，亦只是證明了天人永隔的事實而已。

2. 留別

有趣的是，表記在唐宋傳奇中幾乎成了「永別」的代名詞，而跳脫了期望長相廝守的積極意義，無奈的成為永訣後曾經有過的愛情見證物。唐傳奇的名篇〈柳氏傳〉中，柳氏和韓翊在亂離中失散，柳氏

---

[120] 同前注，頁一〇七。

為蕃將沙吒利所劫，二人偶於龍首岡相逢，相約於道政里門外，柳氏「以輕素結玉合，實以香膏，自車中授之曰：當遂永訣，願寘誠念」121。雖然其後有俠士許俊仗義為韓翃奪回柳氏，柳氏終歸韓翃。但柳氏贈物，其非期待日後的相會，而是傷感的訣別而已。不過柳、韓二人以團圓作結終是唐傳奇表記文學中的異數。

人間尋常兒女私情固然常以信物表情，唐人傳奇的異類婚戀故事裡，異類最終皆以自然為依歸。當回歸本然之際，如夫妻原本情篤，多半會有信物留贈塵世中人。如《玄怪錄・崔書生》中，女仙離開崔書生前亦有白玉盒子留贈：

> 其姊謂女曰：須令崔郎卻迴，有何物贈送？女遂袖中取白盒子遺崔生。生亦留別。於是各嗚咽而出門。122

《瀟湘緣・焦封》裡，夫人送焦封入關，及臨歧泣別，夫人曾贈玉環一枚，123其他如《宣室志・鄭德懋》裡，鄭德懋辭別之時，「婦以襯體紅衫及金釵一雙贈別」124；《廣異記・王玄之》中，女鬼與玄之

121 同前注，頁六一。
122 李昉編：《太平廣記》（臺北：新興書局，一九七三年一月，乾隆乙亥年刻本）卷六三，頁二七五。
123 同前注，卷四四六，頁一七一八。
124 同前注，卷三三四，頁一二八二。

作別時，「女以金縷玉杯及玉環一雙留贈，王以繡衣答之」[125]；《靈怪集・郭翰》一文，男女二人分手，「以七寶椀一留贈，言明年某日當有書相問。翰答以玉環一雙，便履空而去」[126]；《廣異記・新繁縣令》裡，女鬼求去時，「留銀酒杯一枚為別。謂令曰：幸甚相思！以此為念。令贈羅十疋，去後恒思之，持銀杯不捨手」[127]；《志怪錄・長孫紹祖》中，女鬼將別，「贈以金縷小合子」[128]；《法苑珠林・吳祥》裡，至曉雞鳴，祥去，「女以紫巾贈祥，祥以布手巾報」[129]；《夷堅支志・小陳留旅舍女》裡神座旁侍女和黃寅攜手泣別時，「寅發篋，出銀五兩贈」[130]；《夷堅支志・黟縣道士婦人》中婦人與程發道別時，「帕內取一衲襖與程」[131]。

總之，唐宋異類婚戀故事中的信物，固然也有表情或以資留念之意。然進一步深究，作者或者有藉信物之留贈驗證異類確曾存在於人間的事實，以發明神道之不誣。

---

[125] 同前注，卷三三四，頁一二八二。

[126] 同前注，卷六八，頁二八九。

[127] 同前注，卷三三五，頁一二八六。

[128] 同前注，卷三二六，頁一二五一。

[129] 同前注，卷三一七，頁一二一八。

[130] 洪邁撰：《夷堅支志》（上海古籍出版社，四庫筆記小說叢書，子部十二）丁卷二，頁四五七。

[131] 同前注，丁卷五，頁四七九。

(四) 元代　異日相認之憑證

元雜劇之前，男女相互贈物表情屬常事，但一直還未明確成為「約為夫婦」的憑證。喬夢符《金錢記》裡，柳眉兒與韓翃的五十文錢堪稱「約為夫婦」之始。柳眉兒贈金之時，雖未明言其作用，但最後一曲〈太平令〉裡清楚明言：「這都是五十文開元通寶，成就了美夫妻三月桃夭。」[132]說明這御賜的開元通寶五十文乃是成就這段佳偶的憑證。元劇中另有賈仲名《對玉梳》雜劇寫荊楚臣辭別名妓顧玉香進京奪取功名，顧玉香不但解下釵環，以為路費，又取出玉梳一把，云：

> 又有這玉梳兒一枚，是妾平日所愛之珍。掂做兩半，君收一半，妾留一半，君若得第，以對玉梳為記。[133]

玉梳於此明顯用做異日重逢、約為夫婦的憑證。《鴛鴦被》一劇裡，張瑞卿進京應試，臨行許下聘娶諾言，並求一信物為憑，李以親手所繡鴛鴦被兒為贈，並言：「你如今收了去，久後見這鴛鴦被呵，便是俺夫妻每團圓也。」[134]可見此劇中的鴛鴦被亦肩負著來日重逢團圓，並結姻緣的使命。

---

[132] 同注[103]，頁三二一。

[133] 元賈仲名撰：《荊楚臣重對玉梳記》（臺北：宏業書局，一九八二年九月，元曲選）下冊，頁一四一三。

曾瑞卿《留鞋記》，王月英私會郭華，郭華醉臥不醒，月英悵然而回之前，曾留鞋與香羅帕為表記傳情，[135]誰知郭華因之悔恨自盡，無端引來一場性命官司。幸得郭華陽壽未盡，得以還魂，二人乃得以團圓。繡花鞋及香羅帕在此處除有約盟之意外，另外被賦予作為公案劇線索的作用。類似作為驗證認身作用的還有張國賓《合汗衫》雜劇。以一分為二的汗衫，分別由婆婆及媳婦保管。其後，各人歷盡滄桑，因為半件汗衫的出現，而得以全家團圓。[136]《合汗衫》可以說是典型的線索型表記，由於《合汗衫》的出現，開啟了後世利用表記來做為線索以破案的曲折離奇的公案劇的大量寫作。

(五) 明代

1. 小說——事件的線索

馮夢龍所編《醒世恒言》中有〈陸五漢硬留合色鞋〉[137]，寫張藎與潘壽兒，二人以汗巾與合色鞋為

---

[134] 無名氏撰：《玉清庵錯送鴛鴦被》（臺北：宏業書局，一九八二年九月，元曲選本）上冊，頁六一。

[135] 元曾瑞卿撰：《王月英元夜留鞋記》（臺北：宏業書局，元曲選）下冊，頁一二七〇。

[136] 元張國賓撰：《相國寺公孫合汗衫》（臺北：宏業書局，元曲選）上冊，頁一一八—一四〇。

[137] 明馮夢龍編、魏同賢校點：《醒世恒言》（江蘇古籍出版社，一九九三年三），卷一六，頁二九八。

訂情之物，卻因合色鞋落入陸五漢手中，而演出了一齣荒腔走板的錯會鬧劇，最後甚至演變為一宗離奇命案，合色鞋成了命案發生的關鍵。

《醒世恒言》中，有〈白玉孃忍苦成夫〉，白玉孃與丈夫程萬里分離時，將所穿繡鞋一隻，與丈夫換了一隻舊履，期望「後日倘有見期，以此為證」[138]。其後二人各自歷盡滄桑，程萬里位列安撫使之職，白玉孃出家曇花庵。程遣家人程惠提著昔日娘子所贈繡鞋並自己的一隻鞋尋訪故人，於曇花庵中，鞋履復合，夫妻終得團圓。鞋、履信物成了夫妻團圓的憑證。

《古今小說》中的名作〈蔣興哥重會珍珠衫〉[139]，其中那襲珍珠衫無疑是整個小說起承轉合的關鍵。先是三巧兒背著遠行經商的丈夫蔣興哥將祖傳珍珠衫贈與情夫陳大郎，此事終為蔣興哥發現，三巧兒因之被休回娘家。而回到新安的陳大郎臥病而亡，妻子平氏為葬大郎，不得已再嫁興哥。成親之夜，平氏打疊衣箱，興哥驚見舊物珍珠衫，大歎因果之報，果然絲毫不爽。珍珠衫終於又回蔣興哥處。三巧兒雖然在種種因緣際會下，也得以和蔣興哥再續前緣，但失去了祖傳珍珠衫的她，也因此再也奪不回正房的地位，而不得不淪為偏房。珍珠衫在這個小說中，不但象徵情愛的流轉，也在相當程度上扮演者事件發現的線索角色。

明萬曆中後期所著中篇傳奇小說《五金魚傳》更是此中的典型。文中書生古初龍於旅程中以傳家寶五金魚分別持贈五女子，其後持有五金魚之女子陸續循線得還歸古生，如余公仁重刊《五金魚傳》時附

---

[138] 同前注，卷一九，頁三七九。

[139] 明馮夢龍編、魏同賢校點：《古今小說》(江蘇古籍出版社，一九九三年三月)卷一，頁一—三六。

的總評云：

> 始以五魚分，而終以五魚合。一聘於華玉，二贈于如燕，三聘于菊娘，四贈于桂娘，五付于玉嬌。此五女者，皆古生之宿緣耳。[140]

五金魚隨著古生情意的訂結而一一流落他方，又隨著古生出守有功，加官晉爵而一一被刻意尋回。金魚或被用為書鎮，於棲真庵裡壓經，或於患難時，被家僮持送到相府易錢，最後五金魚於歷經波折後，終告復合。作為愛情表記的五只金魚除了作為婚姻的盟證外，尚且負有聚合五美於一堂的線索作用。

2. 戲曲

明代戲曲裡，表記的運用幾乎廣泛地流行於才子佳人式的聚散裡，葉憲祖可算是最喜用此手法者。所撰雜劇《丹桂鈿合》中，寫了一極其奇巧的姻緣：於月波庵佛殿上驚見絕色女子徐丹桂的書生權次卿，為求暗通款曲，遂假冒徐母娘家姪兒向大官上門認親；極其巧合的是，徐母當年出京之時，曾將女兒許婚向大官，「將紫金鈿合各分一扇，以為憑證。」[141]而冒名頂替的權次卿亦湊巧於市上買得紫金鈿合一扇，

---

[140] 署名「公仁子曰」：《增補批點圖像燕居筆記》（上海古籍出版社，古本小說集成影印）下之卷八引，頁二三二四。

[141] 明葉憲祖撰：《丹桂鈿合》（台北：文光出版社，一九六三年十一月，盛明雜劇一四冊）葉五上。

其後二人意洽，議婚之時，各自取出鈿合，居然圓成無間，權次卿因得鈿合而得如花美眷，正是「一段姻緣天上來」[142]。全無干係的權次卿藉著無意間購得的鈿合，得遂鳳雙鸞匹的姻緣；鈿合於此可謂居全劇主軸地位。憲祖另有雜劇《團花鳳》、《夭桃紈扇》亦用表記團花鳳釵及紈扇的贈送、失蹤、尋獲……等線索，牽合一段波折迭起的才子佳人故事，並成就一段驚心動魄的公案劇。

三齣戲裡的有關信物，都只是擔負傳統表達深情厚意作用的平面道具，往往在完成了這種基本的使命後，便被作者遺棄於劇情主軸之外，一直到戲劇結束，都不再被提起。

相較之下，篇幅較長的傳奇在表記文學的發展上就更具開拓性的地位。即以流行最廣的《六十種曲》而言，內容中提及表記者至少就有十七種[143]之多，在運用表記來鋪敘劇情方面，非但數量可觀，而且在手法上，明顯有著翻新的效果。

十七齣有關「表記」的傳奇中，當然亦非齣齣俱有推陳出新的寫作方式，類似前述淪為平面道具的表記亦不在少數。如湯顯祖《紫簫記》裡的九子金龍鏡和三珠玉燕釵[144]，朱鼎《玉鏡記》裡的玉鏡臺，梅鼎祚《玉合記》中的玉合，鄭若庸《玉玦記》中的玉玦，充其量都只是一種烘襯的地位而已，並未居主導地位。其餘十三種傳奇中，歸納其間表記所擔負的職責，除一般的示愛表情外，尚有以下三點：

---

[142] 同前注，第七折，葉一七下。

[143] 十七種為《荊釵記》、《香囊記》、《玉簪記》、《紫釵記》、《玉鏡記》、《懷香記》、《鸞鎞記》、《玉合記》、《青衫記》、《霞箋記》、《玉環記》、《金雀記》、《錦箋記》、《紫簫記》、《玉玦記》、《種玉記》和《雙珠記》。

[144] 明湯顯祖撰：《紫簫記》（臺北：開明書店，六十種曲本之四三）頁四五。

(1)尋索真象

傳奇因為體制較長，編劇家往往在其間製造懸宕，以提高劇作的吸引力。而懸宕的形成往往有賴疑而未決的事件來蘊釀，表記在此類的劇作中便往往扮演真象的證實者角色。如陸采《懷香記》裡韓壽踰牆與賈充女午姐相會，小姐取出其父所贈異香，轉贈韓壽，其後，賈充於園亭設酒與掾史同敘，座中異香撲鼻，引起賈充懷疑，於是展開一連串索香、看牆、鞫詢……等動作，作者藉著表記的出現一步步帶領賈充去探索女兒偷情的真象。

邵璨所作《香囊記》亦有異曲同工之妙。作為表記的香囊原為張九成之母親手所製，九成攜帶赴邊關，不巧遺失於戰場上，為軍士拾回，轉手於趙運使之手。趙運使取以為聘欲強娶九成妻，九成妻見香囊，不勝悲傷，遂取香囊訴之於官府，正好巧遇其夫張九成為觀察史大人，九成見香囊大驚，夫妻於公堂上憑表記而相合。香囊在此亦如線索般指引讀者的眼去探尋生死未卜的離散婚姻。

高濂《玉簪記》中，潘必正與陳妙常，一夕繾綣後，分別以碧玉鸞簪一枝、白玉鴛鴦扇墜一枚互贈而別。而作為二人訂情表記的玉簪，一直到劇作的最後一齣「合慶」，方才發揮了解開身世之謎的釋疑作用，原來潘必正原有指腹為婚的妻子。玉簪的出現，一步步預示了陳、潘兩家糾纏的婚姻關係——本為必然(指腹為婚)，卻因戰亂，變成必須花費偌大精力去爭取的偶然事件。

汪廷訥《種玉記》裡，霍仲孺年輕時夢中獲福祿壽三星贈玉條環、玉拂塵、紫玉杖，預示當獲三段良緣，其後果然如夢所示。尤其是以玉條贈衛青妹少兒，[145]二人離開十八載，仲孺另娶俞氏女，少兒生子霍去病。去病成人，先以玉條環與俞氏及異母弟霍光相認，又至邊關憑信物與父親相合。兩度表明身份之時，都被要求拿出信物以證明身份。霍去病自幼隨母而居，常見母親對玉條環掩泣，心裡便一直不甚了然，玉條環繫著霍去病的身世之謎。因此，表記在此負有揭開真象的責任。

(2)見證堅貞

除真象的尋索外，傳奇裡的信物，往往還在或多或少的程度上見證情愛的堅貞。朱權《荊釵記》寫王十朋與錢玉蓮的堅定愛情故事。[146]對王堅持不招贅，錢矢志守節兩部分，作者可以說不憚詞費。作為信物的荊釵最後變為證實男女主角情意堅貞與否的試探物。當錢玉蓮在迴廊撞見前來薦亡的十朋，疑心正是自己的丈夫，卻引起救命恩人錢安撫對她貞節的懷疑時，安撫決定取此玉釵以為測試，幸得荊釵的出現，十朋睹物思人，合盤道出原委：

這是那得來？教我揵耳揉腮。欲問猶恐言相礙，心中展轉猜，元是我家舊聘財，天哪！這是物在人何在？[147]

[145] 明汪廷訥撰：《種玉記》(臺北：開明書店，六十種曲本之四七)第十齣〈愴別〉，頁二三。

[146] 明朱權撰：《荊釵記》(臺北：開明書店，六十種曲之二)頁一。

[147] 同前注，第四十八齣〈團圓〉，頁一三八。

玉蓮的徘徊猜疑得到十朋的證實，她的節烈也才得見證。輕微的荊釵表記代表了一段貧賤夫妻歷經重重考驗後的苦盡甘來。

顧大典撰《青衫記》則藉一襲潑了酒的青衫的被寶重，暗寫風月場中有情人對情愛鍥而不捨的追尋。青樓女子裴興奴費心地為典當青衫以沽酒的白樂天贖衫，以為「使異日青衫無恙，白骨同歸，一段姻緣，或者在此也」[148]。她在干戈盈塞、滿目塵埃的亂世中，毅然帶著那襲青衫，一步步追尋自己的未來。她不但拒絕母親安排，接客茶商，而且更借還衫的理由，直奔樂天正堂，和樂天侍妾樊素、小蠻表明對樂天的深情。其後，樂天由蠻、素二妾處得知興奴如此用情之深，便遣人奉上三百銀兩為財禮，並青衫一件與裴娘為表記。豈知裴母已早兩日將裴娘嫁與浮梁茶客。樂天得知，心中悵然。一日，樂天應元微之之邀，上船一敘，適逢興奴隨浮梁客到江州，於蘆花岸邊悲愴自彈琵琶，身著昔日青衫的樂天，一時感舊，淚濕青衫。二人遂得排除障礙而團圓。昔日樂天隨意「解青衫典卻瓊漿」，就如他於東郊邂逅興奴，純粹只是逢場作戲，何嘗有半點經心。但是，當他發現興奴認真為他贖衫，天涯海角盼望尋愛，再是浪蕩的士子，也不禁要為之動容吧！因此，青衫由被輕易典當而至不忍輕棄，甚至妥為收拾保管，不正是一段堅貞愛情的鍛鍊以至成熟的歷程！

湯顯祖《紫釵記》中的信物——紫玉釵，被作者運用得最為酣暢淋漓。紫玉釵直接出場的戲就有九齣[149]，而側面提及此釵的又有九齣[150]，合計起來，約有三分之一的篇幅都和這支紫玉釵脫不了干係，全

[148] 明顧大典撰：《青衫記》（臺北：開明書店，六十種曲本之三二）第十三齣〈贖衫避兵〉，頁二三。

[149] 直接提到的有〈插釵新賞〉、〈墮釵燈影〉、〈託鮑謀釵〉、〈佳期議允〉、〈凍賣珠釵〉、〈玉工傷感〉、〈哭收釵燕〉、〈玩釵疑

劇除對紫玉釵之被引為愛情信物有過浪漫的著墨，甚至玉釵的來龍去脈亦絲毫不肯輕易放過。這齣取材唐人小說《霍小玉》的傳奇，把在唐小說中無足輕重的玉釵提昇到全劇的關鍵地位。湯顯祖不愧劇中老手，由玉工侯景巧手雕綴價值百萬金的玉釵起始，然後是小玉元宵夜於天門墮釵，為李益所得，小玉索釵，其後一連串以紫釵為主題的謀釵、請婚、允婚以至成婚，逐步展開。戲劇中段，著意李益功名的追尋，小玉門楣絮別及分別時相思兩地的心情描述，玉釵似乎暫時被丟置一旁，但在某些關目，玉釵又會被點綴於字裡行間，看似不經意，仔細尋思，方知是作者刻意安排。至四十三齣〈緩婚收翠〉後，這支紫玉釵又神奇地成為全劇注目的焦點。〈凍賣珠釵〉寫貧病交迫、尋夫心切的小玉終於孤注一擲，下定決心賣釵，玉釵到底輾轉淪落到逼婚的盧太尉府邸，小玉得知李益別娶已夠傷感，又驚聞釵入盧府，不覺悲泣暈厥。而因了盧太尉狠毒的兩面欺騙，哭收玉釵的李益也被小玉改嫁的虛語震驚地「袖向青衫淚滿衿」，玉釵的雙向試探，雖然使得二人俱失魂落魄，卻沒有使他們改變堅貞的初衷。不時開箱取出玉釵端詳的李益，在反覆思量後，理性地提出了事件的疑點，所以，儘管有鮑四娘的人證，他到底還是決定「持取釵頭，再作證盟」。心碎欲死的小玉雖然怨撒金錢，但一聽說崔允明有意勸說李益回頭，卻仍心懷僥倖心理，希望「若得他心香轉作迴心院，抵多少買賦千金這酒十千」。就因為彼此都心志堅定，所以，在黃衫客等人刻意的安排下，終有「劍合釵圓」的結局。玉釵見證了小玉由天真浪漫的少女、幸福旖旎的新

歎〉、〈劍合釵圓〉等九齣。

150 側面提及此釵的還有〈花朝合巹〉、〈春愁忘捷〉、〈榮歸燕喜〉、〈折柳陽關〉、〈女俠輕財〉、〈巧夕驚秋〉、〈婉拒強婚〉、〈怨撒金錢〉、〈節鎮宣恩〉等九齣。

娘、折柳陽關的不捨、淚展銀屏的相思、凍賣珠釵的心碎、怨撒金錢的絕望，一直到劍合釵圓的圓滿，真正參與了這段椎心痛楚、堅貞不渝的愛戀。湯顯祖技巧純熟地把表記和人生愛恨怨嗔交揉呈現，讓我們見識了劇作家圓潤的創作技巧。

(3)期待團圓

表記在明傳奇中最大的作用在期待團圓。通常有期待物合情圓作用的表記多半是成雙作對的，不管是親情或愛情，大抵是由兩人分執成雙的信物中的一只，或者經過歲月的淘洗，或者經歷嚴苛的磨難，雙方必須借助信物的證明，才能確認彼此的身份及雙方的關係。如楊柔勝《玉環記》裡，韋臯與平康里女妓玉簫分手時，二人分別以紫金魚扇墜一個、玉環一對留贈，後來玉簫相思成疾，抱玉環而死，遂使得這樁期待落空。周履靖《錦箋記》中，書生梅玉因一幅錦箋的牽連而傳出和柳淑娘的私情，演為一場風波，梅生歸家途中，柳氏於舟中分箋泣別。其後二人克服種種試煉，終得如願團圓，錦箋再合。不著撰人的《霞箋記》也是同樣寫的是分箋盟誓的愛情故事。不過，對作為信物的霞箋，作者不似周履靖《錦箋記》般只草草帶過，而是頗費了些筆墨去經營安排。劇中題箋的是男主角李玉郎，拾箋、和箋的是女主角張麗容，二人相互和詩後，終於在端陽佳會訂下白首之盟，將霞箋各藏一幅，留作他年合巹。[151]其後霞箋又出現了五次[152]，每一出現，必然在劇情上起一定程度的作用，先是被騙登程裡，麗容寫血詩一

[151] 明不著撰人撰：《霞箋記》（臺北：開明書店，六十種曲之三五）第六齣〈端陽佳會〉，頁一八。

[152] 第十五齣〈被騙登程〉、十六齣〈踰牆得喜〉、二十二齣〈驛亭奇遇〉、二十五齣〈訴情得喜〉、二十六齣〈得箋窺認〉及

首於霞箋之末寄予玉郎，接著是玉郎得血書，知事情原委後，展開飛航追逐，然後是在驛亭巧遇，沈沈夜央中不易辨識，便悄悄以霞箋出示，李郎更和詩安慰伊人，再度盟誓以續前緣。接著麗容宮中獲宮主垂憐，俱道不幸遭遇，引起駙馬李彥直的注意，仗義取霞箋，並為之試探李玉郎，最後有情人終得重會，兩幅霞箋再合。

不著撰人作《金雀記》及葉憲祖編《鸞鎞記》分別以一雙金雀和一對碧玉鸞鎞寫物合人圓的期待。明傳奇另有沈鯨《雙珠記》則是一則人珠還合的家庭劇。一位母親在兒子王楫及媳婦郭氏補伍之際，贈以明珠[153]；禍不單行，妹妹王慧姬又被選入宮去，母親悲痛之餘，又把所餘明珠交付女兒。王楫夫婦於行伍之間亦風波不斷，甚至面臨刑戮，郭氏不得已賣兒王九齡，將珠繫兒身。這分交兄妹二人的雙珠，在經歷一番離奇的波折後，終於又回到老母親的手中，而一家骨肉也因此重逢。雙珠是期待團圓的表記！

總之，明代無論是小說或戲劇裡的表記，多半和劇情的關係愈形密切，表記不只是一種代表情愛的物品，它們常常還被賦予更重要的任務，尤其在長篇傳奇裡，它往往形成劇情轉折的關鍵，或者是真象尋索的一種線索，或者是堅貞情感的見證，更普遍的是成為期待團圓的象徵。

（六）清初

二十七齣〈霞箋重會〉等六齣。

[153] 明沈鯨撰：《雙珠記》（臺北：開明書店，六十種曲之五八）第五齣〈母子分珠〉，頁一四。

和《桃花扇》並稱清代傳奇雙璧的《長生殿》在表記上亦大有表現。洪昇《長生殿》在〈傳概〉之後，緊接著出場的明皇與楊妃便以表記定情，[154]其後二人各唱的兩支〈綿搭絮〉更具體表出金釵鈿盒致贈目的是「願似他並翅交飛，牢扣同心結合歡」及「惟願取情似堅金，釵不單分盒永完」，都在追求情感的完好堅定。因此，一旦雙方的情感稍微有了漏洞或瑕疵，金釵鈿盒就成了諷刺。故而在第十九齣〈絮閣〉裡，明皇於翠華西閣寵召梅妃，楊便哀怨求去，並欲奉還信物，楊妃情感面臨生變之際，祭出了這張當年定情的王牌，再度鞏固了這場三角風波中的主角地位。《長生殿》中，金釵鈿盒共出現在九場戲裡，除了前述兩場外，還有〈埋玉〉、〈情海〉〈尸解〉、〈補情〉、〈寄情〉、〈得信〉、〈重圓〉七齣。〈埋玉〉是上卷的最後一齣，以楊妃宛轉蛾眉馬前死，臨終交代以信物殉葬。

上卷由金釵鈿盒定情始，以金釵鈿盒殉葬終，象徵一段人間情愛的源起與終結。下卷情節轉入天上人間的兩相綢繆，〈情海〉齣裡，楊妃的鬼魂取出釵盒把玩，回憶昔日恩情，以一支〈三仙橋〉寫出重尋釵盒舊盟的心境。接下來的〈尸解〉齣只一筆帶過尸解上升之際，楊妃仍隨身緊守金釵鈿盒，直到蓬山頂上。明皇這邊則藉〈見月〉、〈改葬〉兩折交代明皇思念釵盒定情之事，又感歎改葬之時不見釵盒。此兩齣釵盒只是虛寫，並未出場，一直要到〈補恨〉齣，楊妃取出釵盒向織女娘娘表明和明皇的情感矢志不渝，倘得情緣再續，情願謫下仙班，釵盒方又出現。

從〈補恨〉起一直到〈重圓〉的四折，都圍繞在金釵鈿盒上發展。〈補恨〉向織女表明之後，〈寄情〉

---

[154] 洪昇撰、曾永義注：《長生殿》(臺北：國家出版社，中國古典戲劇選注)第廿五齣〈定情〉，頁五一九。

裡，楊妃接見明皇所遣來的道士楊通幽，並分釵盒各半，交付通幽，為取信明皇之用，楊通幽帶著這各半的釵盒回到人間，上皇見此信物，不由悲慟不捨。

有了信物傳情，明皇知道蓬萊仙島上的楊妃仍對他一往情深，就愈發引起明皇必欲重續良緣的信念，因此，在五十齣〈重圓〉中終得天人重見，好合依然。兩人喜極而泣，同時出示見證情意堅貞的釵，金釵鈿盒再度重會，象徵兩下心堅，情緣雙證，也應證了〈傳概〉所言的「至情」論：

> 今古情場，問誰箇真心到底。但果有，精誠不散，終成連理。萬里何愁南共北，兩心那論生和死，笑人間兒女悵緣慳，無情耳。

所以，金釵鈿盒在《長生殿》中的作用，可以說綰合了表記在明代傳奇中的各項作用。既是明皇尋索楊妃去處的線索，也是見證二人堅貞愛情的證物，更是二人期待永結連理的信物。洪昇對藉信物醞釀氣氛、推展劇情，確乎手法高明。

二、表記的種類及其所代表的時代意義

綜合上述有關表記的諸多作品，歸納文中做為表記的物件，大約可分如下五種：

（一）自然花果

木瓜、木桃、木李、梅、芍藥、握椒、荑……等。

（二）各式佩飾

雜佩、瓊琚、瓊瑤、瓊玖、佩玖、縮臂雙金環、約指一雙銀、耳中雙明珠、香囊、繞腕雙跳脫、佩玉、素縷雙連針、金薄畫搔頭、耳後玳瑁釵、玉環、金鳳釵、團花鳳釵、三珠玉燕釵、碧玉鸞簪、雙珠瑁簪、荊釵、玉玦、紫釵、紫金扇墜、紈扇、團扇……等。

（三）奇珍異寶

金釵鈿合、香膏玉合、金縷玉杯、銀酒杯、七寶碗、金縷小合子、御贈開元通寶五十文、五金魚、雙明珠、朝廷特賜異香、金雀、九子金龍鏡、玉條環、玉拂塵、紫玉杖……等。

（四）貼身衣物

紈素三條裙、白絹雙中衣、襯體紅衫、紫巾、布手巾、衲襖、繡鞋、汗衫、汗巾、珍珠衫、青衫、亂絲、鴛鴦被、玉梳子……等。

（五）其他

彤管、錦箋、霞箋、文竹茶碾子、素縑、玉鏡臺。

由五類表記所代表的時代看來，漢魏之前，多半以自然花果為主，嚴格說來，這只是表記文學的醞釀期，贈送花果的目的，也僅止於向對方表達愛慕之意而已，還未有約盟的意義存在。因此，儘管自然花果如木瓜、芍藥、握椒或萸，有其存在的期限，但因為意不在「天長地久」，只在曾經擁有，或意圖擁有，所以，兩相愛悅之餘，便就近取材，於桑間濮上，順手摘取，或以各種象徵生殖的「桃之夭夭」（木桃）、「瓜瓞綿綿」（木瓜）、「多子握椒」相贈；或以「美異」的萸草餽送，以讚美對方的美好；或以諧音將離的芍藥送別，以示其不捨，這是當時的風尚，一直持續到漢魏。

漢魏之後，雙方贈送的信物開始有了較深且較纏綿的涵意在內，此由繁欽〈定情詩〉最可以見出。不管金環、銀戒指、雙跳脫、連雙針、玳瑁釵、畫搔頭，都各有它代表的意義。這時期的信物多半以不容易毀壞且在意義上能表達「情愛不渝」的意義者為主，因此，各式佩飾及象徵纏綿及團圓的紈扇、團扇大行其道。

唐代繼承漢魏以來傳統，玉環、金釵餽問不絕。但在異類婚戀故事，或者為表明異類之不同於人類，尤其是女仙，因身分高貴，出手自然不凡。於是，大量奇珍異寶加入，造成了異類婚戀故事中婚姻不果，卻常得寶物以歸的結局。因此，玉杯、寶椀、金縷小合子等大量充斥表記文學中，而這些寶物除了「留念」的意義外，常常還含有實際的經濟效益。

宋元以來，平民化的文學逐漸抬頭。從士人階層走向市民階層的傾向，亦影響了文學中的表記。因為主角人物不再限於士人階層，販夫走卒的愛恨怨嗔開始受到注目，高貴的佩飾及稀罕的寶物終非小門深巷所能擁有，因此，貼身的衣物遂逐漸代之而起。玉梳、鴛鴦被、繡鞋、汗衫、五色鞋、汗巾、扇子……等肉慾象徵的表記活色生香地成為小市民階層的代言人，迸射奔放的愛情藉著肌膚相親的貼身衣物傳達大膽、坦率的慾念，確實要比含蓄的佩飾，更能曲盡倚羅偎翠的旖旎且直接的情感。

明代不管才子佳人小說或戲劇，又恢復到描寫士人階層。因此，儘管表記在後花園贈金型的文學中大大地熱絡起來，但其時的表記亦不能免俗地又重新回復佩飾、寶物等類型，這當然和寫作者及文學作品中的人物身分有絕對的關聯。

因此，表記的流行種類和文學內容實有密不可分的關係。士人文學的內容必然多著墨於才子佳人的悲歡離合，見諸於文學中的表記也不可避免地出之以端莊典麗的高貴佩飾或充滿神仙色彩的寶物；相反地，敘寫小市民階層情愛的《詩經・國風》裡，用來示愛達意的，也不出他們生活環境所親近的自然產物；而商業抬頭後的宋元，都市化的結果，產生了許多新興階級，文學內容不再侷限於讀書人，各行各業率真噴迸的熱情吸引了寫作者的眼光。小市民階層直接的表情方式，自然以貼身衣物加以詮釋最為傳神。何況，一般貧苦的大眾也委實拿不出明珠、玉環，甚至金釵鈿合等高貴的表記，價值菲薄的汗巾、繡鞋，不但曲盡市井小民的佻脫表情方式，也切合他們家無恒產的門第。總之，表記固然因此有了它時代的風尚，但追本溯源，還是根據持有人的身分來做調整。譬如第五類的彤管、錦箋、素縑等等，就必然出自書香門第，或者粗通文墨的青樓女子手中。

事實上，表記的發展是有脈胳可尋的。它的價值隨著持有人的身分而不同，也隨著時代風尚作調整，更重要的是，它在文學中所佔的份量，亦由初期的單純而日趨複雜，到了明清，隨著才子佳人小說及戲劇的勃興，表記甚至開始有了舉足輕重的地位，這可由《六十種曲》及《明清雜劇》中許多都以表記做為劇名可為例證。而事實上，表記也真的在小說戲劇的關目推動、發展上貢獻良多。往往一劇之中，若抽離了它，便使得劇作鬆弛乏力，甚至難以為繼，這在孔尚任《桃花扇》中，可以得到證實。

三、《桃花扇》中表記的運用

做為愛情表記的那柄桃花扇在《桃花扇》劇中，總共出現了八次。[155]它和前述的諸多信物般，有著「情之所在即信物之所在」的提示作用。因孔尚任以它做為全劇的劇眼，所以，在它出現前，便做若干點染，以示鄭重。他未雨綢繆地先讓扇墜登場，以壯聲色。第五齣〈訪翠〉裡，侯方域、柳敬亭相偕至卞玉京煖翠樓下賞鑑盒子會。柳敬亭曾於中途解說盒子會原不許子弟入會，但允樓下賞鑑，如若中意，

[155] 八次分別見於第六齣〈眠香〉、第七齣〈卻奩〉、第廿二齣〈守樓〉、第廿三齣〈寄扇〉、第廿七齣〈逢舟〉、第廿八齣〈題畫〉、第卅九齣〈棲真〉及四十齣〈入道〉。

則：

便把物事拋上樓頭，他樓上也便拋下果子來，相當，竟飛來捧觴，密約在芙蓉錦帳。

於是，樓頭開始輪番奏技：笙、琵琶、箏、雲鑼……直到簫聲傳出，方域不禁脫口讚道：

這幾聲簫，吹的我消魂，小生忍不住要打采了！

興奮之餘，遂取出扇墜拋上樓頭試探。沒想到樓上竟真拋下汗巾包裹的櫻桃，扇墜與果子的儀式，一如《詩經》中所言「投以木桃，報以瓊瑤」，是直覺而率性的表情方式。扇墜出而詩扇始出，益見桃花扇的身價不凡。而香君又名香扇墜兒，侯方域選擇扇墜做為情愛的試探品，其實是有深意在焉。

經過扇墜與果子的交相照面後，桃花扇方才鄭重出場。在梳攏香君的歡宴上，侯方域取出隨身的扇子，向眾人併香君表明心跡：

小生帶有宮扇一柄，就題贈香君，永為訂盟之物罷！

沈浸於愛情甜蜜、歡愉氣氛中的侯方域，並且在扇上喜孜孜地題上：

夾道朱樓一逕斜，王孫初御富平車。青溪盡是辛夷樹，不及春風桃李花。

以「桃李花」暗指李香君，明言艷麗的桃李非尋常的辛夷樹所可比擬。言下不勝獨得李香君的得意。這首詩雖在鄭妥娘與張燕筑二人的插科打諢聲中被輕易帶過，但詩中的深意，孔尚任並未一筆帶過。他特別安排在其後第七齣重點戲〈卻奩〉前，由楊龍友對這扇上題詩再作品評，指點讀者未可輕易放過。他說：

正芬芳桃香李香，都題在宮紗扇上。怕遇著狂風吹蕩，須緊緊袖中藏，須緊緊袖中藏。

青溪的辛夷樹固然不若春風桃李花的旖旎艷麗，但「情濃如花釀」的愛情，在香君公然和惡勢力劃清界線的卻奩行動過後，便開始面臨「狂風吹蕩」的危機。楊龍友的這番話，預示了侯李二人的愛情權愉，必將接受嚴苛的考驗。換句話說，這柄扇子，不但是他們愛情的訂盟之物，亦將成為他們不幸遭遇的見證。

桃花扇的第三次出現和第二次相隔十五齣戲，由〈鬧榭〉到〈媚座〉，仔細推敲，悉數在寫狂風吹蕩的時局，看似與桃花扇無涉，其實是在蘊釀氛圍，為桃花扇的再次出現營造石破天驚的效果。

短暫的幸福過後，因香君的卻奩，使得阮大鋮惱羞成怒，銜恨構陷，逼得侯方域不得不倉皇辭院。李香君在侯方域出走後，「洗粉黛，拋扇裙，罷笛管，歇喉唇」，守扇持志。南明建立後，楊龍友受新任漕撫田仰之託，以三百花銀強娶，香君堅決不從，取出定盟之扇，表明心跡：

> 案齊眉，他是我終身倚，盟誓怎移？宮紗扇，現有詩題，萬種恩情，一夜夫妻，忍寒飢，決不下這翠樓梯。

然而，惡勢力並不因此稍歇，反倒恃勢劫持，企圖強拉香君入彩轎，香君不得已持扇亂打，代表愛情的詩扇因之轉為防身的利劍——一把捍衛真情的武器。素扇雖然因為香君的拚死不從與貞麗的李代桃僵而得以保全，卻不免留下斑斑的血跡，來印證李、侯的愛情聖潔。

香君用鮮血來宣誓對愛情的堅貞，〈守樓〉中，孔尚任對這柄詩扇著墨甚多且層次分明。先是香君取扇要龍友莫忘當日為媒之事，接著持扇凶打強迫她上轎的人，最後是因強力抗拒，不惜倒地撞頭，以致血濺詩扇。作者唯恐讀者不察，分別於其上評點「取扇在手，看者著眼」、「持扇亂打，觀者著眼」及「血濺詩扇，觀者著眼」，這一連串的動作，鮮明的刻劃出一位堅貞不渝的風塵女子的反抗權貴的心理狀態——先是企圖說之以理，繼則積極自衛，最後索興寧為玉碎，血濺詩扇，將捍衛愛情的鬥志推向最高潮。

經過鮮血洗禮過後的詩扇，儼然承載了善良與邪惡交鋒後的凜然不屈，這血染桃花成了全劇的關鍵。孔尚任於此齣後的總批上寫道：

> 桃花扇正題，本于此折。若無血心，何以有血痕；若無血痕，何以淋漓痛快成四十四折之奇文耶？

而所謂「血心」者，就是香君對侯的一番堅貞纏綿與對閹黨的絕不妥協。經過這一場的誓死明志，為閹黨做說客的龍友也不覺為之心動。於是，順手將扇上血痕點染為折枝桃花，香君見了，嗟歎：

桃花薄命，扇底飄零。

深刻感受到這無疑是她痛苦經歷的寫照。於是，她就利用這柄用鮮血洗禮過的愛情表記代表千言萬語，寄予遠在他方的侯方域。

桃花扇終於在蘇崑生千辛萬苦的護持下，送達侯方域的手中。於是，香君誓死守節的真情才透過桃花扇上的血跡，銘記在侯郎的心上，深受感動的方域於是心忙步急地重回媚香樓。誰知「人蹤悄悄，芳草芊芊」，李香君卻已被選入宮，徒留「紙破窗櫺，紗裂簾幔」。

桃花扇再度出現已是劇作接近尾聲之時，侯、李各自經歷了滄桑，不約而同回歸山林。李香君隨卞玉京棲身葆真庵，侯方域跟了柳敬亭直奔采真觀，二人曾於葆真庵，因一門之隔，而錯失見面良機。侯方域於途中取出時刻在手的訂盟之物，睹物思人，備覺淒清：

把他桃花扇擁，又想起青樓夢；天老地荒，此情無盡窮，分飛猛，杳杳萬山隔鸞鳳，美滿良緣半月同。

桃花扇的這一回出現，是為這二年的相思做一徹底的回顧，為下一回的裂扇入道預作鋪陳，若缺了這驚鴻一瞥，四十回的入道便顯突兀。

桃花扇最後一次出現，已到戲劇的尾聲。侯方域千里迢迢拿著桃花扇找香君，意外地在靈山大會中相會，二人驚喜莫名，竟忘了身在清淨道場，不覺取扇共訴衷情：

生：那邊站的是俺香君，如何來到此處？

旦：你是侯郎，想殺奴也！

想當日猛然捨拋，銀河渺渺誰架橋，牆高更比天際高，書難捎，夢空勞，情無了，出來路兒越迢遙。

生：看這扇上桃花，叫小生如何報你。看鮮血滿扇開紅桃，正說法天花落。

二人正沈醉於愛情幸福中，不想惹得主祭的張薇道士拍案大斥：

哇！何物兒女，敢到此處調情！

下壇奪過二人手中的扇子，將它扯成條條，並以家國大義相責：

呵呸！兩個癡蟲。你看國在那裡？家在那裡？君在那裡？父在那裡？偏是這點花月情根割他不斷麼！

於是，二人在冷汗淋漓，如夢忽醒的狀況下，芟情苗，割愛胞，雙雙入道。

四、《桃花扇》中表記運用的卓越性

綜觀《桃花扇》中表記的運用，和前述表記文學相較，可以歸納出幾項特色：

（一）名實相符的表記文學

明代戲曲中，雖然許多都是以其中的表記命名，如《夭桃紈扇》、《荊釵記》、《紫釵記》、《香囊記》、《錦箋記》……等，但有些劇作，表記僅是點綴，並不在劇中佔重要地位。《桃花扇》則不然，由桃花扇出現的八場戲看來，全劇可以說完全環繞著這柄桃花扇來發揮，尤其是作者孔尚任甚至在〈凡例〉中明白指陳：

劇名《桃花扇》，則桃花扇譬則珠也，作《桃花扇》之筆，譬則龍也，穿雲入霧，或正或側，而龍睛龍爪，總不離乎珠，觀者當用巨眼。

這則解說，其實是有著非凡的意義。因為，在《桃花扇》之前的小說或劇作裡，信物容或有重要的推動關目的作用，但卻從未被小說家或劇作家以如此顯豁之筆標示，並提醒讀者「當用巨眼」。這點透露了一個重要的訊息，即桃花扇在劇作中絕非只是孔尚任順應潮流所作的無謂妝點，它不是普通的砌末，作者必然在這桃花扇上傾注了極大的企圖心。所以，他特別在〈凡例〉中標明，希望讀者注意他的苦心。這種有意識利用表記並加以鄭重看待的寫作筆法，使得《桃花扇》成為一齣名符其實的表記劇作，這毋寧是表記在《桃花扇》中最重要且最具開拓性的意義。

（二）更具豐富的意涵

桃花扇在劇中共出現八次，在場次上，雖不比《紫釵記》的紫釵及《長生殿》的金釵鈿合出現的九次更多，但運用的手法顯然更臻純熟，而在意涵上也明顯的益加豐富。

在桃花扇出現八次的安排上，很可看出作者匠心獨運。首次和末次出現係由侯方域和李香君共執，一為新婚的喜悅，一為重逢的悲喜交集。其餘六次，則李、侯各自擁有三次，先是李香君向龍友展扇示寵〈卻奩〉，再為滴血濺扇〈守樓〉，接著題扇寄扇〈寄扇〉，扇子俱在香君手中。其後的〈逢舟〉、〈題畫〉、〈棲真〉則是傳扇到侯的手裡。在排場上顯示非常勻稱的效果。藉由扇子的經歷，我們不但可以分別看到李、侯二人的內心世界，同時也反映出環繞侯、李二人身邊的人物個性。

桃花扇上有代表濃郁情愛的訂情詩篇，也有象徵辛酸磨難的桃花血痕。它由侯方域贈予李香君，是純粹的表情達意；它因抗拒逼婚而滴血濺扇，是見證愛情的堅貞；它被楊龍友點染上折枝桃花，描摹出在真純的情愛前，邪惡勢力亦無由滲透，甚至只能俯首就範；而蘇崑生不避辛勞，迢遞傳扇，是為讓侯方域了解真象，是宣揚低層人物如蘇崑生者的義行可風，也是間接表彰香君的苦節動人；而侯方域的觀扇嗟歎亦以明筆寫誓言不渝的心心相印。最後的裂扇入道，則更將個人小愛昇華為大我執著。這種種關目上的推動，都以極新之筆著墨，正如〈凡例〉所說：

排場起伏轉折，俱獨闢境界。突如而來，倏然而去，令觀者不能預擬其局面。凡局面可擬者，即厭套也。

其次，一般表記文學多著重於愛情或親情的描述。《桃花扇》則能突破單一架構，而呈現出雙重或多重的主題。云亭山人在〈本末〉中說：

南朝興亡，遂繫之桃花扇底。

就是明確指陳，《桃花扇》其實是藉離合之情寫興亡之感，不單單是一則簡單的愛情故事而已。而離合之情如何轉化為興亡之感，就是由詩扇一變而成桃花扇的過程，也就是揭示南明覆亡原因的過程。由〈眠香〉而〈卻奩〉，正是愛情浪漫憧憬落實到現實人間的轉變，也是《桃花扇》跳脫舊式才子佳人模式的關鍵。卻奩是香君對善惡是非的抉擇、對政治立場的表態，這樣的表態，雖然在《玉鏡記》裡，溫嶠妻、母身上略現端倪[156]，但李香君的表現更為主動而堅決。而〈卻奩〉到「碎首淋漓，不肯辱於權奸者」的反抗英姿，如總批上所說：

〈卻奩〉一折寫香君之有為；〈守樓〉一折，寫香君之有守。

有為是對權奸結納手段的識破與唾棄；有守看似對愛情純度的堅持，其實，往深處看，又何嘗不是對閹黨的激烈抗衡，二者都是將愛情和政治巧妙地綰合在一起，絕非尋常才子佳人式表記文學的單純寫情所可比擬，即如亦同樣號稱歷史劇的《長生殿》，雖然在寫情過程中亦不免牽扯政治，但如其〈傳概〉所宣示的：

---

[156] 《玉鏡臺記》第卅四齣〈拆書見鏡〉中載有其母致溫嶠書云：「逆敦以吾兒效順勤王，逮捕我二人於獄，逼令作書招汝。思維吾家忠勳奕事，綱紀三朝，豈肯自隳其素履，陷汝於不義。故寧伏劍而死，飼肉於烏鳶，豈肯負恥而生，屈身於狗彘。汝其奮勵激昂，早赴君父之急，盡心王室，勿以母妻介懷。若皇天有知，庶幾君難可靖，親仇可復，倘心殫力竭，便當慷慨捐生，闔門死義，汝其志之，勿違吾言，吾無恨矣。臨簡悲咽，不知所云。」辭氣皆壯，大義凜然。

借太真外傳譜新詞，情而已。

《長生殿》的重點仍然是擺在愛情上，和《桃花扇》中的表記的多重主題還是不相同的，《桃花扇》豐富的涵意，可以用陳四如《桃花扇·跋》中所說來歸納：

紈扇而曰桃花，其名艷；桃花而血色染，其情慘。以桃花扇而寫梨溶杏冶，以桃花扇而發喜笑怒罵，以桃花扇而誅亂臣賊子，以桃花扇而正世道人心。

(三) 脫卻大團圓的窠臼

桃花扇最後被撕裂丟棄於地上，這是前述表記系列文學中所沒有的。以往的所有表記，不管是為表達情意，見證堅貞，或盟誓，或留別，或做為憑證，或做為線索，無一不是在結局時「釵合人圓」，或者人雖未圓，表記卻為事件的當事人所寶貴地保存著。唯獨桃花扇被扯為一條條地丟棄，它雖然曾經被寄予對幸福婚姻的團圓厚望，也一度幾乎達到了這個理想，但孔尚任不以此為滿足，塵世小我的愛情慾求，不是他的理想和目的，他追求的是更高層次的「四頭皆幻景」的宗教反思。

桃花扇在經歷了贈扇、濺扇、畫扇、寄扇、觀扇到裂扇的一連串過程，兒女之情已成次要，入世之情也被質疑，桃花扇之必然被撕，是基於傳統知識份子「儒道互補」的文化心理結構。儒家救亡圖存的希望既已渺茫，孔尚任遂轉為對精神最終安頓之所——桃花源的企慕。裂扇意味著扯斷情根，跳出幻界，重入自然。總之，桃花扇從山盟海誓的信物，一躍而為二人離合、悲劇性命運的象徵，再躍而轉為映照國家命運，揭露南明滅亡的見證，甚至更進一步承載了對精神解脫、個體自由的希冀。它和前述只企求人生慾望滿足的大團圓式小說、戲劇是有很大的不同的。

在明末清初，才子佳人小說、戲曲大行其道的年代，孔尚任選擇了一柄名貴的宮扇做為他戲曲中的信物，也吻合了前述我們對表記種類的歸納。「扇」諧音「散」，又扇至秋日則常常被棄，因此，詩人詠扇常帶著些許悲涼的況味，如蔡羽〈詠扇〉詩：

> 誰家紈扇碧，舊畫網蟲昏，侍寵曾羞日，承宣不避暄。月輪空自妒，秋色已難掩，錯認桃花影，班姬點淚痕。

又如劉禹錫〈秋扇〉詞：

> 莫道恩情無重來，人間榮謝遞相催，當時出入君懷袖，豈念寒爐有死灰。

所以，用扇子來做為一宗書生與青樓女子的愛情表記應是再適當不過。青樓女子迎新送舊的生涯，原本就常有如同秋扇見捐般的風險，而扇上有詩又有畫，亦符合才子的丰姿。所以，這把名貴又風雅的桃花扇是很能配合持有人的身份，也頗能反應出當時的流行風尚的。

總而言之，不管由寫作技巧，或所囊括的意義，甚至持有人身份的搭配上來說，桃花扇之為《桃花扇》中的表記，都要比前述所說的小說、戲劇，更加純熟、豐富且適當。再加上作者已有意識的利用表記來貫穿全劇，因此，桃花扇無疑為全劇注入了源源的活水，《桃花扇》因之成為表記文學中冠絕前古的奇文。

第三章《桃花扇》中人物形象與史實的關係

第一節　侯方域的兩朝應舉與修真學道

一、前言

歷史劇與歷史的分界，一直是文學批評家十分頭疼的問題。歷史劇既稱戲劇，自然是一門藝術，但它既以歷史為內容，當然也無法自外於史實。兩者之間，必然有同有異，歷史劇盡可能依據真實的歷史事件寫作，卻不必要求它和史書一樣百分之一百符合史實。換句話說，歷史劇中為求達到藝術的效果，常常必須在枯燥的史料上添加虛構的功夫。虛構是所有藝術創作的共性，但對歷史劇而言，它不僅是劇作家借助想像進行的藝術活動，它還包括劇作家對歷史事件的取捨、增刪和重新組合。歷史是寫已發生的事，歷史劇則是在這些已發生的事上點染、想像若干可能發生的事。所以，它既有寫實的特質，又同時看似矛盾的擁有虛構的特色，這其間的分寸拿捏，對作者而言，是高度的考驗。

《桃花扇》傳奇是我國古典歷史劇中，在歷史真實與戲劇真實的結合上取得較高成就的作品之一。作者孔尚任以淒婉、痛楚之筆，淘寫胸中的塊壘。他通過侯方域與李香君的悲歡離合，來寄託對亡明的深沉追悼之情，並對明末清初的動盪作一全盤的巡禮。正所謂：

> 借離合之情，寫興亡之感。實事實人，有憑有據。

作者亦於劇前〈凡例〉上宣稱：

> 朝政得失，文人聚散，皆確考時地，全無假借。至於兒女鍾情，賓客解嘲，雖稍有點染，亦非烏有子虛之比。

孔尚任雖強調《桃花扇》之作皆確考時地，儘量本乎歷史之真實，但劇作家寫作歷史劇，必須對歷史資料進行選擇、概括、提煉和加工等過程，才能使劇中人物和故事更富時代的典型意義。因此，必要的「穿插」、「借用」、「點染」乃成為歷史劇中慣用的手法。《桃花扇》為使劇情緊湊、減少頭緒，並使人物刻畫更加淋漓盡致，作者於創作過程中，亦時有點染之筆，以藉為貫串，取便穿插。如過份美化寧南王、徐青君國變後降為皁隸、史可法沉江、柳敬亭傳檄、侯方域入道、蘇崑生冒險唱曲、阮大鋮助奩、柳敬亭、蘇崑生為漁樵……等，皆與史實不合，乃為遷就戲劇效果，稍作損益，故《桃花扇後序詳註》惕園居士序云：

及長，讀明史。乃知傳奇之纂組浩博，雖於勝國掌故舊聞，不為無據，而其排比牽合之際，則有不能盡繩以事實者，是在傳奇之體固然，無足怪也。

雖則如此，既作歷史劇，如情節與史實相距太遠，甚或悖離史實，終不足訓。所以，如史可法沉江一節，梁啟超注《桃花扇》時，便對此頗有微詞：

明史館諸賢對此等大事，採訪考證，頗極慎重，所紀載當可信。本書所演「乘白騾」、「沉江」諸情節，當時本有此訛傳。李瑤《南疆繹史》勘本已博徵諸家所記以辨之矣。……云亭著書在康熙中葉，不應於此等大節目尚未考定，其所採用俗說者，不過為老贊禮出場點染地耳。但既作歷史劇，此種與歷史事實大違反之紀載，終不可為訓。

梁氏認為，以真人真事入戲者，對歷史人物的功過評判、《春秋》臧否，仍須符合歷史原貌。因為這關係到歷史劇的深度和作為「藝術化的歷史」的借鑑價值。因此，如何把握藝術虛構和加工剪裁的範圍與分寸，使藝術加工不等於改造歷史，便常成為劇作家寫作歷史劇所引發爭議的焦點。《桃花扇》的創作也不免有這方面的疵議，其中引人議論者如侯方域兩朝應舉、晚節不保，卻被寫成到南山之南去修真入道，降清貳臣，反成重視操守的高尚隱士；侯、李二人的戀情的開始與過程、結束都和現存文獻有很大的距離；而在《明史稿》、《明史》中俱被肯定為死難殉國的楊龍友卻被描繪為臨難脫逃的騎牆派醜角；說書大家柳敬亭分明在亂世裡委屈求存，直到老病而死，卻也被改寫為歸隱的漁樵……。本章擬就侯方域、李香君、楊龍友、柳敬亭四位重要角色的歷史形象與藝術形象作一探討，以明歷史劇寫作時所應拿捏的分寸，並剖析歷史與戲劇的分野。

二、史書中的侯方域

侯方域因孔尚任《桃花扇》一書而聲名大噪。《桃花扇》裡，侯方域和李香君二人，以修真學道作結，因為與事實有明顯牴牾，而頗引人爭議。這個爭議點，也正是侯方域三十七年生涯中最引人詬病的地方，即兩朝應舉，晚節不保。張船山（問陶）就曾因此事作詩嘲諷：

> 兩朝應舉侯公子，忍對桃花說李香。❶

❶ 張船山撰：《船山詩草》（臺北：中華書局，中國古典文學基本叢書）卷五，《松筠集》，頁一四〇，〈讀桃花扇傳奇偶題十絕句〉，原詩為：竟指秦淮作戰場，美人扇上寫興亡。兩朝應舉侯公子，忍對桃花說李香。

姑不論孔尚任竄改歷史，寫作《桃花扇》的得失優劣，侯方域曾於順治八年（辛卯年）應河南省試則是不爭的事實❷。對這件變節的事，侯洵所輯《侯方域年譜》中曾替方域有所辯護：

當事欲案治公以及於司徒公者，有司趨應省試方解。❸

以為侯之應舉，乃因身家性命遭受威脅的不得已之舉。黃嗣艾《南雷學案》甚至更進一步為他開脫：

虜廷窺知先生家世為華族，又密邇畿輔，且忻其才望，必欲得之以矜式國人。而親老門高，迄不可去，遂強應鄉舉，中順治八年甲午榜副貢。而先生之應試，故迫於勢，先生自是亦頹廢不堪，病亟。❹

除了說明應試乃不得已外，並述及其悔恨之情。事實上，兩人的說明並非曲意維護，證諸侯方域平生事跡，並非空穴來風。

❷ 趙爾巽等撰：《清史稿》（臺北：中華書局）卷四八四，列傳二七一，文苑一云：順治八年，出應鄉試，中式副榜。餘如《清詩紀事》、《國朝耆獻類徵》所引諸家所寫侯方域傳俱有明載。

❸ 侯洵輯：《侯方域年譜》（臺北：中華書局，壯悔堂集）頁四。

❹ 黃嗣艾輯：《南雷學案》（臺北：中華書局）卷六，同調下，頁四四七。

（一）豪邁不羈，任俠使氣

侯方域生於明萬曆四十六年，卒於清順治十一年。出身官宦之家。祖父執蒲、父侯恂、叔父侯恪，都是朝廷重臣，同因參加東林黨活動而遭閹黨陷害。方域生長在這樣的家庭，自然對朝廷的腐敗及閹黨的倒行逆施有直接的體驗。加上他的個性豪邁，賈開宗為其所寫傳中云：

方域豪邁多大略，少本有濟世志，常與吳應箕、夏允彝醉登金山，指評當世人物，臨江悲歌，二子以方域比周瑜、王猛。❺

邵長蘅撰〈侯方域傳〉，也說：

方域儻任俠使氣，好大言，遇人不肯平面視，然一語合，輒吐出肝肺，譽之不容口。振友之阨，能不惜千金，然亦喜睚眥報復，居鄉時，扞文網。❻

---

❺ 侯方域撰：《壯悔堂集》（臺北：中華書局）卷前賈開宗所寫本傳。王晫撰《今世說》頁七〇，亦從其說。

❻ 邵長蘅撰：《青門賸稿》（臺北：康熙間刊本，線裝）卷六，頁一二。《國朝耆獻類徵》所引同傳，題曰石韞玉撰，恐為誤。

《清史列傳》則說他：

性豪邁不羈。❼

《清代七百名人傳》中云：

性豪邁不羈，嘗與楊廷樞、夏允彝醉登金山，臨江悲歌，指評當世人物，而料事尤多奇中。❽

胡介祉撰〈侯方域傳〉則言：

方明季啟禎之間，逆閹魏忠賢徒黨與正人君子各立門戶，而 時才俊雄傑之士身不在位，奮然為天下持大義者有四公子其人，四公子者，桐城方密之以智，如皋冒辟疆，宜興陳定生貞慧與商邱侯朝宗方域。❾

---

❼ 同注❷。

❽ 蔡冠洛編：《清代七百名人傳》（臺北：明文書局，清代傳記叢刊）第五編藝術文學。

❾ 李桓編：《國朝耆獻類徵》（臺北：明文書局，清代傳記叢刊）補編頁四八三。

可見，侯方域青年時即豪邁不羈、壯言慷慨，這種氣節風範，可見於他與阮大鋮的交往及在策論中仗義執言以致應試不第二事上。

有關侯方域與阮大鋮的鬥爭，侯方域曾在〈癸未去金陵日與阮光祿書〉及〈李姬傳〉中有過明白的敘述。邵長蘅所撰〈侯氏傳〉中的說明更為詳贍：

阮大鋮者，故魏奄義兒，屏居金陵，謀復用，諸名士共為檄，檄大鋮罪。應箕、貞慧主之，大鋮愧且恚，然無可如何，詗知方域與兩人者相善也，私念得交侯生，因侯生以交於二人，事當已，乃屬其客，陽交懽方域，方域覺之，謝客不與通，而大鋮家有伶一部，以聲伎擅名，能歌所演劇號《燕子箋》者。會諸名士以試事集金陵，朝宗置酒高會，趣徵阮伶。大鋮心竊喜，立遣伶往，令他奴詗之，方度曲，四座稱善，奴走告大鋮，心益喜，已而抗聲論天下事，箕踞叫呶語，稍及大鋮，遂戟手罵詈不絕口。大鋮聞知，乃大怒，而恨三人者尤次骨。後數年，南都擁立，大鋮驟枋用，興大獄，將盡殺黨人，捕貞慧入獄，應箕亡命，方域夜出走，渡揚子，依鎮帥高傑得免。❿

寫侯方域、吳應箕等復社人物，為阻止阮大鋮復出，在南京張貼〈陪督防亂公揭〉，揭露阮氏醜行。阮大鋮大恐，企圖拉攏侯方域以結交陳、吳，遭到侯方域的拒絕，使得日後阮伺機報復。

另外，侯方域曾在崇禎己卯年策論中大膽陳詞，痛快淋漓指斥朝廷、臧否時事，如：

❿ 同注❻。

今日之大臣，所狹者強也介也，而皇帝之因而重之者，亦以其強也介也。然而強者四而弱者一焉，介者一而和者二焉，皇帝之未察也。所謂強者，強于盜柄，強于飾罪，強于拒納忠之言，強于護其私局；弱者則弱于守道格君而已；介者介於接天下之賢人君子；和者和于群小，和于皇帝之左右而已。〈南省試策一〉

皇帝手除大憝之後，今曾幾何時，而部堂之署有貂璫矣，邊塞之庭有貂璫矣，財賦之地有貂璫矣。……皇帝雖察察於遠而已遺之於近，又豈有濟哉。本欲寄耳目而適得塞，本欲託心腹而適得蠱，恐其病積累而深也。⓫

把明末閹黨弄權，為非作歹，而皇上卻視而不見的弊病，大膽予以揭發。其他四篇策論亦皆針對時弊，所謂：

明策從未以填引古事為公，此獨語語切今，三百年第一手也。⓬

如此秉筆直書，在當時動輒得咎的政治環境中是相當具有骨氣的作法，不要說應考的士子沒有幾個人敢如此放言高論，連主事的考官也為之大吃一驚，徐鄰唐就曾在前述策論後附上批語：

⓫ 同注❺，卷八，〈南省試策一〉，葉一—二。

⓬ 同前注，〈南省試策第四〉後，宋牧仲評語，葉七。

是科為己卯朝宗（方域）舉第三人。放榜之前一日，而副考以告正考曰：「此生以如此策入彀，吾輩且得罪本房。」寥公園遴力爭曰：「果得罪本房，願任之。」正考遲回良久，曰：「吾輩得罪，不過降級罰俸而已。姑置此生，所以保全之也。」朝宗遂落。今讀其策，豈讓劉蕡千載一轍，良可歎也。⓭

侯方域也因為這些文章的立論過於激烈，白白斷送了舉人第三名的良機。

（二）江山之恨，禾黍之悲

清兵入關之後，侯方域也曾在不同的場合，用不同的方式，宣示他的民族立場。譬如他曾寫過〈哀辭九章〉，除了對抵抗流寇的人表示敬意外，並哀悼在反清活動中慷慨犧牲的反清復明志士：如復社健將張溥、「乙酉金陵之變，從容拜闕畢，赴水死」⓮的夏允彝、「起兵戰敗，被執就刑，語刑者：吾死勿去吾冠，將以見先朝於地下也，談笑而死」⓯的吳應箕、「乙酉，金陵之變，不屈死」⓰的陳子龍和自認

⓭ 同前注，〈南省試策第一〉後，徐鄰唐評語，葉二。
⓮ 侯方域撰：《四憶堂詩集》（臺北：中華書局）卷五，〈考功員外郎華亭夏公允彝〉詩中宋犖注語，葉八。
⓯ 同前注，〈大學生貴池吳公應箕〉詩中練貞吉注語，葉八。
⓰ 同前注，〈兵科給事中青浦陳公子龍〉詩中練貞吉注語，葉九。

事新朝如「李陵之罪，上通於天矣」⓱而悔恨死的李雯。他甚至在吳應箕死後，在家中設靈堂，南向祭奠⓲，其後更遠道去宜興與陳貞慧到吳墓致哀，並有〈祭吳次尾文〉：

嗚呼，次尾死矣，余蚤決次尾之死，而次尾果死矣。然余時時見吾次尾之面冷而蒼髯怒以張，言如風發，氣奪電光，坐於我上，立於我傍，狂醒酣醉，時一呼之，不知吾友之云亡也。……次尾戰敗，危坐正冠，徐起拜故君，辭先人，引頸就刃，意氣彌振。嗚呼，今而後，吾次尾果死矣，次尾果死，次尾何憨，次尾果死，次尾固在。⓳

全文纏綿嗚咽，固為濃郁友情之抒發，何嘗又不是對民族氣節之高度肯定。而這次的宜興之行，曾與當地文人飲酒賦詩，亦寫了篇蕩氣迴腸的文字：

因憶己卯寓金陵，其時，桐城方檢討，曾為讌集，徵召同人，今乃再見此舉，且十五年矣。檢討之零落，殆不可問，而一時同事者，若吳貴池之蹈刃而死，李華亭之齎志以歿，梅金吾棲遲于蘭若，張修撰歸逸於海上，風飄煙散，略已如斯，而江山之恨，禾黍之悲，從可識矣。（卷二、陽羨

⓱ 同前注，〈中書舍人華亭李公雯〉詩中賈開宗注語，葉一〇。

⓲ 同注❺，卷一〇，葉七，〈祭吳次尾〉中有云：余向聞君死，嘗就梁園為位，南望而祭。

⓳ 同前注。

讌集序〉❷⓿

除感嘆故友風飄煙散，繁華不再之外，對「江山之恨，禾黍之悲」尤深致意，表現了對故國強烈的懷念之意，難怪賈開宗要於文後殷殷點明：

看其寓意，自爾不同。

（三）表彰忠義，崇仰氣節

除此之外，侯方域還對一些入清之後，拒不事新朝的朋友，表示了相當的禮贊。譬如明末著名思想家方以智於清兵入關後，便出家為僧，以示不承新朝。侯方域得知消息後，曾去信表示支持：

……今已為僧，止於高坐寺，僕乃大喜，故人相見之有期，密之雖還而得其所也。……密之或他日念僕，而以僧服相過，僕有方外室三楹，中種閩蘭粵竹，上懸鄭思肖畫無根梅一軸，至今大有生氣，并所藏陶元亮入宋以後詩篇，當共評翫之。《壯悔堂遺稿・與方密之書》

❷⓿ 以下所引文，凡出自《壯悔堂文集》者，不再另行注出，僅於其下列出卷數及篇名。

信中提及的鄭思肖，於宋亡後，畫梅畫蘭，俱不畫土與根，以寓國土為異族奪去；陶淵明則於晉亡後，所為詩文，皆不署劉宋年號，以示恥為宋人，兩人都是有著強烈民族情感的人，侯方域拿此二人詩畫與老友共翫賞，正流露出以兩人氣節自勵的心態。文中並提及密之曾贈一縻絲之衣，侯方域常服之，後以「製與今時不合，始不敢服」，其妻曾欲稍加剪裁，以就時製，侯方域急止之，云：

衣可更也，是衣也，密之所惠，不可更也，吾他日幸而得見吾密之，將出其完好如初者，以相示焉。〈與方密之書〉

此段文字，細加尋思，或者另有深意在焉，所謂「完好如初」者，如說暗指對明室的忠誠之心，又誰曰不可，而所謂「不可更」之衣，隱然有「改衣清服」之暗喻，則此文不只是顯露出對老友歸隱的羨慕與支持，更含蓄對老友自矢不事新朝的允諾。

除此之外，侯方域並時時於詩文之中，對忠義行為多所揄揚，如順治八年去蘇門應試，過白溝，曾寫〈張叔夜祠〉以憑弔北宋愛國將領張叔夜：

忍死雄州地，白溝草色青，前朝俱大漠，遺像只空亭。痛定乾坤淚，血流日月腥，可憐南渡後，不復問燕銘。《四憶堂詩・卷四》

順治九年九月杪，遊江陰韓氏園亭，並借老梅讚揚韓翁強項負氣，不為風威雨澤所動而保持節操的精神，寫成〈老梅行贈韓翁〉詩：

蓉江雪苑三千里，皆聞此梅老無比。裹糧策杖願來觀，春花已雕秋早寒。主人謂客莫惆悵，喜君神氣頗閒放。解看老梅何須花，須花不得梅槎枒。我種此梅忘其歲，怪石拱立如參帝。蚪龍棲枝時一吟，嬌鳥善啼無敢侵。護香猶是前朝窗，照影不關今夜月。十年曾起翻江風，百草零落江之東。惟有老梅幹如鐵，強項負氣睨長虹。未幾沾灑作微雨，潤徹柔條與低叢。霜繡黛圍亦不知，只是尋常付化工。風威雨澤兩無用，艱難乃復保吾終。幸君說向看梅者，看梅須看根不同。看梅須看根不同，紛紛盡道青陽功。至今芳樹金縷子，淒涼愧殺羅浮翁。《四憶堂詩集．卷六》

侯方域作詩獨標杜甫，但凡學詩學杜甫者，如梅宣城、顧修遠、孟仲練等人，他都給予極高的評價，而他對杜甫的鍾情，或者正是源於杜甫的「忠義自持，不忘君父」。

（四）撻伐變節，貽書約隱

侯方域非但推崇隱居、殉國的氣節之士，並表彰忠義剛正的行為，甚至進而對投降變節者，大加撻伐。如〈詠史詩〉中，對孔光、劉歆屈事新莽就直接加以譏刺云：

孔光本名臣，劉歆亦令子；並生太平日，清華若玉峙。倏忽圖富貴，君父輕脫屣；溫樹何小心，六經有深恥。賢者貴守節，慎終如其始；嗟哉歆與光，新室竟誤爾。《四憶堂詩集・卷六》

如〈管夫人畫竹記〉裡，就對仕元的趙孟頫語多嘲諷：

文敏（趙孟頫）以宋宗姓仕元為顯官，今所傳者，翰墨滿天下，豈當時矜重，而求索不獲辭耶？抑文敏夫婦，藉以寫其「彼黍離離」之感耶？何其有閑情而為此也？然當時仕之以顯官，矜重其翰墨，而卒使之消遣於藝事，不憂不戚，夫婦偕老，嗚呼！當時之所以待勝國者厚也。（卷六）

在〈書練貞吉日記後〉中，更對當朝變節事清的錢謙益發出「兩朝領袖」的不滿聲音：

嘗聞，有先朝鉅公，惑志一姬，致夙望頓減。姬問之曰：公胡我悅？曰：以其貌如玉而發可以鑑也。然則姬亦有所悅乎？曰：有之，即悅公之發如玉而貌可以鑑耳。又嘗遊虎丘，其為衣去領而闊袖，一士前揖，問何也？鉅公曰：去領，今朝法服；闊袖者，吾習於先朝久，聊以為便耳。士謬為改容曰：公真可謂兩朝領袖矣。……（卷九）

不但如此，他甚至還積極地勸朋友不要出仕清朝。最著名者，莫過於寫〈與吳駿公書〉，勸吳偉業

「不必」也「不可」出去作官：

竊以為達權救民，有志匡濟之士，或不須盡守硜硜；獨學士之自處，不可出者有三，而當世之不必學士之出者有二。試言之，而學士垂聽之；學士以弱冠未娶之年，蒙昔日天子殊遇，舉科名第一人，其不可者一也；後不數歲，而仕至宮詹學士，身列大臣，其不可者二也；清修重德，不肯隨時俯仰，為海內賢士大夫領袖。人生富貴榮華，不過舉第一人，官學士足矣。學士少年皆已為之，今即再出，能過之乎？奈何以轉眼浮雲，喪我故吾！其不可者三也。昔狄梁公仕周，耶律楚材仕元，其一時君相，皆推心腹而聽信之，然後堅忍委蛇，僅能建豎，兩人心跡，亦良苦矣！今不識當路之待學士，果遂如兩人否？其不必者一也；即使果如兩人矣，而一時附風雲，輔日月，何患無人？學士，前代之遺老也，譬有東鄰之寡，見西家財業浩大，孤弱顛連，自負能為之綜理，願入其室而一試焉，其後子仰母慈，奴婢秉主威，果如所操，信則西家之健婦也，顧其若東鄰何？其不必者二也。凡此三不可、二不必，亦甚平常，了然易見，然時一念之，逢萌、梅福，不過如此。不然則怨猿鶴而負松桂，北山咫尺耳！學士天下之哲人也，豈不爭此一間耶？十年以還，海內典刑，淪沒殆盡，萬代瞻仰，僅有學士；而昔時交遊，能稍稍開口者，亦惟域尚在，故再四踟躕，卒不敢以不言。萬一有持達節之說，陳於左右者，願學士審其出處之義，各有不同，堅塞兩耳，幸甚！〈卷三・與吳駿公書〉

這封信指出偉業「清修重德，不肯隨時俯仰」，因而受到海內外賢士大夫的敬重，應學習王莽時代的逢萌、梅福，歸隱山林，不可出仕新朝。據說吳接此書，深受感動，曾自矢「必不負良友」，只可惜後來吳未謹守諾言，出任清廷國子祭酒。後來，偉業曾對此事，表示極度悔恨，由〈懷古兼弔侯朝宗〉詩可以看出：

河雒風煙萬里昏，百年心事向夷門。氣傾市俠收奇用，策動宮娥報舊恩。多見攝衣稱上客，幾人刎頸送王孫。死生終負侯嬴諾，欲滴椒漿淚滿樽。㉑

並在其後自注：「朝宗歸德人，貽書約終隱不出，余為世所迫，有負夙諾，故及之。」《毗梨耶室隨筆》曾對朝宗和偉業約隱於先，卻又應舉於後，表示不滿：

……駿公自責甚是，而朝宗不足以當之。駿工之出山，初非本心，實係被逼而然。絕筆〈金縷曲〉詞所謂「恨當年沈吟不斷，草間偷活，艾炙眉頭血歕鼻，脫屣妻孥非易事，竟一錢不值何消說」者，讀之悽然。朝宗固未仕清，然貽書約隱在先，又何以應舉於後？朝宗亦幸而早逝耳，而不然者，其收局蓋可知矣。㉒

㉑ 吳偉業撰：《吳梅村集》（臺北：商務印書館，四庫全書本）卷一三。

㉒ 蔣瑞藻撰：《小說考證》（臺北：河洛圖書出版社）卷五，《桃花扇》第九—二，頁一五五—一五六引《毗梨耶室隨筆》。

其中「貽書約隱在先，又何以應舉於後」的說法，恐怕是有一些問題的。因為侯所寫〈與吳駿公書〉中云：

自甲戌以來，今且二十年矣。

甲戌是明崇禎十年，經過二十年，則為清順治十年，而侯應舉則為順治八年的事，所以，並非「約隱在先，應舉於後」，而是「應舉在先，約隱於後」。也因為如此，後世有些文字對侯方域自己應舉於新朝，卻以「三不可，兩不必」來勸吳偉業未可仕清提出質疑，㉓以為侯根本不配談民族氣節。而清人劉榛《虛直堂文集》中還有一條資料對侯方域非常不利：

予友徐孝廉恭士，諱作肅，世為河南之商丘人。君與朝宗、靜子、邇黃、牧仲及其兄世琛為六子社。……順治辛卯，朝宗密與陳將軍謀誘之出，嗾數人掖擁而趨，強入闈，遂薦賢書，副主試祠張公擬第一人未果，常為君惜之。㉔

此段文章指出，辛卯年（即侯應舉之同年），侯方域曾嗾使人綁架好友去應試。加上抄本《八旗掌故》

㉓ 宋雲彬撰：〈侯方域與壯悔堂集〉，收錄於《藝文叢錄》第九編，頁四三九—四四三。

㉔ 劉榛撰：《虛直堂文集》，卷一四，〈徐恭士墓誌銘〉。

上有〈侯方域定策平榆園寇〉中云：

順治六年，張存仁總督直隸、山東、河南，時榆園巨寇為害大名，存仁知歸德方域有才名，致書往咨其策，方域條列以復，遂用計平賊。[25]

此事即侯方域年譜所載（庚寅年）「三省督府張公存仁詢訪公於居里條陳剿撫十議」，順治六年為己丑年，和庚寅相距一年，應是同一事，己丑年張存仁咨策，庚寅年，侯方域條陳剿撫十議。這兩件事一直被反對侯方域的人拿來做打擊的理由。

（五）撫盜以剿，解除民瘼

其實，以上三件事也都是可以解釋的。

關於侯為新朝條陳剿撫十議，以平定流寇一事，我們應該站在傳統士大夫的角度上來加以評議，在傳統社會裡，知識分子多半站在朝廷的立場來反對流寇的。明末反對闖賊的知識分子又何止侯方域一人？如民族思想立場極為堅定的黃宗羲、顧炎武、顏元、王夫之等人，也無一不是反對他們，並立意加以消滅的。在傳統觀念裡，百姓就應該遵守王法，做朝廷的順民，顏元對一些揭櫫反清復明的民間祕密

[25] 轉引自玉言〈阮大鋮與侯方域〉文，《藝文叢錄》第九編（臺北：商務印書館，一九七三年）。

組織就採取激烈的反對態度：

世間愚民，信奉妖邪，各立教門，焚香聚眾者，固皆鄙俗無足道。然既稱門頭，亂言法道，群男女廢業而胡行，誘惑良民，甚至山野里比皆遍，則其為害亦不小矣！愚民何知，不過不曉念佛看經之為非，不知左道惑眾之犯律，妄謂修善而為之耳。若不急急喚醒，恐他日奸人因以起事，則黃巾、白蓮之禍，恐即在今日之「皇門」、「九門」等會。上堇國家之憂，下阬小民之命，新河之事，不已可而為覆車之鑑哉！㉖

此段話，可以說完全站在清朝廷的立場上發言，呼籲人民不可觸犯王法，上堇國家之憂，下阬小民之命。另外，竭力反對清朝統治，並親自參與南明抗清活動的王夫之，也是堅定地和流寇處於敵對地位，例如張獻忠攻陷衡州時，以王夫之父親為脅，召喚王夫之投誠，王夫之不惜刺傷自己，以死抗拒：

九月，張獻忠陷衡州，購索士紳，與伯兄（王介之）夜走南嶽之雙髻峰。家君已衰，不能徒步，為偽吏所得，脅求夫之兄弟。先君子迫欲自裁。故交黃岡奚鼎鉉陷賊中，力為展轉，不能解。夫之乃刺腕傅毒，出與鼎鉉謀脫先君子於難。㉗

㉖ 顏元撰：《四存篇》（臺北：河洛圖書公司）〈存人編〉卷二，喚迷途第五喚，頁一五〇。

㉗ 王夫之撰：《龍源夜話》（臺北：自由出版社，船山遺書全集第一七冊）頁九九三四，自序。

由他與盜寇拼命的情況看來，王夫之對流寇的反對是不容置疑的。他對流寇的態度，由以下一段話可為代表：

乃考之古今，用群盜者大利大害之司也。受其歸者有權，收其用者有制。光武收銅馬而帝，曹操兼黃巾而彊，唐昭用朱溫而亡，理宗撫李全而削。「盜」固未可輕用也。……故欲撫群盜者，必先之以剿，而群盜之欲降也，抑先戰勝而後從。雖已為我之部曲，猶以彊弱與我爭主客之權。……一敗之，再敗之，再敗之無不可敗之盜而後無不可受。㉘

他甚至認為亂民遇到鎮壓是人民自己不好：

夫豈僅君之不善，受罰於天哉？不善在君而殃集於君，殺其身，赤其族，滅其宗祀，足相報也。天豈無道而移禍於民哉？則民之不善自貽以至於此極，而非直君之罪矣。天子失道以來，民之苦其上者，進奉也，復追蠲稅也，額外科率也，榷鹽稅茶也。民輒疾首以呼，延頸以望，曰：惡得天誅奄至，易吾共主，殺此有司，以舒吾怨也？及乎喪亂已酷，屠割如雞豚，野死如蛙蚓，驚竄如麋鹿，餒瘠如鳩鵠，子視父之剖胸裂肺而不敢哭，夫視妻之強摟去室而不敢顧，千里無一粟之藏，十年無一薦之寢，使追念昔者稅斂取盈、桁楊作繫之苦，其甘苦何如邪？則將視暗君墨吏之

㉘ 王夫之撰：《宋論》（臺北：自由出版社，船山遺書全集第一六冊）卷一〇，頁八八〇七。

世，如唐、虞、三代而不可復得矣。乃一觸其私利之心，遽以不能畜厚居盈為大怨，詛君上之速亡，競戴賊而為主，舉天下狺狺藭藭而相怨一方，忘乎上之有君也。忘乎先世以來，延吾生以至今者，君也，忘乎偷一日之安，而尚田爾田、廬爾廬者，君也。其天性中之分誼，泯滅無餘，而成乎至不仁之習也，久矣！積不善而殃自集之。㉙

這種君臣關係的強調和對流寇的強烈不滿正是當時知識分子共同的想法。因此，侯方域為擬〈平賊十議〉，應是和當時知識分子同樣心態，都是完全站在解除民瘼的角度上，並非刻意為新朝服務，所以，以此非議，並不甚公道。

（六）新亭有恨，故國關情

至於侯方域應清科舉並推薦朋友去應舉的事，可以從兩方面來加以探討：一是侯方域個人的遭遇，二是整個大時代的環境。

1.侯方域個人的遭遇

㉙ 王夫之撰：《讀通鑑論》（臺北：河洛圖書公司）卷二七，頁九七八—九七九。

邵廷采曾分析宋、明兩代遺民的不同際遇云：

於乎？明之季年，猶宋之季年也；明之遺民，非猶宋之遺民乎？曰節固一致，時有不同。宋之季年，如故相馬廷鸞等，悠游嚴谷，竟十餘年，無強之出者，其強之出而終死，謝枋得而外，未之有聞也。至明之季年，故臣莊士，往往避于浮屠，以貞厥志，非是則有出而仕矣。僧之中多遺民，自明季始也。㉚

可見明代遺民要託跡山林並不容易。清廷挾逼明遺民歸順的手段極為強硬。如順治初年，就有：

江南內附，諸生之係於博士者，按籍而試之，不至者罪。㉛

的規定，其後到康熙年間，更詔舉博學宏辭，對遺民恩威並施。許多志節堅定者，如李顒㉜，雖終得免

㉚ 邵廷采撰：《思復堂文集碑傳》（明文書局，明代傳記叢刊一五八冊）《紹興先正遺書》，四集之一，卷三，葉五七下，〈明遺民所知傳〉。

㉛ 黃宗羲撰：《黃梨洲文集》（北京：中華書局，一九五九年）碑誌類二四六，〈楊士衡先生墓誌銘〉。

㉜ 關於李顒被徵及放還經過，見全祖望撰：《鮚埼亭集》（臺北：藝文印書館，四部叢刊本）卷一二，葉一一下－一三上，〈二曲先生窆石文〉。

死，卻也是歷經險阻，恍如隔世，部份意志不堅者如施閏章[33]等，受不了壓迫，便只好出仕。清廷的弋網確實不停地向「山林隱逸」張開，使明遺民無所逃於天地之間。受清廷諸多寬容的黃宗羲看到被壓迫出仕的朋友就曾慶幸地說：

關中三友：山史（王弘撰）辭病，不獲而行；天生（李因篤）母病，涕泣言別；中孚（李顒）至以死自誓而後得免，視老夫為天際之冥鴻矣。[34]

除了清廷強迫出仕外，也有因受鄉黨逼害，不得不尋求庇護來自保者。因此，即使是堅持夷夏大防的呂留良，在抗清失敗後，為免仇人迫害，也只好託名應試，以求自保。因此，便有人：

老親在堂，門戶為重，遭俗蜩沸，寇攘橫肆，不得已紆節以應新朝遴辟。[35]

由此看來，前述侯洵所作年表及黃宗羲所說侯方域應清科舉乃是當局以其父司徒公為挾的緣故，而

[33] 施閏章撰：《施愚山先生全集》（臺北：曹氏棟亭刊本，線裝本）卷三，葉三上，及卷四，葉一上，施念曾編〈施愚山先生年譜〉。

[34] 顧炎武撰：《亭林文集》（臺北：商務印書館，四部叢刊本）卷三，頁一〇四，〈與李興來書〉。

[35] 邵廷采撰：《思復堂文集》（華世出版社）卷一〇，葉七下，〈陳執齋先生墓表〉。

推薦徐作肅去應舉，也許也是基於同一理由，方域自己或可不惜生命，但「親老門高」，何忍坐視老父性命之不保，徐作肅或者也是體念方域之不得已，所以未加銜恨，仍於壬辰九月為《壯悔堂文集》寫序，且在序中及文中的評注深致其激賞。總之，侯方域在身家性命遭受威脅時，違心參加鄉試，確實有他不夠堅定的一面，然而，就因此說他投降變節，未免也過於苛刻，何況侯方域只是應舉，尚未出仕！

2. 整個大時代的環境

事實上，就因為在清初的環境中，明遺民並沒有如同前代的遺民般，享有隱逸的自由，因此，他們如能堅守不出，保全民族氣節，固然受到讚美，但對一些迫不得已而出仕清廷的人，也往往寄予同情。甚至有些人眼看出仕新朝的風氣無法遏抑，也開始並不反對出仕。認為如果出仕能夠有助於外族政權的施政及造福黎民，未嘗不是一件好事：

> 烏呼，出處之際難矣！士不幸遭革命之運，迫於事會，不獲守其初服，惟有愛民循職，苟可以免清議。若沒沒富貴，入而不返，更數十年，面目俱易，則君子羞之。明亡遯荒之盛，超軼前代，如方密之（以智）、熊魚山（開元）諸君子，皆託于浮屠，至於章格菴（正宸）之徒，既逃其跡，窮老無悶者所在多有。而老親在堂，門戶為重，遭俗蜩沸，寇攘肆橫，不得已紆節以應新朝遴辟，洎乎官服臨政，和平愷悌，使遺黎得蒙更生之澤，當塗猶見儒者之功，因時順流為福匪細。詎謂

金仁山（履祥）、謝皋羽外，遂無正人端士聲流於後哉！㊱

因此，超越「種族主義」的「文化主義」在當時的遺民思想中也頗為勃興。黃宗羲《明夷待訪錄‧原臣》篇云：

我之出而仕也，為天下，非為君也；為萬民，非為一姓也。㊲

因為這樣的觀念，身為清初貳臣的錢謙益逝世時，黃宗羲不但不因兩人出處不同而加鄙視，甚且作詩哀悼，自稱平生知己㊳。因為兩人都同樣關切異族統治下漢文化的存續問題，這樣的關切，使他們不再以節義為標準來非議出仕的行徑，而著眼於出仕者對社會和民生所作出的貢獻。就因為在這樣寬容的了解下，侯方域因受高壓而應舉，是受到當時知識分子普遍的同情的。如雪苑、復社的故友甚至東林前輩，是從未以變節者視之的。就在他應舉後的次年（壬辰年），曾渡江南下，到達陽羨，還受到當地名賢

㊱ 同前注。
㊲ 黃宗羲撰：《明夷待訪錄》（臺北：新文豐出版社，叢書集成新編第二六冊）頁一二五四。
㊳ 黃宗羲撰：《南雷詩曆》（臺北：商務印書館，四部叢刊本）卷二，頁二三八—二三九，〈錢宗伯牧齋〉云：四海宗盟五十年，心期末後與誰傳。憑裀引燭燒殘話，囑筆完文抵債錢。紅豆俄飄迷月路，美人欲絕指箏弦。平生知己誰人是？能不為公一泣然。

殷切的款待㊴，故友陳貞慧、任元祥並再三向他請教為詩、為文之道㊵。東林老前輩，以耿介聞名的戴英（黃門）並「授之詩使讀，而命為序」（〈戴黃門詩序〉）。在這次南遊途中，先後應陳貞慧、陳維崧、任元祥、彭賓、彭孝先、顧修遠、王彤生、倪玉純……等人之請為其書作序、作跋㊶，甚至為其已故親友做墓志銘，可見侯氏仍受眾人之敬重。隱居不仕的復社要員張自烈更投書宜興以敘舊誼，並相約砥礪，立言遺世，共成不朽。書云：

> 幸在死後，尚須匡其不逮，共成不朽。〈卷三・答張爾公書〉

顯然對侯方域仍深致其期待之情，並未因侯之應舉，而有負面的評價。如此看來，侯方域之應舉確實是可以同情的。

㊴ 見〈陽羨燕集序〉云：壬辰過陽羨，其邑之名賢，莫不喜予之來，而醵酒為會以觴之，飲竟，分曹賦詩，長吟短詠，威極其致，蓋建安南皮之遺事也。

㊵ 見〈與陳定生論詩書〉云：「及過楊羨，聞足下論詩，娓娓者三日。」後陳貞慧子維崧有詩憶之，云：「憶昔侯生在陽羨，藥欄低亞對銜卮，每於燭盡冬寒夜，細說梁園數子書。」另外，侯生並與任元祥訂交，二人談詩論文窮十晝夜，瞿源洙〈任王谷先生傳〉記載此事，云：「中州侯朝宗至，客吾宜興，與先生論文窮數十晝夜不休。」

㊶ 侯方域為陳貞慧作〈秋園雜佩序〉、為陳維崧作〈陳其年詩序〉、為任元祥作〈任王谷詩序〉、為彭賓作〈大寂子詩序〉、為彭孝先作〈彭容園文序〉、為顧修遠作〈辟疆園集序〉、為王彤生作〈王彤生詩序〉、為倪玉純之子作〈倪涵谷文序〉。

然而，我們也不能忽略了侯方域原是出身於東林世家，東林主張的道德經世，無論在學術或世道上都要懸出一個絕對標準，所謂「至善」、「是非明白」，他們並不同意「曲以成之」，不重視現實上種種成事的「權法」，只要以「直」行之，因此，便常以「是非」來區別君子、小人，其云：

聖學所以開物成務，只是非二字而已。

是非不明，不足損所不明之人，而足損世；是非明，不足益所明之人，而足以益世也。

君子在朝則天下必治，小人在朝則天下必亂。夫何以治也，君子正也，正則所言皆正言，所行皆正行，所與皆正類，凡皆治象也，雖欲從而亂之不可得而亂也。夫何以亂也，小人邪也，邪則所言皆邪言，所行皆邪行，所與皆邪類，凡皆亂象也，雖從而治之不可得而治也。㊷

所以，東林黨人無不以氣節自命。出身號稱「小東林」的復社的文士亦然，如被迫做了貳臣的吳偉業，晚年便一直為此事內心煎熬，懊悔不已，他在〈與子璟書〉就寫道：

㊷ 高攀龍撰：《高子遺書》（臺北：明崇禎壬申嘉善錢士升等刊本，中圖藏本）卷八，〈與張侗初二〉、〈與黃黃石〉；《涇皐藏稿》卷二，〈上相國瑤翁申老師書〉。

惟是吾以草茅諸生，蒙先朝巍科拔擢，世運既更，分宜不仕，而牽戀骨肉，逡巡失身，此吾萬古慚愧，無面目以見烈皇帝及伯祥諸君子，而為後世儒者所笑也。㊸

所以，雖說整個大環境對出仕新朝或應清科舉的人，不再用「種族主義」或「夷夏之防」來加以疵議，但侯方域與吳偉業一樣，因自年輕時代便接受的「是非分明」觀念，不免要深自反省，對應清科舉事耿耿於懷。而就因為侯方域被迫應舉，和他一貫秉持的民族立場有所違背，而深深感到痛苦，甚至悔恨不迭。在次年（壬辰年）治壯悔堂，並作文以記其悔：

忽一日念及，憮然久之，其後歷寢食不能忘，時有所創，創則思，積創積思，乃知余平生之可悔者多矣，不獨名此堂矣，急別搆一室居之，名曰壯悔。〈卷六・壯悔堂記〉

平生可悔之事固多，然最悔者莫過於兩朝應舉這件事，應無疑義，同年所寫〈過江秋詠〉八首，中云：「豈是新亭終有恨，從來故國總關情，鄰舟更奏清商曲，不管霜華旅鬢生。」《四憶堂集・卷六》更是強烈抒發悔恨情感的明證。《南雷學案》中說他因之頹喪不堪而至病亟，而卒於三十七的壯年，洵為知言。這和黃宗羲晚年自營生壙，中置石床，並遺命不用棺槨，不許厚葬的心情是一致的，或許都是一種主觀上歉疚的感覺。也正因為此種痛苦悔恨，在壬辰年得知密友方以智出家為僧，選擇了歸隱之途，

㊸ 吳偉業撰：《梅村家藏稿》（商務印書館，四部叢刊本）卷五七，文三五，頁二四七，〈與子璟書〉。

他於為朋友慶幸之餘，亦同時向老友表明心跡，以鄭思肖與陶淵明之不承認新朝來自我期許。並在癸巳年，聽說吳偉業在仕與隱間掙扎矛盾時，以自身體驗，殷殷表達其期期以為不可的焦急。

事實上，據徐作肅〈明經朝宗墓志銘〉記載，侯方域之應清科舉，非僅前述辛卯年一次，其後三年之甲午鄉試，亦曾再度參與：

甲午病甚，更勉就試，而於其年遂死矣。44

方域雖病篤，也未敢不扶病應試，想來亦應與辛卯年一般，皆是為有司案治的高壓手段所迫。民國刊行之李敏修《中州先哲傳・卷二十三・文苑傳一・侯方域傳》曾云：

順治初，河南巡撫吳景道廉知方域豪橫狀，將案治。宋權方家居，從容語景道曰：公知唐有李太白，宋有蘇東坡乎？侯生，今之李、蘇也。景道笑而止。或謂當世欲案治方域以及父恂，有司趣應省試，乃解。順治八年中副榜，實未完卷也。45

文中強烈暗示侯方域雖被迫應試，卻以「未完卷」對抗。何法周先生以文中「或謂」兩字很可能是

44 徐作肅撰：〈明經朝宗墓誌銘〉，見於《商邱侯氏家乘》卷二。

45 轉引自何法周、謝桂榮合撰：〈侯方域平生思想考辨〉，文學遺產一九九二年，第一期。

採自民間傳語，認定此說可靠，在缺乏更確實的證據之前，這樣的猜測仍有待斟酌。

三、劇作中的侯方域

歷史與戲劇中的侯方域最大的歧異處，在於文末的出路，依前述，侯方域於清統治中國後，始則居家不出，繼則被迫於順治八年參與鄉試，而戲曲卻一改這樣的結果，而成為侯、李二人於體認國仇家恨之餘，雙雙遁入空門，入山修道。六〇年代初期，大陸學界便為此展開一場論戰，由一九六二年十二月二十九日的《光明日報》上穆欣先生一篇〈不應當替投降變節行為辯護〉首啟端隙，以為歷史上的侯方域兩朝應舉，喪失了民族立場，是向入侵的清朝投降，而《桃花扇》作者孔尚任卻讓他以入山修道作結，是替投降變節的行為辯護，是一種諱飾的做法，不足為訓。

（一）孔尚任是否曲意迴護侯方域？

這個問題，可以從兩個部份來加以思考：一是在文網甚密的大清皇朝，誰有足夠的膽量，突破文網，明目張膽地批判侯方域應清朝科舉的行為，做出對清朝不利的劇作？二、孔尚任寫作《桃花扇》有替侯方域應舉行為辯護的企圖嗎？

《桃花扇》作者孔尚任生於順治五年（一六四八），死於康熙五十七年（一七一八），此期間，清皇室所興起的文字獄，不勝其數，較知名的即有：

順治九年（一六五二）三月程可則試策案。

順治十八年（一六六一）金人瑞哭廟案。

康熙二年（一六六三）莊廷鑨明史案。

康熙六年（一六六七）沈天甫詩集案。

康熙二十一年（一六八二）朱方旦密書案。

康熙五十年（一七一一）戴名世南山集案。

《桃花扇》成書約當康熙三十八年（一六九九），在這之前，也有五宗駭人聽聞的文字獄。以其中最聞名的莊廷鑨案而言，其致罪之由，據聞只是：

> 書中所云王某孫婿，即德祖；所云建州都督，即太祖也；而皆直書其名。又云：「長山衄而銳士飲恨於沙燐，大將還而勁卒銷亡於左衽。」如此之言，散見於李如柏、李化龍、熊明遇傳中。又指孔有德、耿精忠為叛，且自丙辰迄癸未，俱不書在關外之年號，而於隆武、永曆之即位正朔，必大書特書，其取禍之端有如此。㊻

只因未奉清正朔及就史事秉筆直書，結果造成莊廷鑨被戮屍，誅其弟廷鉞，作序的李令皙伏法，李

㊻ 徐珂編：《清稗類鈔》（臺北：新興書局）第八冊，頁三七。

的四個兒子皆受株連而死，甚至購書者、書賈、參校者、刻工與鬻書者，無一能倖免，據保守估計，死者七十餘人。其後的戴名世《南山集》案，也不過是「尊崇弘光、隆武、永曆年號」，結果戴名世族皆棄市，方孝標戮屍，其子三人並斬，族屬僉妻發遣，編修汪灝、方苞等因連坐獲讜者三百餘人。這樣血淋淋的事實，不斷地上演，對當時的讀書人而言，恐怕不無警惕作用。在這種情況下，孔尚任是否敢甘冒大不諱，明白指斥侯方域兩朝應舉，是很容易了解的。

其次，不寫侯氏兩朝應舉，是否就代表孔尚任曲意迴護侯方域？首先我們要注意到《桃花扇》在寫作時特別用標記年月的筆法，這是有他的深意在焉的。寫侯生入道的第四十齣，標明乙丑（一六四五）年七月，而侯方域應舉是辛卯（一六五一）年的事，也就是入道當時還未應舉，應舉是六年以後的事，孔尚任技巧地迴避了侯氏應舉的尷尬，又不違背史實。何況，《桃花扇》裡，其實還強烈地暗示侯氏復出的可能。標明乙酉（一六五一）年五月的〈沉江〉一齣（三十八齣），侯方域在史可法沉江殉國後，曾說：

> 我和敬亭商議，要尋一深山古寺，暫避數日，再圖歸計。

就暗示入山原是暫時權宜之計，而更清楚的用筆則是〈餘韻〉齣，寫清廷下令徵求山林隱逸，奉命尋訪捉拿的皁隸徐青君便說：

那些文人居士，都是識時務的俊傑，從三年前俱已出山了。

並用「開國之勳留狗尾，換朝逸老縮龜頭」來加以嘲諷，了解當時史事的人，自然知道作者委婉的用心——預示侯氏復出應舉的可能。

事實上，戲劇原本就不必一定和歷史亦步亦趨，劇作家在編劇的過程中，虛構或加工都是無法避免的，所以，戲劇的侯方域當然不必即是歷史的侯方域，就侯方域部份，除了入道與應舉的爭議外，孔尚任筆下的侯方域也並非完全忠於史實的。譬如戲劇中的侯方域在第十四齣〈阻奸〉中，馬士英派人前來遊說，史可法一時糊塗，竟想苟且遷就，侯方域及時地指出福王朱由崧的「三大罪」和「五不可立」，力勸史可法未可附和馬士英。但據史書記載，這些事全與侯方域無涉。由《南疆繹史》〈呂大器傳〉與〈史可法傳〉中知道，張慎言、呂大器、姜曰廣、錢謙益、雷縯祚等人曾提出福王「七不可立」之說，史可法深表贊同，此事與侯方域原本是毫無關連的。而第十九齣〈和戰〉和二十齣〈移防〉裡，寫史可法奉令督師江北，無奈手下四鎮相互勾心鬥角，爭權奪利，竟置外敵於不顧，史可法因之束手無策，端賴侯方域大力調停，方由根本上解決問題。其實，調停四鎮一事，先有萬元吉，後有應廷吉，甚至史可法亦曾親自出面，侯方域雖曾避難史可法處，卻未曾擔任任何職務，自然未曾參與調停四鎮。

至於有關侯、李、阮三人糾葛的原貌，由明末諸家稗記㊼中歸納，可得如下：

㊼ 見《壯悔堂集》中〈李姬傳〉、〈答田中丞書〉、〈與阮光祿書〉，陳其年《湖海集》中〈與侯朝宗〉，靜子〈侯公子傳〉及《鹿樵紀聞》。

侯李相識於崇禎十二年（一六三九），當時，侯氏由河南商邱到南京應試，正所謂「雄才灝氣，挾萬金結客」，據胡介祉撰〈侯朝宗公子傳〉云：

已以郡學生例入南雍，應留都京兆試，留都故佳麗地，海內賢豪輻輳，論交把臂，馳騖於詩酒聲色之場，公子遨遊期間，人人引重，無不願交恐後，以是名益盛，意氣殊自得也。

就在他馳騖於詩酒聲色之場時，閹黨餘孽阮大鋮企圖巴結他，指使爪牙王將軍每日邀宴侯生，以致引起李香君的懷疑，並勸說侯方域斷絕此種交往，其後，侯方域落第返鄉，李姬曾於桃葉渡置酒為他送行，從那時（崇禎十三年）起，二人便未再見過面。侯氏走後，另一閹黨田仰曾以重金邀見李姬，為李氏拒絕，田仰惱羞成怒，中傷李姬，李姬終不予理會。

戲劇中此段因緣與真實情況不同的是：孔尚任寫阮大鋮暗自買了妝奩，替侯方域出錢梳攏李香君，李香君不再是一個冷靜的旁觀者，而是跳進了侯阮鬥爭的漩渦中。而歷史上侯方域與李香君交往至多不過一年，由種種史料看來，似乎也不能說二人有過多麼熱烈的情感，而孔尚任為了「借離合之情寫興亡之感」，卻讓他們二人的聯繫一直延續到南明滅亡之後，且誇飾了二人間生死不渝的愛情。為了強調愛情的堅貞，孔尚任一改侯方域主動離開香君為因面臨被捕的危險，才不得已分開，在兵荒馬亂之中，仍企圖回南京尋訪香君，直到南明滅亡後，又於道場與香君淚眼相對，這種種點染，雖與史實略有出入，然大體仍根據侯方域的性格加以提煉加工，並配合歷史的軌跡，鋪陳生活的細節，撰作出有血有淚的生命。

（二）侯方域的戲劇性格

由孔尚任所塑造的侯方域看來，孔氏並沒有企圖把侯方域寫成一般才子佳人劇作中那般的翩翩佳公子，而是根據史實的人物性格邏輯，把他寫成一個時而正義勇敢，時而軟弱動搖的人。譬如第十四齣〈阻奸〉中，他果敢陳詞，以「三大罪」和「五不可立」指出朱由崧之不可立，並當場提筆覆信，四支〈高陽臺〉寫來酣暢淋漓、義正辭嚴。㊽而他向史可法獻計，調停四鎮，也顯示出正直不阿、勇於任事的個性。但是，整本《桃花扇》中對侯方域個性中的軟弱、動搖、妥協也是時加譴責的。例如，侯方域曾自承「僕少年溺於聲伎」，胡介祉〈侯朝宗公子傳〉中也提到他讀書東園時「公子每攜弟逸出，選伎徵歌」，而江藩〈清朝漢學師承記〉裡也批評侯方域「每宴以伎侑酒」是「不耐寂寞」的行為。孔尚任為了這點，也花了相當的筆墨來凸顯他喜流連聲色場所的習性，〈聽稗〉齣裡，侯方域原與陳貞慧、吳應箕相約到冶城道院賞花，誰知道院人滿為患，侯方域聽說之後，即言：

> 既是這等，且到秦淮水榭一訪佳麗，倒也有趣。

〈偵戲〉齣中，楊龍友向阮大鋮進言：

㊽ 孔尚任撰：《桃花扇》（臺北：商務印書館）卷上，頁六四—六七。

昨聞侯生閒居無聊，欲尋一秦淮佳麗。小弟已替他物色一人，名喚香君，色藝皆精，料中其意。長兄肯為出梳攏之資，結其歡心，然後托他兩處分解，包管一舉雙擒。

在國難當頭的嚴峻時勢下，侯方域居然「閒居無聊，欲尋一秦淮佳麗」，正暴露其枉顧國難，一味流連聲色的無聊行徑。而〈訪翠〉齣裡更自云：

小生侯方域，書劍飄零，歸家無日，對三月豔陽之節，住六朝佳麗之場，雖是客況不堪，卻也春情難按。

可見其雖處窘境，亦不改風流本色。孔尚任猶恐讀者未能識解其字裡行間的嘲諷意味，特於〈阻奸〉齣侯生唱：

哭蒼天滿喉新血，國愁未雪，鄉心難說，把閒情丟開後些。

眉批寫道：「末句仍題閒情，恐未盡丟也。」而〈逢舟〉齣裡，侯生奉命前去輔佐高傑，高傑不聽勸諫，為許定國賺入睢州，飲酒之時，遭人刺死，侯方域慌亂中買舟東下，途中巧遇蘇崑生等人，他謀事不成，羞愧不已，說：

你看大路之上，紛紛亂跑，皆是敗兵，叫俺有何面目再見史公！

於是，決定與蘇崑生等人同去南京會見李香君。孔尚任亦於其上評曰：

難見史公，且見香君。

言下之意，頗多誅伐。而當阮大鋮揚語清議堂，謊稱侯方域勾結左良玉興兵，要逮捕侯方域，楊龍友先來通風報信，叫他先行逃避，他卻說：

只是燕爾新婚，如何捨得。〈十二齣辭院〉

最後還是深明大義的李香君曉以大義：

官人素以豪傑自命，為何學兒女子態。

這才逼得他辭院依附史可法。

除了流連聲色場合之外，孔尚任對侯方域的動搖軟弱也時加撻伐。如第七齣〈卻奩〉裡，楊龍友坦言梳攏香君的妝奩酒席所費的二百餘金乃出阮大鋮之手，並說明納交侯方域之意乃：

圓老當日，曾遊趙夢白之門，原是吾輩，後來結交魏黨，只為救護東林。不料魏黨一敗，東林反與之水火。今日復社諸生，倡論攻擊，大肆毆辱，豈非操同室之戈乎。圓老故友雖多，因其形跡可疑，亦無人代為分辯。每日向天大哭說道：同類相殘，傷心慘目，非河南侯君不能救我，所以今日諄諄納交。

侯方域居然為之心動，云：

原來如此。俺看圓海情辭迫切，亦覺可憐，就便真是魏黨，悔過來歸，亦不可絕之太甚，況罪有可原乎？定生次尾，皆我至交，明日相見，即為分解。

幸賴嫉惡如仇的李香君一番義正辭嚴的搶白：

官人是何說話！阮大鋮趨附權奸，廉恥喪盡，婦人女子，無不唾罵，他人攻之，官人救之，官人自處於何等也。

並當場拔簪脫衣，丟它一地。這才迫使差點兒動搖妥協的侯方域因「恐為女子所笑」，而決心「不肯從井救人」，擺脫了阮大鋮的納交陷阱。

其次，第十八齣〈爭位〉裡，寫侯方域反對迎立福王，事情未成，福王竟然登基，侯說：

小生侯方域，前日替史公修書，一時激烈，有三大罪五不可立之議，不料福王今已登極，馬士英竟入閣辦事，把那些迎駕之臣，皆錄功補用。

「一時激烈」四個後悔的字眼，把侯方域的動搖心性充份表達出來。另外，侯方域在《桃花扇》中雖常自許為中興棟樑，但卻又無什建樹，如第廿六齣〈賺將〉中，高傑便指責他：

書生之見，益發可笑。

而在此齣後面的總批更云：

高傑之死本不足傳，而大兵從此下江南，則興亡之大機也。況侯生參其軍事，不為所信，致有今日，則侯生實關乎興亡之數者也，安得不細細傳出。

則更明顯指陳，南明之亡，與侯生因不得高傑之信大有關係，侯生亦難辭其咎矣。因此，綜括上述的探討，孔尚任筆下的侯方域實際上是根據史實所載的性格邏輯再加以點綴發揮而來，他並非如以往的戲劇所塑造的典型般的是非分明、善惡判然。他固然寫出了豪邁不羈、任俠使氣的侯方域，也寫出了滿懷江山之恨、禾黍之悲的侯方域，更重要的是，孔尚任秉持著細密的觀察與對人性的充份了解，進一步地為侯方域其後的兩朝之舉細細鋪陳，由他流連聲色場合的無聊行逕起筆，次及其軟弱動搖的個性的描摹，甚至對他的平庸無能亦有所著墨，由《桃花扇》一書的脈胳看來，孔尚任非但沒有為侯方域應舉行為辯護的企圖，反倒很真實地寫出了一個動亂的年代中的知識分子內心的矛盾與煎熬，而之所以不據實寫出侯氏應清科舉的結局，一方面是孔尚任體察了侯方域應舉乃不得已的行為，一方面可能也是孔氏所處的年代對兩朝應舉的看法，已超越了對節義的要求而開始著眼於對社會民生所作的貢獻，在這種寬容的了解下，侯方域的應舉遂被孔尚任輕輕一筆以修真入道作結，而這樣的寫作又巧妙地在標記年月的障眼法中迴避了違背史實的指責，而文中對侯氏所作的軟弱動搖的指述又隱隱與結尾中徐青君訪拿山林隱逸時所嘲諷的「三年前俱已出山了」緊緊相扣，聰明的讀者自然能從其中窺探孔氏高明的手法與委婉的用心。

第二節　李香君的短暫邂逅與情愛點染

《桃花扇》一書譜寫侯方域與秦淮名姬李香君的愛情，然就整體而言，侯、李的愛情並非全劇的主題，所謂「南朝興亡，遂繫之桃花扇底」，「南朝興亡」才是作者亟欲凸顯的中心內容，因此，儘管劇名《桃花扇》，看似敘寫青樓豔情，其實身為女主角的李香君出現的頻率，相較之下，似乎偏低，四十齣戲中，僅出現十四場，㊾但考之史書，劇作中的李香君詳實有據者，不過〈眠香〉、〈卻奩〉、〈拒媒〉等關目而已，餘皆為孔尚任依照筆記中李香君性格的發展加以引申發揮，並不見於真實的記載。有關李香君的記載不多，目前可見的資料僅有侯方域所寫〈李姬傳〉㊿、〈答田中丞書〉51、陳維崧《婦人集．李姬條》52、余懷《板橋雜記．李貞麗條》53、《板橋雜記．李香君條》54、《秦淮八豔圖》55、徐釚《詞苑叢談．李姬條》56、雷瑨《青樓詩話．李香條》57等，其中除侯氏自撰〈李姬傳〉較為詳實外，餘皆條

㊾ 李香君出現的十四場，分別是第二齣〈傳歌〉、第五齣〈訪翠〉、第六齣〈眠香〉、第七齣〈卻奩〉、第八齣〈鬧榭〉、第十二齣〈辭院〉、第十七齣〈拒媒〉、第二十二齣〈守樓〉、第二十三齣〈寄扇〉、第二十四齣〈罵筵〉、第二十五齣〈選優〉、第三十六齣〈逃難〉、第三十九齣〈棲真〉、第四十齣〈入道〉。

㊿ 侯方域撰：《壯悔堂文集》（臺北：中華書局，四部備要本）卷五，葉一一下—一二下。

51 同前注，卷三，葉一下—二上。

52 陳維崧撰：《婦人集》（海山仙館叢書本，咸豐丙辰年刻）葉二四下—二五上。

53 余懷撰：《板橋雜記》（臺北：新文豐出版社，一九八五年三月，叢書集成新編八三冊）下卷，葉二一上。

54 同前注，卷中，葉一三。

55 蔣瑞藻編：《小說枝談》（臺北：河洛圖書公司）卷下，頁一三八。

56 徐釚編：《詞苑叢談》（臺北：新文豐出版社，一九八五年三月，叢書集成新編八三冊）卷五，品藻三，頁三六六。

列式的簡單記敘，欲執一端以窺全貌已不容易，何況，如《青樓詩話》、《詞苑叢談》、《秦淮八豔圖》皆為後出資料，其中頗多臆測，舛誤亦多[58]，事實上，孔尚任撰作《桃花扇》時，可資依循資料十分有限，今重加組合整理，使對香君本來面貌有充分了解：

一、史料中的李香君

(一) 外表

身軀短小，膚理玉色，人名之為香扇墜。《板橋雜記．卷中》

(二) 個性

[57] 雷瑨編：《青樓詩話》（臺北：廣文書局）卷上，葉五。

[58] 例如雷瑨編《青樓詩話》竟云：「李香，字香君，名貞麗。」以假母之名誤植為香君名。

俠而慧，略知書，能辨別士大夫賢否，張學士溥、夏吏部允彝，亟稱之，少風調皎爽不群。〈李姬傳〉，《婦人集》記載與此同。

慧俊婉轉，調笑無雙。《板橋雜記・卷中》

落落有風調。〈答田中丞書〉

(三) 身世

名香，母曰貞麗，姬為其養女。〈李姬傳〉

秣陵教坊女也，母曰貞麗。《婦人集》

(四) 特殊才藝

十三歲，從吳人周如松受歌玉茗堂四傳奇，皆能盡其音節，尤工琵琶詞，然不輕發也。〈李姬傳〉，《婦人集》之說同此。

香之名盛於南曲，四方才士爭一識面為榮。《板橋雜記‧卷中》

（五）與侯方域之交往

雪苑侯生，己卯來金陵，與相識，姬嘗邀侯生為詩，而自歌以償之。〈李姬傳〉

與歸德侯生善，以身許之，設誓最苦，誓詞今尚存湖海樓《篋衍》中。《婦人集》

僕之來金陵也，太倉張西銘偶語僕曰：金陵有女伎，李姓，能歌玉茗堂詞，僕因與相識，間作小詩贈之。59〈答田中丞書〉

（六）特殊事件

59 侯方域詩集《四憶堂詩集》卷二有〈贈人〉、〈金陵題詩畫扇〉、〈姑射何高〉、〈白頭吟〉、〈生別離〉等，疑為李香君所作。

1. 拒阮大鋮

初，皖人阮大鋮者，以阿附魏忠賢論城旦，屏居金陵，為清議所斥。陽羨陳貞慧、貴池吳應箕實首其事，持之力。大鋮不得已，欲侯生為解之，乃假所善王將軍，日載酒食與侯生游。姬曰：王將軍貧，非結客者，公子盍叩之？侯生三問，將軍乃屏人述大鋮意。姬私語侯生曰：妾少從假母識陽羨君，其人有高義，聞吳君尤錚錚，今日皆與公子善，奈何以阮公負至交乎？且以公子之世望，安事阮公！公子讀萬卷書，所見豈後於賤妾耶？侯生大呼稱善！醉而臥。王將軍者，殊怏怏，因辭去，不復通。〈李姬傳〉

姬嘗以他事獲罪阮懷寧。《婦人集》

鬮兒阮大鋮，欲納交於朝宗，香力諫止，不與通。《板橋雜記・卷下》

2. 拒田仰

侯生去後，而故開府田仰者，以金三百鍰邀姬一見，姬固卻之，開府慚且怒，且有以中傷姬。姬嘆曰：田公寧異於阮公乎？吾向之所贊於侯公子者何？今乃利其金而赴之，是妾賣公子矣！卒不往。〈李姬傳〉

謂執事往日曾以兼金三百招致金陵伎，為伎所卻，僕實教之。〈答田中丞書〉

朝宗去後，有故開府田仰，以重金邀致香，香辭曰：妾不敢負侯公子也，卒不往。《板橋雜記・卷下》

嘗一日者，故開府田仰以金三百鎰邀姬一見，開府向兒事魏閹黨者，又姬嘗以他事獲罪阮懷寧，至是嘆曰：田公寧異於阮公乎？峻卻之，卒不往。《婦人集》

（七）侯李之分手

未幾，侯生下第，姬置酒桃葉渡，歌琵琶詞以送之。曰：公子才名文藻，：雅不減中郎，中郎學不補行，今琵琶所傳詞固妄，然嘗昵董卓，不可掩也。公子豪邁不羈，又失意，此去相見不可期，願終自愛，無忘妾所歌琵琶詞也，妾亦不復歌矣。〈李姬傳〉

未幾，下第去，不復更與相見。〈答田中丞書〉

綜合以上資料，知李香君外型嬌小可愛，綽號「香扇墜」。俠而慧，風調皎爽不群，有識人之明，粗通文墨，為秣陵教坊女，十三歲從周如松受歌玉茗堂四傳奇，尤工琵琶詞，四方之士，爭一識面為榮。與侯生相識於己卯年之金陵，以身相許。此其間，曾力諫朝宗勿與閹兒阮大鋮結交。二人交往一年，侯生即下第去，香君曾於桃葉渡置酒，歌琵琶詞以送之，並以自愛相期許，此後則不復見。後半歲，故開府田仰以金三百鍰邀姬一見，因田仰曾兒事閹黨，且顧及對侯生之宿諾，堅拒不往，終至得罪田仰，田仰甚至懷疑香君之拒乃侯生所嗾使，曾移書責備侯方域。至於劇中最精彩的面血濺扇之事，據《桃花扇．本末》所載，也並非憑空揑造：

> 獨香君面血濺扇，楊龍友以畫筆點之，此則龍友小史言于方訓公者，雖不見諸別籍，其事則新奇可傳，《桃花扇》一劇，感此而作也。

可知香君面血濺扇的情節，不僅真有其事，而且在群眾間廣為流傳，這些傳聞，補充了史料的不足，也賦予《桃花扇》的寫作更為豐富而生動的資料。至於《桃花扇》整篇劇作的基礎——侯李二人的愛情，就李香君部分而言，她對侯方域的深情也是史有明載的，包括她對侯方域深厚的期許，作別時誓言此後「不復歌」及嚴拒田仰，以為如果不如此，則「利其金而赴之，是妾賣公子」，而陳維崧《婦人集》裡，更明言香君：

曾以身許方域，設誓最苦，誓辭今尚存湖海樓《篋衍》中。

可惜的是，今傳陳維崧《篋衍集》裡[60]，不知何故，並不見該誓辭，不過既然陳維崧見過，此事應屬可信。

二、戲曲與歷史的不同

取戲曲的李香君和史實中的李香君相較，基本的生命情調完全吻合，唯若干史事在時間上稍有出入，[61]另外，為了將南朝興亡繫之桃花扇底，讓戲曲能充份體現作者孔尚任的寫作意圖，亦不免在若干事件上稍做點染，並憑空編撰一些情節。通劇之中，和正史牴觸或正史所無的，歸納言之，約有以下二端：

(一) 侯、李二人愛情的結局不同

[60] 陳維崧編、蔣國祥校：《篋衍集》(清康熙三一年精刊本)。

[61] 李香君與侯方域是在崇禎十二年初識。〈李姬傳〉中載：「雪苑侯生，己卯(崇禎十二年)來金陵與相識，姬嘗邀侯生為詩，而自歌以償之。」與《桃花扇》中寫二人相識於癸未(崇禎十六年)，並不相符。

史書中侯李二人交往僅一年[62]，戲劇中卻讓整個愛情過程持續了三年之久[63]，二人自桃葉渡一別後，似乎再無重逢，但戲劇為強調他們的癡心，特別安排了〈棲真〉齣裡緣鏗一面，再讓他們在道場上相逢，並雙雙入道。另外，劇中並花了無數筆墨敘寫彼此間相隔兩地的相思。

（二）史書中並無香君入宮之事

戲劇裡為強調朝廷的腐敗並鋪敘二人的離合，特拈出〈選優〉折。錢靜方《小說叢考》中載有〈李香君在南都後宮私寄侯公子書〉：

落花無主，妾所深悲，飛絮依人，妾所深恥。自君遠赴汴梁，屈指流光，梅開二度矣。日與母氏相依，未下胡梯一步，方冀重來崔護，人面相逢，前度劉郎，天臺再到，而乃音乖黃犬，卜殘燈畔金錢，信杳青鸞，盼斷天邊明月。已焉哉！悲莫悲於生別離！妾之處境，亦如李後主所云：終日以眼淚洗面而已。比聞燕京戒嚴，君后下殿，龍友偶來過訪，妾探詢音耗，渠惟望北涕零，哽無一語。嗚呼！花殘月缺，望夫方深化石之嗟，地圻天崩，神州忽抱陸沉之痛！由甲申迄乙酉，此數月中，烽煙蔽日，鼙鼓震空，南都君臣，遭此奇變，意必存包胥哭楚之心，子房復韓之志，

[62] 侯洵編〈侯方域年譜〉載：「崇禎十三年庚辰公二十三歲，……公歸自金陵，主雪苑社。」距已卯與李香君相識僅一年。

[63] 孔尚任《桃花扇》將侯李相識時間推遲到癸未年，而二人於棲霞山分手時，則是乙酉年，總計三年。

臥薪嘗膽，敵愾同仇。不謂正位以後，馬入閣，阮巡江，虎狼雜進，貓鼠同眠，翻三朝之舊案，黨禍重興，投一網於諸賢，蔓抄殆遍。而妾以卻奩夙恨，幾蹈飛災，所幸龍友一力斡旋，方免欽提勘問，然猶逼充樂部，供奉掖庭，奏新聲於玉樹，春風歌燕子之箋，叶雅調於紅牙，夜月譜春燈之曲。嗟嗟！天子無愁，相臣有度，此妾言之而傷心，公子聞之而疾首者也。雖然，我躬不閱，遑恤其他？睹星河之耿耿，永巷如年，聽鐘鼓之遲遲，良宵未曙。花真獨活，何時再門芳菲？草是寄生，惟有相依形影！乃有蘇髯幼弟（崑生）、柳老疎宗（敬亭），同為菊部之儔，共隸梨園之隊，哀妾無告，憫妾可憐，願傳紅葉之書，慨作黃衫之客。噫！佳人雖屬沙吒利，義士今逢古押衙，患難知己，妾真感激涕零矣。遠望中洲，神飛左右，未裁素紙，若有千言，及拂紅箋，竟無一字，回轉柔腸，寸寸欲折。附寄素扇香囊，并玉玦、金鈿各一。吁！桃花豔褪，血痕豈化胭脂，豆蔻香銷，手澤尚含蘭麝。妾之志固如玉玦，未卜公子之志，能似金鈿否也？弘光元年二月，香手緘。[64]

雖說該封書信膾炙人口久矣，但《婦人集》、《板橋雜記》都不言香君入宮事，因此，此信很可能是好事者代為捉刀，不足為憑。

以上兩點的點染，對《桃花扇》而言，是否屬於必要？或對劇情的發展、人物的塑造有否積極貢獻，是評價孔尚任編劇技巧的重要因素。因此，謹慎的加以評估，應有助於做一公平論斷。

64 錢靜方輯：《小說叢考》（臺北：長安出版社）頁二四五—二四六。

三、孔尚任以香君個性塑造弭平與歷史的差異

首先，我們先對《桃花扇》中李香君的性格描寫做一分析。綜論她的個性，可分幾點言之：

（一）溫柔婉約，進退合度

整本戲劇裡，香君雖出場十四齣，但除了〈卻奩〉、〈拒媒〉、〈守樓〉、〈罵筵〉等齣，有較激越的表現外，其餘十齣，對白皆極少，大部份以動作來呈現。從〈傳歌〉的悠揚歌聲到〈入道〉的驀然憬悟，其間除〈寄扇〉裡幾支哀怨的曲文盡訴相思之情外，其餘僅剩了斟酒、敬酒、捧硯、拜謝、收扇、微笑、束裝、彈淚、掩淚坐、取扇、壓扇睡……等，都是一派溫柔婉約的模樣。即使開口說一、兩句話，也是十分識大體，大多數時候，她一逕無聲的一旁觀看事件的發展。不到重要關頭，她不輕發一語，是個沉默靦覥的女性，和劇中其他女性顯然有很大的不同。

譬如，在〈傳概〉中對蘇崑生師傅執禮甚恭，便給人深刻印象，而當貞麗要她在眾目睽睽之下溫習曲本，她以「有客在座，只是學歌怎的？」回答，一方面顯示出傳統女性的矜持，一方面也看出這位風塵女子的知進退、識大體。

另外，〈棲真〉裡，對卞玉京的收留所表達的感激及急於做些縫補工作以為報答的心意，均讓讀者充

分感受到傳統女性溫婉妥貼的美德。而在葆真庵中借宿時，有男性要求暫安行李，她馬上警覺到「比不得在青樓之日」，不再加以理會，凡此，都看出香君舉止頗合繩度。

（二）是非分明，擇善固執

雖說李香君閒居之時，展露出傳統女性溫柔婉約的氣質，但這並不意味著她一味順服、全無主張。在〈卻奩〉中，她毅然辭卻阮大鋮贈送的妝奩，在侯方域稍有動搖之念時立即勃然大怒說：

> 官人是何說話？阮大鋮趨赴權奸，廉恥喪盡，婦人女子，無不唾罵。他人攻之，官人救之，官人自處於何等也？

恨之不足，甚且拔簪脫衣，說：

> 不思想，把話兒輕易講，要與他消釋災殃，要與他消釋災殃，也提防旁人短長。脫裙衫，窮不妨；布荊人，名自香。〈川撥棹〉

這是李香君在《桃花扇》中真正初露頭角的一齣戲，便顯得精彩絕倫，氣派完全在侯方域之上。她剛烈果決，義正辭嚴，絕不與權奸同流合污，立場堅定，形象鮮明。

在〈卻奩〉中，李香君是間接和阮大鋮等人交鋒，展示了她「富貴不能淫」的心志；〈罵筵〉齣裡，則是面對面和阮大鋮抗爭，她被捉拿進官，面對赫赫威立的權奸，不但絲毫無所懼，甚至勇敢怒斥：

堂堂列公，半邊南朝，望你崢嶸。出身希貴寵，創業選聲容，後庭花又添幾種？〈五供養〉

東林伯仲，俺青樓皆知敬重。乾兒義子從新用，絕不了魏家種。〈玉交枝〉

一邊指責奸臣們的沉迷聲色、必將亡國，一邊表達對忠良的敬重，對閹黨的鄙棄，凜凜風姿，竟是「威武不能屈」的典型。

(三) 堅貞不貳，深情無限

李香君對東林的敬重，使得她在侯方域有意纏頭擲錦時，就已默然心許。而在正式梳攏前，又有盒子會上拋扇擲果、賦詩訂情，二人的感情到〈卻奩〉之後，侯生引為畏友，復社同仁尊為社嫂之時達到最成熟。其後侯生倉皇辭院，李香君含淚為他束裝送行，愛情開始面臨挑戰。

〈拒媒〉裡，當卞玉京和丁繼之告以田仰以三百金欲娶時，她以言語表達守節的決心：

俺獨自守空樓，望殘春，白頭吟罷淚沾巾。這題目錯認，這題目錯認，可知定情詩紅絲拴緊，抵過他萬兩雪花銀。賣笑哂，有勾欄豔品。奴是薄福人，不願入朱門。〈錦後拍〉

當沈公憲以富貴引誘，她說：

奴家不圖富貴，這話休和我講。

當鄭妥娘以權勢相脅時，她答以：

儘你嚇唬，奴的主意已定了。

同樣的事件，〈守樓〉裡，她以行動宣示對愛情的堅貞。她眼見謹守盟誓、堅貞不渝的誓願，無法說服楊龍友等人，楊龍友等還是強行拖她下樓，她死不屈從，乾脆倒地撞頭，以至於鮮血飛濺詩扇之上，這種堅定的品德，終於使得旁觀者為之動容，也因此使得李貞麗決定李代桃僵，李香君守節的心志才得以實現。如果說〈守樓〉寫香君愛情的堅貞，〈寄扇〉則是敘其愛情的纏綿。謙稱自己「言出無文」的李香君決定以血扇代書，說：

奴的千愁萬苦，俱在扇頭，就把這扇兒寄去罷！

其後，〈逃難〉、〈棲真〉二齣，都一再強調香君亂軍中尋找侯郎的決心，她決定：

便天涯海角，便天涯海角，十洲方外，鐵鞋踏破三千界。

所以，不尋著侯郎，誓不住腳。即使身入葆真庵中，也還一再要求蘇崑生：

只是侯郎不見，妾身無歸，還求師父上心尋覓。

那種不達目地，絕不甘休的執著，其實正見證了香君的癡心。

（四）聰慧不群，洞燭機先

李香君的聰慧表現在她對事件的判斷上，即使沉溺於愛情甜蜜的新婚燕爾時，她也保持清明的洞察力，當她發現楊龍友拮据作客，卻出手闊綽，便懷疑箇中另有玄虛，於是，很技巧的旁敲側擊：

俺看楊老爺雖是馬督撫至親，卻也拮据作客，為何輕擲金錢，來填煙花之窟？在奴家受之有愧，在老爺施之無名，今日問個明白，以便圖報。

這等識見，竟在侯生之上。而侯生因左寧南之故，有被俘之險時，尚且貪求燕爾新婚，香君深知箇中危機，正色規勸：

官人素以豪傑自命，為何學兒女子態？

凡此都可看出李香君的聰慧不群，絕非一般的青樓女子所能望其項背。由以上對李香君性格的分析看來，大概有關香君的史實，幾乎悉數被孔尚任納入戲曲之中，無絲毫遺漏，甚至連李香君綽號「香扇墜」都有所敷演，主要是因為有關的史實實在太少，因此，只好充份利用。史事之不足，便憑空結撰。但結撰部份，仍然依照李香君的思想及性格邏輯進行，因此，顯得自然、不造作，甚至對關目的進行、氣氛的醞釀或人物個性的塑造，都有極大的貢獻。

譬如，李香君進宮一事，雖屬杜撰，但確有其必要。一則是增加二人情愛的波折，如〈逃難〉齣裡，李香君便點出了此點：

楊老爺竟自去了，只有師父知俺心事。前日累你千山萬水，尋到侯郎；不想奴家進宮，侯郎入獄，兩不見面。今日奴家離宮，侯郎出獄，又不見面，還求師父可憐，領著奴家各處找尋則個。

二來是因為侯、李的愛情原非孔尚任寫作《桃花扇》的重點，它的重點是：

明朝末年，南京近事，借離合之情，寫興亡之感。〈先聲〉

〈選優〉折的加入，便是順應了這個需要而增加的，先以〈罵筵〉痛責金玉其外、敗絮其中的所謂國之大臣，在國家遭逢危難之際，猶然有心情在賞心亭看雪，過著飲酒、聽曲等醉生夢死的生活；而〈選優〉則更進一步指斥弘光帝不以國計民生為念，鎮日只知徵逐聲色之奉。《桃花扇》透過李香君的眼和口來反映南明的腐敗，寄寓孔氏的批判，因此，〈罵筵〉和〈選優〉等情節的增加實屬必要。

另外，侯、李二人遁入空門的結局，從上述對李香君個性的歸納——溫柔婉約、進退合度、是非分明、擇善固執、堅貞不貳、深情無限、聰慧不群、洞燭機先等，在那樣一個翻天覆地的年代，又要堅持愛其所愛，又要擇善固執，又想是非分明，又能在亂世中有先見之明，李香君的個人歸宿，沒有比入道更為符合這種種個性的邏輯發展的了。

從另一方面來看，入道的結局，就遭遇異族入侵的痛楚的作者孔尚任而言，應該也是他個人哲學理念的體現。當侯方域和李香君在祭崇禎的道場上相逢，正要暢敘離情時，遭到張薇的責備，張、侯之間有一番對答，頗耐人尋味：

張：你們絮絮叨叨，說的俱是那裡話。當此地覆天翻，還戀情根慾種，豈不可笑！

侯：此言差矣！從來男女室家，人之大倫，離合悲歡，情有所鍾，先生如何管得？

張：呵呸！兩個癡蟲，你看國在那裡？家在那裡？君在那裡？父在那裡？偏是這點花月情根割他不斷麼？

這是張道士的當頭棒喝，在「國破家亡」後，儒教倫理早已名存實亡，逃儒歸道就成為自然的歸趨。

四、李香君與妓女文學的發展

在中國文學史上，以青樓女子為主角的作品不在少數，其中，類似李香君般，有著反抗壓迫、追求自由幸福生活的妓女亦為數不少。由唐代的傳奇、宋代的平話、元代的雜劇到明清的戲曲、小說，有著各色各樣不同生命情調的妓女，為著各自不同的生活困境掙扎奮戰著。如因門第觀念而被始亂終棄的霍小玉[65]；為掌控婚姻自主權而不惜冒險夜奔的紅拂女[66]；為朋友的婚姻兩肋插刀的趙盼兒[67]；為愛情勇

[65] 王夢鷗校釋：《唐人小說校釋》（臺北：正中書局）頁一九三—二〇〇，蔣防撰〈霍小玉〉。

[66] 同前注，頁三一九—三二三，無名氏撰「虬髯客」。

[67] 隋樹森編：《元曲選》（臺北：宏業書局）頁一九三—二〇五，關漢卿撰〈趙盼兒風月救風塵雜劇〉。

往直前的杜蘂娘[68]；怒沉百寶箱的杜十娘[69]；爭取婚姻自由的花魁女莘瑤琴[70]，都和李香君一樣，不服命運擺佈，企圖衝破牢籠。她們有些反抗成功，如紅拂女、趙盼兒、杜蘂娘、莘瑤琴等，得到了圓滿的結局；有些則在無情的摧折下，成了愛情的犧牲品，如霍小玉、杜十娘的含恨以終。各個時代的作家各以他們豐富的創造力及動人的文采，為這些堪稱社會畸零人的妓女，描繪出一幅幅栩栩如生的畫像。而李香君的寫作絕非只是這些我們耳熟能詳的女性的翻版或摹擬，和《桃花扇》出現之前的文學中的妓女相較，李香君自有其不可替代的地位和超邁前人的優越描寫。

李香君和前述眾多的女性最大的不同處，在於她的閎觀。由霍小玉到莘瑤琴，她們的痛苦來源，不外愛情受挫或婚姻受阻，李香君固然也有這方面的煩惱，但愛情或婚姻問題的解決不是她的最終目的，她關心的層面更廣，視野更寬。因此，當愛情或婚姻問題解決後，李香君卻為了國破家亡的終極關懷，剪髮入道。

事實上，侯、李的愛情，嚴格說來，並不能獨立於社會國家之外，李香君之所以看重侯方域，固然不能說完全不受侯方域風度翩翩和才華橫逸的吸引，但細加追究，恐怕是侯方域「復社四公子」的才名才是最大的引動力。

在李香君身處的明朝末年，是一個大變動的時代，封建社會開始走向衰落，新興市民日益壯大，他

[68] 同前註，頁一二五一—一二六四，關漢卿撰〈杜蘂娘智賞金線池雜劇〉。

[69] 馮夢龍編、魏同賢校點：《警世通言》（江蘇古籍出版社）卷三二，頁四八三—四九九，〈杜十娘怒沉百寶箱〉。

[70] 馮夢龍編、魏同賢校點：《醒世恒言》（江蘇古籍出版社）卷三，頁三一—七〇，〈賣油郎獨佔花魁〉。

們追求民主，關心國事，他們把對政治的熱情傾注於主張積極改革的東林黨人身上，據《復社紀略》所載，東林黨人劉士年被閹黨構陷去位時，傾國數十萬人為之罷市，⑪在下階層人民關心國事的影響下，當時的妓女也不免開始表達她們的政治立場，用委身相許來宣示她們對改革勢力的支持。余懷《板橋雜記》中便有秦伯虞題詩曰：

福慧幾生修得到，家家夫婿是東林。⑫

她們之中，有許多才貌雙全的人，確實是因為崇尚東林氣節、鄙棄閹黨權奸，而與東林名士過從甚密的。例如：董小宛與冒辟疆、李貞麗與陳貞慧、卞玉京與吳偉業、顧媚與龔鼎孳、鄭妥娘與杜濬之等，無一不是這樣的組合。而當時最受矚目的柳如是與錢謙益，也是因為柳如是看重錢謙益前期做為東林領袖、文壇祭酒的聲譽。⑬李香君和侯方域的結合，就是植基於這樣的社會現實上，孔尚任在塑造李香君這個戲劇人物時，其實是在真實歷史人物的原型基礎上，進行藝術的加工和提煉，李香君這個角色，汲取了文學史上眾多叛逆女性的優秀品質，並被賦予了當時民眾勇於參與國是、不畏強權干預的典型。在

⑪ 陸士儀編：《復社紀略》（臺北：明文書局，明代傳記叢刊本）第七冊，卷二，頁五七〇—五七一。

⑫ 同注53。

⑬ 南明覆亡後，錢謙益變節降清，柳如是非常不以為然。她曾掩護被清廷追捕的閻古古；曾出資支持反清的黃宗羲；也曾變賣珠寶，資助抗清義軍。在在都表現出她對政治的濃厚興趣是凌駕於愛情之上的。

孔尚任「借情言政」74的創作理念下，李香君既具備了霍小玉、杜十娘、莘瑤琴、杜蘂娘等的執著，趙盼兒、紅拂女的膽識，也同時可以在她的身上看到當時一些真實人物的影子。譬如：其時正當異族入侵，國破家亡之際，是有許多堅守民族氣節的婦女，或不甘屈辱，毀面塗身；或削髮為尼，避世山林；或勵志守節，為國捐軀。像和李香君同屬女娼的卞玉京，為避奸佞，乞身下髮75；史可法之八弟媳為抗議遼將聶三的侮辱和威逼，自裁而死；76而錢烈女在揚州城破後，「凡五死而得絕」，77這些悲壯動人的事蹟，和李香君相較，可看出若干雷同之處，也因此使得李香君的形象具更大的歷史真實性和更廣泛的典型意義。

第三節　楊龍友的死難殉國與臨難脫逃

《桃花扇》中所描述的楊龍友，較引人爭議之處有二：一是楊龍友為侯方域梳攏李香君，並代阮大

74 沈默在為《桃花扇》寫的跋中說：「《桃花扇》一書，全由國家興亡大處感慨結想而成，非只為兒女細事作也。大凡傳奇皆注意于風月，而起波于軍兵離亂。唯《桃花扇》乃先痛恨於山河遷變，而借波折於侯李。」

75 雷瑨《青樓詩話》卷上，頁五云：「卞賽，……自稱玉京道人。……清順治乙亥，南京城破，改道人裝，吳梅村祭酒曾作「聽女道士卞玉京彈琴歌」贈之，尋下髮，居吳中十餘年。」

76 全祖望撰：《鮚埼亭集外編》（商務印書館，四部叢刊本）卷二〇〈梅花嶺記〉。

77 同前注。

鋮贈送奩資，以圖為阮大鋮開脫罪責。此舉為李香君所識破，以棄奩表示決絕，因之觸怒阮大鋮。阮遂誣陷侯方域，方域出走後，楊龍友帶著惡奴，逼迫香君改嫁淮揚巡撫田仰。

一為清兵渡江，弘光君臣作鳥獸散，楊龍友和馬士英、阮大鋮一般，逃之夭夭。當孤苦伶仃的李香君和他半途相逢，求他照應，他竟翻臉無情，以「如此大亂，父子亦不照顧的。」「這情形緊迫，各人自裁，誰能攜帶？」「竟回敝鄉貴陽去也。」加以拒絕，冷酷自私，且與楊龍友最後殉國的形象不符。

要解釋孔尚任在《桃花扇》中之所以對楊龍友做這樣的安排，恐怕還是得從歷史談起：

一、史料中的楊龍友——慷慨就義

歷史中的楊龍友到底是如何的一個人？我們不妨先看看《明史．楊文驄傳》：

楊文驄字龍友，貴陽人。浙江參政師孔子。萬曆末，舉于鄉。崇禎時，官江寧知縣。御使詹兆恒劾其貪污，奪官候訊。事未竟，福王立於南京，文驄戚馬士英當國，起兵部主事，歷員外郎、郎中，皆監軍京口。以金山踞大江中，控制南北，請築城以資守禦，從之。文驄善書，有文藻，好交遊，于士英者多緣以進。其為人豪俠自喜，頗推獎名士，士亦以此附之。明年遷兵備副使，分巡常鎮二府，監大將鄭鴻逵、鄭彩軍。及大清兵臨江，文驄駐金山，扼大江而守。五月朔，擢右僉都御使，巡撫其地，兼督沿海諸軍。文驄乃還駐京口，合鴻逵等兵南岸，與大清兵隔江相持。大清兵編大筏，置燈火，夜放之中流，南岸軍發炮石，以為克敵也，日奏捷。初九日，大清兵乘霧潛濟，迫岸，諸軍始知，倉皇列陣甘露寺。鐵騎衝之，悉潰。文驄走蘇州。十三日，大清兵破南京，百官盡降。命鴻臚丞黃家鼒往蘇州安撫，文驄襲殺之，遂走處州。時唐王已自立于福州矣。

初，唐王在鎮江時，與文驄交好。至是，文驄遣使奉表稱賀。鴻逵又數荐，乃拜兵部右侍郎兼右僉都御史，提督軍務，令圖南京。加其子鼎卿左都督、太子太保。鼎卿，士英甥也。士英遣迎福王，遇王於淮安。王貧窶甚，鼎卿賙給之，王與定布衣交，以故寵鼎卿甚，及鼎卿上謁，王以故人子遇之，奬其父子，擬以漢朝大小耿。然其父子以士英故，多為人詆諆。[78]

明年，衢州告急，誠意侯劉孔昭亦駐處州，王令文驄與共援衢。七月，大清兵至，文驄不能禦，退至浦城，為追騎所獲，與監紀孫臨俱不降，被戮。臨，字武公，桐城人，兵部侍郎晉之弟，文驄招入幕，奏為職方主事，竟與同死。[79]

《明史稿》大抵沿襲《明史》之說，不過，其他的若干史書對楊龍友的記載，則有不少分歧之處。

綜合言之，有如下數點：

[78] 梁啟超注：《桃花扇》（臺北：中華書局，飲冰室專集第一〇冊）第三八齣，注一，頁二四四。

[79] 張廷玉等撰：《新校本明史并附編六種十》（臺北：鼎文書局，二十五史本）卷二七七，〈楊文驄傳〉，頁七一〇二—七一〇三。

1.李瑤《南疆繹史摭遺》云：累於附熱，損厥清名，遂至淪入奸黨。[80]

2.《啟楨紀聞》言，一六四五年夏，文驄在蘇州殺了清招撫使黃家鼒等，「遂發府庫銀分給兵丁，自取萬餘金。」「若使楊君果為國倡議，以圖興復，誰曰不宜！究竟一委瑣無能、假公濟私之輩，意在垂涎庫藏。」[81]

3.《明史・馬士英傳》載左良玉劾馬士英罪狀，云：「他如袁鴻勛、楊文驄、劉泌、王燧、黃鼎等，或行同狗彘，或罪等叛逆，皆用之當路。」[82] 指稱楊氏作風不良。

4.吳偉業《鹿樵紀聞》指文驄在蘇州殺了清招撫使後，「豫王聞之怒，而謙益亦謂非兵不定，於是命貝勒以八萬兵下蘇、杭，南國之禍，自此始矣。」[83] 指責楊文驄觸清兵之怒，以致引起東南人民之被殺。

5.《粵遊見聞》云：「文驄至（唐王）行在，語頗不遜，至是降清。」「清兵渡江，文驄與田仰居山島中，有兵一、二萬。田楊同遣兵四百，載幣獻貝勒，貝勒盡殺之。次日，田仰私送帛數車，貝勒受之，使田兵別營，以鐵騎千餘圍之，盡放田兵出圍，令田兵下馬，棄器械。又次日，火炮四衝，亂箭齊發，一營化為肉醬。」[84]

[80] 李瑤撰：《南疆繹史摭遺》（臺北：明文書局，明代傳記叢刊第一〇五冊）卷二，頁二五。

[81] 華紹袁撰：《啟楨紀聞》（臺北：中研院藏線裝本痛史第一八—二一冊）卷五，葉三。

[82] 同注[79]，卷三〇八，奸臣，馬士英傳，頁七九四三。

[83] 吳偉業撰：《鹿樵紀聞》（臺北：中研院藏線裝本痛史第二五冊）卷上，〈南國愚忠〉，頁二三。

以上五說乃與《明史・楊文驄傳》說法有出入之處。第一點指他最後因馬士英的關係，淪入奸黨。此點，黃裳在〈楊龍友〉一文中，更進一步說明：

事實上，從迎立福王開始，甚至從更早的「南都防亂公揭」開始，他就從清流分化出去了。

所謂「南都防亂公揭」，是崇禎十一年，顧杲、陳貞慧等人用公開告示的形式，揭露了阮大鋮的大奸巨滑面目，當時連署的共有一百四十多人，當時附和的有幾社和復社的領袖、文人、抗清鬥爭的骨幹等，反應了江南知識界「但知為國除奸，不惜以身賈禍」的一致認識和決心。然而，這個「南都防亂公揭」並非復社的政治宣言，因此，並非所有復社成員都參予連署。當時的楊文驄在華亭教諭任上，事實上，這期間復社成員在南京的活動，他都未能參加，此次沒有前來，並不一定就代表他和復社的人決裂，何況，從他的《洵美堂詩集》的詩句：

滔滔負戈人，豈必皆異類。

麋鹿不堪天子使，麒麟難畫夜郎王。

看來，他的政治態度，實比公揭更加積極。我們從當時許多賢士對他寄予厚望，可以看出「淪入奸黨」

84 瞿共美撰：《粵遊見聞》（臺北：文海出版社，明清史料彙編二集第五冊）。

之論實在言過其實。如少負才名、長懷奇氣的高士萬壽祺，就曾寫過：

夷吾江左恃安危。〈楊貴陽監軍南徐〉[85]

以管仲比喻文驄，可見其期許之深。而方文〈潤州訪楊文驄兵憲（乙酉）〉云：

行游欲何之，美人在芳洲。[86]

持節整王師，恩威播遐陬。[87]

〈贈楊總戎〉一詩也云：

幕府雙開鯨浪伏，兵機獨對鯉庭閒，登樓況復聞清嘯，夜半厲兒掩淚還。[88]

---

[85] 萬壽祺撰：《隰西堂集》（臺北：中研院藏線裝本明季三孝廉集第一—二冊）卷三，葉六。

[86] 方文撰：《嵞山集》（上海古籍出版社據清康熙間刊本影印，清人別集叢刊）卷一。

[87] 同前注。

[88] 同前注，頁一九。

對文驄父子深致推重之意。另外，明末著名的詩人、入清後風骨高峻的遺民、隱士的楊補，也有〈有美〈懷楊少司馬龍友也〉〉詩曰：

有美春江別，東風又綠波。崎嶇遭國難，消息畏人訛。❽❾
未道桑榆晚，還收浴日勛，勉旃嘗膽苦，感激枕戈勤。❾⓿

也在表達對楊文驄敬重及思念之情。我們從他慷慨就義後，復社還有許多人寫詩紀念他，可以看出「從清流中分化出去」之說的不可信。

另外，他和馬士英雖有親戚關係，但在思想觀念上是頗有分歧的。專為南明人物立傳的未刊史籍《重麟玉冊》中曾寫道：

（文驄）頗不滿士英所為。❾❶

因之，時有規拂。而從有關記載看來，這些規拂包括傾善類、興大獄、徇私誤國等。如此說來，何

---

❽❾ 楊補撰：《懷古堂詩選》卷二。

❾⓿ 同前注。

❾❶ 沈梅史原著、岑振祖重編：《重麟玉冊》卷三。

得謂之「淪入奸黨」?

第二點,文驄殺清招撫使,發庫銀分兵丁,並自取萬金一事,是否就可據此斷言「意在垂涎庫藏」?恐亦大有斟酌餘地。二軍交戰,豈有留庫銀委予敵人之理!文驄為明朝巡撫,監軍大員,於撤離轉移之時,帶走庫藏,以充軍餉,正是名正言順,何況,文驄得此鉅資,並未逃回貴陽,也未在浙江山水勝境享樂,而是招兵龍泉,擁護隆武政府,堅持抗清鬥爭,何來假公濟私?

第三點,左良玉指責楊龍友「行同狗彘」,應是指他納亡友郭聖仆小妾珠玉耶一事。但作為封建時代士大夫的楊文驄免不了要沾染上蓄妾之風,何況,當時東南地區思想界已出現資本主義,並反對把儒家經典視為是非標準,傳統觀念發生重大變化,納亡友之妾被斥為「行同狗彘」,似乎並不十分公允。而我們由余懷《板橋雜記》所載:

……授監中丞楊文驄軍事,兵敗被執,並傳嫩(即玉耶),主將欲犯之,嫩大罵,嚼舌碎,含血噴其面,將手刃之。[92]

可見玉耶與楊龍友同殉國難,可謂情愛牢固,亦是美事一樁,謂之「行同狗彘」實為過甚之辭。

第四點,吳偉業提出反抗致禍論,指責文驄斬黃家鼒等的鋤奸行動為致禍之由,此事除反見吳偉業、錢謙益等人兩朝順民心態外,事實上,在當時,楊文驄的這一舉動,不但市井小民歡欣鼓舞,許多愛國

[92] 余懷撰:《板橋雜記》(臺北:新興書局,一九七四年,筆記小說大觀五編)下卷,軼事。

士大夫和地主富家也同樣感奮。[93]

此事發生在揚州血戰後的一個月，可以說是揚州軍民抗清的繼續。它發生於著名的江陰舉義之前的三十二天，在吳易、孫兆奎樹幟太湖，建立江南第一支義師之前兩天，因此，應該可以認為是江南人民抗清的先聲。當年，隆武軍臣曾一再在敕諭中稱譽楊龍友「在蘇殺寇于群心潰散之時」[94]，「殺蘇寇以明大義」[95]，對他作了高度評價。

《東村記事・各郡肆》中在記敘文驄鋤奸事時說：

> 文驄募死士襲殺家鼐……殺家鼐者，多陳墓村人，走歸。陳墓近太湖，素多盜，資郎沈自炳、諸生錢邦芑、戴之雋等因之起兵，自號義師。

對當地人支持鋤奸行動及此次行動對江南義師的影響，均有明確說明。吳偉業對文驄鋤奸行動的菲薄是不公道的。

第五點，《粵遊見聞》所載「降殺」的說法，部份為《南疆繹史》所沿襲，此說李瑤已在《南疆繹史摭遺》裡加以訂正。《粵遊見聞》作者瞿式耜（瞿共美）族人，對閩浙情況並不了解，對蜚語流言未

---

[93] 王家禎《研堂見聞雜記》、吳偉業《鹿樵記聞》、南園嘯客《平吳記事》均有記載。

[94] 《思文大紀》（臺北：中研院藏線裝本痛史第六冊）卷三，頁四。

[95] 同前注，頁三九。

詳加考核，輒據以論斷，自非公論。

文驄固然未居山島，不曾與田仰合兵，其他如軍前乞降竟須行賄，載帛以獻盡遭殺戮……凡此皆為奇談，所以南明史籍罕見引述。從諸家史籍如《南忠記》、《殷頑錄》、《重麟玉冊》，至《靖錄考略》、《史外》、《小腆紀傳》、《小腆紀年附考》、《南疆繹史摭遺》等十餘種，都稱道文驄臨難不屈。《明史》及《明史稿》都肯定他「俱不降，被戮」，前引《板橋雜記》更有詳實記載，楊炤《懷古堂詩選》裡也說：

> 先生謂其郎官孫臨曰：吾受國恩，此而不死，非人矣，子可速去。臨曰：如此好事，讓公一家作耶？先生被執，復索楊都督。臨曰：我楊都督也。亦被害。

當時為隆武二年八月二十五日，文驄、鼎卿、孫臨及家屬僕從共三十六人同時赴難。有關的地方志如康熙、乾隆《貴州通志》，道光《貴陽府志．耆舊傳》，嘉慶《松江府志．名宦傳》，乾隆、光緒《華亭縣志．職官志》，雍正、光緒《青田縣志．忠節》等也都作了正面的論述。而和他同時代詩人的詩文中也都一片哀悼讚歎之情。如楊補〈得龍友死節實信，哭而挽之〉云：

> 擅名君最早，才氣實超倫。世論推機岳，時危見遠巡。國存猶盡瘁，事去獨成仁。大漢恩如海，無多似若人。[96]

---

[96] 同[89]注，卷一一。

邢昉〈題文驄雲山圖〉：

生前粉繪人爭取，死後聲名猶冠古。可憐埋骨竟茫茫，四海九洲無寸土。[97]

王澐亦有詩云：

括蒼日落隕鸞旗，仗節中丞血戰時。[98]

錢謙益〈題文驄山水冊子〉云：

每於剩粉殘縑里，想到刳肝化碧人……莫令匣近親身劍，夜半相將作風雨。[99]

---

[97] 邢昉撰：《石臼後集》（中研院藏線裝本金陵叢書丙集第一二冊）卷三。

[98] 王澐撰：《王義士輞川詩鈔》（中研院藏線裝本藝海珠塵竹集三二冊）卷六，葉一—二。詩題云：黔中楊中丞龍友先生予少時博士師也，二子都督愛生司農貞生與予同學舍，前年，先生戰歿於梧州，貞生殉焉。傳聞愛生單騎突圍，不知所之。仲春朔，夜夢見愛生勞苦如平生，覺而悲疑，不能自勝，成詩十章，亦長歌之哀矣。

[99] 錢謙益撰：《有學集》（臺北：商務印書館，四部叢刊本）卷五。

方文的悼念詩亦云：

周邦再造威重震，漢鼎難扶死自期。況有參軍同志節，臨刑慷慨復何悲。[100]
湖海相逢猶歷落，肝腸不語自崩摧。南徐以後無知己，薄俗誰憐楞散人。[101]

由以上史書、方志、時人詩文均對文驄死節事有定評，《粵遊見聞》之說實不具史料價值。

二、劇作中的楊龍友——臨難苟免

對歷史的楊龍友有了正確的認識後，我們再來看《桃花扇》中的楊龍友。孔尚任塑造楊龍友這個形象的意圖可以從《桃花扇・綱領》中看出。〈綱領〉中分劇中人物為左、右、奇、偶、總五部。左右兩部以侯、李為主，綰合了與他們有直接關聯的人物。如左部陳定生、吳次尾、柳敬亭，右部楊龍友、李貞麗、蘇崑生等共十六人來表現劇中男女主角的離合之情。奇、偶兩部，以效忠明朝的史可法、左良玉、黃得功為中氣，昏君弘光帝、權奸馬士英、阮大鋮為戾氣，賣國求榮的田雄、劉良左、劉澤青為煞氣，共計十二人，表現了他們在當時政治鬥爭中的不同態度。由此可知，被派入右部的楊龍友是要他發揮表

[100] 同注86，卷七，葉六。
[101] 同注86。

現男女主角離合之情的，而並非要表現他在政治上的態度。因此，凡是劇中涉及政治鬥爭時，孔尚任幾乎不大寫到楊龍友的活動，而主要著墨於龍友與侯、李離合有密切關聯的部份。當劇情發展到南朝覆亡，楊龍友穿針引線作用隨之結束，孔尚任對他的描寫也就戛然而止，以楊龍友返回貴陽老家作結，看來似乎忽略了他壯烈犧牲的史實，因此，陳訓明〈桃花扇與楊龍友〉一文，便為楊龍友大抱不平：

我們注意到，孔尚任《桃花扇・考據》所列書目中，有錢牧齋、吳駿公等人的詩文集，因而可以斷言，他對楊龍友之不屈被殺不可能不知道。而他在《桃花扇》中卻故意造成楊龍友逃奔貴陽的假象，這只能說明他對楊龍友是懷有偏見的。

因為劇作中的楊龍友與歷史上楊龍友的抗清殉國的事實不符，便據此推斷孔尚任對楊龍友心存偏見，恐亦不盡公允。因為《桃花扇》畢竟不是歷史傳記，作者可依據主題來刻畫人物，《桃花扇》主要是要反映「權奸亡國」的主題，和楊龍友抗清而死的事實不相干，楊龍友出現在《桃花扇》中，主要是為侯、李做穿針引線人物，作者自然無需在他的死亡方式上大作文章。而從整個劇情和人物性格發展的邏輯來看，劇中的楊龍友逃歸家鄉，是很合理也很自然的結局。何況，在清兵入關、國事蜩螗的形勢下，一部份明朝官吏和知識分子逃歸家鄉隱居也是事實，孔尚任既然對張瑤星、冒辟疆等隱居不仕的明朝遺老十分崇敬，那麼，他寫楊龍友逃回家鄉應該是沒有否定楊龍友形象的意圖。

何況從作品所流露出的傾向來看，作者對楊龍友的形象也是加以肯定的。他在〈凡例〉上說：

腳色所以分別君子小人。

他把楊龍友派入「右部間色」，由末角扮演，與派入「左部間色」由末扮演的陳定生是一樣的。如果我們承認陳定生在《桃花扇》中是被肯定的正面人物，那麼，又怎能說作者對楊龍友獨持偏見？再者，孔尚任對楊龍友的殉國不採表彰態度，事實上，也有著自己的歷史侷限，在滿清大行文字獄之時，畏於文禁，不能淋漓盡致的表彰楊龍友豪壯的抗清義舉，和他不敢直斥侯方域兩朝應舉，都是同樣的苦衷，也是值得諒解的。[102]由以上的歸納分析得知，前述《桃花扇》裡有關楊龍友的敘述，引人爭議的第二點是可以解釋的，絕非孔尚任蓄意詆毀，故意把楊龍友寫成貪生怕死、無情無義的人。

再說，《桃花扇》中侯、李愛情表徵的那柄詩扇也靠楊龍友點染為桃花扇。孔尚任在《桃花扇・本末》中宣稱，他據以寫成《桃花扇》的史實，皆得自其族兄方訓處：

> 證以諸家稗記，無弗同者，蓋實錄也。獨香姬面血濺扇，楊龍友以畫筆點之，此則龍友小史言於訓公者。雖不見諸別籍，其事則新奇可傳，《桃花扇》一劇感此而作也。南朝興亡，遂繫之桃花

---

[102] 李雲飛〈楊龍友及其藝術形象〉中云：作者也非一無所避忌者，我們知道孔尚任的《桃花扇》在三易其稿期間，正是清朝統治者大興文字獄的時候。孔氏曾寫詩歎息：方外亦畏文字禍。《桃花扇》脫稿兩年，他就因一樁疑案而罷官，很多學者以為這是因劇本開罪清廷之故。由此可見，他並非能暢所欲言的。楊龍友如火如荼的反清生涯，或由於清廷嚴酷統治，史料散佚，或由於孔氏的歷史的侷限，也就使他迴避或不敢提及了。

扇底。

雖然楊龍友點染《桃花扇》一事，史籍弗載，僅輾轉聽楊龍友書僮提起，真假莫辨。然楊龍友既是書畫家，又是風流才子，所以，孔尚任選擇由楊龍友來扮演這個角色，實在再恰當不過了。不過，曾經充當阮大鋮的走卒去收買復社名士侯方域的，倒確實並非楊龍友。根據《明亡述略》及侯方域所撰〈李姬傳〉，是一位王將軍。〈李姬傳〉上云：

初，皖人阮大鋮者，以阿附魏忠賢論城旦，屏居金陵，為清議所斥。……大鋮不得已，欲侯生為解之，乃假所善王將軍，日載酒食與侯生遊。姬曰：王將軍貧，非結客者，公子盍扣之？侯生三問，將軍乃屏人述大鋮意。[103]

侯方域〈癸未去金陵日與阮光祿書〉云：

忽一日，有王將軍過僕甚恭，每一至，必邀僕為詩歌。既得之，必喜而為僕貰酒奏伎，招游舫、攜山屐，殷殷積旬不倦。僕初不解，既而疑，以問將軍，將軍乃屏人以告僕曰：是皆阮光祿所願納交於君者也。光祿方為諸君所詬，願更以道之君之友陳君定生、吳君次尾，庶稍湔乎！僕斂容

[103] 侯方域撰：《壯悔堂文集》（臺北：中華書局）卷五。

謝之曰：光祿身為貴卿，又不少佳賓客足自娛，安用此二三書生為哉？僕道之兩君，必重為兩君所絕。若僕獨私從光祿游，又竊恐無益光祿，辱相款八日，意良厚，然不得不絕矣！[104]

有人以為這位王將軍，便是楊龍友，這完全是無稽之談。因為，同一封信中，侯方域也另外提到楊龍友，他說：

昨夜方寢，而楊令君文驄叩門過僕曰：左將軍兵且來，都人洶洶，阮光祿揚言於清議堂云：子與有舊，且應之於內，子盍行乎？僕乃知執事不獨見怒而且恨之，欲置之族滅而後快也。

由上可知，楊龍友非但未曾為阮大鋮去收買侯方域，而且曾在危急時知照侯方域。除了示警侯，使他免遭阮大鋮毒手外，復社名士徐汧因議論朝政，被捕下獄，楊補卦南京向楊龍友請援，語文驄曰：

天下以文章聲氣推君垂三十年，天下之所以交重君者，以君能右善類、附正人也。……徐君負天下蒼生之望，天下方倚望之為相，以佐中興。君居能言之地，而不為推轂，天下故失望。今事急，君固何以謝天下？

[104] 同注[103]。

文驄果然不負眾望，營救了徐汧。文驄並沒有和馬、阮同流合污，倒是他和馬士英為姻親，與阮大鋮相往來，而藉著這層關係護佑了一些愛國志士。

不過，平心而論，楊文驄也不是沒有他的缺點。《明史》上說他：

好交遊，干士英者多緣以進。

確實說出了幾分實情。他好交遊結納，不拘小節，處世寬和，待人溫厚。但從另一方面來看，這些優點放在政治是非前來看，就顯得沒有原則。他具雄才壯志，圖謀匡時報國，也兼有官欲名心，因屢試不第，得不到施展抱負的機會，好不容易取得職位，有所顧惜，便以調和態度，以圖含糊了事，不願和當權派的馬、阮決裂，這些都使他遠遜於復社領袖陳定生、吳次尾等人。因之，孔尚任將為阮大鋮拉攏侯方域的王將軍分派給楊龍友，除了戲劇改編上為集中人物、減少頭緒的作用外，事實上也有他對楊龍友性格深刻的了解為基礎，並非憑空揑造。

三、劇作的剪裁與加工

《桃花扇》裡的楊文驄是一個生活在正義與邪惡夾縫中的靈魂。孔尚任很成功的以極其生活化的筆致，描繪一位活生生的矛盾人物。作為一位現實主義作家，孔尚任對他所塑造的藝術形象，不僅止於滿足其歷史原貌，更進而通過這個形象，來反映那個歷史時代的真實生活和精神原貌。像劇中楊龍友那般往來於閹黨餘孽馬、阮和復社文人之間的，也大有人在，如錢謙益便是一個典型的代表。像劇中的楊龍友明知馬、阮的奸惡，不但不敢和他們斷然決裂，甚至連勸諫也不敢，在第二十八齣〈題畫〉中，他對侯方域說：

而今馬、阮當道，專以報仇雪恨為事，俺雖至親好友，不敢諫言。

這正是那個時代封建文人政治上軟弱性、動搖性的表現。不過，孔尚任畢竟還是肯定楊龍友的，他把楊龍友和馬、阮等人，嚴隔開來。在第七齣〈卻奩〉中借李香君之口說：

俺看楊老爺雖是馬督撫至親，卻也拮据作客。

二十一齣〈媚座〉中，馬士英請楊龍友作客，楊和其他人一般在門口聽招，馬士英責怪他：

楊妹丈是咱內親，為何也不竟進？

楊龍友馬上回說：

如今，親不敢貴了。

這一方面透露出馬的勢利，一方面其實是孔尚任有意表現馬、楊二人關係本來就疏遠。因之，在第三十六齣〈逃難〉中，便寫楊龍友撇開馬、阮，逕自逃走。這種種都在顯示楊龍友雖與馬士英是至親，卻並不臭味相投。孔尚任筆下的楊龍友，正直、善良，有一定的正義感。第十齣〈修札〉裡，他聽到左良玉領兵東下、要搶南京的消息，急忙受託找侯方域修書退兵。當阮大鋮借修書一事誣陷侯方域勾結左良玉，嗾使馬士英著人訪拿時，他不僅為侯極力辯白，甚至高聲叫屈，表達強烈的憤懣，並立即報信，使侯方域逃脫毒手。這些和歷史印證起來，都頗符合楊龍友性格發展的邏輯的。他撮合侯、李的姻緣，正是「好交游」的生動表現；他極力稱讚阮大鋮的才華，為之奔走說情，排難解紛，也是與他「豪俠自喜，好推獎名士」的基本性格相符。而他護佑復社侯方域，更是有歷史可稽查。至於《桃花扇》中，他較引人議論的勸李香君改嫁同鄉田仰，從其性格看來，也並不突兀。

楊龍友能書善畫，風流自賞，愛好交遊。他和李香君的假母貞麗為舊好，與侯方域等復社文人也有來往。他撮合侯、李，純粹由才子佳人觀點出發，本意是善良的。他後來為阮大鋮贈奩說項，也是因緣於和阮的筆硯之交及「彼之詞曲，我之書畫，兩家絕技，一代傳人」的愛才心理。這只證明他不問政治是非，只重友誼才情，比較糊塗。他不了解侯、李二人的愛情忠貞，認為方域不過名士風流而已。〈拒媒〉中，他就說：

侯公子一時高興，如今避禍遠去，那裡還想著香君哩！

他更不認為香君會為方域守節，他說：

但有強如侯郎的，他自然肯嫁。

所以，在侯方域遠避，田仰送來聘金三百，託他尋一美妓，他馬上想到香君：

依我說三百財禮，也不算吃虧，香君嫁個漕撫，也不算失所。

這是傳統對妓女的看法，在封建社會中，這樣的想法並不突兀。楊龍友對侯、李愛情，始終看成是才子名妓的風月之好，像他和李貞麗一般，逢場作戲罷了。所以，當香君執意不肯他適，他便直覺的念頭轉到貞麗身上說：

娼家從良，原是好事，況且嫁與田府，不少喫穿。香君既沒造化，你倒替他享受去罷！

可見他原是以為這是一椿享福的美事的。而由貞麗很快作成代嫁決定，亦可見風塵之中的露水姻緣，原是當不得真的。所以，楊龍友希望香君改嫁田仰的動機是很單純的，不像阮大鋮是抱持著對復社文人進行報復的仇恨的。

儘管楊龍友視妓女為尤物，但對香君還是有著一定的同情和尊重。他對香君改嫁，並不以勢相逼。在香君以死相脅下，他想出了李代桃僵之計，成全了香君。他在香君鮮血沾濺的扇面上，點染出一柄深情佳話的桃花扇，其中寄寓了對香君的同情、憐憫和崇敬。孔尚任並沒有對楊龍友心存成見。

歷史人物與其藝術形象往往存在著差別，這在古典名著如《三國演義》、《水滸傳》中屢見不鮮。歷史學家常以藝術作品中的人物形象與歷史有落差而發出責難，或大做翻案文章，這都忽略了藝術剪裁與加工的必要，也就是混淆了藝術化的歷史與教科書歷史的區別。但既是編寫歷史劇，當然也不該改造歷史，必須根據歷史規律虛構一些情節與故事，來豐富刻板單調的史事陳列，在這一點上，孔尚任筆下的楊龍友做了一個很好的示範。

第四節　柳敬亭的重義多情與機變磊落

《桃花扇》裡，孔尚任用多情之筆，塑造了一批出身低階層的可敬人物，有的是妓女，有的是藝人，有的是清客，如李香君、柳敬亭、蘇崑生、丁繼之、卞玉京等，在當時社會是備受歧視的一群，然而，在《桃花扇》中，卻個個人品高絕，胸襟灑脫，不為利誘，不畏權勢，寧可閒坐街坊吃冷茶，不肯做閹黨門客；寧肯困居媚香樓，不肯供權奸玩弄。正當當權者不顧百姓生死，仍荒淫苟安時，這些人卻冒著生命危險，熱心奔走，為國事操勞，顧彩《桃花扇・序》裡說：

當其時，偉人欲扶世祚，而權不在己，宵小能覆鼎餗，而溺于宴安；扼腕時艱者徒屬之席帽青鞋之士；時露熱血者，或反在優伶口技之中。105

顧彩之言，確屬至論。對這些小人物，孔尚任雖著墨不多，卻個個精彩絕倫，除前節所述李香君外，說書人柳敬亭堪稱此中翹楚。柳敬亭在《桃花扇》幾個重要角色的刻畫裡，其實是和史實最為接近的，但即使是如此，他也絕非是史實的再現，孔尚任在史實及筆記資料中，亦經再三斟酌，何者該減省筆墨，何者該誇大點染，處處皆見匠心。本節自諸多小人物裡，選擇柳敬亭，加以討論，是有其特別的因緣。

柳敬亭為明末清初著名的說書家，民間的說書藝人雖在歌筵堂會上，廣受民眾歡迎，但囿於非正統文學的傳統觀念，遂備受士大夫們鄙視。因之，歷年來，說書人雖不在少數，卻因「瑣瑣不足道」，少有人為他們作傳揄揚，以致生前雖深受時人喜愛，死後卻藉藉無名。黃宗羲先生即云：

讀《東京夢華錄》、《武林舊事》，記當時演史小說者數十人，自此以來，其姓名不可得聞。106

105 孔尚任撰：《桃花扇》（臺北：商務印書館，人人文庫）。

106 黃宗羲撰：《南雷文定》（臺北：中華書局，四部備要本）前集，卷一〇，葉一一。

在這種情況下，柳敬亭卻能獨享盛名，一時知名之士，紛紛為他作傳，投贈詩詞，並有一些遺文逸事被記載下來，不能不說是個異數。因此，《桃花扇》中取以為低階層人物的代表，是有其根據的。

一、筆記中的柳敬亭

（一）年里考

關於柳敬亭的生年，幾篇比較重要的有關傳記，俱無記載。只有夏荃的《退庵筆記》裡，做了個約略的推算，說：

> 其生卒年月無可考，第在康熙朝，年已八十餘，當生於明萬曆時。[107]

我們可以根據閻爾梅〈柳麻子說書行〉[108]之首句：「丙午之秋客廬江」來進一步推算。丙午年為康熙五年(一六六六)，閻氏於此詩題下注有「名遇春，號敬亭，年八十，揚州人」。丙午年上推七十九年，

[107] 夏荃撰：《退庵筆記》（臺北：文海出版社，近代中國史料叢刊本）卷七，葉一三。

[108] 閻爾梅撰、張相文編：《閻古古全集》（臺北：中研院藏線裝本）卷二雜體，葉一二—一三。

應是明神宗萬曆十五年(一五八七),因此,柳敬亭生年為萬曆十五年應無疑義。[109]

柳敬亭究竟何時逝世,目前還找不到相關資料,不過,可確定的是,他絕對死於一六七〇年以後,因為顧景星在康熙九年(一六七〇),還曾寫有「柳生涷餓王郎死」句,可見柳敬亭其時尚在人世。至於他究竟葬於何處,也還有許多爭議。夏荃《退庵筆記》上說:

> 虞山宗伯為柳老生前作募葬地疏,其歿殆葬於吳歟?[110]

以錢謙益曾在蘇州為他發起募葬,推測他可能葬於蘇州,但口氣仍不十分肯定。陳汝衡寫《說書藝人柳敬亭》時,便肯定的說:

> 如果沒有其他特別原因,錢的這篇文字說明了柳敬亭死後是埋葬在蘇州一帶的。[111]

---

[109] 一九八四年出版的《清史論叢》有何齡修〈關於柳敬亭生年及其它〉論文曾質疑閻爾梅的註解乃孤證,他由汪懋麟、龔鼎孳詩句推測柳敬亭應生於萬曆二十年。但陳汝衡先生在一九八五年七月出版的《陳汝衡曲藝文選》中有〈試論柳敬亭的生年問題〉一文,以為民間藝人唯恐影響事業前途,多有隱瞞歲數的作法,一般只有至親好友才知道他們的正確年齡,而閻爾梅是柳老患難之交,他的說法應該較為可信。

[110] 同注[107]。

[111] 陳汝衡撰:《說書藝人柳敬亭》(上海文藝出版社)頁七〇。

事實上，錢疏上寫道：

> 三山居士……謀卜地以葬其子，並為敬亭營兆域焉。[112]

錢疏的目的，主要是為柳敬亭之子客死旅途，未能歸葬，呼籲仁人君子，共同慷慨解囊。錢謙益明知募營葬地，為柳敬亭呼吁易，為其子開口難，才藉口為柳敬亭營生壙，其實，目的只為多募一些錢，資其養老，那裡就真的讓柳敬亭死後由南京抬到蘇州來埋葬？管勁丞先生依范國祿〈聽居生平話〉一詩中有「我嘗掩淚望餘西，柳家巷口夕陽低」句，推測何以要「掩淚望餘西」？莫非柳敬亭死後歸葬餘西祖墓。[113]

關於這一點，除非能找到進一步的資料，否則，據現存文獻推論，葬蘇州也罷，葬餘西也好，都嫌證據不足，只有伺諸來日更多明顯的證據出現了。

至於柳敬亭為那裡人，則歷來文獻俱言「揚之泰州人」[114]。周容的《春酒堂文存》[115]、莫劍光等人

---

112 錢謙益撰：《有學集補》（臺北：商務印書館，四部叢刊本）葉七九—八〇，〈書柳敬亭冊子〉。

113 管勁丞撰：《柳敬亭通州人考》（江海學刊）一九六三年第一期，頁四八—四九。

114 黃宗羲〈柳敬亭傳〉、吳偉業〈柳敬亭傳〉、沈龍翔〈柳敬亭傳〉、清重修的《揚州府志》、余懷《板橋雜記》、沈默《發幽錄》、顧開雍〈柳生歌序〉、柴萼輯《梵天廬叢錄》皆以為泰州人。

115 周容撰：《春酒堂文存》（臺北：新文豐出版社，四明叢書）卷二，頁五七八。

所輯《漁磯漫鈔》[116]以為「泰興人」，可能是泰興原屬過泰州，所以有此訛誤。夏荃及康發祥則更進一步說明是泰州打魚灣人[117]；《退庵筆記》上則提供另一個說法，說：

或又曰：柳乃曹家莊人。[118]

不管曹家莊人或打魚灣人，總之，都屬泰州人，今人陳汝衡便以為寫作《退庵筆記》的夏荃是泰州人，和柳敬亭同鄉，所以認定泰州之說，應屬可信。[119]今人洪式良所撰《柳敬亭評傳》亦從其說。[120]

然而，南通錢嘯秋先生看到周彥峰偶爾在曹氏族譜中發現的有關柳敬亭記載，撰寫了一文，登載於《小說世界——文壇秘錄》中，文云：

敬亭本曹彬後。自彬至九世孫玨，世居真定府靈壽縣。宋室南渡，玨官兩浙巡撫使，乃卜居常熟之釜山。迨十二世堯卿，避元亂，攜弟渡江，至通州餘西場，遂家焉。

[116] 清其劍光、雷琳、汪秀瑩合輯《漁磯漫鈔》（臺北：中研院藏線裝本，清乾隆年刊本）卷一〇，葉三一。

[117] 見《退庵筆記》卷七，葉一三；康發祥《伯山詩話》四續集卷一。

[118] 同注[107]，此說應是據沈龍翔〈柳敬亭傳〉，見夏荃編《海陵文徵》（中研院藏線裝本，清道光二三年刊本）卷一九，葉七。

[119] 陳汝衡撰：《說書史話》（人民文學出版社）頁一六五－一六六。

[120] 洪式良撰《柳敬亭評傳》（上海古典文學出版社）頁三，注二。

敬亭原名永昌，字葵宇，與父應登、弟永祥，曾播遷於泰州，世遂誤為泰州人，梅村亦以入傳記。以故人咸知敬亭易姓，而不知其為通州餘西曹永昌也。敬亭配龔氏，育二子，長復祖，次正祖。[121]

如此，則柳敬亭本姓曹乃成定說。

管勁丞約於一九六〇年左右，曾透過管道借到了錢氏所說的曹氏族譜，相與勘對，發現與錢說完全相符。他並據所見資料，再加補充說明：

原來曹氏定居餘西以來，以北遷始祖堯卿兄弟為第一世；傳到柳敬亭的祖父曹掄，為第十一世。譜上曹掄名下無注。掄生三子：長子應登，字文樓，按即柳敬亭之父。譜名下注「徙居泰州」，說明他家外遷，係從其父開始。祖父曹掄沒有同去。應登生二子，長名永昌，名下系有詳注。除錢說所述他「字葵宇，娶龔氏」而外，並註明他「號敬亭，徙居南京，指柳為姓」據此，柳敬亭之原為曹永昌，的然無疑；還從而證明他原名「逢春」[122]的不足採信。顧名思義，那顯然關聯著「指柳為姓」而來，不是原名，是後取的。[123]

---

[121] 原文見商務印書館出版的「小說世界——文壇秘錄」，此轉引自管勁丞撰：〈柳敬亭通州人考〉（江海學刊）一九六三年，第一期，頁四七。

[122] 此說據沈龍翔《柳敬亭傳》、沈默《發幽錄》及清重修的《揚州府志》。《漁磯漫鈔》及《閻古古全集》則云「遇春」。

[123] 同注[113]。

既有詳明的曹氏家譜為證，則柳敬亭屬通州人，殆無疑義。胡士瑩《話本小說概論》認定柳敬亭為通州人124，恐即受此影響。

（二）變姓考

柳敬亭既姓曹，緣何又改姓柳。欲了解其原委，須先弄清楚少年的柳敬亭何以年紀輕輕，便遠離家鄉，流亡盱眙。這一點，各家說法也都略有出入，歸納起來，不外如下三端：

甲、名在捕中，逃避追捕。此說有吳偉業等多人。吳偉業所撰〈柳敬亭傳〉云：

> 柳敬亭者，……蓋曹姓，年十五，獷悍無賴，名已在捕中，走之盱眙。125

黃宗羲的說法更為具體且嚴重：

> 本姓曹，年十五，獷悍無賴，犯法當死，變姓柳，之盱眙市中。126

---

124 胡士瑩撰：《話本小說概論》（丹青出版社）第一一章第二節〈明末清初的說書家〉，頁三五五。

125 吳偉業撰：《梅村家藏稿》（臺北：商務印書館，四部叢刊本）卷五二，頁二二七，〈柳敬亭傳〉。

126 同注106。

另外，同此說法的還有周容《春酒堂文存》[127]、顧開雍〈柳生歌序〉[128]，及重修《揚州府志》[129]等。乙、李三才開府泰州，緝地方惡人。有司以敬亭應，乃走。此說有沈默等四人。沈默《發幽錄》云：

李公三才開府泰州，緝地方惡人。有司以逢春應，時年十七八歲，一惡少耳。開府輕其罪，乃出亡。[130]

宮偉鏐《微尚錄存》也說：

李公三才開府泰州，緝地方惡人。長史以春應，時十七八歲，一惡少耳。開府輕其罪，父欲法繩之，乃出亡。[131]

[127] 同注[115]。

[128] 本詩收錄於徐釚撰：《本事詩後集》（臺北：新文豐出版社，叢書集成續編）一一五冊，卷八，葉三六。同樣說法亦見《漁磯漫鈔》中，顯見《漁磯漫鈔》之說乃輯自顧開雍〈柳生歌序〉。

[129] 清尹會一、程夢星纂修：《揚州府志》（臺北：成文出版社，中國方志叢書）雍正一一年刊本，卷三三，人物方技。

[130] 沈默撰：《發幽錄》（海陵叢刻第一八種）雜流類。

[131] 宮偉鏐撰、韓國鈞輯：《微尚錄存》（北京大學圖書館藏泰縣同利昌書局鉛印石印本，海陵叢刻第一一種）〈柳逢春列傳〉。

類似的說法，還見諸《揚州府志》[132]、沈龍翔〈柳敬亭傳〉[133]。

丙、避仇流落江湖。此說僅見於余懷《板橋雜記》：

本姓曹，避仇流落江湖。[134]

至於《梵天廬叢錄》說他：

後敬亭以博負遁之雲間，依馬逢知。[135]

這大概指的以後的事，並非早年流亡的事。綜合以上的敘述，柳敬亭顯然是個獷悍無賴的惡少，雖然現存的幾篇〈柳敬亭傳〉，都沒有具體說明他的罪行，但是，只要看宮偉鏐的記敘，連他父親都氣得要以法繩之，就知道他絕非傳統道德的順服者，而是個叛逆性相當強的人。而由前述《梵天廬叢錄》「以博

[132] 重修《揚州府志》（嘉慶一五年）卷五四，人物志，藝術類。

[133] 同注[115]。

[134] 余懷撰：《板橋雜記》（龍威秘書）下卷，軼事，頁二八。

[135] 柴蕚編：《梵天廬叢錄》（臺北：禹甸文化公司據中研院民國二五年上海中華書局石印本影印）第五冊，卷二八，頁三四。

負遁之雲間」，及吳偉業〈柳敬亭傳〉中所云「好博，所得亦緣手盡」的記載看來，雖然這指的是他後來的生活，但也許也可據此推測柳敬亭之避仇流落江湖，或者與賭博所造成的恩怨有關也未可知。陳汝衡與洪式良一味從階級矛盾的立場來立論，[136]恐怕不盡公允。

不管是避仇江湖，或逃避追捕，都最好能避人耳目，因此，柳敬亭之改名易姓也有了種種推測：

> 過江，休大柳樹下。生攀條泫然，已撫其樹，顧同行數十人曰：嘻！吾今氏柳矣。聞者以生多端，或大笑以去。〈吳偉業·柳敬亭傳〉

> 之泰興，……久之，意不樂，遂去，遊四方。至寧國，醉臥敬亭山下，垂楊拂其身，遂慨然曰：吾今姓柳矣，即號敬亭可乎！於是，名逢春，號敬亭焉。《沈默·發幽錄》

它如沈龍翔〈柳敬亭傳〉、顧開雍〈柳生歌序〉都有類似的說法。雖說四家說法略有出入，但都言明他改姓易名是在渡江以後，所以，這樣的說法比較著重柳敬亭改姓易名的主動性，也就是和逃避追捕或避仇的關係較小，尤其經過諸家文學性的潤飾點綴後，柳敬亭的改姓易名純然是因為感懷風物、觸景生情的舉動，儼然是宗風雅的事。然而，也有一些記載是比較不那麼具抒情風格的，如周容就直指：

---

[136] 洪式良以為「可能跟當時下層人物所組織的反抗封建統治階級的所謂幫會有關」。見洪著《柳敬亭評傳》，頁五。陳汝衡則以為「這個仇家顯然不是封建社會裡下層社會的人，而是地主豪紳之類的上層人物」。見陳撰《說書藝人柳敬亭》（上海文藝出版社）頁五—六。

亡命如皋，追捕已及，隱柳林，獲免，遂指為姓。《春酒堂文存・卷二》

黃宗羲〈柳敬亭傳〉也說：

犯法當死，變姓柳，之盱眙市中，為人說書，已能傾動其市人。久之，過江。

同樣的說辭也見諸余懷的《板橋雜記》。三人都認為柳敬亭之改姓易名是在渡江之前，而且確實是為逃避仇家的追捕。這個說法可能比較切近真實狀況。陳汝衡以為吳偉業攀條泫然之說可信，是因為：

這時際，正是江南百花齊放的暮春時節，因此，才有垂柳拂在他身上，才有大的柳幹可以攀折，他一時感喟交集，忽地動了改姓的念頭。他在多年的流浪生活當中，嘗遍封建社會人生的痛苦，他實在忍不住了，他要突破重圍，做一個生活得自由自在、富有人生意義的藝人，而改名換姓，就是重新做人。[137]

「一時感喟交集，忽地動了改姓的念頭」的說法恐怕很難使人信服。一位獷悍無賴的惡少，會有「攀條泫然」的詩情舉止，已夠奇怪的了，居然還會一時感喟交集而改姓易名，這在民間根深蒂固的「行不

[137] 同注[111]，頁九－一〇。

改姓，坐不改名」的傳統觀念下，毋寧更是一件令人疑怪的事。柳敬亭流亡期間，百般困窘，卻仍「挾稗官一冊」，顯見柳敬亭素喜稗官野史，想必對民間一些任俠觀念頗為熟悉，豈會因一時感喟，而拋棄自己的姓氏，妄行改易，依常理判斷，若非到逼不得已，誰會因一時感喟而妄改姓名？

洪式良以為：

其中吳偉業跟他相熟，往來較密，又是第一個為他寫傳的人，吳偉業的說法該是切近事實的。[138]

因為是舊識，往來又密切，所以寫傳較近事實的說法，恐亦大有斟酌的餘地。為熟人親友撰寫傳記，對其生平確實較為熟悉，但若說切近事實則未必。中國人一向重視人情，歷代碑傳對死者之過度溢美，常失真實，早是不爭的事實，就因為吳偉業與柳敬亭熟悉，故撰寫傳記不免為人情所困擾，寫其少年「獷悍無賴」，已屬不敬，再言其因逃避追捕而改姓易名，則無疑罪加一等。因此，不免為熟人諱，為他數典忘祖的行為，假託一個富有情思的藉口，以為柳敬亭人格扳回一城。通常肯為人寫傳，除非為求糊口的潤筆費，否則多半是先已承認對方是一位值得作傳流傳的人，吳偉業不惜編造藉口來為柳氏的改姓尋求合理的解脫，毋寧也是為自己的作傳找到有力的支持理由。

(三) 交游考

---

[138] 同注[120]，洪著，頁七。

柳敬亭改姓易名，流亡盱眙市中，靠說書維生，黃宗羲說：

> 已能傾動其市人。〈柳敬亭傳〉

但是，性好博，所得緣手盡，所以，生活仍然窘困。後來他到過杭州，因為聲譽未隆，仍然沒有發達，清初詩人范國祿曾有詩云：

> 開元遺事話雞坊，流落臨安誰擅場？〈聽居生平話〉[139]

---

[139] 此詩為七言古風。詩云：

繁華昔日稱南京，賃春我在西華門，桃葉渡頭恣游冶，平話爭誇柳敬亭。
司馬堂高惜顏色，傾動公卿一長揖，入座輕將醒木敲，四壁無聲人倚席。
二十一史多短長，稗官野乘嫌荒唐，出吾之口入君耳，匠心那得皆文章！
指揮應節成鉤畫，唾咳凌風颼珠玉，抉盡英雄兒女情，描向尊前分按拍。
開元遺事話雞坊，流落臨安誰擅場？直到烈皇初御極，五狼發跡名始揚。
留都亂後閒人少，菟絲燕麥埋青草，博得風流白下傳，十年轉盼徐娘老。
我嘗掩淚望餘西，柳家巷口夕陽低，幾人絕詣留衣缽，獨有居生一蹴躋。
吳陵地與東瀛近，梓里相親關正性，已從授受見真源，變化離奇況加進。
居生居生爾年妙，貫串古今特分曉，何不挾此游長安，凌厲塵埃出人表。

可見他在杭州曾經滯留過一段進退失據的日子。直到後來，轉到雲間（松江）接受莫後光的指導，加上自己苦心的鑽研，說書藝術日精後，又回到家鄉通州，才逐漸取得了些聲名。關於他曾經回到通州的這件事，幾乎所有為他寫傳的人都忽略了，僅見於范國祿前述的〈聽居生平話〉裡，其中有云：

直到烈皇初御極，五狼發跡名始揚。

「烈皇初御極」是指崇禎元年（一六二八），依此推算，柳敬亭時當四十一歲左右，「五狼」是通州的別稱，通州南郊有以狼山為主峰的五山，通州人自稱本貫，常說「五狼」或「狼五」。依這兩句詩的說法，柳敬亭在回通州前，不管之揚、之杭、之吳或之雲間，都還未取得很好的評價，直到回到通州才開始發跡。范國祿這首詩是追憶十二、三歲時（一六三四），在南京兵部尚書范景文寓館聽柳敬亭說書的情況。當時范國祿年幼，相信有關柳敬亭種種，可能是聽到他父親——當時通州名流鄉紳范鳳翼的說法，我們相信，范鳳翼既屬當地士紳名流，對說書等聲色之餘的雅事當不會不加鑑賞。崇禎三年，通州市民暴動，范鳳翼攜家寄居南京，正是柳敬亭剛得到何如寵、范景文兩家賞識的時候，也許柳敬亭之受到何、范兩人看重，鳳翼曾居間吹捧也未可知。[140]

柳敬亭既在通州發跡，何以旋即又到南京獻藝？號稱六朝金粉的南京，不但富於名勝古蹟，且因軍

見范國祿撰《十山樓詩鈔》（臺北：中研院藏線裝書，崇川大家詩鈔彙存）第一五冊，卷下，葉六。

[140] 參見注[113]。

事形勢的關係，仍舊做為留都，是南方的政治文化中心。又因為供應北京宮廷所需的江寧緞，成了商品薈流的主要場所，工商相當發達；加上南京又是明清兩代鄉試的所在地，士子雲集，難免要到秦淮河畔追歡取樂一番，而各地富賈、官僚因著北地的動亂，紛紛南下僑居，遂造成南京驚人的繁華，一般藝人因為在大都市裡容易謀生，也藉機蜂擁進南京，一些比較有野心的藝人，一方面希望在這百戲俱陳的城市中能廣結同儕，互相切磋觀摩；一方面更希望獲得南京地區雲集的達官顯宦的游好宣揚，而使自己嶄露頭角。柳敬亭既已在說書藝術上有所精進，並備受佳評，當然也希望到南京來見識較量一番。

柳敬亭在南京的這段時光是頗為風光的，很多文札對此都有詳盡的描述：

後二十年，金陵有善談論柳生，衣冠懷之，輻輳門車嘗接轂，所到坐中皆驚。有識之者，此固向年過江時休樹下者也。柳生之技，其先後江湖間者，廣陵張樵、陳思，姑蘇吳逸與柳生，四人者，各名其家，柳生獨以能著。……當是時，士大夫避寇南下，僑金陵者萬家。大司馬吳橋范公以憂兵開府名好士，相國何文瑞，闔門避造請，兩家引生為上客。〈吳偉業．柳敬亭傳〉

之金陵，名達於縉紳間。華堂旅會，閒亭獨坐，爭延之，使奏其技，無不當於心稱善也。〈黃宗羲．柳敬亭傳〉

昨歲客游江都城，說書共推柳敬亭。抵掌談天縱侈辯，馳驟不必皆有經。出門人呼柳麻子，往往攔街不得行。何家相國酣高讌，桃李青軒嘗引見。堂上遮留麒麟車，簾裡徘徊孔雀扇。風雨颯沓動鬼神，片言落地咸稱善。〈魏耕．柳麻子說書歌行〉[141]

柳麻子貌奇醜，然其口角波俏，眼目流利，衣服恬靜，直與王月生同其婉孌，故其行情正等。《張岱・陶庵夢憶》[142]

從這些記載，可見柳敬亭是如何的為人所傾倒，從此，他的說書生涯便開始步入巔峰狀態。此其間，有一件和他一生關係最為密切的事頗值一書，就是他與左寧南的交往。柳敬亭之投身左寧南帳下，是靠舊識杜宏域的引見，吳偉業對此事有過說明：

寧南伯良玉軍譟而南，尋奉詔守楚，駐皖城待發。守皖者杜將軍宏域，於生為故人，寧南嘗奏酒，思得一異客，杜既已洩之矣。會兩人用軍事，不相中，念非生莫可解者，乃檄生至，進之。左以為此天下辯士，欲以觀其能。帳下用長刀遮客引就席，坐客咸振慴失次，生拜訖，索酒詼啁諧笑，旁若無人者。左大驚，自以為得生晚也。〈柳敬亭傳〉

這則「長刀遮客」的故事，後來普遍流傳於民間，遂成為英雄惺惺相惜的美麗傳說。龔鼎孳所作〈沁園春・贈說書柳叟〉就對此頗多揄揚：

[141] 鄭之誠編：《清詩記事初編》（臺北：明文書局，清代傳記叢刊）卷二，頁二五〇，引魏耕撰《雪翁詩集》詩。

[142] 張岱撰：《陶庵夢憶》（臺北：新文豐出版社，叢書集成新編八九冊）卷五，葉四。

片語同嗔，千金逃賞，遮客長刀玩弄來，堪憐處，有恩門一涕，青史難埋。[143]

柳敬亭之所以蒙許多名士青睞，常被引為上客，並不時投贈詩詞，跟左寧南這一番遇合是大有關聯的。因為南明以福王為首的統治階層，極力剝削百姓，馬士英、阮大鋮等人大興黨獄，排除異己，甚至賣官鬻爵，搜刮民財，引起東南一帶學士名流組成的復社成員的相當不滿，而左良玉在朱由崧滅國之前，曾進行一次「清君側」的行動，以誅討馬士英、阮大鋮等人，等於是公然支持復社，寧南侯的武昌藩府，甚至成了被阮大鋮追捕的復社諸君子的政治避難所。所以，復社的人很推崇左良玉，又因左良玉而愛屋及烏，也連帶重視柳敬亭，復社成員吳偉業、錢謙益等人才為他作傳。因為這個原因，不管為他作傳或贈詩詞的人，幾乎沒有不提到柳、左的這段遭遇的：

> 何人踞坐戎帳中，寧南徽侯崑山公。手指抨彈出師象，鼻息呼吸成虎熊。帳前接席柳麻子，海內說書妙無比。〈錢謙益・左寧南畫像歌為柳敬亭作〉[144]
>
> 柳生故與寧南侯左良玉善，在軍中多所全活。〈顧開雍・柳生歌序〉[145]
>
> 岸幘華筵酒數杯，新愁一夜為君開。座中莫怪縱橫甚，親見寧南百戰來。〈李良年・口占贈柳敬

143 龔鼎孳撰：《定山堂詩餘》（臺北：中華書局，四部備要本）葉二。
144 徐釚編：《本事詩》（臺北：新文豐出版社，叢書集成續編一一五冊）卷七，葉七－八。
145 徐釚編：《本事詩後集》（臺北：新文豐出版社，叢書集成續編一一五冊）卷八，葉三六。

亭〉[146]

明末有柳敬亭者，游於吳次尾、侯朝宗、左良玉文壇幕府之間，能以風趣飾其讜言，士大夫恒禮重之。《舊都文物略》[147]

左良玉之愛重柳敬亭是其來有自的。除了柳敬亭通過了長刀遮客的試煉，左良玉深深佩服他的膽識外，吳偉業的〈柳敬亭傳〉裡還描述了幾樁表現柳敬亭熱誠勇敢且富權謀的事例：

居數日，左沉吟不樂。熟視生曰：生揣我何念？生曰：得毋以亡卒入皖，而杜將軍不法治之乎？左曰：然。生曰：此非有君侯令，杜將軍不敢以專也。生請銜命矣，馳一騎，入杜將軍軍中，斬數人，乃定。

左幕府多儒生，所為文檄，不甚中窾會。生故不知書，口畫便宜輒合。

左起卒伍，少孤貧，與母相失，請貤封，不能得其姓。淚承睫不止。生曰：君侯不聞天子賜姓事乎？此吾說書中故事也。大喜，立具奏。左，武人，即以為知古今、識大體矣。

阮司馬大鋮，生舊識也，與左郤而新用事。生還南中，請左曰：見阮云何？左無文書，即令口報阮：以捐棄故嫌，圖國事於司馬也。生歸，對如寧南指，且約結還報。及聞板磯築城，則頓足曰：

146 李良年撰：《秋錦山房集》（臺北：中研院藏線裝本）卷三，葉二一。

147 故宮編：《舊都文物略》（臺北：故宮博物院）一二篇雜事略，頁一二。

此示西備，疑必起矣。後果如其慮焉。

第一則寫柳敬亭的善於察言觀色及長於作判斷，盡力消除杜宏域與左良玉嫌隙，解決了左氏的困擾。第二則寫他雖不知書，不親文墨，卻能為左氏擘畫周詳，他那不求咬文嚼字的簡單明瞭口語，比飽讀詩書的文士儒生所寫文字，更對左氏胃口。第三則是體貼的以說書中故實曉喻左氏，果然達到了天子賜姓的榮耀。第四則充份顯示柳敬亭的機警，能看出板磯築城[148]危機。因為這種種表現，逐漸贏得左良玉的信任，雙方關係日形密切，就如錢曾所說：

柳生敬亭者，善談笑，軍中呼為柳麻子。搖頭掉舌，詼諧雜出。每夕張燈高坐，談說隋唐間遺事。寧王親信之，出入臥內，未嘗頃刻離也。（箋注錢謙益左寧南畫像歌為柳敬亭作）

然而，這般的知遇終也有緣盡的時候，左良玉終於在馬、阮的圍攻下，在九江憂憤嘔血而死，結束了兩人間多年的友誼。

左良玉死於一六四五年，死時，柳敬亭並不在他的身邊。根據徐釚《詞苑叢》談上說：

[148]《明史》卷二七三《左良玉》傳云：福王立，晉良玉為侯，……良玉之起由侯恂，恂，故東林也。馬士英、阮大鋮用事，慮東林倚良玉為難，謾語修好，兒而陰忌之，築板磯城為西防。良玉嘆曰：今西何所防？殆防我耳。張廷玉撰《明史》（臺北：鼎文書局）頁六九九七。

寧南歿於九江舟中，柳先生期東下，憔悴失路。

這年，柳敬亭大約五十八、九歲，自此以後，他南來北往，到過許多地方。魏耕曾在江都（揚州）聽過柳敬亭說書⓭，顧開雍的〈柳生歌序〉云：

庚寅，七月，僕始相見淮浦。

庚寅是順治七年（一六五〇），因此，可見他在六十四歲左右到過淮陰。而周容〈雜憶七傳之二・柳敬亭〉裡說：

癸巳，值敬亭於虞山，聽其說數日。

癸巳是順治十年（一六五三），可見他六十七歲那年到過常熟。順治十三年（一六五六），蘇松常備提督馬逢知駐兵松江，柳敬亭再度入軍幕，為馬逢知說書。

馬原是明朝安慶副將，都督同知，順治二年（一六四五）降清後，一直在浙東和南明魯王作戰，後來才到松江駐兵。柳敬亭進入馬逢知帳下說書這件事，因為馬甘為滿清鷹犬的緣故，一般人也因此對柳

⓭ 同注⓭。

敬亭頗有些微詞。清皮錫瑞和金德瑛合撰《觀劇絕句三·和杴門先生》就說：

各負夷齊愛國心，首陽薇蕨竟南尋，柳生晚客雲間帥，試問入山深不深？[150]

底下並有注文：

西山薇蕨喫精光，一陣夷齊下首陽。此國初謔語，笑明人守節不終者，尤侗作西移文譏之，況柳敬亭輩乎？入山恐不深，用《桃花扇》劇中語。

對他留在馬逢知處，表示不滿。不過，這回，他在軍幕的遭遇是無法和上次在左寧南那兒相比了。余懷《板橋雜記》裡說：

寧南已敗，又游松江馬提督軍中，鬱鬱不得志。

而吳偉業〈楚兩生行〉序裡也說：

[150] 清皮錫瑞等撰：《觀劇絕句》（臺北：新文豐出版社，叢書集成續編一一六冊）卷七，葉一五。

柳生近客於雲間帥，識其必敗，苦無以自脫，浮沉傲弄，在軍政一無所關，其禍也幸以免。蘇生將渡江，余作〈楚兩生行〉送之，以之寓柳生，俾知余與蘇生游，且為柳生危之也。[151]我念邗江頭白首，滑稽幸免君知否？失路徒貽妻子憂，脫身莫落諸侯手。

由這些記載看來，柳敬亭當時的日子並不好過，他留在馬逢知帳下不但鬱鬱不得志，而且充滿危機，似乎一直想辦法要離開，原因無他，黃宗羲〈柳敬亭傳〉中寫得明白：

馬帥鎮松時，敬亭亦出入其門下，然不過以倡優遇之。

依附晚節不保的人，已是狼狽失措，加上馬逢知不但不能如左良玉般禮遇他，把他當「異客」對待，甚至視之如倡優，拿他當賤民。傳統社會裡，戲曲演員與說書藝人被視為賤民，本是很正常的事，只是柳敬亭曾經有過被左良玉待若上賓的經歷，難免不有「曾經滄海」的感慨，而格外覺得失意潦倒。不過，卻也因為他並不參與馬署的機密，當其後馬逢知被捕問罪時，柳敬亭竟能置身事外，不被連累。如此說來，倒真是「塞翁失馬，焉知非福」了。

順治十八年（一六六一）前後，柳敬亭很可能在南京，因為王士禎《分甘餘話》中有云：

---

[151] 吳偉業撰：《梅村家藏稿》（臺北：商務印書館，四部叢刊本）後集，卷一〇，葉五五。

左良玉自武昌稱兵東下，破九江安慶諸屬邑，殺掠甚於流賊，東林諸公快其以討馬、阮為名，而並諱其作賊。左幕下有柳敬亭、蘇崑生者，一善說評話，一善度曲，良玉死，二人流寓江南，一二名卿遺老左袒良玉者，賦詩張之，且為作傳，余曾識柳於金陵，試其技，與市井之輩無異。[152]

而《據漁洋山人自撰年譜》[153]上所載，王在順治十七年八月「充江南鄉試同考試官」，到過南京，有事之金陵，住在布衣丁繼之家中。據《板橋雜記》上說，丁和柳都是南曲中的老狎客，應該有所往來。王士禎識柳於金陵，應該就是順治十八年的事。

康熙元年（一六六二）夏天，他曾隨蔡士英到北京，王澐《漫遊記略》有載：

> 時公以移疾歸，挾楚醫饒生與俱，生嘗游黔中，能述滇黔間事，舟次泇河，聞滇師入緬，生不覺失聲曰：此趙氏之崖山矣。予目攝之，坐客莫知之也。公之客，共載者有瀨上宋生，亦知醫，白下柳生、王生，善諧談，包山秦生，曉音律。舟行殊緩，時漸入夏，舟中休暇，則命柳生談隋唐間稗官家言。[154]

---

[152] 王士禎撰：《分甘餘話》（臺北：商務印書館，四庫全書本）子部雜家類，卷二，葉二四。

[153] 王士禎撰：《漁洋山人自撰年譜》（中華書局，四部備要本，漁洋山人精華錄）訓纂，冊二，卷上，葉一一｜一三。

[154] 王澐撰：《漫遊記略》（臺北：廣文書局，筆記小說大觀）二七輯，八冊，卷二，燕遊三，頁三。

俞樾《茶香室三鈔》上曾對此補充說明：

按此柳生即敬亭也。余澹心《板橋雜記》稱柳敬亭，寧南敗，又隨松江馬提督軍中，鬱鬱不得志，年已八十餘矣。155

蔡士英是隨明廷鎮守錦州大將祖大壽一同降清，順治間任江西巡撫，後升漕運總督，柳敬亭如何認識他，史無明文，不過，這件事，陳汝衡也曾撰文抨擊，說：

敬亭雖在馬逢知門下當清客，馬究竟是在明朝做過官，敬亭似乎和他早就認識，這也罷了。但在清康熙元年壬寅，敬亭忽有隨蔡襄敏公北上赴清政府所在地北京的事，益發使人發生「藝人無操守可言」之感了。

藝人行走江湖，本俯仰隨人，國仇家恨再深，畢竟要活下去，柳敬亭縱然再多故宮禾黍之思，終究難抵歲月催逼，對一位年近八旬的說書藝人如此求全責備，未免陳義過高了。抗戰前北平市政府秘書處所編《舊都文物略》裡甚至還說：

155 俞樾撰：《茶香室三鈔》（臺北：中國文獻出版社，春在堂全書）第七冊，卷四，頁四六五四。

（柳敬亭）清時為睿親王所羅致，利用其技藝，使編詞宣傳。於是逢場授徒，遂有三辰五亮十八奎之支派。156

如果硬要責備他無操守，則這段被利用為宣傳工具的敘述，恐怕理由較為充份，僅於降將舟中說書，實在談不上「無操守」。

柳敬亭於一六六二年到北京，離開時，大約是一六六五年，當時知名文士曹貞吉等人，曾在他即將南歸時，為他寫〈沁園春〉、〈賀新涼〉等詞，曹禾《珂雪詞話》上云：

柳生敬亭以評話聞公卿間，入都時，邀致踵接。一日，過石林許曰：薄技必得諸君子贈言以不朽，實庵首贈以二闋。合肥尚書見之扇頭，沉吟歎賞，即援筆和韻。珂雪之詞，一時盛傳京邑。學士顧庵叔自江南來，亦連和二章，敬亭由此增重。157

實庵為曹貞吉，合肥尚書為龔鼎孳，顧庵是曹爾堪，也就是說，曹貞吉率先作詞贈送柳敬亭，其後，龔鼎孳、曹爾堪先後有所和，而當時揚州著名文士汪懋麟正好在北平，也步曹貞吉韻，作了兩闋詞。158

156 同注147。

157 曹貞吉撰：《雪珂詞》（臺北：中華書局，四庫備要本）卷首附錄。

158 列舉所作之詞如下：

曹貞吉〈贈柳敬亭・沁園春〉《雪珂詞》（臺北：中華書局，四庫備要本）卷下，頁一六。

席帽單衫，擊缶嗚嗚，豈不快哉！況玉樹聲銷，低迷禾黍，梁園客散，清淺蓬萊。蕩子辭家，羈人遠戍，耐可逢場作戲？來掀髯，笑謂浮雲富貴，麴蘗都埋。縱橫四座嘲詼，歎歷落，嶔奇是辯才。想黃鶴樓邊，旌旗半卷。青油幕下，尊俎常陪。江水空流，師兒安在？六代興亡無限哀，君休矣，且扶同今古，共此銜杯。

曹貞吉〈再贈柳敬亭・賀新涼〉

咄汝青衫叟，閱浮生，繁華蕭索，白衣蒼狗。六代風流歸抵掌，舌下濤飛山走，似易水歌聲聽久，試問于今真姓字，但回頭笑指蕪城柳，休暫住，談天口。當年處仲東來後，斷江流，樓船鐵索，落星如斗。七十九年塵土夢，才向青門沽酒。更誰是，嘉榮舊友？天寶琵琶宮監在，訴江潭，憔悴人知否？今昔恨，一搔首。

龔鼎孳〈沁園春・前題次韻〉《定山堂詩餘》（臺北：中華書局，四庫備要本）卷四，葉二。

驃騎將軍，異姓諸侯，功名壯哉，乍南樓傳劍，大航風鶴，中流搖櫓，溢浦松蒿萊。片語回嗔，千金逃賞，遮客長刀玩弄來，堪憐處，有恩門一涕，青史長埋。偶然座上嘲詼，博黃絹新詞七步才。似籌兵府，碧油晨啟，把棊東閣，屐齒宵陪。春水方生，吾當速去，老子遨遊頗見哀，相攜手，儘山川六代，簫鼓千杯。

龔鼎孳〈賀新郎・和曹實庵舍人贈柳敬亭〉《定山堂詩餘》（臺北：中華書局，四庫備要本）卷四，葉一。

鶴髮開元叟也，來看荊高市上，賣漿屠狗，萬里風霜吹短褐，遊戲侯門趨走，卿與我，周旋良久，綠鬢舊顏今改盡，歎婆娑，人似桓公柳。空擊碎，唾壺口。江東折戟沉沙後，過青溪，笛床煙月，淚珠盈斗。老矣耐煩如許事，且坐旗亭呼酒。拼殘臘消磨紅友，花壓城南韋杜曲，問毬場，馬弭還能否？斜日外一回首。

曹爾堪〈賀新涼・贈柳敬亭〉

八十龐眉叟，見從來，衣冠優孟，功名當狗。炯炯雙眸驚拍岸，似聽濤飛石走。嘆此老，知名已久。大將黃州開廣宴，

一六六五年南歸後，他到過揚州。陳維崧在一六六五年寫的〈小秦淮邗上河亭與巢民先生及青若同賦十首絕句之九〉云：

柳叟詼諧老絕倫，戴生寫炤亦通神，更逢白下王公秀，天寶鈿蟬剩此人。[159]

出京之後，他也回過泰州，泰州人朱淑熹有一首〈柳敬亭自京師過訪吳陵感舊〉：

倒銀瓶擊節頻呼柳。排戰艦，下樊口。長江浪急風清後，束輕裝，歸舟一葉，帆移星斗。畫角牙旗頻入夢，猶在轅門使酒。諸巨草皆為吾友。白髮瘦驢燕市月，少年人能識蒼顏否？歌未闋，起為壽。

汪懋麟〈贈柳敬亭和升六韻〉

何物吳陵叟，盡生平，詼諧遊戲，英雄屠狗。寒夜蕭條聞擊筑，敗葉滿庭飛走。令四座，欷歔良久。說到後庭商女曲，悵白門寂寂烏啼柳，天付與，懸河口。可憐漂泊寧南後，記強侯，接天檣櫓，橫江刁斗。亡國豈知逢叔寶，世事盡銷醇酒。嘆滿目，爛羊僚友。心識懷光原未反，但恩仇將相誰知否？少平勃，黃金壽。

汪懋麟〈再贈柳敬亭和升六韻〉

狡黠淳于，抵掌而前，似此奇哉！任毀三罵五，河山塵芥。譚玄論白，富貴蒿萊。臨檻狂呼，仰天大笑，舌上青蓮何處來？從他語，學伯倫作達，荷鍤須埋。當筵謾道俳諧，看此老前身是辯才。記靈岩山畔，天花曾落，遠公社里，錫杖常陪。慷慨逢場，悲涼說法，較勝雍門樂與哀。餘生事，但楞嚴系附，麴米盈杯。

[159] 陳維崧撰：《湖海樓詩集》（臺北：商務印書館，四部叢刊本）卷二，葉五。

老病蕭條薊北回，還過海國感興衰，眼看出塞人長別，誰使孤城馬更來。白髮賓朋雙涕淚，黃蒿池館一尊罍，當庭休說開元事，何處昆明少劫灰。[160]

一六六六年秋，他已八十高齡，曾到過廬州，見到閻爾梅，閻為他寫了〈柳麻子說書行〉詩中有句云：

素車白馬冠蓋集，執拂來登被九堂，禮成哀止設賓筵，垂楊院靜荷池煙。[161]

由此看來，二人到廬州可能都是為了參加龔鼎孳的妻子顧媚的葬禮的。一六六八年冬，柳敬亭又到了南京。《虞初新志》曾選刊吳偉業的〈柳敬亭傳〉，又在傳後加題：

戊申之冬，予於金陵友人席間與柳生同飲。予初不識柳生，詢之同儕，或曰：此即梅村集中所謂柳某者是也。滑稽善談，風生四座，惜未聆其稗官家言為恨。今讀此傳，可以想見其掀髯鼓掌時也。[162]

[160] 阮元輯《淮海英靈集》（臺北：新文豐出版社，叢書集成新編五冊）乙卷，頁一五三。

[161] 同注[108]。

[162] 張潮撰：《虞初新志》（文學古籍刊行社）卷二，頁二二三－二二四。

戊申年，即康熙七年，也就是一六六八年。據此推算，那時柳敬亭已是八二高齡，猶自飛揚蹈厲，毫無老態，顯見身體狀況尚佳，《板橋雜記》說他：

> 年已八十餘矣，間遇余僑寓宜睡軒中，猶說秦叔寶見姑娘也。

大概也是指的同一時候吧！

柳敬亭原不是個善於治產的人，加上左良玉崩潰時，他離開武昌，先期東下，來不及趕回，想必在財物上也損失重大。因此，雖然年紀已經老邁，仍須靠說書維生，顧景星《白茅堂詩集》中題〈閱梅村王郎曲雜書十六絕句志感〉之第六首就有「柳生凍餓王郎死」[163]句，這詩寫於康熙九年（一六七〇）庚戌，柳敬亭時年八十四，恐已貧病交迫矣。

敬亭老矣！生活也愈加的艱困。有兩篇重要的文獻曾為他的貧困生活伸出援手，一為吳偉業為他寫的〈為柳敬亭陳乞引〉，和錢謙益的〈書柳敬亭冊子〉：

> 〈柳敬亭〉今乃入無居，出無僕，衣其敝衣，單步之吳中，日詼益啁諧笑為人撫掌之資，而妻子羸餓不能名一錢。柳生念久約無窮，時來請余言。言：吾老矣，不以此時早自言，以其所哀憐之交，一旦衰病疲曳，尚復誰攀乎？余視柳生長身廣顙，面著黑子，鬚眉蒼然，詞辯鋒出，飲噉可

[163] 顧景星撰：《白茅堂詩集》（臺北：中研院藏光緒二〇年補刊本）卷一五，庚戌，葉二六。

五六升，此其人非久窮困者。今王公貴人已漸知柳生，久之且復振，振則再如客武昌時，即余言為無用。顧柳生故人游不遂，因而來過我，吾貧落不能相存，其所請不能又以難也。且左寧南將百萬之眾，一朝潰亡，其有追敘舊恩，反覆流涕，俾寧王本志白于天下者，柳生力乎？大丈夫以壺餐一飯，死生契闊，沒齒不忘，況於鄉曲故舊為營菟裘，其感慨之節又何如哉？余故因其言為之請，且以明生之不背德焉。〈為柳敬亭陳乞引〉[164]

柳生敬亭今之優孟也……今老且耄矣，猶然掉三寸舌糊口四方，負薪之子，溘死逆旅，旅櫬蕭然，不能返葬。傷哉貧也，優孟之後，更無優孟，敬亭之外，寧有敬亭？此吾所以深為天下士大夫媿也。三山居士，吳門之義人，獨引為己責，謀卜地以葬其子，並為敬亭營兆域焉……生數椽而死一坏，終不令敬亭烏鵲無依，而烏鳶得食也。某不願開口向人，惟明公以一言先之。〈書柳敬亭冊子〉[165]

另外，魏耕〈柳麻子說書行〉裡也說：

十載飄飄旌旗紅，柳麻柳麻老成翁。有眼目睹尋常人，東西南北道路窮。唐時工部杜少陵，翰林供奉李太白。彩筆光芒干雲霄，人間萬里稱詩伯。落魄風塵逐馬蹄，腹中無飯常唧唧。

---

[164] 吳偉業撰：《梅村家藏稿》（臺北：商務印書館，四部叢刊本）卷二六，文四，頁一一。

[165] 錢謙益撰：《有學集補》（臺北：商務印書館，四部叢刊本）頁七九—八〇。

由這段話看來，柳敬亭到晚年時的物質生活是極為狼狽的。不但腹中常飢，甚至還不顧自尊的請人代他寫書啟來公開求人解囊相助。不過，做為一個說書藝人，他是無所愧的，對他所鍾愛的說書藝術，它倒是「鞠躬盡瘁，死而後已」的。

（四）性格考

柳敬亭人稱柳痲子，貌奇醜，但口角波俏，眼目流利，少年時，經過慘淡的流亡生涯及歲月的滌洗，加上說書事業的順遂，遂於人格上淬鍊出動人的風華，以下謹歸納出其性格如下：

1. 機變

在黃宗羲為柳敬亭寫的傳裡，曾經提到柳敬亭的老師莫後光第一次見到柳敬亭時，就說：

> 此子機變，可使以其技鳴。

莫後光果然是個善於察言觀色的人，柳敬亭的機變，首見於他學習上的速效，所謂「五方土音，鄉俗好尚」，若非有靈慧機變的心領神會，怎能使其說書技巧在短期間便傾動市人，造成熱潮。

另外，在吳偉業的〈柳敬亭傳〉裡寫道：柳敬亭為左良玉設計，請天子為其母賜姓一事，柳敬亭雖坦承取自說書中故事，然他能學以致用，用以解決長官的煩惱，寧非機變得以致之？而吳傳中另有一段記載：

始左病多恚怒，而秀所犯重且必死。生莫得稽梧，乃設之以事。曰：今日飲酒不樂，君侯有奇物玩好，請一觀可乎？左曰：甚善。出所畫己像二。其一關隴破賊圖也。覽鏡自照，歎曰：良玉天下健兒也，而今衰。指其次曰：破賊後，將入山，此圖所以志也。見衲而杖者，數童子從其負瓢且近則秀也。生佯不省，而徐睨為誰。左語之，且告其罪。生曰：若負恩當死，故君侯以親信即入山，且令自從而殺之，即此圖為不全矣。左頷之。其善用權譎，為人排患解紛，率類此。

他知道如何不觸大人之盛怒，而在飲宴之時，婉約動之以情，可謂機變已極。而在《漁磯漫鈔》中也有這樣一段記載：

順治初，馬進寶鎮海上，招致署中。一日，侍飯，馬飯中有鼠矢，怒甚，取置案上，俟飯畢，欲窮治膳夫。進寶殘忍酷虐，殺人如戲。柳憫之，乘間取鼠矢啖之，曰：是黑米也。進寶既失其矢，遂已其事。柳為人排難解紛，率類如此。[166]

---

[166] 同注[116]。

由以上可以看出，柳敬亭的確是一位反應相當靈敏的人。

2. 重義多情

柳敬亭習染了稗官野史中的忠義可風行止，很多的詩文都盛讚他有古豪賢俠烈之風，如：

敬亭吾老友，生平重然諾。敦行義，解紛排難，緩急可倚仗，有古賢豪俠烈之風。〈龔鼎孳・贈柳敬亭〉[167]

生平重義賤黃金，裂眥衝冠怒不禁。〈冒襄・贈柳敬亭之二〉[168]

軍中逸事語如新，磊落寧南百戰身，為問信陵當日客，侯們誰是報恩人。〈梁清標・贈柳敬亭南歸白下〉[169]

可見，很多人都津津樂道其多情惜故人的行誼。他在左良玉生前，為其運籌帷幄，排難解紛；在左良玉死後，常懷哀思，並常和人提起往事，言語中時露感恩之思，寧非多情重義之輩？

[167] 龔鼎孳撰：《定山集全集補遺》（臺北：中研院藏線裝書）卷下，葉四三。

[168] 冒襄撰：《巢民詩集》（中研院藏線裝如皋冒氏叢書）卷六，葉一。

[169] 同注[145]，卷八，頁二一一。

除了對故人常懷追思之外，沈龍翔的〈柳敬亭傳〉還提到他一則動人心弦的義行：

迨丙戌間，亂定時平，諸貴游凋落，逢春歸故鄉。復趨泰興雇主家，則老主夫婦雙柩停破屋中。逢春再拜痛哭，詢少主，衣食不堪。逢春慨然道：主人無患，少春尚能辦之，待我三月後。於是，復入揚州，書赫號數十百條，遍貼新舊城中，云柳麻子又來說書。揚俗浮薄，喜游談，號新聞，而其故老又宿昔膾炙柳麻子名，後生恨不一見。及是，傾國屆期而至。未及一月，已得三百金。遂持歸為兩柩發喪，買屋產以奉少主。嗚呼！此古豪傑之所為，豈易得之流俗輩哉！吳梅村傳敬亭極覼縷，以余所聞敬亭軼事更如此。[170]

文中的主人，是指他十七八歲，流亡泰興時，曾經幫傭過的主人。而此事乃發生在左良玉歿後，敬亭復趨泰興時的事。為了舊日主人的喪葬事宜及少主人的生活之資，柳敬亭重操舊業，花了一個月功夫，積金三百餘，這種任俠重義的行為，真如沈龍翔所云「豈流俗輩哉」！

夏荃的《梓里舊聞》中，也載有另外的一則類似的故事，[171]也是寫為友人的喪事奔走開講，只是一於揚州，一於金陵，恐怕是傳聞致誤。而夏荃《退庵筆記》還記錄了一樁柳敬亭心存仁厚的事：

[170] 夏荃撰：《海陵文徵》（中研院藏清道光二三年刊本）卷一九，葉七—一〇。

[171] 夏荃撰：《梓里舊聞》（臺北：海陵叢刊第二種）卷七，頁六。

杜于皇老而貧，某年中秋，乏酒錢一粥，閉門臥矣。忽聞呼門聲甚急，披衣起，乃柳敬亭走吏，送酒並青蚨一千來，吏匆匆置錢酒並敬亭手札於案，反身即走，呼之不應，心異之，感其意，為賦詩曰：中秋無食戶雙扃，扣戶為誰柳敬亭。亟送酒錢仍送酒，真教明月也休醒。次日，于皇復取敬亭來札玩之，見函之下方有八字云「來人受賞，我就天誅」。始晤昨平頭逃去之故，不覺與客大笑。又成一絕云：封題凜凜太周詳，醉後重看笑一場，多少同人稱厚道，來伻未免詈商鞅。柳叟熱腸於此概見。[172]

昔人送禮，受禮者常須致贈走力錢財，本已貧困之家，常因籌措贈金而備感困窘，柳敬亭連這一點都為受禮者設想周到，特囑走吏不得受贈，否則必加嚴處。這一份禮物，不但送得合其時，合其需要，而且充滿體貼與情意，柳敬亭真是個古道熱腸的有心人。

杜于皇即杜濬，為人極有氣節，明亡，不仕，柳敬亭想是頗敬重這般富民族思想的人，所以，不但體貼加以周濟其困窮，更曾義助其嫁女：

杜于皇一女，許字妻東葉生矣，踰期未能婚。龔芝麓在京師，遺三十金為合卺費，竟致浮沉。後，龔過金陵，柳敬亭言之於龔公，聲情慷慨。龔大感動，以屬之薛君為完其姻。《鄧漢儀・慎墨堂筆記・柳敬亭條》

[172] 同注[107]。

因為柳敬亭待朋友如此厚道熱誠，所以，他的朋友談起他，也都情意綿長，動人心魄，如龔鼎孳〈贈柳敬亭文〉，就是真情流露，字字肺腑的好文章，讀之不為其間充斥之款款摯意所感動者，蓋幾希矣：

> 庚寅夏，余服闕北征，冒風策蹇，馳送黃河之濱。時水涸舟膠，群盜填咽，敬亭不避險阻，與其長君，曉夜追逐，躬干捻誰何之役。蓬窗熒熒，殘燈一穗，偕螢蚋相上下，不復知眠食為何等也。濟上別去，忽忽七八年。老淚淒迷，與酒痕同沾襟袖。未幾，長君下世，念遲暮故人，生意婆娑，那復堪此。會長安中，五陵衣馬，築毬橫槊，諸貴游亦願得一當柳生，為書招之，不肯赴。余自是迴翔畏路，鬢髮種種，非復濟上相別時矣。
>
> 今年于役嶺海，道經吳門，帥府某公自雲間命駕垂訪，歡若平生，則敬亭又已儼然稱座上重客。蓋某公義篤故舊，雖以通侯鼎貴，擁旄佩印，不忘數十年布衣之交。而敬亭之肝膽輪囷，老至不衰，能使主賓相得益彰，盡洗鬚參短薄之陋，尤不易幾及也。風雪寒江，扁舟如葉，正值軍船戍鼓，水驛喧沸之日。汀花岸草，行子銷魂，敬亭獨執手依依，警衛周防，夜分不輟，都無異濟上流連時。余生平窮愁坎壈，周旋道路，獨一白首故交，然則敬亭之為人豈易測識。而向所謂海內交游，意氣推許，徒以盛衰分疏密者，不又可媿乎哉。[173]

生平得此一知交，於蓬窗熒熒，殘燈一穗下，思往事，待來日，應是心滿意足，亦覺不枉此生罷！

---

173 同注167，葉四三—四四。

3. 磊落平淡

柳敬亭得志時不驕，落魄時不卑，這一點最是令人敬佩。吳偉業為他寫的傳，有兩段很值得注意：

其處己也，雖甚卑賤，必折節下之，即通顯敖弄無所詘。

生從武昌歸，以客將新道軍所來，朝貴皆傾動，顧自安舊節，起居故人無所改，逮江上之變，生所攜及留軍中者，亡散累千金，再貧困而意氣自如。或問之，曰：吾在盱眙市上時，夜寒藉束槀臥，扉屨踵絕，行雨雪中，竊不自料以至於此。今雖復落，尚足為生，且有吾技在，寧渠憂貧乎？

黃宗羲《柳敬亭傳》也寫道：

嘗奉命至金陵，是時朝中皆畏寧南，聞其使人來，莫不傾動加禮，宰執以下，俱使之南面上坐，稱柳將軍，敬亭亦無所不安也。其市井小人，昔與敬亭爾汝者，從道旁私語：此故吾儕同說書者也，今富貴若此。亡何國變，寧南死，敬亭喪失其資略盡，貧困如故時，始復上街頭，理其故業。

柳敬亭的大派從容就在這裡，得志時，被呼做「柳將軍」，亦無所不安；失意時，復上街頭理其故業，也是坦然無所忸怩，再是貧困，都能意氣自如。柳敬亭以講史聞名，歷代公侯將相於宦海中起浮泅泳，所謂「眼看他起朱樓，眼看他讌賓客，眼看他樓塌了」，當然對宦海的無情，不會沒有體悟，他對左良玉的禮遇，自然是感恩的，但對這份得來不易的殊榮，卻不得失縈心，他樂意為左良玉貢獻一己之力，卻從未忘記或失去他說書人的職業尊嚴，他不怕得失，因為自信一技在身，可以走遍天下。而且，他從來也不曾想要放棄託以發跡的說書職業。事實上，他是有幾次做官的機會的，但都被他放棄了。以下兩段文字可為證明：

舊史氏曰：予從金陵識柳生，同時有楊生季蘅，故醫也，亦客於左。奏攝武昌守拜為真，左因強柳生以官，笑弗就也。〈吳偉業・柳敬亭傳〉

左良玉治兵江上，招致幕中，甚見愛重，授鎮銜。又令署武昌縣，俱不受。左歿，一時朝士欲致春於長安官之，非其意也。〈沈龍翔・柳敬亭傳〉

柳敬亭放棄大好的仕宦良機，其實就等於放棄唾手可得的致富機會，因為，據吳偉業為柳敬亭陳乞引裡的敘述：

當柳生客武昌時，居寧南帳下。遇諸帥椎牛大享，從灶上騷除，可食萬家。軍中樗蒱官賭，積錢隱人，分其博進，可富十世。有司簿閱無名田，膏腴水碓，令賓客自占，可得數十區。江南絲穀果布，江北魚鹽桐漆，取軍府檄，關市莫敢誰何所贏得可十倍。如是，則柳生規陂池，連車騎，游說諸侯，稱富人矣！

他如果不是磊落淡薄的人，難免不會為這樣的機會怦然心動，連這般強烈的誘惑都能抵擋的人，自然能把榮寵泰否看得平淡，如此說來，他在八二高齡，面臨貧困饑餓侵逼時，猶能「滑稽善談，風生四座」（張潮《虞初新志》語）也就不令人意外了。冒辟疆稱呼他「嶔琦歷落老黠奴」，真是知人之論。

（五）說書藝術考

關於柳敬亭學說書的過程，有多篇傳記可以檢索[174]，歸納言之，柳敬亭於年少流亡之際，便挾一本稗官演義同行，為了生活，於盱眙市中開講，居然就傾倒市人，給他很大信心。大約十八歲時，說書造詣略有水平，便到各地獻藝。因為風評不錯，傳到雲間說書人莫後光耳中，莫後光發現柳敬亭頗機變，於是正式指導他說書技巧。

雖然，柴萼的《梵天廬叢錄》有一段記載，似乎說明柳敬亭原先在泰州時，父親已為他請老師來教平話：

[174] 見吳偉業、黃宗羲、周容所撰三篇〈柳敬亭傳〉。西園老人口授、清蔣烈編《南吳舊話錄》卷二一，寄託九，頁九三四—九四五，《筆記小說大觀四編》，廣文書局。

初，柳氏為泰州巨族，至敬亭而家式微，其父一錢僧，使敬亭學平話於同邑之姜鈞琪，使心亭學鼓吹於郁子光。不數年，藝各成，敬亭善得人嗢噱，名出師上，心亭濫竽耳。〈柳敬亭弟條〉

《梵天廬叢錄》晚出，資料是否可靠，還有待稽考，何以和柳敬亭時代接近的文獻，反倒不曾言及此點，大是可疑。因此，在沒有更早的證明文獻出現前，可能還是存疑的好。

柳敬亭兩度進軍帳，分別為左寧南說書，史有明載，不在話下。而在南京說書據說固定在桃葉渡旁的長吟閣。有時也前往一些熱鬧場所，如《板橋雜記》就說：

或集於二李家，或集於眉樓。

二李指的是名姬李宛君、李湘真的妓院；眉樓是秦淮名妓顧媚的妝閣。而黃宗羲說他：

名達於縉紳間，華堂旅會，閒亭獨坐，爭延之，使奏其技，無不當於心，稱善也。〈柳敬亭傳〉

可見他也常到一些富紳巨賈家去參加堂會。

他的身價相當可觀，據《陶庵夢憶》所載：

柳麻子一日說書一回，定價一兩，十日前先送書帕下定，常不得空。[175]

顯然他說書不但身價高，而且還奇貨可居，姿態極高，除非他願意，誰也不能強迫他，王士禎《分甘餘話》就說：

而所至逢迎恐後，預為設几焚香，瀹蚧片，置壺一、杯一。比至，逕踞右席，說評話。才一段而止，人亦不復強之也。[176]

柳敬亭說書的最大特色就是富有創意。年輕時，亡命盱眙，即「妄以其意，抵掌盱眙市」。所謂「妄以其意」，其實就是一種藝術上的創造力。他初試其技時，就以異於一般說書人的嶄新面目，傾動市人，造成轟動，這給了他很大的鼓勵，從此以後，他說書時，便海闊天空，不拘於成書。魏耕〈柳麻子說書歌行〉便這樣說：

昨歲客游江都城，說書共推柳敬亭，抵掌談天縱侈辯，馳驟不必皆有經。

[175] 張岱撰：《陶庵夢憶》（臺北：新文豐出版社，叢書集成新編第八九冊）卷五，頁四〇。

[176] 同注[152]。

《陶庵夢憶》中，張岱也說他曾聽柳敬亭說景陽岡武松打虎白文，與本傳大異。閻爾梅〈柳麻子說書行〉裡談到柳敬亭說書狀況時，也說：

科頭抵掌說英雄，段落不與稗官同。

汪懋麟〈柳敬亭說書行〉更明白點出：

小時抵掌公相時，談奇說鬼皆虛爾，開端抵死要驚人，聽者如癡雜悲喜。[177]

至於他說書的內容，大概以稗官野史為主，而其中以英雄盜賊故事最受歡迎。說過的書有《西漢演義》、《隋唐演義》、《三國演義》、《水滸傳》、《精忠傳》，而其中以《隋唐演義》及《水滸傳》最為擅長。而除歷史平話、豪猾大俠、草澤亡命之外，他也能說閨閣兒女、脂粉薌澤、米鹽詬誶等風花雪月的故事。[178]

柳敬亭卓越的說書成就，使他的名字在藝術史上長留不朽。清代文人杜首昌曾說他：

能令千古事長新，一往從何辨假真，天地欲存三寸舌，江湖難老八旬人。〈柳敬亭持箋索書口占

[177] 汪懋麟撰：《百尺梧桐閣集》（臺北：文海出版社，近代中國史料叢刊三編四六輯）卷八，頁二二一。

[178] 參見廖玉蕙撰〈論柳敬亭及其說書藝術〉《中正嶺學術研究集刊》第一一集，（一九九二年三月）頁二一三—二五四。

贈之〉[179]

對他的說書藝術頗多揄揚。那麼，柳敬亭是如何做到使千古事長新的呢？我們可以從以下的一些有關他說書的狀況來加以了解：

> 傳語滿堂客滌耳，喧囂不動肅如霜。彩褒紅腰蹲座上，座定猶餘身一丈。科頭抵掌說英雄，段落不與稗官同。始也敘述略平常，繼而搖曳加低昂。發言近俚入人情，吐音悲壯轉舌輕。唇帶血香目瞪稜，精華射注九光燈。獅吼深崖蛟舞潭，江北一聲徹江南。忽如田間父老籌桑麻，村社雞豚酒帘斜。忽如三峽湍迴十二峰，峰嵐明滅亂流中。忽如六月雨驟四滂沱，傾簷破地觸漩渦。忽如他鄉嫠婦枯松墳，忽如兒女號饑索鐸鑼。忽如秋宵天狗叫長空，忽如華陰士拭太阿鋒。忽如嫖姚伐鼓賀蘭山，忽如王嬙琵琶弄簫關。忽如重瞳臨陣斥樓煩，弓不敢張馬倒翻。忽如越石吹笳向北斗，胡兒垂涕連營走。忽如西江老禪逗消息，一喝百丈聾三日。既有漁郎樵叟伐薪欸乃之冷冷，亦有忠臣孝子抑鬱無聊之啾唧。我聞此間小吏焦仲卿，姑媳誶語哀難聽。又聞此間神僧血白如銀膏，貔貅隊裡墮三刀。孤猿啼破清傒月，炎天簫笛涼於鐵。娓娓百日不停喉，纔道不停倏而絕。霹靂流空萬里奔，一聲斬住最驚魂。更將前所說者未完意，淡描數句補無痕。〈閻爾梅・柳麻子說書行〉

[179] 杜首昌：《綰翠園詩選》（臺北：明文書局，清代傳記叢刊）《清詩紀事初編》卷五，頁五四二。

這可以說是一篇對柳敬亭說書狀況描述最詳實、評價最高的文字。把柳敬亭說書時神情、聲口的千變萬化，始而平常，繼而搖曳低昂，接著「唇帶血香目瞪稜，精華射注九光燈」，然後忽地「獅吼深崖蚊舞潭，江北一聲徹江南」，時而慷慨激昂，時而欸乃泠泠，教人目不暇給。最後「霹靂流空萬里奔，一聲斬住最驚魂」而終結於淡描數句，給人一種悠然不盡，餘音繞樑之感。再如陳維崧〈左寧南和柳敬亭軍中說劍圖歌〉也這樣說。

> 潯陽戰艦排千里，夜闌說劍孤軍裡。虎頭瞋目盤當中，其意自命為奸雄。說時帳前捲秋月，說罷耳後生悲風。軍中語秘聽者死，寂不聞聲夜如水。左坐一將軍，右坐一辯士。辯士者誰老無齒，魋顏搯脅醜且鄙。得非齊蒯通？乃是柳麻子。

也把柳敬亭說書說到精彩處，幾乎風雲為之變色，草木因之含悲的狀況，描寫的栩栩如生，此詩甚至提到觀眾受到震撼，已至「軍中語秘聽者死，寂不聞聲夜如水」境界，真是高明已極。

在我國說書史上，柳敬亭佔了很重要的一章。一般人對他的評價多半是正面的。如：

> 澹辭雅對，一座傾靡。〈吳偉業・柳敬亭傳〉
>
> 一百年來一史臣，憑君哀樂轉傷神，高宗南渡無消息，惟見流傳說史人。〈王猷定・聽柳敬亭說史其一〉[180]

> 一聲河滿尋常曲，說到傷情不忍聽。〈毛奇齡〉[181]
>
> 聽者如癡雜悲喜，盛名一時走南北。〈汪懋麟・柳敬亭說書行〉[182]
>
> 聽來野史風雨驟，貌出淩煙劍佩莊。〈蔡湘・龔芝麓宗伯席上聽柳敬亭談隋唐遺事限韻〉[183]
>
> 一朝抵掌動公侯。〈葉德輝〉[184]

或說他的說書絕技獨一無二，或說他能化腐朽為神奇。不管說書的內容、技巧或丰采都博得大家一致的稱讚。在眾口交譽聲中，只有王士禎和朱益濬持否定態度。王士禎說：

> 余曾識柳於金陵，試其技，與市井之輩無異。[185]

朱益濬則在〈和檜門先生觀劇絕句〉三十首中云：

---

180 王猷定撰：《四照堂文集》（臺北：中研院藏豫章叢書，線裝二四冊）卷四，葉三。

181 毛奇齡撰：《西河集》（臺北：商務印書館，四庫全書本）卷一四〇，葉一三。

182 同注[177]。

183 《清詩紀事初編》頁四八四。

184 同注[150]，葉一五。

185 同注[152]。

柳生故是滑稽流，所惜胸中少壑邱。[186]

朱益濬未及見柳敬亭，[187]卻譏嘲柳敬亭沒學問，想是持傳統鄙視藝人觀念，根本不足取。王士禛以為柳敬亭之所以暴得令名，實因「一、二名遺老左袒良玉者，賦詩張之，且為作傳」，完全是愛屋及烏的行為。為柳敬亭作傳的傳統派文人黃宗羲，雖也認為不應對柳評價過高，否則會「倒卻文章家架子」，但他在談到柳的藝術成就時，還是忍不住給予最高的讚美，說他的說書能使「亡國之恨頓生，檀板之聲無色」。王士禛卻採完全否定的說法，皮錫瑞就曾對這一點，表示了不同意態度，他說：

梅村詩句云亭曲，稱道東風柳色新。底事漁陽親試技，卻將市井薄斯人。〈和柃門先生觀劇絕句〉

關於王士禛對柳敬亭的不滿，夏荃有過分析：

新城尚書言語妙天下，好雌黃，其醜詆左良玉作賊，目其幕客柳敬亭、蘇崑生為左黨，深尤明季諸老為左良玉左袒，並貶柳老技，謂與市井輩無異，其論極不允。……漁洋官揚州司李時，年甚

---

[186] 同注[150]，葉六。

[187] 朱益濬字輔源，號純卿，江西蓮花人，為清康熙三年二甲五十九名進士，散館改知縣，官至湖南辰浣永靖道護理巡撫，著有《碧雲山房存稿》。以上資料見《詞林輯略》（臺北：明文書局，清代傳記叢刊）卷九。

少，華胄蚤達，負其才氣，凌轢一時，何有於柳老！而柳老周旋明季諸賢最久，跡其生平，長揖公侯，平視卿相，無絲毫婞婟，又何肯為漁洋下？此情事之逼真者。漁洋特創為此說，抹寧南兼抹敬亭，耳食者遂謂柳技實平平，且目為左黨，冤乎！

王士禛醜詆左良玉之語見於《池北偶談》：

左良玉偃蹇武昌，不奉朝命，其東下以討馬阮為名，實叛逆也。侯方域為寧南侯傳，以私恩，語多失實，論者猶以是與之。董卓傳：卓既廢立，乃與司徒黃琬、司馬楊彪，俱帶鐵鎖，詣闕上書，追理陳蕃、竇武及諸黨人，以從人望。古來奸賊依倚盜名，類同一轍如此。[188]

康發祥《伯山詩鈔》裡更進一步指陳：

吾鄉柳敬亭，豪俠士也。以趙壹之亡命，效張祿之改名，隱身說書，滑稽善辯，通侯大帥，皆優禮之。而貽上亦譏之曰：聽柳某之說書，與市井無異。蓋敬亭說書之時，言語湊巧，旁若無人，曾有言侵涉貽上，而貽上以此報之也。貽上為人本隘，清季李于麟之目，信其不誣。余讀《桃花扇》傳奇書柳敬亭事云：老作諸侯座上賓，少年亡命走風塵。魯連東海收奇策，皋羽西臺哭故人。

---

188 王士禛撰：《池北偶談》（北京：中華書局，清代史料筆記叢刊）卷五，談獻一，左良玉條，上冊，頁九八。

歲月久歸羊馬劫，談脅不怕虎狼嗔。如何讕語王貽上，酒肆茶坊例此身。末句為敬亭一泚前言。[189]

近人徐一士則更清楚點出癥結所在乃：

敬亭為一時名流所稱揚。蓋亦藉以寓對故明之思，士禎為有清顯宦，其心理有不同耳。[190]

王士禎視左寧南為叛逆，自然對左的幕客柳敬亭不假辭色，加上他少年得志，旁若無人，偏是柳敬亭非但絲毫不肯阿諛，甚至在說書時，有意無意的用言語譏刺他。王士禎為異朝顯宦，豈能容得下常寓故明之思的柳敬亭，所以，他貶柳敬亭也就可以理解了。

另外，也許我們也可以嘗試由另一個方向來說明：據前面考述，王士禎識柳敬亭於金陵，應是順治十八年的事，其時柳已七十四歲左右，雖仍馳騁說書場上，畢竟年事已高，猶如強弩之末。或者，當時他的說書丰采已大不如從前的飛躍靈動亦未可知。如此，則王士禎非為詆毀，乃因王士禎看到的柳敬亭和吳偉業、黃宗羲等人所述的柳敬亭相距數十年，在必須摹擬各項聲口的說書行業裡，當然年老的柳敬亭是要減卻些許風華的。

總之，說書人柳敬亭生於萬曆十五年，卒於康熙七年以後，正確卒年不詳。葬於何處，亦乏定論。

---

[189] 康發祥撰：《伯山詩話後集》（北京大學圖書館藏泰州康氏刻本）卷一。

[190] 徐一士撰：《一士譚薈》（臺北：文海出版社，近代中國史料叢刊第一輯）第六冊，柳敬亭條，頁二三〇。

享年八十餘，為通州餘西人，非泰州人。他原名曹永昌，少年時，因獷悍無賴，名在捕中，為逃避追捕，變姓柳，到盱眙，為人說書。他師承莫後光，學習說書藝術，頗有精進，到南京後，名達縉紳，受知於寧南伯左良玉，並參與軍機，為左良玉排難解紛。後良玉死，敬亭流落，復進馬逢知帳下，馬以倡優遇之，故敬亭鬱鬱不得志，後逢知死，敬亭奔走南北，雖仍說書不輟，然晚景淒涼，以貧病死。

敬亭，人稱柳麻子，為人機變，重義多情，磊落平淡。他除進軍幕說書外，並固定於南京桃葉渡旁的長風閣開講，有時或集於名姬李宛君、李湘真家，或集於顧媚妝樓。他身價甚高，須於十日前先送書帕下訂。所說內容包羅萬象，英雄兒女皆有，包括《西漢演義》、《隋唐演義》、《水滸傳》、《精忠傳》，其中尤以講英雄豪傑最為傳神。他說書時，俯仰離合，皆出己意，所說與本傳大異，擅長使用生活化語言，表演酣暢淋漓，具體入微，能準確把握說書人與聽書人的和諧默契，所以，能使千古事長新，並在說書時傾靡四座。一般人對柳敬亭評價都很高，以為他的說書絕技獨一無二。僅有王士禎獨樹異幟，以為與市井之輩無異。一則乃因士禎年少得志，為清代顯宦，對常懷故國之思的柳敬亭當然不假辭色，二來他們二人相識時，柳已七十餘歲，年紀高大，說書藝術自然大打折扣。然實不應以強弩之末時的柳敬亭來論斷其藝術水平。

二、劇作的採摘與斟酌

《桃花扇》中，柳敬亭共出現十一場。分別是第一齣〈聽稗〉、第五齣〈訪翠〉、第八齣〈鬧榭〉、第十齣〈修札〉、第十一齣〈投轅〉、第十三齣〈哭主〉、第三十一齣〈草檄〉、第三十三齣〈會獄〉、第三十八齣〈沉江〉、第三十九齣〈棲真〉、續四十齣〈餘韻〉等，出現場次雖不算多，卻予人深刻印象。

（一）身世

孔尚任在筆記材料的採採上，雖然下了番工夫，但畢竟無法像考據學家般精細，譬如他已經知道柳敬亭原姓曹，在第十齣〈修札〉中，他便讓柳敬亭自己清楚明言：

我柳麻子本姓曹，雖則身長幾尺，卻不肯食粟而已。

這個一直到這些年才經證實的身世究竟，孔尚任卻早已提出，顯見孔尚任果然如他自己所說：

朝政得失，文人聚散，皆確考時地，全無假借。

但是，百密難免一失，第三十九齣〈棲真〉中有關職業的交待，依今人考證成果來加檢視，便發現了失誤。柳敬亭自云：

我老柳少時在泰州北灣，專以捕魚為業。

敬亭少時曾隨父曹應登、弟永祥，播遷泰州，但卻沒聽說過曾以捕魚為業，想來這一訛誤，是從夏荃及康發祥文集中以敬亭為「打魚灣人」[191]引申出來的，孔尚任為強調此點，甚至慎重其事的在柳敬亭出場及收場時，大張旗鼓說道：

重來訪，但是桃花誤處，問俺漁郎。

我老柳少時在泰州北灣，專以捕魚為業，這漁船是弄慣了的，待我撐去罷。

另外，孔尚任亦在看似不經意處，輕描淡寫的交待了敬亭流落江湖及變姓改名的一段遇合。在第十齣〈修札〉中，他自云：

在下柳敬亭，自幼無藉，流落江湖。雖則為談詞之輩，卻不是飲食之人。

而在第五齣〈訪翠〉裡，並於行酒令之時，帶出攀條指柳以改姓名之事：

[191] 見注[117]。

我老漢姓柳，飄零半世，最怕的是「柳」字，今日清明佳節，偏把個柳圈兒套住我老狗頭。

所以，柳敬亭雖然不是《桃花扇》劇作的主角，但是，孔尚任卻於細微處亦不放過，對其身世背景書之甚詳，見微知著，由此可知孔氏用心之一斑。

（二）交游

《桃花扇》裡對柳敬亭交游的狀況的記載，不似筆記中般的詳實，這一部份，孔尚任採取約取的方式，做重點式的著墨。他特別凸顯柳敬亭與左寧南的深厚交誼，而在和左寧南的許多交往傳說中，又刻意選擇二人首次見面時驚心動魄的長刀遮客引就席一事，第十一齣〈投轅〉以一曲〈北雁兒落帶得勝令〉唱出柳敬亭虎虎生威、不為勢屈的氣概：

俺是個不出山老漁樵，那曉得王侯大賓客小。看這長槍大箭列門旗，只當深林密樹穿荒草，儘著狐狸縱橫虎咆嘯，這威風何須要，偏嚇俺孤身客無門跑，便作箇長揖兒不是驕，求饒，軍中禮原不曉。氣也麼消，有書函將軍仔細瞧。

因著這般頂天立地的氣勢，和其後一番隱含機鋒的諫諍，遂使得左寧南為之另眼相看，並引為畏友：

說的爽快，竟不知敬亭有此絕技，就留下榻衙齋，早晚領教罷！

二人彼此惺惺相惜，不在話下，第十三齣〈哭主〉中，寫道寧南悶坐，正想找敬亭上樓閒談撥悶，敬亭早就預先於樓下侍候，寧南驚訝於他的心有靈犀，柳敬亭逕答以：

常言「秀才會課，點燈告坐」天生文官，再不能爽快的。

如此機靈應對，難怪寧南要引他為知己。

在零零星星有關柳敬亭的交游裡，幾乎事事皆有來歷，唯獨曾為阮大鋮門客一事，似與事實略有差距。第一齣〈聽稗〉，吳次尾為大夥兒引介敬亭，便說：

敬亭纔出阮家，不肯別投主人，故此現身說法。

第八齣〈鬧榭〉裡，眾人於秦淮水榭之上賞玩，正盡興的吟詠吹彈之際，突然一艘燈船滅燈止吹、悄然離去，眾人俱疑惑間，柳敬亭忽云：

不必去看，我老眼雖昏，早已看真了。那個鬍子，便是阮圓海。

這兩段與事實不相符合的演述，其增添的目的不外是藉敬亭的清明正義來反襯阮大鋮的污濁腐敗，既然曾經做為大鋮門客，當然對大鋮行徑知之甚詳，依敬亭對國家民族觀念的求全，不肯續為阮家門客，就代表一種價值判斷，阮大鋮之所以為復社所斥，也就更形理所當然。所以，如此的增飾，是有實質上的意義的。

（三）性格

1.機變能力

筆記中的柳敬亭性格最為人稱道者堪稱其機變能力，《桃花扇》裡對此點用力最深，也成就最偉。筆記中既有的成說，因難和劇情完整綰合，孔尚任一概不取，他順應劇情發展，流俐順暢的兀自編造若干機變事例，成功的呈現出一位飽經世故、機靈巧對的說書人翩翩丰采，與劇作的進行節奏如響斯應、渾然天成。

《桃花扇》裡的柳敬亭，善於察言觀色，他第一次出場便為剛寫過留都防亂揭帖的復社精英吳次尾、陳定生、侯方域等人說了一回「太師摯適齊」，以孔老夫子作《春秋》而亂臣賊子懼來暗喻防亂揭帖的威力，並技巧的以太師摯適齊譬喻自己曾為阮鬍子的門客是「往常時瞎了眼睛」，以明心志。而當國事紛亂如麻之際，侯方域、楊龍友相約聽平話，在題材的選擇上，侯方域雖主張：

不拘何朝，你只揀著熱鬧爽快的說一回罷！

但是，飽經世故的柳敬亭並不當真，依他閱人多矣的觀察，這些滿心以國事為念的熱血青年，何嘗真想聽那些熱鬧的局面？因此，他自作主張說：

相公不知，那熱鬧局就是冷淡的根芽，爽快事就是牽纏的枝葉。倒不如把些賸水殘山、孤臣孽子，講他幾句，大家滴些眼淚罷！

這番話真說出了侯方域等人內心深處的想法，難怪復社一干年輕人日後對他欽敬有加。因為他如此善體人意，又具有敏銳的觀察力，所以，他說書時很能掌握聽者的情緒，說出聽眾的心聲。例如：第十三齣〈哭主〉裡，左良玉正沾沾自喜於自己的功業，柳敬亭便適時的說上一回「秦叔寶見姑娘」[192]，真正說進左寧南的心坎裡，怪不得左寧南要直呼：

[192] 柳敬亭常說秦叔寶故事。錢牧齋〈與毛子晉七首之二〉即云：「對柳敬亭劇談秦叔寶，差消魁壘耳。」余懷《板橋雜記》也說：「余僑寓宜睡軒中，猶說秦叔寶見姑娘也。」

咱家也都經過了！

俺左良玉也不枉為人一世矣！

俺左良玉立功邊塞，萬夫不當，也是天下一個好健兒，如今白髮漸生，殺賊未盡，好不恨也！

他不但知道該和甚麼人說甚麼事，甚至連講話的時機都掌握得萬分精確。左寧南於黃鶴樓宴請袁、黃兩公飲酒看江，久候客人不至，就虧柳敬亭設想周到，說：

晚生知道元帥悶坐，特來奉陪的。

如此體貼入微，難怪左氏要引為知己了。而〈投轅〉齣，當柳敬亭投書受阻時，他見軍士們飢形於色，馬上假稱是解糧的，說：

不為你們捱餓，我為何到此！

唬得那群弓兵，又是賠罪，又是打躬作揖的，自責不已：

啐！我們瞎眼了，快搬行李，送老哥轅門去。

此種善於察言觀色的能力，毋寧說是一位傑出的資深說書者必備的條件，也是長期處於聲色場所討生活者的人生觀察吧！

另外，敏於取譬引喻也是《桃花扇》裡柳敬亭的一大特色。在〈訪翠〉齣裡，大夥兒於媄翠樓上行酒令，輪到柳敬亭時，他便機靈的說了個蘇鬍子與黃山谷鬥茶量的笑話，表面看似一本正經行酒令，但笑話結尾是：

你聽乒邦一聲，鬍子沒打秀才，秀才倒打了鬍子了。

有意思的是，柳敬亭這時做出彈壺的動作，接著說：

眾位休笑，秀才利害多著哩！這樣硬壺子都打壞，何況軟壺了！

輕描淡寫的一句諧音語，狠狠的奚落了阮大鋮一頓，招得舉座人樂，連一向才高八斗的侯方域都不由得要讚歎：

敬老妙人，隨口詼諧，都是機鋒。

第十齣〈修札〉裡，侯方域取笑敬亭：

看官俱未到，獨自在此，說與誰聽？

柳敬亭馬上回答：

這說書是老漢的本業，譬如相公閒坐書齋，彈琴吟詩，都要人聽麼？

而當他決定傳書給左良玉，楊龍友質疑他：

果然好個本領，只是書中意思，還要你明白解說，纔能有濟。

柳敬亭亦迅即提出答案：

書中意不須細解，何用明白？費俺唇腮。一雙空手，也去當差，也會檛乖。憑著俺舌尖兒把他的人馬罵開，仍倒回八百里外，則問他防賊自作賊，該也不該？

一句簡淨的「防賊自作賊」，既清楚又達意，也難怪侯方域要讚道：

好！好！好！比俺的書字還說得明白！

而當左良玉接過書信，知道書中以鎮守邊方、不可移兵內地相期，他馬上推諉道：

你可知這座武昌城，自經張獻忠一番焚掠，十室九空，俺雖鎮守在此，缺草乏糧，日日鼓譟，連俺也做不得主了。

柳敬亭聽出了弦外之音，於是故意摔茶鍾於地，二人便展開了一場充滿機鋒的對話：

左：呵呀！這等無禮，竟把茶杯擲地。
柳：晚生怎敢無禮，一時說的高興，順手摔去了。
左：順手摔去？難道你的心，做不得主麼？
柳：心若做得主呵，也不教手下亂動了。
左：敬亭講的有理，只因兵丁，餓的急了，許他就糧內裏，亦是無可奈何之一著。
柳：晚生遠來，也餓急了，元帥竟不問一聲兒。

左：我倒忘了，叫左右快擺飯來。

柳：好餓，好餓。

左：可惡奴才，還不快擺。

柳：等不得了，竟往內裏吃去罷。

左：如何進我內裏？

柳：餓的急了。

左：餓的急了，就許你進內裏麼？

柳：餓的急了，也不許進內裏，元帥竟也曉得哩！

以尋常事物取譬引喻，無一不切中旨意，輕鬆詼諧，深得諷喻之旨。續四十齣〈餘韻〉，柳敬亭臨下場之時，仍不忘打趣一番，願取舌頭權充下酒之物，老贊禮質疑：

你的舌頭，你自下酒，如何讓客？

他乃悠然答道：

你不曉得，古人以《漢書》下酒，這舌頭會說《漢書》，豈非下酒之物？

這樣的比喻，既風雅，又隱然有那麼點風塵的耍弄，非常貼近說書人的生命情調。

另外，孔尚任還安排了若干場面來顯示柳敬亭的長於分析、勇於決定的個性。譬如：

第三十八齣〈沉江〉裡，侯方域等一群復社夥伴和柳敬亭自獄中釋出，尚不知何去何從，敬亭則當機立斷：

我們出獄，不覺數日，東藏西躲，終無棲身之地。前面是龍潭江岸，大家商量，分路逃生罷。

而當大家聽到史閣部投江消息，痛哭失聲，也是柳敬亭提醒大夥兒：

閣部盡節，成了一代忠臣，相公不必過哀，大家分手罷！

甚至在三十九齣〈棲真〉中，侯方域心志浮動、思念香君，也端賴敬亭排解：

前日皇帝私走，嬪妃逃散，料想香君也出宮門，且待南京平定，再去尋訪罷。

幾乎在許多重要的關鍵時刻，都有賴柳敬亭正確的判斷與果決的行動。

2. 重義多情

另外，筆記中對柳敬亭重義多情的記載，也是令人印象深刻。《桃花扇》裡，對此也頗多著墨。如第十齣〈修札〉，侯方域修書完畢，正愁找不著適當人選傳書，柳敬亭當下毫不加思考的承諾去走一遭，他說：

你那裡筆下謅文，我這裡胸中畫策，舌戰群雄，讓俺不才，柳毅傳書，何妨下海。丟卻俺的癡騃，用著俺的詼諧，悄去明來，萬人喝采。

而當左良玉以清君側為名，起草檄文，須一人飛遞傳送，柳敬亭也不顧危險，一意擔承，說：

這條老命甚麼希罕！只要辦的元帥事來。

眾人見他義薄雲天，都不禁下拜敬酒，直讚：

這位柳先生，竟是荊軻之流，我輩當以白衣冠送之。

對這椿明知幾乎是有去無還的危險任務，柳敬亭豈是毫無所懼！《桃花扇》也並不諱言英雄亦是有懼的人性，讓敬亭在含淚答拜時，一吐衷心話：

> 擎酒杯，拭淚痕，荊卿短歌聲自吞，夜半攜手叮嚀。滿座各消魂，何日歸？無處問，夜月低，春風緊。〈鎖南枝〉

果然此行是凶多吉少，柳敬亭因之瑯鐺入獄，雖說如此，其後敬亭吃盡苦頭，於獄中與侯方域等人不期而遇，仍不改其癡心本色，豪氣萬般的說：

> 寧南兵變，料無人能將檄傳。探湯蹈火咱情願，也只為文士遭讒，白頭志高窮更堅，渾身枷鎖吾何怨？助將軍除暴解冤，助將軍除暴解冤。〈玉交枝〉

柳敬亭強調「助將軍除暴解冤」，這種義氣的表現，一方面是植基在大是大非的家國意識上，更重要的恐怕是因緣於個人的知恩報恩上。孔尚任為聯結劇情並凸顯柳敬亭的性情，編撰了這一段入獄的關目，筆記上並無柳氏入獄的記載，當時下獄者只有陳定生一人而已[193]，但是柳敬亭確實有為左良玉奉使

[193] 見梁啟超注《桃花扇》，第三三齣，注二。

南京之事，只是也並非如劇中所云，是為傳清君側之檄，而是為左交歡阮大鋮，此事吳偉業撰〈柳敬亭傳〉有載：

……阮司馬大鋮，生舊識也，與左郤而新用事，生還南中，請左曰：見阮云何？左無文書，即令口報阮以捐棄攻嫌圖國事，生歸對如寧南指，且結約還報。……

又黃宗羲撰〈柳敬亭傳〉亦云：

……嘗奉命至金陵，是時朝中皆畏寧南，聞其使人來，莫不傾動加禮，宰執以下，俱使之南面上坐，稱「柳將軍」……

可以知道孔尚任為強調柳敬亭的重義多情，就筆記所載，巧為點染，以其有為左良玉奉使事，取便穿插，雖說事為徵實，但柳敬亭的重義多情，應是虛中的實筆也。

柳敬亭與左良玉的這番遇合，孔尚任也沒有忘記用回溯之筆，在最後一齣裡，向我們交待柳敬亭、左良玉二人往來的最後結果：

左寧南是我老柳知己，我曾託藍田叔畫他一幅影像，又求錢牧齋題贊了幾句，逢時遇節，展開祭拜，也盡俺一點報答之意。

其情深重義如此，可謂終身以之，實令人敬佩。

3. 平淡磊落

就磊落平淡的性格特質而言，《桃花扇》也有所發揮。在〈會獄〉齣裡，一干人等相會於一牆之隔的牢房，攀談之下，才知敬亭所羈牢房較之侯方域、吳次尾更為不堪，侯說：

我們還是軟監，敬老竟似重囚了。

但柳氏卻仍安之若素，無半點牢騷，甚至還慶幸：

阿彌陀佛！免了上押床，就算好的狠哩！

高拱手礙不了禮數周全，曲肱兒枕頭穩便，只愁今夜裏，少一箇長爪麻姑搔背眠。

當然，最能凸顯他磊落平淡風範者，莫如續四十齣〈餘韻〉，他和蘇崑生留落為漁樵，曾經經歷大風大浪，也曾於左寧南麾下享盡榮華的他，依舊不怨不悔的樂享山林之美，雲淡風清的自云：

俺柳敬亭，送侯朝宗修道之後，就在這龍潭江畔，捕魚三載，把些興亡舊事，付之風月閒談。今值秋雨新晴，江光似練，正好尋蘇崑生飲酒談心。……

相較於復社諸君子的沉重使命感，在國破家亡的年代，柳敬亭的瀟灑悠游，看似缺乏道德的修持，然而，如果我們用另一個角度來審視，長期浸淫於說書世界的柳敬亭，是否因為知古鑑今而對歷史的興亡有更為寬廣的詮釋？當事仍有可為時，他全力以赴；當事已不可為時，便全心放開了，這樣的情懷，也許較一般士子，事情臨頭時舉不起，事過境遷時又放不下，要來得真磊落罷！

（四）說書藝術

孔尚任《桃花扇》裡，對柳敬亭說書藝術也有所演述，柳敬亭在其中共說唱三場，包括一出場即為侯方域等復社菁英說魯論「太師摯適齊」、十三齣〈哭主〉，為閒坐無聊的左良玉說一段「秦叔寶見姑娘」，最後，劇作臨終了時，又唱了首新編彈詞「秣陵秋」，如果再加上〈訪翠〉齣中說的一則別具嘲諷意味兒的笑話，則柳敬亭在劇中被塑造成一位多才多藝的民俗藝人，他不但擅長說書，說笑話、唱彈詞也頗有一套，他總是能因應各種不同的場合、不同的氣氛，做出最適當的反應。說書不難，難在能說進聽眾的心坎裡，筆記裡的柳敬亭在這一點上著墨較少，《桃花扇》中則加以補強，讓我們充份見識到做為一個眾譽所加的老練說書人對人性的了然於心。

在筆記裡頗受稱許的說書技巧，孔尚任囿於戲劇形式的侷限，未能再三指陳，但也技巧的透過柳敬亭及聽眾來表達，如柳敬亭尚未出現前，便先安排吳次尾加以品評：

兄可知泰州柳敬亭說書最妙，曾見賞於吳橋范大司馬，桐城何老相國。

在聆賞他說書過後，陳定生首先發出讚歎：

妙極！妙極！如今應制講義，那能如此痛快！真絕技也。

意猶未盡，侯方域、陳定生、吳次尾同聲稱道：

暗紅塵霎時雪亮，熱春光一陣冰涼，清白人會算糊塗帳。這笑罵風流跌宕，一聲拍板溫而厲，三下漁陽慨以慷。……〈解三醒〉

左良玉在與柳敬亭首次交鋒過後，雖尚未聆聽他說書，卻已領教他的舌辯工夫，亦不由得讚道：

句句譏誚俺的錯處，好箇舌辯之士！俺這帳下，倒少不得你這個人哩！俺雖是江湖泛交，認得出滑稽曼老，這胸次包羅不少，能直諫，會傍嘲！〈南園林好〉

經過這許多的肯定與讚美，柳敬亭對自己的說書能力自然也是信心十足。他在〈修札〉齣裡，曾自云：

在下柳敬亭，自幼無藉，流落江湖，雖則為談詞之輩，卻不是飲食之人。列位看我像箇甚的？好像一位閻羅王，掌著這本大帳簿，點了沒數的鬼魂名姓；又像一尊彌勒佛，腆著這副大肚皮，裝了無限的世態炎涼，鼓板輕敲，便有風雷雨露；舌唇纔動，也成月旦春秋。這些含冤的孝子忠臣，少不得還他箇揚眉吐氣；那班得意的奸雄邪黨，免不了加他些人禍天誅，此乃補救之微權，亦是褒譏之妙用。俺柳麻子信口胡談，卻也燥脾……

這段文字也說明了柳敬亭說書並不墨守成規、依循舊說，常在說書的當兒，暗寓個人的褒貶，是很注重社會教育的功能的。在〈投轅〉裡他也曾很自傲的向左寧南誇口道：

晚生自幼失學，有何技藝？偶讀幾句野史，信口演說，曾蒙吳橋范大司馬、桐城何老相國，謬加賞贊，因而得交縉紳，實堪慚愧！

俺讀些稗官詞寄牢騷，稗官詞寄牢騷，對江山吃一斗苦松醪。小鼓兒顫杖輕敲，寸板兒軟手頻搖，一字字臣忠子孝，一聲聲龍吟虎嘯，快舌尖鋼刀出鞘，響喉嚨轟雷烈礮。呀！似這般冷嘲熱挑，用不著筆鈔墨描，勸英豪一盤錯帳速勾了。〈北沽美酒帶太平令〉

這些自我說辭，證諸筆記中的記載，是一些也不誇張的。

另外，由《桃花扇》所敘柳敬亭說書的內容看來，也如前述所探究的一樣，是非常多樣性的，《論語》、《隋唐演義》、彈詞、笑話，甚至由〈會獄〉中提到「佛殿奇逢」推測，他也應該熟悉〈鶯鶯傳〉等風花雪月的傳奇故事，他在各種不同場合，總是能順手拈來皆切中觀眾的心情，實在是一位非常了不起的說書人。

總之，孔尚任在《桃花扇》裡成功的塑造了一位世故、老練卻又不失勇敢、機變、熱情的說書人，他雖然為使劇情更具可看性與聯貫性，在細節上不得不做若干點染，但就整體而言，不但是頗忠於原始的面貌，甚至更寫進了柳敬亭的內心世界，將筆記中的資料，做出最淋漓盡致的運用，若非孔尚任這般才情橫逸的劇作者，是不可能做到的。

第五節　孔尚任寫作《桃花扇》歷史劇的手法

歷史的題材進入了劇作家的手中，必然經過一番重新的斟酌與採摘。經過了前幾節對孔尚任寫作歷史劇的觀察，可以歸納他的寫作手法為以下幾點：

一、紀實存真

《桃花扇・本末》中說得明白：

族兄方訓公，崇禎末為南部曹，予舅秦光儀先生，其姻婭也。避亂依之，羈棲三載，得宏光遺事甚悉，旋里後，數數為予言之，證以諸家稗記，無弗同者，蓋實錄也。

而在《桃花扇・小引》裡，他又說該書的寫作動機是：

《桃花扇》一劇，皆南朝新事，父老猶有存者。場上歌舞，局外指點，知三百年之基業，隳於何人，敗於何事，消於何年，歇於何地。不獨令觀者感慨涕零，亦可懲創人心，為末世之一救矣！

因為是實錄，又為全面反映明末社會面貌，揭露明末種種腐敗現象，完成「桃花扇底看南朝」的具史詩意義的主題，所以，他不但在〈考據〉中明列史料來源，而且，在每齣戲的開頭，刻意編年紀月，以昭示劇作的可信度。而事實上，劇中涉及的大事，如明末復社的活動、崇禎自縊、福王登基、史可法死守揚州、江北四鎮的內鬨、左良玉兵變……等，幾乎都可以按月考據出來。董每戡先生《五大名劇論》裡曾據徐鼒《小腆紀年》舉出本劇有關史料，194鉅細靡遺、洋洋灑灑，可證《桃花扇》的寫作確實有所根據，並非憑空捏造。除了政治史料的徵實外，其他如人物的塑造、各項的民俗等也都毫不馬虎，如〈訪翠〉齣裡的盒子會，就和《板橋雜記》中所記吻合195；〈偵戲〉齣裡寫陳定生等人置酒雞鳴棣，徵阮伶以侑，得罪阮大鋮的經過，也見於《梅村文集・冒辟疆五十壽序》196卞玉京入道事，也見於吳梅村〈聽女道士彈琴歌〉197中；柳敬亭受知於左寧南更是各項筆記中津津樂道的。他如：寇白門為舊院歌妓198、蘇崑生善於唱曲199、李香君諱名香扇墜200、藍田叔寄居媚香樓201、楊龍友畫蘭202、許定國妻計殺高傑203

194 董每戡撰：《五大名劇論》（人民出版社）「本劇有關史事舉要」，頁四七三—四八一。

195 余懷撰：《板橋雜記》（臺北：新文豐出版社，一九八五年三月，叢書集成新編）卷下，頁二三。

196 吳偉業撰：《梅村家藏稿》（臺北：商務印書館，四庫叢刊本）卷三六，文一四，頁六—七。

197 陳維崧編：《篋衍集》（上海國光書局石印本）收錄。

198 陳維崧編：《婦人集》（海山仙館藏書本，咸豐丙辰年刻）葉五中載：寇白門，南院教坊中女也。

199 吳偉業撰：《梅村家藏稿》（臺北：商務印書館，四庫叢刊本）卷一〇，後集，頁五五，〈楚兩生行〉云：蔡州蘇崑生、維揚柳敬亭，其地皆楚分也，而又客於楚，左寧南駐武昌，柳以談，蘇以歌為幸舍重客。

200 同注195，卷中，頁二一。

201 見《都雜事記》。

202 同注195，云：貴筑楊龍友寫崇蘭石於左偏。

203 〈賺將〉齣眉批云：康熙癸酉，見侯夫人於京邸，年八十餘，猶健也，歷歷言此事。知其所演，為實事也。

……等，都非子虛烏有之事。所以，存真紀實部份，可以說是《桃花扇》之所以成為一部震鑠古今的歷史劇的最重要手法，也是當笙歌靡麗時，為什麼會有故臣遺老「掩袂獨坐」，甚至「欷吁而散」的原因。

二、諱筆藏巧

孔尚任寫作《桃花扇》固然力求忠於歷史，但在異族統治的時代來回溯前朝的興衰，有時亦有他難言的苦衷，因之，必須在敘事時，朦朧其意，使知情者能從隱微婉曲的字句或劇情中，體會那隱藏不露的諷喻；而不知情者卻對這弦外之音、味外之旨無所知覺，這就是所謂的「諱筆藏巧」。譬如：孔尚任對侯方域的兩朝應舉不但不加以批評，甚至讓他以修真入道作結，表面上看似對順服清廷的人多所袒護，但他卻在第四十齣〈餘韻〉中徐青君訪拿山林隱逸時，輕描淡寫的以「那些文人名士，都是識時務的俊傑，從三年前，俱已出山了」來揭露實情，卻又巧妙的在標記年月的障眼法裡迴避了違背史實的指責。

另外，《桃花扇》每齣年號干支的標法，也是大有深意存焉。古代以干支紀年，干支前面必冠以皇帝年號，不標年號，是大逆不道。《桃花扇》記了崇禎年號，崇禎是清人所承認的，所以甲申雖也是順治元年，但仍是崇禎最後一年，他不標順治年號尚情猶可原，但是，乙酉是順治二年、戊子是順治五年，仍不標順治，只記干支，而第一齣的甲子卻又記康熙年號，這其中的差別正是孔尚任以諱筆來寄寓褒貶的最清楚範例。他之所以不標順治年號，誠如陳四如〈跋語〉中所說：

至於齣下之編年紀月、齣末之搜才繫士，不書隱公即位之筆，得再見矣。噫！《桃花扇》之義大矣哉！

顯見孔尚任對順治是相當不以為然的。孔尚任以儒家正統自居，崇奉孔子「裔不謀夏，夷不亂華」的主張。這種思想有時是大漢族主義的表現，但當少數民族國家入侵，或漢族王朝收復失地時，他又與愛國主義統一起來。依儒家的觀點看來，順治入侵是以裔謀夏、以夷亂華；康熙雖也是「夷」，但他是繼承帝位，並非入侵篡位，這當中當然也多少反應了他和康熙之間特殊的交情。孔尚任用標示干支不標年號來暗暗譴責順治的入主中原，用標康熙年號來掩飾不奉正朔可能引發的文字獄，這也是諱筆藏巧的手法。

而有意思的是，孔尚任自詡忠實於歷史的劇作家，故連每齣標日下也註明年月，偏在這上面做了些和歷史乖違的安排，如劇中第二十齣〈移防〉下繫「甲申六月」，比照史實，便知孔尚任有意把時日提前幾個月來混淆視聽。史實中，四鎮互鬨以迄高傑移防，應是甲申年八、九月到十一、二月的事，為什麼偏在標目下提前幾個月注為「五月」、「六月」？甚至他也在第十八齣〈爭位〉聲東擊西的說：

現今流寇北來，將渡黃河，總兵許定國不能阻擋，連夜告急，正要與四鎮商議發兵防河，今日一動爭端，僨俺大事，豈不可憂？

事實上，按史實記載，五月底清攝政王多爾袞檄吳三桂追擊流賊；六月間，多爾袞致書史可法招降，七月底，萬之吉奏清兵南征，至於李自成早已率眾於五月二十二日退走真定，從此越退越遠了。孔尚任刻意更動時間，無非是要眩清廷耳目，好使人們誤以為史可法防河目的，是為防闖賊，而非清廷。這絕非孔尚任未查明史實所造成，而是孔尚任採用的障眼法。

他在〈孤吟〉裡即說明：

世事含糊八九件，人情遮蓋兩三分。

把自己裝扮成滑稽調笑的東方朔，其目的是不敢明目張膽指斥清朝，逃避嚴密的文網。如此之不足，他甚至還顛三倒四的在一開場即仿元雜劇來一段頌聖語：

又到了上元甲子，堯舜臨軒，禹臯在位，處處四民安樂，年年五穀豐登，今乃康熙二十三年，見了祥瑞一十二種。（內問介）請問那幾種祥瑞？河出圖、洛出書、景星明、慶雲現、甘露降、膏雨零、鳳凰集、麒麟遊、蓂莢發、芝草生、海無波、黃河清，件件俱全，豈不可賀。老夫欣逢盛世，到處遨遊。

董每戡便認為這樣陳腐的陳套，並不是真的在歌頌朝廷，而是因為：

我們可以知道這本戲不只是給觀眾消閒遣悶的戲，它的主題思想決不是風花雪月無關閎旨的，一定有重大的政治意義，這才使作者不能不躲躲閃閃，藏頭露尾地傳達不但耳聞皆曾眼見的實人實事；……況且他自己也說過只是「借離合之情，寫興亡之感」，言在此而意在彼，他在民族的敵人面前說話，提心弔膽是必然的，敵人必然不會讓他抒寫自己的感憤情懷，終於，他還是大膽的抒他的黍離之感；我們直到而今，確實不曾看到另有一部比較全面的反映明亡大悲劇時代之歷史真實的文藝作品，在這種遺憾中，得此，不也很可喜嗎？204

所以，這樣的筆法，多半是為避人耳目，達到文章真正想要表達的意圖，可謂用心良苦，讀者不可不察。同樣的情況也見諸於史可法的沉江一節。根據歷史記載，史可法死守揚州，不幸被俘，清軍主帥多鐸曾力勸他投降，可法慷慨陳詞：

國亡與亡，我意已決，即劈屍萬段，甘之如飴。205

結果，引頸就戮。《桃花扇》寫他聽到南京失陷消息，感到復國無望，才投水自盡，事實上，與史實

204 同注194，頁五〇五—五〇六。

205 此說據史可法嗣子、副總兵史德威撰〈維揚殉節紀略〉一文所述。有關史可法抗清之役死難一事，傳聞頗有異說。舒翼先生〈史可法揚州死難考〉有詳細考證，可參見《光明日報》史學雙週一七〇號。

並不相合，他之所以做此安排，乃是為避開與清軍正面衝突這種極難處理的歷史事實，讓史可法沉江，才能避免清兵以劊子手面目出現，也才不至於觸怒清廷。除此之外，孔尚任更更改史可法殉國的時間，他原死於順治二年四月二十五日揚州城破之時，劇中的沉江卻在五月初十以後的兩三天，事實上，史可法殉國時，弘光尚在南京，這在〈考據〉中寫得明白，孔尚任並不糊塗，他之如此做，是要將史可法死的時間推後，以突出史將自己與南明、弘光緊緊聯繫在一起，將個人置之度外的精神，這是隱約中刻意表彰史可法的民族氣節。

三、虛構寫意

歷史是枯燥的，戲劇則必須緊緊扣住觀眾的心，而為使劇情更形緊湊、人物更具衝擊性，對歷史題材做適度的虛構點染實屬必要。《桃花扇・凡例》中，孔尚任自己就明白的說：

> 至於兒女鍾情、賓客解嘲，雖稍有點染，亦非烏有子虛之比。

因此，孔尚任創作《桃花扇》，雖然希望儘量紀實存真，做到「確考時地，全無假借」的地步，但戲劇畢竟不同於歷史，《桃花扇》中虛構的情節實無法避免。譬如：劇中居於主線地位的侯、李戀情，在真實生活中，並沒有如戲劇般的纏綿悱惻。二人相聚僅一年，而自桃葉渡一別後，事實上，二人並無再聚首事，但戲劇既然是為將「南朝興亡繫之桃花扇底」，則自然須將二人的情誼深刻化，才能借兒女私情捐棄的悲壯來凸顯家國之愛的壯烈。因此，有關李香君罵筵、入宮，侯方域入獄及重訪媚香樓，甚至二人於道場重逢，乃至二人忍痛割捨愛情，分別雙雙入道……等等有關的情節，事實上都是因應劇情之需所作的虛構點染，這些虛構，主要是在強調小我之愛的堅貞纏綿，其目的則是為其後更重要的主題——南朝興亡作鋪敘。

其他如寫柳敬亭曾入阮大鋮家，蘇崑生為侯方域冒死唱曲求見左寧南，柳敬亭、蘇崑生最終為漁樵，丁繼之出家，李貞麗代嫁……等，都是孔尚任為表彰社會低階層小市民的氣節，並以他們來襯托那些尸位素餐者的腐敗無能所作的虛構。這樣的虛構，使得這些優伶口技之輩，顯得有血肉、有靈魂，嘻笑怒罵、鬚眉畢現，面目精神，勃勃欲生。正如顧采〈桃花扇序〉所說：

> 當其時，偉人欲扶世祚，而權不在己；宵小能覆鼎餗，而溺於宴安；扼腕時艱者，徒屬之席帽青鞋之士；時露熱血者，或反在優伶口技之中。

孔尚任如此虛構，其目的即在表達此種社會現狀。因此，此種事件雖屬虛構，而虛構所表現出來的精神，卻是真實無妄的，這樣的添加，使得劇作更具吸引力，同時也更能凸顯主題，這是歷史轉變為劇作時，無可避免的手法。

四、誇飾摹神

除了虛構寫意外，原本就有的史實，如果照本宣科勢必無法造成強烈的衝激力，也就沒辦法凝聚高潮，而戲劇一旦缺乏高潮，也就失去了它的戲劇魅力。因之，在某些既定的史實上施以過分的渲染或誇張的形容，使它在舞臺上醞釀出強烈的氣氛，以帶領觀眾的喜怒哀樂，進入愜心快意的情境，是一部成功的劇作所不可或缺的條件。

《桃花扇》中用類似的手法以摹神者，可謂不勝枚舉。如史可法殉國一節，便是很好的例子。孔尚任改史可法自盡的歷史為沉江的戲劇，在描寫上可以說極度的誇飾，他描述清兵直逼揚州之際，史可法領兵不足三千，他夜半私步城頭巡營，眼看軍心渙散，或準備投降，或打算搶掠。為整軍經武，他於梅花嶺上夜半點卯，誰知三千殘卒毫無鬥志，史可法悲憤、焦急，不禁仰天慟哭：

哭聲祖宗，哭聲百姓。〈三十五齣・誓師〉

士卒們聞聲相覷，不禁被他的忠心所感動，立誓：不替朝廷出力，竟是一夥禽獸！於是，史可法登高發令：

（外）上陣不力，守城。

（眾）是！

（外）守城不利，巷戰。

（眾）是！

（外）巷戰不利，短接。

（眾）是！

（外）短接不利，自盡。

（眾）是！

看到將士用命、鬥志高昂，史可法於是恢復了信心，鼓掌三笑，所謂「不怕煙塵四面生，江頭尚有亞夫營，模糊老眼深更淚，賺出淮南十萬兵」，決心死守揚城。

〈沉江〉齣裡，揚州兵敗，史可法縋城出奔，原想自盡殉國的他，突然想起明朝三百年社稷，只靠他一身撐持，只好忍死須臾，在空江野路上狼狽奔跑，直到遇到老贊禮，聽到北兵過江，南京失守，絕望之餘，頓足痛哭：

撇下俺斷篷船，丟下俺無家犬；叫天呼地千百遍，歸無路，進又難前。那滾滾雪浪拍天，流不盡湘纍怨。（指介）有了，有了，那便是俺葬身之地，勝黃土，一丈江魚腹寬展。（看身介）俺史可法亡國罪臣，那容的冠裳而去？（摘帽、脫袍、靴介）摘脫下袍靴冠冕。……你看茫茫世界，留著俺史可法何處安放。累死英雄，到此日看江山換主，無可留戀。〈普天樂〉

孔尚任對史可法的殉國，用了相當的篇幅，由他力挽狂瀾的無奈，寫到赤忱動人心魄，再由狼狽失路，寫到絕望沉江，最後還透過柳敬亭、侯方域、陳定生等人的望江哭祭，向民族志士獻上一瓣心香，更有甚者，還在〈入道〉齣寫他死後成神，在天上享受尊榮。這種種神話似的誇飾，旨在塑造史可法的悲憤孤忠。他把史可法的死，描寫得十分悲壯，一種英雄末路的悲懷充斥字裡行間。史可法殉國了！但是，孔尚任飽含濃烈感情的筆觸，卻在讀者及觀眾的心坎裡生根，史可法的精神不死！

誇飾法還見諸柳敬亭的描摹。筆記中的柳敬亭，固然是個機變且重義多情的人，但到了孔尚任筆下，其品格卻又比清流高出許多。他言語睿智、滑稽，充滿生活的智慧，更重要的是，他性格狷介耿直，急公好義。左良玉領兵東下搶糧，侯方域寫信勸阻，正苦無人送信，柳敬亭就自告奮勇傳書，並以連珠妙語打消左軍發動騷亂的想法；後左良玉決心發兵討伐阮大鋮，柳敬亭再度挺身而出，擔負起危險的傳檄任務，表明為了天下蒼生，甘願置生死於度外，孔尚任用充滿張力之筆，敘寫左良玉以元帥之尊跪倒在地，效易水悲歌、白衣相送，獻酒給柳敬亭，滿營將士無不涕淚橫揮，柳敬亭巍然形象透過孔尚任誇飾之筆，於是深印人心。

負面人物的處理，也不乏誇飾之例。如寫阮大鋮的權奸誤國，把他的狠毒、險詐、自私描述得淋漓盡致。他失意之際，對復社名士搖尾乞憐，參加文廟祭祀時，厚顏自稱是趙忠毅門人；其後又狡詐的想拉攏侯方域，為他出力。迎立福王時，因身為廢員，不能接駕，不惜穿上差役服色，裝成賫表官，後又權充班役，隨馬士英混入內閣。其熱衷名利、卑鄙無恥，真是無以復加。而得勢之後，一方面奴顏卑膝、諂事君上，為弘光帝搜選藝人，弄得市井騷然、怨聲載道；一方面作威作福，大興文字獄，盡殺黨人。孔尚任並且用非常嘲諷的手法批判阮大鋮，他在〈拜壇〉齣裡寫馬士英、阮大鋮二人看到左良玉聲討他們的檄文，嚇得沒了主張：

馬士英：倘若北兵渡河，叫誰迎敵？

阮大鋮：（副淨向淨耳介）北兵一到，還要迎敵麼？

馬士英：不迎敵還有何法？

阮大鋮：只有兩法。

馬士英：請教。

阮大鋮：（副淨作摳衣介）跑！（又作跪地介）降！

馬士英：說得也是！大丈夫轟轟烈烈，寧可扣北兵之馬，不可試南賊之刀。吾主意已定，即發兵符調取三鎮便了。

這一段對話及幾近漫畫化的動作，與〈逃難〉折裡，阮、馬二人被亂民打得腰壞臂折，最後兩人疊騎一馬逃命的敘述，都十分誇張，也更淪肌浹髓的揭露阮大鋮的醜惡面目。作者集中筆力，把對一干權奸的痛恨，全加諸阮大鋮身上，正顯示出孔尚任對這些喪心病狂者的鞭撻與對民族敗類的痛心。

另外，寫弘光四鎮驕橫無度、相互攻伐的〈爭位〉齣，也是如此。作者用四鎮因爭座位而相互廝殺的醜態：

黃得功：元帥在上，小將本不該爭論，這高傑乃投誠草寇，有何戰功？今日公然坐俺三鎮之上。

高傑：我投誠最早，年齒又尊，豈肯居爾等之下？

劉澤清：此處是你汛地，我們都是客兵，連一個賓主之禮不曉得，還要統兵！

劉良佐：他在揚州，享受繁華，尊大慣了，今日也該讓咱們來享享。

高傑：你們敢來，我就奉讓。

黃得功：那個是不敢來的！（起介）兩位劉兄同我出來，即刻見個強弱！（怒下）

接著是一場可笑的自相殘殺。這一齣所依據的史實，是結合高傑與黃得功在土橋的衝突與劉良佐不滿意高傑佔據富甲天下的揚州的兩件事而予以變更綰合的。孔尚任以爭座位這種小事來誇飾四鎮以小忿而置國家大事於不顧的事實。這一齣四鎮爭奪鬩牆的戲全是史實，但爭座位而至相互殘殺則是孔尚任的誇飾。其目的在凸顯史可法處境之難和他謀國的艱難。

另外，劇中寫李香君卻奩一事，據〈李姬傳〉和〈癸未去金陵日與阮光祿書〉所載，當時阮大鋮所以納交於侯方域的，不過是貰酒、奏伎、招遊舫、攜山屐等，與李香君妝奩無與，香君也不過勸侯方域擇交，也無所謂卻奩事；況侯方域結識香君時，雄才灝氣，挾萬金結客，實不必要他人幫助妝奩。不過，當時阮大鋮想拉攏復社文人，見朝宗年輕無定見，又仗著和侯方域之父有年誼關係，所以想利用侯，侯方域差點被動搖，多虧李香君有見識，力勸侯不要與奸人妥協。李香君這一舉動是很值得敬佩的，所以孔尚任編劇時，但取其意，而稍加增益以誇張李香君的正義行為，使得一位剛烈嚴明、頗識大體的風塵女子，在亂世中，顯得格外丰姿綽約。李香君的角色雖與史實略有出入，但這樣的誇飾，大快讀者及觀眾之心，所以，誇飾以摹神的編劇方法，確實有著強烈的張力，能引領觀眾的情緒，加強劇作的吸引力。

五、以簡御繁

歷史的題材龐雜瑣碎，要悉數納入劇本之中，勢所不能，在編劇的過程，一定得經過篩選刪汰的程序，否則必會旁枝蔓延，不可收拾。尤其，《桃花扇》以四十多齣的篇幅，要反映複雜的歷史事件和廣闊的社會生活，人物眾多、情節曲折，如何在龐雜繁複的史實中擇要貫串，就非常重要。

《桃花扇》登場人物，除掉無關緊要的扛旗打傘、家丁小使雜角之外，有生旦淨末丑計三十一位角色，從各角色口中提到、而未登場者更高達兩百人上下，要描摹偌大的南朝新事，確實是個大工程。以簡御繁的最明顯筆法，也就是並未讓所有相關人物一一出場，而是用各式各樣的方式，由登場人物的口中交代其來龍去脈。例如：侯方域之父——侯恂，因和阮大鋮、左寧南都有不同的交情，在劇中的重要性不言而喻，但通劇中，卻不見他出場，僅由他的兒子及門生故舊口中道出，甚至，極具關鍵性的〈修札〉，本應由侯父擔綱，為密集針線，都改由方域代筆修書。此外，許多在當時政治鬥爭中起過重要作用的人物，如復社三公子的冒辟疆、方密之，只在〈偵戲〉齣從阮大鋮家人口中傳出他們在雞鳴棣飲酒聽曲的情況；五秀才中的劉城、沈士柱、楊廷樞、沈壽民，除在〈鬨丁〉齣以雜色登場外，只有在〈會獄〉齣從柳敬亭口中提到馬士英、阮大鋮等要逮捕他們。

他如四鎮之爭，在當時出任調解的人是監軍萬元吉和監紀應廷吉，而本劇卻改為侯方域，而把和解之功歸之於侯方域；以三大罪、五不可立之論，阻止福王登基的這個重大行動，發端者原為周仲馭、雷次公，也非侯方域；孔尚任把這兩次重要的行動都歸諸侯方域，除了有意讓侯方域這個角色來概括明末知識份子的特性外，也是為了減少頭緒、使針線集中。

在人物的塑造上，《桃花扇》也深諳以簡御繁之道。譬如：左右逢源的楊龍友，〈媚座〉總批裡就指點讀者：

香君一生，誰合之？誰離之？誰害之？誰救之？作好作惡者，皆龍友也。

一語道出楊龍友此人的多事性格。因此，孔尚任在刻劃楊龍友時，便捨棄其他無關的事件，專就主角命運發展變化的催化劑部份著墨，把他塑造成一個老於世故又頗有文名的政客，以此反映那個動盪不安的社會環境下對熱衷功名富貴的封建文人的影響，也因為要達到這個目的，作者因之捨棄了史實中楊龍友從容殉國的悲壯結局，而代之以臨難脫逃；而原本為阮大鋮奔走，以拉攏侯方域的，是一位不知名的王將軍，與楊龍友實不相干，但孔尚任卻把這個角色派給楊來擔任。而當他為田仰來逼迫李香君改嫁，遭到香君強烈抗拒，不得已想出讓香君假母、自家老相好李貞麗代嫁後，不但毫無慚愧之意，反倒自鳴得意的說：

貞麗從良，香君守節，雪了阮兄之恨，全了馬舅之威，將李代桃，一舉四得，倒也是個妙計。

短短一段話，把一位依違於正義與邪惡間的世故政客的嘴臉，一下子全勾勒出來了。

同樣的，在刻劃柳敬亭時，也抽離了亂世說書人為求生存所作的權宜變通，一意在柳敬亭的忠義上著眼。減省了他老年困頓生涯時厚顏求人為其營生壙的窘境，及其後隨蔡襄公北上赴清政府所在地北京謀生，甚至為睿親王編詞宣傳的無操守行為，而為他安排了為漁樵的歸宿；而為凸顯其與左寧南的生死交情，也捨棄了其後重進馬逢之帳下的史實，把汗牛充棟的筆記記載提煉出精華來，而一位鐵錚錚的漢子便在《桃花扇》中巍然出現。

六、對比襯映

戲劇人物的塑造或情節的鋪敘，往往用相互對比襯托的方式，使人物的形象成為強有力的對照，或使劇情因為對應而顯得更為曲折，孔尚任寫作《桃花扇》時最擅長運用這樣的處理方式。尤其在人物的描摹上處處可見這樣的用心：他對弘光一朝的歷史，提出了兩種態度完全不同的人物來做鮮明的對比。一方面是統治階層的人物，如荒淫昏瞶的福王、驕橫奸惡的馬士英、阮大鋮、諂佞的楊龍友、跋扈的四鎮……清兵南下的時候，這般手握大權的君臣將相們，逃走的逃走，投降的投降，更有甚者，逃跑時不忘攜帶平日擄掠來的貨財，而投降的則獻功爭媚，當敵人的走狗。另一方面，孔尚任刻劃了一群社會低階層的人物，如說書的柳敬亭、唱曲的蘇崑生、當清客的丁繼之和青樓女子李香君、卞玉京等，個個品格高超、氣節高尚。柳敬亭及蘇崑生雖一度出入阮大鋮門下，但當他們一旦知道阮為閹黨，立刻和他劃清界線，寧可閒坐街坊吃冷茶，或到青樓教曲，也不與奸黨同流合汙，丁繼之與卞玉京則以出家來抗拒福王的徵選，李香君更進而與阮大鋮正面衝突，演出了一場有聲有色的〈罵筵〉。這種種的義行，和那些手握權柄的達官貴人相較，真有天壤之別。當左良玉想借東下就糧的名義發動內鬨時，是柳敬亭冒著生命的危險去投書勸阻，當阮大鋮勾起黨禍，是蘇崑生匆匆趕到左良玉處，請求抵制馬阮氣燄。南明亡了，統治集團投降了，一度歸隱的文人名士紛紛出來應徵，柳蘇二人卻堅持漁樵生活，和這些飽讀詩書的知識份子，做了完全不同的選擇。孔尚任以知識份子與非知識份子的對比，襯映出他的反智思想，予文人學士以沈痛的一擊。

而在這樣粗略的對比之下，又另有更細膩的襯托：在〈罵筵〉齣裡，李香君公然痛罵馬士英、阮大鋮、楊龍友等當朝權貴，一邊正義凜然，一邊醜態畢露，而有意思的是，醜態畢露者為丞相之尊，正氣凜然者反為女娼之賤，這一對比襯映，較之前述又更為細膩。而李香君又與侯方域形成反襯，侯方域儒雅風流，國難當頭，卻仍春情難按，一味留連聲色場合，且在阮大鋮贈送妝奩時，表現了人性中軟弱的動搖性，直到被李香君一番義正辭嚴的勸諫之後，才免於淪落奸黨。文人名士的動搖和平康妓女的堅定形成非常諷刺的對比。

另外，為了配合人物的對比，關目的處理上，孔尚任也費盡了心機。例如：他在卷上以〈哭主〉寫北朝之亡，就在卷下以〈沉江〉結南明之亡；他在〈媚座〉裡鋪敘奸黨的煙視媚行，就又在〈罵筵〉中以女娼的凜然不屈來反襯；他在〈阻奸〉齣敘侯方域力陳不得迎立福王，馬上接著以馬阮等人熱熱鬧鬧的〈迎駕〉來襯映；用馬阮挾帶家私〈逃難〉、劉澤清、田雄等人奪駕意欲獻寶予北朝的〈劫寶〉寫奸黨的無法無君，則繼之以史可法的〈沉江〉與柳敬亭、蘇崑生等人的〈棲真〉。

最動人的對比莫如寫侯方域兩上媚香樓。他首上媚香樓是癸未年三月，當時的媚香樓桃紅似繡、柳枝泛翠，侯李二人正沈浸在定情的喜悅當中，再上媚香樓是乙酉年三月，侯方域千里迢迢穿過煙塵，再到李家別院，雖然同是春日，光景卻大是不同了，粉壞空牆、泥落空堂，媚香樓人去樓空，再不復當年盛況。孔尚任透過〈眠香〉的旖旎風光與〈畫扇〉的淒涼來映襯大動盪給男女主角生活和情緒帶來的重大變化。而更引人注目的對比則是全劇開場和結尾的對比。開頭的良辰美景和結尾的冷落蕭條；開頭開國元勳之後徐公子炙手可熱的氣燄和結尾徐公子變為小小皁隸，遙遙對照；在在都表達了孔尚任對興亡的概歎。

除了不同人物性格及關目的映襯外，孔尚任在描述一個人時，也往往用他自身不同的反應來對比嘲諷。如在〈拜壇〉裡，孔尚任先寫阮大鋮趕赴太平門外祭祀崇禎皇帝，誇張的四拜痛哭：

先帝！先帝！你國破身亡，總吃虧了一夥東林小人，如今都投了北朝，勝下我們幾個忠臣——今日還想著來哭你，你為何至死不悟呀！

然而，就在同一齣的後頭，馬士英請教他北軍渡河，將如何應對，他卻毫無愧色的作出撩衣、跪地等醜態，聲言只有「跑」、「降」二法，前面誓言忠君愛國，不旋踵間，便露出馬腳。這樣的對比，可加深觀眾對奸黨的痛惡，是高明的襯映法。

前述的反映都是取相反事件來陪襯出正意，另有一種正襯，是取相似的事件來陪出正意。如同樣寫忠貞之士，〈聽稗〉寫大夥兒聽柳敬亭說書，接著便述青樓裡蘇崑生〈傳歌〉；寫了柳敬亭為侯方域傳書，馬上接著蘇崑生為李香君寄扇；再說蘇崑生冒死為侯公子求見左寧南，也不忘立即安排柳敬亭冒死傳檄；柳敬亭陪著侯方域尋找香君，蘇崑生也領著李香君找尋方域。兩人都是忠義可風之士，義行同樣感人，正襯與反襯都各有其動人之處。

以上探討了孔尚任寫作歷史劇《桃花扇》的六種手法後，深切感受到孔尚任確實是編寫劇作的高手，他摘取史實中的精華，做最適切的去取，以彰顯他將南朝興亡繫之桃花扇底的作劇宗旨，描寫人物活潑生動，結構穿插嚴密連貫，雖然所寫時代極為混亂，所敘內容極為龐雜，所談人物極為眾多，但卻讓人讀來節奏明快、關目緊湊，絲毫不覺淩亂鬆懈或拼湊堆砌，只覺針線細密、排場新穎，無怪乎《藤花曲話》要評其：

筆意疏爽，寫南朝人物，字字繪影繪聲。[206]

《桃花扇》與《長生殿》並稱清朝傳奇的雙璧，確實有它的道理存焉。

[206] 蔣瑞藻編：《小說枝談》（臺北：河洛圖書公司）卷下，頁一三九，《藤花曲話》引文。

第四章《桃花扇》的因襲與創新

第一節　關目的因襲

《桃花扇》劇中固然有許多創新的寫作技巧，但是，孔尚任也不免深受傳統戲劇藝術的習染，在劇中採用了若干戲劇的套式。這些套式，仔細加以溯源，不但可以在孔尚任同時期或稍前的年代中，尋到蛛絲馬跡，甚至還可在更久遠的過去，找到源頭。當然，做為一位優秀的劇作家，孔尚任對這些套式的襲用必定有他推陳出新的地方，這是無可置疑的。以下便以罵筵及李代桃僵情節的處理為例，加以探究：

一、罵筵關目與《桃花扇》

《桃花扇》第二十四齣〈罵筵〉寫阮大鋮、馬士英等人於秦淮賞雪，吩咐帶著女客，席上驗看。李香君亦在伺候之列，她見機不可失，私忖：

難得他們湊來一處，正好吐俺胸中之氣。

於是，將馬、阮等一干奸臣，當眾痛斥一頓。類似這般，不畏強權，敢於大庭廣眾之下，將當權派破口大罵一番的情況，歷史中有灌夫罵座、禰衡罵曹、雷海青罵賊及周順昌罵魏忠賢等最為有名。今分述於下：

（一）有歷史根據者

1.擊鼓罵曹

擊鼓罵曹於正史之載，二在《後漢書》，四在《三國志》。❶《後漢書・文苑傳》所載如下：

融既愛衡才，數稱述於曹操，操欲見之，而衡素相輕疾，自稱狂病，不肯往，而數有恣言。操懷

❶ 禰衡事見於《後漢書》卷七〇鄭孔荀列傳第六〇、《後漢書》卷八〇下文苑列傳第七〇下、《三國志・魏書》卷一〇荀彧荀攸賈詡列傳第一〇裴注、《三國志・魏書》卷一二崔毛徐何邢鮑司馬傳第一二裴註、《三國志・魏書》卷二一王衛二劉傳第二一裴注、《三國志・吳書》卷五二張顧諸葛步傳第七裴注。

忿，而以其才名，不欲殺之。聞衡善擊鼓，迺召為鼓史。因人會賓客，閱試音節，諸史過者，皆令其脫其故衣，更著岑牟單絞之服。次至衡，衡方為漁陽參撾，蹀躞而前。容態有異，聲節悲壯，聽者莫不慷慨。衡進至操前而止，厲吏鉤訶之曰：鼓史何不改裝而輕進乎？衡曰：諾。於是，先解衣，次釋服，裸身而立，徐取岑牟單絞而著之。畢，復參撾而去，顏色不怍。操笑曰：本欲辱衡，衡反辱孤。孔融退而數之曰：正平大雅，固當爾邪。因宣操區區之意，衡許往，融復見操，說衡狂疾。今求得自謝，操喜，敕門者有客便通，待之極晏。衡迺著布單衣疏巾，手持三尺維鋭懟梲杖，坐大營門，以杖捶地大罵。吏白外有狂生，坐於營門，言與悖逆，請收按罪。操怒謂融曰：禰衡豎子，孤殺之猶雀鼠耳，顧此人素有虛名，遠近將謂孤不能容之，今送與劉表，視當如何？於是遣人騎送之。❷

禰衡擊鼓罵曹，原只是因禰衡好誇言事，藉機於眾人面前展示辯才，殺殺曹操的銳氣，以表現他的與眾不同，並無多大意義。史家對此事多表不以為然，盧弼《三國志集解》引王補所評最稱切當：

禰衡徒以侮辱曹操，取快一時，操以雀鼠視衡，一再假手，斃於黃祖。奸雄意忌，自古所歎。然解袒裸立，果大雅所當爾邪？適以長後進輕嬛之談，而授殺士者以口實也。無行才士，遂為世詬，流宕忘返，君子懼旃。❸

❷ 范曄撰：《後漢書》（臺北：藝文印書館，二十五史本）卷八〇，頁九四五—九四六。

雖然史家對此多不表贊同，但是，有趣的是，這段恩怨被寫入小說中，卻開始有了不同的變化。《三國演義》第二十三回〈禰正平裸衣罵賊〉裡，將原先禰衡輕視曹操，不肯拜見，操懷恨而欲辱之；改為曹操先對禰衡無禮，引起衡之憤怒，由是批評曹操麾下謀臣、武將皆庸才而引起曹操的氣惱所致。更大的增補則是將「以杖捶地大罵」敷演出實際的內容：

> 汝不識賢愚是眼濁也；不讀詩書是口濁也；不納忠言是耳濁也；不通古今是身濁也；不容諸侯是腹濁也；常懷篡逆是心濁也。吾乃天下名士，用為鼓吏，是猶陽貨輕仲尼、臧倉毀孟子耳。欲成王霸之業，而如此輕人耶？❹

這樣的改寫，明顯的是為禰衡的罵曹事件合理化，其目的無非是醜化曹操，對禰衡的行為曲加袒護。如果我們對《三國演義》成書的年代，做進一步的研究，便對這樣的虛構動機不再質疑。陳壽雖是蜀人，但蜀亡歸晉，晉承魏統，他寫作《三國志》，不得不把正統與魏。後來東晉偏安江左，境況與蜀相近，故習鑿齒《漢晉春秋》提出晉統乃漢蜀之延續的說法。南北朝分裂，各自立論，以為正統。隋統一天下，《隋書》以魏為正史，蜀為霸史，正是「帝魏寇蜀」的寫作方式，新舊《唐書》沿襲《隋書》。宋代因外患頻仍，夷狄紛擾，民族意識最為強烈，正統觀念也因之特強，甚至出現「漢賊不兩立」的口號。歐陽

❸ 同前注，頁九四七。

❹ 羅貫中編：《三國演義》（浙江文藝出版社）第二冊，第二三回，葉二下。

修《五代史》也提出正統問題，朱子《通鑑綱目》則以蜀為正統❺。因此，在宋代「漢賊不兩立」的正統思想下，民間流傳的說書、講史，也含有濃厚的正統思想色彩，而當時最好的說書材料的三國人物，❻自然在塑造上較史書有很大的改變。曹操也因此在宋代成為說書人口中最可痛恨的奸人。羅貫中便根據這種看法來寫作《三國演義》，曹操因此被描繪成多疑善忌，口是心非，奸詐兇惡，損人利己，有權謀、多機變的一代梟雄，「寧我負天下人，不使天下人負我」成為他一生行動的指南。而《三國演義》在我國流傳之廣和對人們影響之深，是其他古典小說所罕見的。這些「七分事實，三分虛構」❼的情節吸收了部份民間思想感情和人們的願望，而且有某種程度的通俗性，已非正史舊觀，是尊劉貶曹的。但由於廣泛的流傳產生極大宣傳作用，使得曹操幾無翻身的餘地。在如此強烈的愛憎趨使下，禰衡不畏權勢，予曹操迎頭痛擊的情形，當然很能滿足普遍的民間痛惡奸雄的情感。所以，《三國演義》採入了〈禰正平裸衣罵賊〉的情節，就很容易解釋了。他們將罵曹的原因從禰衡狂妄自大的意氣之爭，提昇到國家民族大義的層次上，大大的批判了曹操的「六濁」，嘲諷曹操做為一位丞相的居心叵測。

自《三國演義》後，戲劇家便對此一題材頗感興趣，陸續有明代《禰正平》（不知撰人）❽、《狂鼓

❺《通鑑綱目》卷一五有「漢有討賊之義，魏為簒弒之國」、「書伐魏尊漢也」。

❻早在七世紀初，曹操、劉備等人的故事已出現傀儡戲「水飾」中，後二百年左右，「張飛胡」、「鄧艾吃」連兒童也耳熟能詳。再晚兩三個世紀，三國故事成塗巷中流行的「古話」，也因此出現說三分的專家。

❼章學誠撰：《丙辰箚記》（臺北：中華書局，章氏遺書外篇）卷三。

❽遠山堂《劇品》著錄此劇，云「北一折」，列入雅品。《明雜劇考》著錄此劇，謂「祁氏讀書樓目錄、鳴野山房書目，皆

史漁陽三弄》（徐渭《四聲猿》）[9]及平劇《打鼓罵曹》的寫作。[10]其中，徐渭的《四聲猿》最引人注目，一方面是因為他打破四折寫一故事的雜劇慣例，用四折分寫四個獨立的故事；[11]一方面他將禰衡罵曹的場景移到陰間進行，讓人耳目一新。

徐渭在改編史事時，採取了較《三國演義》更為大膽的方式，我們由小說和戲劇同敘一故事，卻表現出如此劇烈的差異，亦可了解不同文學形式及不同作者，對作品的詮釋，其實是有著無限的可能性。同一題材演為兩種不同的形式時，必經再創作的過程，或添加枝葉，或大肆鋪張，甚至有翻案補恨的，於文字運用及情節鋪敘上都會顯示出不同的情調，且因時代背景不同，作者本身際遇的運轉，甚至常有意外的改動，或發抒個人胸中的塊壘，或顯示當代的思想，真是變化多端。

《狂鼓史》所述，大略如下：

五殿閻羅天子殿下判官察幽，號火珠道人。平生善於判案，奉殿主法示，上帝擬召修文郎，漢文士禰衡也在應徵之列，判官趁禰衡應徵之前，令其演述生前與曹操罵座情事，扮做舊日光景，以

載此劇，未題作者，收於《名劇彙》，惜不見傳。其他戲曲書錄未見記載，此劇亦無流行刊本。」

[9]《狂鼓史漁陽三弄》乃徐渭撰《四聲猿雜劇》第一種。簡題《狂鼓史》或《漁陽弄》、《漁陽三弄》。

[10]該劇原作者不詳，曾於民國二十九年，由教育部國劇劇本整理委員會修訂過。胡少安於《修訂國劇選》第二輯中，曾就修訂部份提出說明。

[11]《四聲猿》為《狂鼓史漁陽三弄》、《玉禪師翠鄉一夢》、《雌木蘭替父從軍》、《女狀元辭凰得鳳》四個劇本的合稱。

資觀賞。於是，勾曹操魂至，設座，禰衡脫舊日衣裳，裸體擊鼓，重作漁陽三弄，數落曹操奸惡。曹操若矯情，隱匿罪責，則持捶一百鐵鞭，判官並令曹交付女樂持烏悲詞樂器彈唱，盡其嘲笑。

《狂鼓史》裡最能體現徐渭個人創作想像力的部份，應屬他把罵曹的地點移到陰間，並將罵曹的內容在時間上延後了二十一年。《三國志・魏書》云：

建安四年，冬十一月，張繡率眾降，封列侯。[12]

《三國演義》亦載當年操命繡作書招安劉表，可見衡見操應是東漢建安四年，而《狂鼓史》罵曹則延至操亡故之後，時當建安二十五年，時間上延長了二十一年。《狂鼓史》裡對此有所解釋，他說：

……小生罵座之時，那曹瞞罪惡尚未如此之多，罵將來冷淡寂寥，不甚好聽，今日要罵呵，須直搗到銅雀臺分香賣履，方痛快人心。[13]

因為時間延長，罪狀更多，所以運筆也更為酣暢淋漓。清毛宗崗就說：

---

[12] 晉陳壽撰：《三國志》（臺北：藝文印書館，二十五史本）卷一，武帝操，頁四一。

[13] 明徐渭撰：《四聲猿》（臺北：華正書局）頁三。

禰衡罵曹操一篇文字，將禰衡死後之事補罵一番，殊為痛快。⓮

除此之外，禰衡罵曹的內容較演義又更為詳實，不只是泛泛的口濁、腹濁、眼濁……等，而是具體指出事實：

逼獻帝遷都，又將伏后來殺，使郗慮去拿。〈油葫蘆〉

有一個董貴人，是漢天子第二位美嬌娃。他該甚麼刑罰？你差也不差！他肚子裡又懷著兩三月小娃娃，既殺了他的爺，又連著胞一搭，把娘兒們兩口砍做血蛤蟆。〈天下樂〉⓯

袁公那兩家，不留他片甲。劉琮那一答，又逼他來獻納。那孫權呵幾遍幾乎，玄德呵兩遍價搶他媽媽。是處兒城空戰馬，遞年來尸滿啼鴉。〈鵲橋枝〉

仗威風只自假，進官爵不由他。一個女孩兒竟坐中宮駕，騎中郎直做了侯王霸，銅雀臺直把那雲煙架，僭車旗直按倒朝廷胯。在當時險奪了玉皇尊，到如今還使得閻羅怕。〈寄生草〉

哄他人口似蜜，害賢良只當耍。把一個楊德祖，立斷在轅門外，磣可可血唬零喇。孔先生是丹鼎靈砂，月邸金蟆，仙觀瓊花。《易》奇而法，《詩》正而葩。他兩人嫌隙，於你只有針尖大，不過是口嘮噪，有甚爭差！一個為忒聰明，參透了「雞肋」話；一個則是一言不洽，都雙雙命掩黃沙。

⓮ 同注❹，第二十回毛宗崗總評批語。

⓯ 以上引文同注⓭，頁四一七。

〈六么序〉一樁樁、一件件，信口說來，縱橫跌宕、雄邁慷慨，句句如劍戟鋒芒，吐屬鏗鏘，憤怒鬱勃之氣充塞其間，就文學觀點言之，允稱上品。⓰

然以戲劇演出的效果而言，《漁陽弄》的關目布置未有懸宕之疑，情節缺少變化，衝擊力弱，出場角色太少，視覺效果亦嫌單調，尤其長篇累牘的數落文字，頗有考驗讀者耐力之嫌，如此以單一場景演述單一事件的劇本，嚴格說來，是頗不討好的。

2.灌夫罵座

灌夫罵座之事，發生較早，見諸於《史記·魏其武安侯列傳》：

丞相取燕王女為夫人，有太后詔，召列侯宗室皆往賀，魏其侯過灌夫，欲與俱，夫謝曰：夫數以酒失，得過丞相，丞相今者又與夫有隙。魏其曰：事已解。強與俱。飲酒酣，武安起為壽，坐皆避席伏己。魏其侯為壽，獨故人避席耳，餘半膝席。灌夫不悅，起行酒，至武安，武安膝席曰：

⓰ 如王驥德《曲律》卷四云：木蘭、禰衡得之新創。祁彪佳遠山堂《劇品》云：卅千古快談，吾不知其何以入妙，第覺紙上淵淵有金石聲。陳棟《北涇草堂曲論》云：其詞如怒龍挾雨，騰躍霄漢間，千古來不可無一，不能有二。

不能滿觴。夫怒，因嘻笑曰：將軍貴人也屬之。時武安不肯行酒，次至臨汝侯，臨汝侯方與程不識耳語，又不避席。夫無所發怒，乃罵臨汝侯曰：生平毀程不識不直一錢，今日長者為壽，乃效女兒呫囁耳語。武安謂灌夫曰：程李俱東西宮衛尉，今眾辱程將軍，仲孺獨不為李將軍地乎？灌夫曰：今日斬頭陷胸，何知程李乎？坐乃起更衣，稍稍去。魏其侯去麾，灌夫出。武安遂怒曰：此吾驕灌夫罪，乃令騎留灌夫。灌夫欲出不得，籍福起為謝，案灌夫項令謝，夫愈怒，不肯謝。武安乃麾騎縛夫，置傳舍，召長史曰：今日召宗室，有詔劾灌夫罵坐不敬，繫居室。遂按其前事，遣吏分曹，逐捕諸灌氏支屬，皆得棄市罪。⑰

灌夫因與田蚡有宿怨，加上為魏其侯抱不平，遂當眾指桑罵槐，引來殺身之禍。這種仗義行為，引起劇作家很大的興趣，於是，明末名劇作家葉憲祖便據此作了一齣雜劇名《灌將軍使酒罵座記》⑱，以彰顯灌夫的俠義。因為這宗反抗強權、以致招來殺身之禍的公案，它的特色，就在於罵座這件事上。因此葉憲祖在敷演為劇作時，也將此節列為劇作的「劇眼」，花了相當大的篇幅去點染。除了史書中所說之外，還以三支曲子狠狠痛罵了一番：

你平日裡相識謗，卻為何耳根廂低絮衷腸，不看我彈官冠先達吹霜鬢，不念我當筵好意捧霞觴。

⑰ 司馬遷撰：《史記》（臺北：藝文印書館，二十五史本）卷一〇七，列傳四七，頁一一六二—一一六三。

⑱ 明葉憲祖撰：《灌將軍使酒罵座記》（臺北：中圖，抄本，元明雜劇五種，不著編人）。

可憎你兩個都一般兒莽，俺仗著平生慷慨、半世英雄。心中怒發膽畔嗔生，好把你個兒曹拭劍鋩，便做個陷胸何礙刎頸不妨。〈哭皇天〉

從來是會推挪江心波浪，能更變天道陰陽。那小人善換的面兒龐，那有百歲個田丞相。就是魏其侯，他也曾平定封疆、職守朝綱，和你一般兒堂前日日會冠裳，到今日，門前蕭索堪張網。丞相你親見是這些人否？請自去從頭想，何須用忒驕亢！你若是今朝落莫，他每呵明日荒唐。〈烏夜啼〉

休道我謹譁罵座無攔當，把違慢中宮詔旨搪。偺這招詞兒憑伊誑，俺也會搜你家的贓賦，和你來廝儻。〈尾聲〉

雖說相較於《擊鼓罵曹》，本劇的罵座顯得格局似乎稍小，光憑這三支曲子，當然無法饜足觀眾痛恨權貴的心理，因此，葉憲祖在歷史的真實之外，又安排了一折鬼神作祟的戲，讓死去的灌夫和竇嬰報仇雪恨，奪去田蚡的性命。田蚡死前，灌夫並有三支曲子再度痛罵田蚡：

你弄權的手段強，害人的膽氣粗，愛錢的廣通財賂，好諂的偏護奸徒。你除官的雪片多，他坐朝的日色染呐，前堂裡晝羅鐘鼓；後房裡夜宿氍毹。九重天子加三錫，還虧你一個婆娘嫁兩夫，因此上愛屋連烏。〈滾繡球〉

你元是向淮南邪謀逆圖，受金寶埋兵設伏。田蚡你好痴也那討個骨肉君臣水共魚，除了個衣冠通

內苑，甲第滿皇都，還要個分茅裂土。〈倘秀才〉

俺曾見牽犬的秦市啼，懸書的蜀道誅，便是淮陰侯也要葬身無處，偏饒過你個一賣國狂且假若是人世上法網疏，道不得陰司裡報應殊。殺人的合當刀鋸，欠債的自有文書。且呵悲歌壯士填溝壑，磊落王孫泣路隅。〈滾繡毬〉

這種死後仍舊罵聲不絕的寫法，相信是受到徐文長《狂鼓史》的影響，只是一個發生在陰間，而灌夫到人間來報復罷了。《灌夫罵座》和《狂鼓史》一樣，都是出自文人手筆，因此，它的文字十分典雅，《遠山堂劇品》列本劇於雅品，並說：

灌仲孺感憤不平之語，榭園居士以純雅之詞發之，其婉刺處有更甚於快罵者，此榭園得意筆也。

所以，此劇也和《狂鼓史》一般，光就文學的觀點來看，是一齣文情並茂的文字，但如果從戲劇的角度來衡量，則有不少的瑕疵。尤其第三折單用一支〈二犯江兒水〉構成一折，與雜劇體制頗不相合；而第四折前後有正宮、雙調兩調，一般都以為不如分為兩折為佳；況且，仿徐文長之跡甚明，卻又無以過之，殊為可惜。

3. 周順昌罵像

周順昌罵魏忠賢之事，記載於《明史》列傳第一百三十三中。寫周順昌為閹黨所搆陷，然順昌平日好為德於鄉，以致深為士民所敬佩，因此，逮者至時，引起群眾憤怒，甚至為之號冤者塞道，魏忠賢益恐，必欲殺之而後快。最後，周順昌被逮至京師，下詔獄：

> 許顯純鍛鍊，坐贓三千，五日一酷掠。每掠治，必大罵忠賢。顯純椎落其齒，自起問曰：復能罵魏上公否？順昌噀，血唾其面，罵益厲。遂於夜中潛斃之。時六年十有七日也。⑲

周順昌終於備受酷刑而死，群眾中的領導者顏佩韋等五人則被屠戮於蘇州。這是當時震驚朝野的大事，崇禎即位以後，頒布閹黨罪行，魏忠賢畏罪自縊，一時之間，以此為題材而撰寫的文學作品，突然如雨後春筍般產生，以散文而論，有名篇〈五人墓碑記〉；小說則有《崢霄館評定新鐫出像通俗演義魏忠賢小說斥奸書》、《皇明中興聖烈傳》、《警世陰陽夢》、《檮杌閑評》等；戲曲創作則多達十餘種。其中，最引人注目者，首推李玉所撰《清忠譜》。吳偉業為此劇所寫的序裡說：

> 逆案既布，以公（周順昌）事填詞傳奇者凡數家，李子玄玉所作《清忠譜》最晚出，獨以文肅與公相映發，而事俱按實，其言亦雅馴，雖云填詞，目之信史可也。……余老矣，不復見他季事，不知此後填詞者，亦能按實譜義，使百千歲後觀者泣、聞者歎，如讀李子之詞否？⑳

⑲ 張廷玉等撰：《新校本明史并附編六種九》（臺北：鼎文書局）頁六三五四—六三五五。

由此序可見，《清忠譜》雖然寫作最晚，卻是其中最符合史實，文學造詣最高，不但文字雅馴，而且，感動力最強。戲裡，罵像部份是全劇的第一個高潮，它寫魏忠賢的爪牙為魏忠賢建造生祠，題寫「三朝捧日，一柱擎天」，極盡巴結之能事，周順昌聽說之後，不禁勃然大怒，直往生祠，當場痛斥閹黨罪行。他從一上場，在步行到半塘的路上，便開始數落閹黨一意拍馬逢迎、誅殺善類的無恥行徑：

恨奸邪，善類誅，逞兇圖，國祚搖，數不盡，拜門牆一群狼豹，驀忽地聳生祠虎阜東郊，那一個貢沉香塑著頭，那一個獻玉帶束著腰，那一個進珍珠纓冠光耀，那一個奉金鑪降速香燒，紛紛的輸金饋餉晨昏納，擠擠的稽首投誠早晚朝，揔是兒曹。㉑

等到走進了祠堂，更是手指魏忠賢塑像，當著眾閹黨黨徒面前，遍數魏氏罄竹難書的惡行：

他逞著產祿兇殘勝趙高，比璜瑗倍肆貪饕，他待學守誠誨忞咆哮，兇謀狡，件件犯科條。〈小涼州〉

他誅夷妃后把皇儲勦，殺忠良，擅置宮掭，結乾兒，通奸媼，兀亂把公侯冒濫，神器一身叨。〈公篇〉

⑳ 李玉撰、一笠庵彙編：《清忠譜傳奇》（臺北：天一出版社，中國戲劇研究資料第一輯全明傳奇）。

㉑ 同前注，卷上，第六折，葉四三。

俺待學陽囚伏闕號，效張鈞請劍梟，恨不把奸皮冒鼓任人敲，倩禰衡撾出漁陽調。〈中呂・快活三〉任奸祠鬱岧，任奸容桀驁，枉費了萬民脂、千官鈔，羞題著一柱擎天，封疆力保。少不得倒冰山，陽光照，逆像煙銷，奸祠火燎，舊郊原，兀自的生荒草。怪豺狼滿朝，恨鴟鴞滿朝，只遺著臭名兒千秋笑。〈朝天子〉㉒

將魏黨動搖國本、窺伺帝位的彌天大罪，大肆抨擊；把魏閹奸詐陰險、凶殘狠毒的血腥屠戮一一揭露，同時也對那些趨炎附勢的閹黨可能面對的可恥下場，提出警告。

雖然，史實確有周順昌罵魏忠賢事，但是罵像一事，卻是虛構的。李玉結合了歷史上閹黨為魏忠賢造生祠及周順昌獄中罵魏的事實，以東林黨人向魏閹進行殊死鬥爭的英勇行為發展邏輯，虛構了罵像劇情，不但為戲劇成功的營造了高潮，事實上，也很符合周順昌的個性發展。

4. 雷海青罵賊

雷海青的罵賊事，原見鄭處誨《明皇雜錄》：

天寶末，群賊陷兩京，大掠文武朝臣及黃門宮嬪、樂工騎工，每獲數百人，以兵仗嚴衛，送於洛

㉒ 以下所引同前注。

陽。至有逃於山谷者，而卒能羅捕追脅，授以冠帶。祿山尤致意樂工，求訪頗切，於旬日獲梨園子弟數百人，群賊因相與大會於凝碧池，宴偽官數十人，大陳御庫珍寶，羅列於前後。樂既作，梨園舊人，不覺欷歔，相對泣下。群逆皆露刃持滿以脅之，而悲不能已。有樂工雷海青者，投樂器於地，西向慟哭。逆黨乃縛海青於戲馬殿，支解以示眾。聞之者莫不傷痛。王維時為賊拘於菩提寺中，聞之賦詩曰：萬戶傷心生野煙，百官何日更朝天，秋槐葉落空宮裡，凝碧池頭奏管弦。㉓

《資治通鑑》繫此事於至德元載八月，文曰：

祿山宴其群臣於凝碧池，盛奏眾樂；梨園弟子往往欷歔泣下，賊皆露刃睨之。樂工雷海青不勝悲憤，擲樂器於地，西向慟哭。祿山怒，縛於試馬殿前，支解之。㉔

兩則記載都只記海青悲憤之餘，「擲樂器於地，西向慟哭」，但到了劇作家筆下，卻有了更為積極的附會。屠隆《綵毫記》第二十三齣中，㉕海青於安祿山的慶宴裡，以琵琶撞安祿山，致使祿山落齒，他大罵：

㉓ 鄭處誨撰：《明皇雜錄補遺》（臺北：新興書局，筆記小說大觀第一六編）第一冊，頁一四九—一五〇。
㉔ 司馬光撰、胡三省注：《新校資治通鑑注》（臺北：世界書局）卷二一七，唐紀三三，頁六九三八。
㉕ 屠隆撰：《綵毫記》（臺北：開明書店，六十種曲本）第二十三齣〈海青死節〉，頁六二。

你這腺羯狗，唐天子有甚麼虧負你，你敢造反僭位，我為大唐供應，豈服侍你這腺羯狗！

安祿山一氣之下，下令將海青火速綁出去剮了。海青臨刑猶憤恨斥責：

筑裏藏鉛終不濟，圖中懷刃不為奇，首倡大義伸臣節，一擊何如博浪椎。

由海青這段義氣凜然的說辭看來，作者屠隆寫作雷海青這個角色時，腦中是融合了刺客高漸離的形象的。高漸離的事蹟見《史記・刺客列傳》：

……秦始皇召見，人有識者，乃曰高漸離也。秦始皇惜其善擊筑，重赦之。乃矐其目，使擊筑，未嘗不稱善，稍益進之，高漸離乃以鉛置筑中，復進，得近舉筑扑秦皇帝，不中，於是，遂誅高漸離。㉖

因為高漸離的以筑扑秦始皇，給了屠隆靈感，在改編為戲劇的過程裡，雷海青的「擲樂器於地」，相較之下，就缺少了些悲壯感，顯得懦弱，為了增加悲劇英雄的動人性，海青遂也舉起琵琶，和安祿山奮力一搏。這是雷海青形象的第一次潤飾，雖說已較歷史更為鮮明，但是，平心而論，仍嫌平板。曾永義

㉖ 司馬遷撰：《史記》（臺北：藝文印書館，二十五史本）卷八六，列傳第二十八，頁一〇一六。

先生就曾對此有過中肯的批評：

……〈海青死節〉只是很粗糙的敘寫祿山慶宴，海青以琵琶擲之，旋即被殺；對於海青的憤慨與忠烈沒有一筆深刻之語。㉗

因此，其後洪昇寫作《長生殿》時，將海青罵賊一節㉘，攬入其中，且做了許多的增飾。《綵毫記》中的「造反僭位」的簡短批判，到了《長生殿》裡就成了長篇的議論，在海青一出場時，即開始慷慨激昂的批判：

武將文官總舊僚，恨他反面事新朝；綱常留在梨園內，那惜伶工命一條。自家雷海青是也，蒙天寶皇恩，在梨園部內做一個供奉，不料祿山作亂，破了長安，皇帝駕幸西川去了。那滿朝文武，平日裡高官厚祿，蔭子封妻，享榮華，受富貴，那一件不是朝廷恩典。如今卻一個個貪生怕死，背義忘恩，爭去投降不迭，只圖安樂一時，那顧罵名千古。唉，豈不可羞！豈不可恨！我雷海青雖是一個樂工，那些沒廉恥的勾當，委實做不出來。今日祿山與這一班逆黨，大宴凝碧池頭，傳集梨園奏樂，俺不免乘此，到那廝跟前，痛罵一場，出了這口憤氣，便粉身碎骨，也說不得了。

㉗ 曾永義著：《長生殿研究》（臺北：商務印書館）頁五〇。

㉘ 洪昇撰、曾永義選注：《長生殿》（臺北：國家出版社，中國古典戲劇選注）第二八齣。

且抱著琵琶去走一遭也呵。

這些話，真是說盡了當時那般腆顏事仇者的嘴臉，而這些指責，用在洪昇身處的那個年代裡的貳臣身上，又誰曰不宜？因此，如果說洪昇是藉海青之口來指桑罵槐一番，也不是沒有根據的。繼措辭強烈的開場白後，海青又一連唱了四支曲子來表白：

雖則俺樂工卑濫，硜硜愚暗，也不曾讀書獻策，登科及第，向鵷班高站。只這血性中，胸脯內，倒有些忠肝義膽。今日個睹了喪亡，遭了危難，值了變慘，不由人痛切齒、聲吞恨銜。〈仙呂村裡迓鼓〉

恨仔恨潑腥羶莽將龍座渰，癩蛤蟆妄想天鵝啖，生克擦直逼的個官家下殿走天南。你道恁胡行堪不堪，縱將他寢皮食肉也恨難劖，誰想那一班兒、沒掂三，歹心腸、賊狗男。〈元和令〉

平日家張著口將忠孝談，到臨危翻著臉把富貴貪。早一齊兒搖尾受新銜，把親仇敵。當作恩人感，咱，只問你蒙面可羞慚。〈上馬嬌〉

眼見的去做忠臣沒個敢。雷海青呵！若不把一肩擔，可不枉了戴髮含牙人是俺，但得綱常無缺，鬚眉無愧，便九死也心甘。〈勝葫蘆〉

這四支曲子，支支冷峻銳利，對那些變節求存的投機分子，給予最不留情的諷刺，當然讓那些人恨之入骨，必欲殺之而後快。然而促成海青殉死的最重要因素，終究不是這些想法，而是他在梨園子弟奏樂時，失聲痛哭，並不畏強權的當面罵賊。他快口直斥安祿山：

唉！安祿山，你本是失機邊將，罪應斬首，倖蒙聖恩不殺，拜將封王，你不思報效朝廷，反敢稱兵作亂，穢汙神京，逼遷聖駕，這罪惡貫盈，指日天兵到來誅戮，還說什麼太平筵宴。

言之不足，還唱了一支曲子：

怪伊忒負恩，獸心假人面，怒髮上衝冠。我雖是伶工微賤，也不似他朝臣靦腆，安祿山你竊神器、上逆天皇，少不得頃刻間、屍橫血濺。我擲琵琶，將賊臣碎首報開元。〈撲燈蛾〉

這般一波又一波的厲聲斥責，在一個歡樂的太平宴會上，自然是很讓身為主人的安祿山下不了臺的，何況太平筵宴上，還有一群寡廉鮮恥的大臣，人人被奚落得恨不得殺之而後快，因之，海青被戮，只落得識見短小之譏：

大家都是花花面，一個忠臣值甚錢。雷海青，雷海青，畢竟你未戴烏紗識見淺。〈尾聲〉

綜合以上對雷海青罵賊的分析，可以看出，同一角色，《彩毫記》的描寫，就較《長生殿》遜色許多，《綵毫記》裡的海青，充其量只能說是一個平面人物，缺少血肉；《長生殿》裡的海青，有內心的剖白，有精彩的議論，有哭，有怒，還有周遭角色的幫襯，讓人看了，不勝同情與敬佩，可以說完全具備了戲劇中立體角色的充份條件，十分精彩。

再就禰衡罵曹和海青罵賊來比較，徐渭以四折分敘四個故事的構想，在雜劇的體制上，固然是一種新的嘗試，值得讚賞，但是以一折想完整交待一個故事，本來就不是一件容易的事，因篇幅的限制，勢必單刀直入，割捨部份枝節，集中筆力，自然容易流於單調。加上文人染指劇界，常不免流於賣弄炫才，在文彩上過度渲染，則必在舞臺效果上，無法兼顧。

(二) 無歷史根據者

當眾斥罵權奸，表達內心的不滿，多見於歷史及歷史劇中。除此之外，一般小說及戲劇裡，較引人注意並印象深刻者，則多屬情愛糾葛裡的當眾辱罵負心漢或譴責強力逼婚的強豪勢家，甚至是含冤負屈、不得自解時的罵天。以下謹引五個一般人耳熟能詳的故事為例，加以說明：

1. 霍小玉

唐人小說中的名篇《霍小玉》㉙，敘述唐才子李益及霍王女霍小玉的愛情故事。李益辜負盟約，致使小玉臨終舉杯酹地，恨聲曰：

我為女子，薄命如斯。君是丈夫，負心若此。韶顏稚齒，飲恨而終。慈母在堂，不能供養。綺羅絃管，從此永休。徵痛黃泉，皆君所致。李君李君，今當永訣！我死之後，必為厲鬼，使君妻妾，終日不安！

痛罵之後，乃引左手握生臂，擲杯於地，長慟號哭數聲而絕。作者蔣防花了許多的筆墨來摹寫小玉的痴情、李益的負心，目的無非藉此來反諷當時社會中名韁利鎖所加諸士子的尖銳矛盾，明胡應麟曾評此文云：

唐人小說記閨閣事，綽有情致，此篇尤為唐人最精彩動人之傳奇，故傳誦弗衰。㉚

《霍小玉》之所以被譽為唐傳奇中之最精彩動人者，當然和它的情節起伏、結構綿密有不可分的關係，但蔣防對小玉這個悲劇角色的精彩絕倫的塑造，應該才是關鍵的所在，而不可否認的，小玉後來那

㉙ 王夢鷗校釋：《唐人小說校釋》（臺北：正中書局）上冊，頁一九三—二一八，〈霍小玉〉。

㉚ 胡應麟撰：《少室山房筆叢》（臺北：世界書局）

一幕當眾怒斥李益薄情寡義的場景，毋寧是教人印象最深刻者。因著這一段痛徹心肺、聲淚俱下的控訴，非但霍小玉長久以來蓄積的悲憤，得以傾洩而出，讀者亦同時感到痛切淋漓。因此，霍小玉這一罵非但從劇情發展上看有其必要性，由悲劇人物的描摹上，更有其開創性。

2. 竇娥冤

元代關漢卿名劇《竇娥冤》，[31]寫冰清玉潔的竇娥，被誣告藥死張驢兒的父親，在公堂上，又因不忍心婆婆遭受酷刑，不得已而胡亂認罪，終至含冤被戮。

竇娥的冤屈是個性、禮教、道德與整個混亂的大環境抗爭失敗的結果。社會秩序的紛亂，法紀的蕩然，使得張驢兒有恃無恐的隨意入侵竇娥家庭；草菅人命的揚州州官胡亂判案，使得含冤受屈的百姓冤上加冤。竇娥一生命運乖舛，三歲喪母，七歲離父，與夫成親不久，又不幸夫死，只得與婆婆相依為命，靠婆婆放高利貸過活。雖然如此，竇娥仍舊謹守庭訓，從不怨天尤人，總是反求諸己，但是如此安份認命的想法及做法，並沒有讓她遠離是非的糾纏。婆婆因高利貸糾紛，引狼入室，使她無緣無故一步步走向死亡的陷阱。最後，當她基於傳統孝道，為解除加諸於婆婆身上的酷刑而毅然承受起所有莫須有的罪名，因之被綁向刑場行刑時，再是隱忍、負重的生命，也不禁要發出不平之鳴了。長久以來累積的沉重負荷，在生命奔向盡處的剎那，乍然迸出悲痛委屈的罵天之聲：

[31] 關漢卿撰、曾永義選注：《竇娥冤》（臺北：國家出版社，中國古典戲劇選注）頁五一－八九。

沒來由犯王法，葫蘆提遭刑憲。叫聲屈、動地驚天。我將天地合埋怨，天也！你不與人為方便。〈正宮端正好〉

有日月朝暮顯，有山河今古監，天也！卻不把、清濁分辨。可知道錯看了、盜跖顏淵。有德的受貧窮、更命短，造惡的享富貴、更壽延。天也！做得箇怕硬欺軟，不想天地也、順水推船，地也！你不分好歹難為地，天也！我今日負屈啣冤哀告天，空教我獨語獨言。〈滾繡毬〉

滿腔悲憤，傾洩而出，一位一向敬天畏天的小市民，在不公不義的社會裡，終也被逼得對最高的天地發出驚天動地的質疑與譴責。竇娥這一問，問出了元代所有老百姓胸中的疑惑；竇娥這一罵，罵出了當時所有小市民心裡的傷痛，《竇娥冤》之所以流傳久遠且廣受歡迎，罵天文字的曲盡亂世的百姓心聲，無疑的是重要因素。

3. 杜十娘怒沉百寶箱

〈杜十娘怒沉百寶箱〉收錄於馮夢龍《警世通言》裡，[32]寫充滿浪漫憧憬的教坊司院名姬杜十娘邂逅太學生李甲，由海誓山盟至含恨沉江的故事。

小說旨在說明千金非難事，薄倖最傷情。對愛情憧憬徹底破滅的十娘，投江之前，解開百寶箱之謎，

[32] 馮夢龍編刻、魏同賢校點：《警世通言》（江蘇古籍出版社）第三二卷，〈杜十娘怒沉百寶箱〉，頁四八三－四九九。

原來其中盡是諸般異寶，在舟中、岸上之人圍觀之下，十娘含恨遽投入江，引來喧聲如雷。十娘於傷痛絕望之極，不禁分別向孫富、李甲發出沉痛的控訴。她先罵孫富道：

我與李郎備嘗艱苦，不是容易到此，汝以奸淫之意，巧為讒說，一旦破人姻緣，斷人恩愛，乃我之仇人，我死而有知，必當訴之神明，尚妄想枕席之歡乎！㉝

又對李甲道：

妾風塵數年，私有所積，本為終身之計。自遇郎君，山盟海誓，白首不渝。前出都之際，假托眾姐妹相贈，箱中韞藏百寶，不下萬金。將潤色郎君之裝，歸見父母，或憐妾有心，收佐中饋，得終委托，生死無憾。誰知郎君相信不深，惑於浮議，中道見棄，負妾一片真心。今日當眾目之前，開箱出視，使郎君知區區千金未為難事。妾櫝中有玉，恨郎眼內無珠。命之不辰，風塵因瘁，甫得脫離，又遭棄捐。今眾人各有耳目，共作證明，妾不負郎君，郎君自負妾耳！㉞

一番話，說得眾人聚觀者，無不流涕，都跟著唾罵李公子負心薄倖，也說得李公子又羞又苦，且悔

㉝ 同前注，頁四九七。

㉞ 同前注。

且泣。罵孫富的話，充滿仇恨；對李郎的言語，則除恨鐵不成鋼的無奈外，還盈溢著對命運乖舛的自憐。由這番話裡，我們幾乎可以清楚的看到十娘隱忍負重的耐性裡，包藏至剛至烈的情志。這一場先將寶物傾倒江中，再對兩位罪魁禍首痛罵一番，繼之抱篋沉江的情節，將小說一波波推向高潮，也將讀者的情緒導向最激昂處。〈杜十娘怒沉百寶箱〉因了這一罵，使得十娘委屈加深，使得李甲罪孽加重，使得孫富的行徑更加可恨，可以說是此本小說的最精彩可觀處。

4. 金玉奴棒打薄情郎

〈金玉奴棒打薄情郎〉的故事載於馮夢龍編《古今小說》第二十七卷裡。㉟寫書生莫稽與叫化頭兒的女兒玉奴成親，富貴後卻嫌棄岳家鄙賤，因之負心的始末。

金玉奴故事之前，《永樂大典》戲文裡有《張協狀元》㊱，也是寫類似的負心故事。男主角張協得王貧女之助，得中狀元，張貴顯之後，嫌女家貧身卑，竟至絕情以劍斬女，女墜崖下，幸為李姓夫婦所救並為樞密使王德用收做義女，王仍以之嫁張協，夫婦得再度結緣。戲文中，對貧女忍辱再嫁對她再三施暴的丈夫，內心的矛盾，著墨不多，只在婚禮上，對義父母稍做陳述，說：

㉟ 馮夢龍編刻、魏同賢校點：《古今小說》（江蘇古籍出版社）第二七卷，〈金玉奴棒打薄情郎〉，頁四〇三—四一四。

㊱ 錢南揚校注、九山書會編注：《張協狀元》（臺北：華正書局，永樂大典戲文三種校注）。

張協記得斬卻奴一臂？如今怎得成匹配！[37]

啟初張協被賊劫盡，廟中來投睡。一查摯損，奴供乃衣乃食。續得遂成姻契，及第怎接絲鞭娶別底？

賣頭髮相助到京畿，一舉鰲頭及第。教門子打出，臨了斬一臂。

而張協似乎也對自己的負義行為不表慚愧，只是理直氣壯的辯解：

張協本意無心娶你，在窮途身自不由己。況天寒舉目又無親，亂與伊家相娶。

有意思的是，這般的辯解，好像還頗能說服人的，一干人等，於是便都同意：

大公家里，有萬千恩共義，都休要恁說，交懽處飲三盃。從今兩情如魚似水。日前那怨語，如今盡撇在東流水，如今盡撇在東流水。

這樣的經過與結果，也說明了《張協狀元》和《趙貞女》、《王魁》同樣敘述狀元負心，卻獨獨能夠通過關卡，被收進明代官方編纂的《永樂大典》裡，而不像另外兩個劇本，遭到禁演的命運。因為，劇

[37] 以下該劇引文俱見前注，第五三齣，頁二一三—二一六。

本最終用妥協的態度調和人物之間的恩仇。但是，這樣的結局固然符合大團圓的心理期望，這樣的過程，卻不大符合人性的發展。

相對的，〈金玉奴棒打薄情郎〉在圓滿的結局和尖銳的憤恨間，加入了一場大快人心的「棒打」及宣洩性極強的斥罵，就彌補了《張協狀元》的不足，使故事更加的符合民間的期待。《古今小說》裡的這一罵，寫得極是精彩，玉奴唾其面，然後說：

薄倖賊！你不記宋弘有言：「貧賤之交不可忘，糟糠之妻不下堂。」當初你空手贅入吾門，虧得我家資財，讀書延譽，以致成名，僥倖今日。奴家亦望夫榮妻貴，何期你忘恩負本，就不念結髮之情，恩將仇報，將奴推墮江心。幸然天天可憐，得遇恩爹提救，收為義女。倘然葬江魚之腹，你別娶新人，於心何忍？今日有何顏面，再與你完聚？[38]

一番話，說得莫稽滿面羞慚，閉口無言，只顧磕頭求恕，玉奴則是放聲大哭，千薄倖，萬薄倖，罵不絕口，一直到義父義母多次調停，兩個方才和睦。玉奴之罵，對人面獸心的莫稽而言，一點也不過火，一方面譴責莫稽以德報怨的狗彘行徑，一方面道出玉奴隱忍不得的委屈，讓觀眾被激動起來的不平心情，得到充份的抒解。

在〈金玉奴棒打薄情郎〉之後，范文若曾撰《鴛鴦棒》傳奇[39]，序中明言：

---

[38] 同注[35]，頁四一二—四一三。

予《鴛鴦棒》傳則取金玉奴棒打薄情郎事稍更而為之。

《鴛鴦棒》的內容果然和〈金玉奴棒打薄情郎〉十分類似，據開場的〈話柄〉所說：

薛子迍邅一身落魄，錢家有女芳妍，因貧留帳，便許結良緣。豈料秋闈名捷遭讒訕，遂把盟寒。春闈後，攀高帥府，不記舊嬋娟。痛錢翁漂泊，家緣破蕩，此際堪憐，又把糟糠舊婦推落江邊。天遣同官搭救，賺喬才，再上花筵。鴛鴦棒驚蛇打草，骨肉再團圓。㊵

不過，劉氏的《鴛鴦棒》把重點擺在對負心漢的捉弄上，寫各式各樣的擺佈，寫薛季衡的狼狽，用筆俚俗到接近惡趣，大大減損了戲劇的感動力。譬如小說中最感人的責罵負心漢一節，到了《鴛鴦棒》裡，幾乎成了鬧劇：

旦：虧心禽獸！你睜起眼看麼，推俺在江中，好狠也！

生：偶然。

旦：娶了張衙小姐，好興也！

㊴ 范文若撰：《鴛鴦棒》（臺北：天一出版社，中國戲劇研究資料第一輯，全明傳奇）第一〇七種。

㊵ 同前注，葉一。

生：無聊！

旦：討了空喜，好羞也！

生：納悶！

旦：呸！張衙小姐在那裡？

生：在那裡？就在這裡了。你當初若借了這邊岳丈家的胞胎，何消我費這些心機！

旦：元來單為這些！使這樣欺心，我如今有太守為父，可也就打得你麼？丫鬟取鴛鴦棒來！㊶

小說中的悲劇情調一掃而空，倒有些兒打情罵俏的意味兒，所以，這一罵便少了些情味，較小說遜色不少。

5. 比目魚

《比目魚》傳奇是李漁名作十種曲之一，㊷是根據他自己所寫的小說〈譚楚玉戲裡傳情，劉藐姑曲終死節〉改編而來。㊸寫詩書傳家的子弟譚楚玉為追求梨園佳人劉藐姑，毅然加入戲班，改做倡優，以

㊶ 同前注，第三一齣，葉六〇。

㊷ 李漁撰：《比目魚》（浙江古籍出版社，李漁全集）第二冊。

㊸ 李漁撰、覺世稗官編次、睡鄉祭酒批評：《連城璧》（浙江古籍出版社，李漁全集）子集，第一回，頁二五一—二八〇。

圖接近。本來是補戲班大淨之缺，然大淨角色和旦角少有對口戲，因此，雖然二人同堂學戲，卻苦無接近機會；為求在戲臺上與藐姑有對戲的可能，於是，譚楚玉遂改習正生，從此二人藉戲文互訴衷情，甚至在酬神唱戲時，互訂終生。

藐姑母絳仙看清藐姑不是能替父母賣身掙錢的性格後，索性把她許配給一富翁作妾。藐姑力爭無效後，決心公開殉情。於是藉著演出《荊釵記》中錢玉蓮因孫汝權逼嫁而投江自盡的情節，假戲真做，跳水自盡。臨跳之際，對著戲房改換戲辭，喊道：

> 我那夫啊！你妻子不忘昔日之言，一心要嫁你。今日不能如願，只得投江而死，你須要自家保重，不必思念奴家了。[44]

譚楚玉在裡面聽了，乃追之唯恐不及地也跟著跳了下去。幸而二人得天之助，被莫漁翁夫婦救上岸來，楚玉終於經科考之路，中舉選官，並在再度為晏公上壽的酬神戲中，與藐姑之母絳仙相認，夫妻二人經過一番體悟，選擇與妻偕隱。

李漁以假戲真做為全劇特殊的設計，男女主角的溝通，全仗戲文，他們以戲劇的語言構築了一個兩人世界，與他人全不相涉。他們在舞臺上找愛情的出路，借古說今、借人說己，把愛情帶到戲臺上另闢新天地，他們在戲臺上演的竟不是戲，而是人生。但是，這個兩人世界，在旁人看來，畢竟只是戲劇表

---

[44] 同注[42]，第一五齣〈偕亡〉，葉二三。

演罷了，兩人真心癡愛的搬演，充其量只贏得一片叫好之聲，所以，當藐姑向母親表達：

我和他誓和盟，早共修，我和他甘和苦，曾並守，我和他當場喫盡交杯酒，我和他對眾拋殘贅婿毬。都是你把署高門的錦字鉤，卻不道這紙媒人也可自有。那些看戲的萬目同睜，誰不道是天配的鸞凰，也少甚麼證婚姻的硬對頭。㊺

母親絳仙聽後，無法了解藐姑何以會有如此稀奇古怪的想頭，只能啼笑皆非的回答：

你這個孩子，癡又不癡、乖又不乖，說的都是夢話，那有戲場上的夫妻，是做得准的！

因之，藐姑在現實中受挫，力爭情愛自主不果後，轉而在戲臺上借演出《荊釵記》之便，表達她的強烈憤恨時，戲臺下的群眾和同臺演出的戲班演員，竟只覺演得逼真，當她指著臺下始作俑者的富商亢聲痛斥時，富商猶然不知情的點頭高叫：

罵得好！罵得好！這些關目都是從來沒有的，果然改得妙！

㊺ 同注㊷，第一四齣〈利逼〉，葉二〇。

關於這一場痛罵勢豪的戲，本是《荊釵記》所無，小說〈譚楚玉戲裡傳情，劉藐姑曲終死節〉裡，和《比目魚》不同之處有二：

（甲）當藐姑痛罵之時，戲劇中的富商並不知道她其實是在指桑罵槐；但在原小說裡，富商是知情的，只是：

> 當不得他良心發動，也會公道起來，不但不怒，還點頭稱贊，說他罵得有理。

戲劇這樣的改編，確實是比較合情合理，只因一時良心發動，便能忍受當眾的奚落及辱罵，這和以金錢強娶的勢豪形象是不大相符的。經過改動後的情節，非但較顯合理，而且更增加嘲諷的效果。

（乙）小說中，有關斥罵的內容，只有幾句抽象的話：

> 藐姑的身子正對著他，罵一句「欺心的賊子」，把手指他一指；咒一句「遭刑的強盜」，把眼相他一相。

戲劇裡則有長段的唱詞和說白，先是將罵人的動機加以表白：

> 且住！我既然拚了一死，也該把胸中不平之氣，發洩一場。逼我改嫁的人，是天倫父母，不好傷

獨他，那套寫休書的賊子，與我有不共戴天之讎，為甚麼不罵你一頓，出出氣了好死。待我把這江邊的頑石，權當了他，指他一指，罵他一句，直罵到頑石點頭的時節，我方纔住口。

接著，便連說帶唱的大罵：

真切齒難容恕，壞心的賊子，你是不讀詩書、不通道理的人，不與你講綱常節義，只勸你到江水旁邊照一照面孔，看是何等的模樣，要配我這絕世佳人。幾曾見鴟鴞做了夫，把嬌鸞彩鳳強為婦。狠心的強盜，你只圖自己快樂，拆散別個的夫妻。譬如你的妻子，被人強娶了去，你心下如何？勸你自發良心將胸比肚，為甚的騁淫蕩，恃驕奢將人誤。無恥的烏龜！自古道：我不淫人妻，人不淫我婦。你在明中奪人的妻子，焉知你的妻子，不在暗中被人奪去？別人的妻子不肯被你失節，情願投江而死，只怕你的妻子沒有這般烈性哩！勸伊家回首，回首把閨門顧，只怕你前去尋狼，後邊失兔。

這樣的添加，是為因應戲劇的發展而做的點染，將女主角對富商的強烈不滿，藉著且說且唱的悲憤曲調，傳達到看戲的人的心中，激發起他們同讎敵愾的情緒，也因此深化男女主角不能結合的悲痛。所以，這般的改動，是必須且成功的。難怪評點者要云：

罵得極毒，如正平椎地官門，真千古快事！

（三）歷史與小說、戲劇的結合

綜觀歷史與戲劇、小說之「罵」，頗有一些值得觀察之處。凡是脫胎自歷史的「罵」，罵人者都是男性，被罵者的身份也幾乎清一色是權奸，斥罵的內容則以國家大事為主題；而無歷史為藍本的小說、戲劇之「罵」，罵人者全數為女性，被罵的則以鄉里勢豪為大宗，斥責的內容則以社會公義為出發點，最後總回歸到個人的自主權被侵犯為訴求。

這樣的歸納結果，是有它的社會因素的。因為傳統社會裡，只有男性才有接觸國是的機會，在國家機器的權力運作中，女性完全沒有置喙的餘地，因此，歷史裡的女性，充其量只有在《列女傳》裡聊備一格，所載事跡也不外乎貞潔賢慧等德行，因此歷史之罵中，女性之所以缺席是可以理解的。而之所以被罵者全屬權奸，也是和傳統知識份子以天下為己任的襟抱有大關聯，在徵聖宗經的社會要求下，除了國家大事外，男性的私人情感通常是極度被壓抑的，尤其是個人恩怨是不必也不應該被重視。因此，只有對權奸的指責，才符合一般大眾對正義的期待，也唯有類似的題材才會引起編劇家的興趣。因此，不管禰衡罵曹操、灌夫罵臨汝侯、周順昌罵魏忠賢或雷海青罵安祿山，都是在忠君愛國、大是大非的求全上著眼。

根據民間傳說所撰作的小說、戲劇則有不同的關懷。通常作者會把注意力集中在小市民階層的愛恨怨嗔上，他們喜歡在他們的作品中揭露社會的不公不義，這些不公不義所施加的弱勢團體，多半是中下階層的大眾，尤其是女性。這些弱勢者，通常無法循正常管道得到公平的待遇，只有訴諸輿論一途，小說家或戲劇家便毅然擔負起尋求社會正義的角色，這應當能具體說明小說、戲劇之「罵」，何以常是女性痛罵勢豪，且所罵的內容多是切身的利害關係！唐人小說〈霍小玉〉含恨指責李益的負心、杜十娘怒沉百寶箱前的沉痛控訴、金玉奴對薄情郎的唾面痛責和劉藐姑沉江前的大罵，或者感歎遇人不淑，或者淒控勢豪的從中作梗，無一不是在自身的權益上爭議，即使是罵天的竇娥，雖然將所罵的對象提高到「天」的層次，但她的目的與不平，依然是自身冤屈的不得排解，是非常個人的。

《桃花扇》第二十四齣〈罵筵〉敘寫秦淮名妓李香君痛罵馬士英、阮大鋮等權奸。李香君懷著「已拼一死」的決心，使「丞相之尊，娼女之賤，天地懸絕」的情勢，驟然為之改觀。當她有機會面對閹黨，噴發出胸中怒火時，她不只是對個人際遇之遭受不當干預提出控訴：

> 妾的心中事，亂似蓬，幾番要向君王控。拆散夫妻驚魂並迸，割開母子鮮血湧，比那流賊還猛。做啞裝聾，罵著不知惶恐。〈江水兒〉

甚至，不怕死的大聲揭露權奸的禍國勾當：

堂堂列公，半邊南朝，望你崢嶸。出身希貴寵，創業選聲容，後庭花又添幾種。把俺胡撮弄，對寒風雪海冰山，苦陪觴詠。〈五供養〉

東林伯仲，俺青樓皆知敬重。乾兒義子從新用，絕不了魏家種。冰肌雪腸原吐不盡鵑血滿胸，吐不盡鵑血滿胸。〈玉交枝〉

雖說提出兩點斥責，在國家的大是大非前，個人的得失反倒變成次要，她自己就這麼表示：

奴家冤苦，也值當不的一訴。

《桃花扇》裡，李香君這一罵，並無史實根據，但是，李香君其人又是歷史中確有其人的，孔尚任在史實和虛構中，杜撰了一些真人假事，他大膽的運用前人劇作裡的罵筵套式，將禰衡、灌夫、周順昌、雷海青和霍小玉、竇娥、杜十娘、金玉奴、劉藐姑的形象揉合在一起，既為個人討一討公道，亦讓一介女流效男子般，為國事操一操心。

這樣的點染也只能發生在明末清初那樣一個特殊的年代裡，顧炎武提出的「天下興亡，匹夫有責」的民主觀念，必定對孔尚任「借離合之情，寫興亡之感」的寫作初衷有著一定程度的影響，李香君痛責權奸，意謂著低階層的大眾，甚至女性，也開始關心天下興亡，誠如魯迅所說：

（明末）老百姓不讀詩書，不明史法，不解在瑜中求瑕，屎裡覓道。但能從大概上看，明黑白，辨是非，往往有決非清高通達的士大夫所可幾及之處的。

孔尚任一向強調歷史劇創作要謹守史範，不得有乖信史，但是，要達到此目的，劇作家在主要人物及主要事件不違背歷史真實的前提下又要發揮他的藝術主動性，因此，並不排斥大膽的藝術虛構，李香君的這場《罵筵》，便是「添事求似」的真人假事，因著這一點染，歷史中稍嫌平板的香君形象，因之顯得更加飛躍靈動，真正做到了狄德羅所說：

戲劇家在真實上不如歷史家，在逼真上卻勝過歷史家。[46]

總括說來，孔尚任撰作了《罵筵》一齣戲，固然可以看出他從前人作品裡取法的痕跡，但是，孔尚任一點也不取巧，他成功的結合當時的新思潮，關照了歷史和小說、戲劇的差異，為李香君的形象做了一完美生動的編排，香君罵筵，既罵得痛快淋漓，又合情合理，使得戲場上原本就動人心魄的各式之「罵」，推陳出新，脫胎換骨，允稱「添事求似」的戲劇法則的最佳範例。

二、李代桃僵關目與《桃花扇》

---

[46] 《狄德羅文藝論文集譯》（世界文學）一九六二年一、二月號。

《桃花扇》第二十二齣〈守樓〉寫田仰派人來硬娶李香君，雖經楊龍友、李貞麗等人再三勸說，香君仍抵死不從，甚至不惜以頭撞地，以至血噴滿地。楊龍友見勢不可奪，而外頭聲聲要人，無奈之下，只好商請李貞麗代嫁。此種在特殊狀況下，請人冒名代為從事某種行為以解除危機的劇情，並非孔尚任所獨創，在孔尚任創作《桃花扇》之前的許多文學作品中，尤其是戲劇裡，是十分常見的手法。

在中國文學作品裡，李代桃僵的手法最為人所熟知者莫如古樂府〈木蘭辭〉中花木蘭代父從軍一事。關於木蘭的姓氏、鄉里、事蹟，後世有種種記載，但這是民間傳說，未必實有其人，不必深究。不過，由詩中地名看來，當是東北庫莫奚、契丹的戰爭，可知這故事大約產生於北朝後期。木蘭代父從軍的原因，詩中並無明確交待，只含糊說道：

> 昨夜見軍帖，可汗大點兵，軍書十二卷，卷卷有爺名。阿爺無大兒，木蘭無長兄，願為市鞍馬，從此替爺征。[47]

對阿爺為何需要木蘭代替從軍，並無進一步說明。到明代徐渭將此詩改編為劇作《四聲猿・雌木蘭替父從軍》時，便對這一點做了補充：

> 軍書十卷，書書卷卷把俺爺來填。他年華已老，衰病多纏。想當初搭箭追鵰穿白羽，今日呵扶藜

[47] 《古文苑》（臺北：新興書局，叢書集成新編五四冊）卷九，頁二三三二—二三三四。

看雁數青天。呼雞餵狗，守堡看田。調鷹手軟，打兔腰拳。提攜俗姊妹，梳掠俗丫鬟。見對鏡添粧開口笑，聽提刀廝殺把眉攢。長嗟歎道：兩口兒北邙近也，女孩兒東坦蕭然。❹❽

而論者也幾乎都一致認定是木蘭之父老病，才會由木蘭女扮男裝替父轉戰沙場，所以說，代父從軍是為父親解除因老病上戰場可能帶來的立即危機。自古樂府〈木蘭辭〉出，便開啟了各式各樣冒名頂替以解決困境的戲劇情節。歸納言之，大概可分以下數類：

（一）代死

代死的戲劇情節多半被安排在仁人義士為解救忠良而情願自我犧牲，或位低者基於忠義的道德觀，以賤易貴，冒名替死。其間最為膾炙人口的有關漢卿的《蝴蝶夢》、紀君祥的《趙氏孤兒大報仇》、李玉的《一捧雪》、心一山人所編的《玉釵記》。

1. 蝴蝶夢

元代名劇作家關漢卿的《蝴蝶夢》❹❾，是一齣有名的公案劇，此劇是根據《列女傳》卷五，〈節義傳・

❹❽ 徐渭撰：《雌木蘭替父從軍》（臺北：華正書局，四聲猿之三）第一齣，頁四五。

齊義繼母〉事[50]脫出。齊義繼母事，是二兄弟欲相代死，驚動聖上，以至裁決由母親來決定殺活，母親於是決定不管真凶為何人，以己子代死，存活前妻之子，保全對亡夫臨終的承諾。

戲劇《蝴蝶夢》裡，關漢卿將二子改為三子，將殺人動機改為為父報仇，並對以己子代死的心理矛盾有比較深入的刻劃。

另外，《列女傳》裡，是由皇上赦令不殺。而《蝴蝶夢》中卻又安排了另一場的代死，當包公發現了繼母的義行後，理該盆吊而死的幼子石和在包公巧妙的安排下，以偷馬賊替死。可見包公此舉，並非公然行之，而是偷天換日之計。因此，《蝴蝶夢》裡的兩宗代死情節，可以說出自不同的動機。石和代死雖是奉母之命，但石和本身終是甘心情願的；但偷馬賊趙頑驢的代死，恐怕趙頑驢本身亦未必知曉，所以，他的代死，雖也是為解除信義之士面臨法律制裁的無可奈何之境，但代死者並非主動為之，缺乏高尚動機。

2. 趙氏孤兒

代死的情節，流行最廣的是紀君祥《趙氏孤兒大報仇》中程嬰以自己剛出生的嬰兒冒充趙朔之子而

[49] 關漢卿撰：《包待制三勘蝴蝶夢》（臺北：宏業書局，元曲選本）頁六三三二—六四六。

[50] 劉向編：《列女傳》（臺北：廣文書局）。

代死的故事。此劇故事來源甚多，有《春秋》51、《左傳》52、《說苑》53、《新序》54、《史記》55……等，其中代死部份，以《史記・趙世家》敘之最詳。

《史記》裡，代趙氏孤兒死的嬰兒，是他人之子，並沒有進一步說明其身份，到元人雜劇裡，為使衝激力更強，曾針對此點加以點染，將嬰兒分派為程嬰出生之子。因為出首的是自己的兒子，那種眼見親兒被剁了三劍，卻不能有悲悽之容的痛苦，必定讓觀者同聲一哭！紀君祥亦藉公孫杵臼之眼來詮釋這般無法言宣的痛楚：

呀！兀的不是家富小兒驕，見程嬰心似熱油燒，淚珠兒不敢對人拋，背地裡揾了，沒來由割捨的親生骨肉吃三刀。〈收江南〉56

51 《春秋・成公八年》經文云：晉殺其大夫趙同、趙括。

52 《左傳》云：晉趙莊姬為趙嬰之亡，故譖之於晉侯曰：「原、屏將為亂；欒、郤為徵。」六月，晉討趙同、趙括，武從姬氏畜於公宮，以其田與祁奚；韓厥言於晉侯曰：「成、季之勳，宣、孟之忠而無後，為善者其懼矣。三代之令王，皆數百年保天之祿，夫豈無辟王，賴前哲以免也。周書曰：『不敢侮鰥寡。』所以明德也。」乃立趙武而反其田焉。另外，魯宣公二年（晉靈公十四年）亦有載此事。

53 劉向編：《說苑》（臺北：新興書局，叢書集成新編，一八冊）卷六，〈復恩篇〉，頁五五。

54 劉向編：《新序》（臺北：新興書局，叢書集成新編，一八冊）卷七，〈節士篇〉，頁二一。

55 司馬遷撰：《史記》卷四三，趙世家第一三。

不管是《史記》中的他人之子，或《趙氏孤兒》裡的程嬰之子，其捨生的原因，都是為存活封建制度下比他們身份更尊貴的人，因為他們的犧牲，他們名義上的主人的後嗣才得以存活下去，代死在此處的用意，是為解除他人絕後的危機。而絕後在當時的嚴重性，使得這樣的作法充滿了神聖性，尤其是當解除他人絕後的方法是以自身絕後來完成時，便不由得要教人涕淚交加了。

3. 一捧雪

《一捧雪》[57]寫嚴世蕃為奪取一只名叫「一捧雪」的古玉杯，對莫懷古進行政治迫害的故事。這個劇作對嚴世蕃的巧取豪奪和湯勤的陰險奸詐，有相當生動的刻劃。第十四齣〈出塞〉敘寫莫懷古以假玉杯代替九世傳家之寶進獻嚴世蕃，而得陞任太常正卿。然因醉後失言，露出假杯緣故，事為湯勤密報嚴氏，遂至寓中搜取，幸得懷古家僕莫誠盜出真杯，暫時解除了危機。但是，懷古恐怕嚴家別計中傷，倉惶逃出，卻仍中途被執。義僕莫誠決心代主被戮，而當懷古以「雖承你高誼，怎忍累你無辜，我縱偷生，于心何忍？」來推辭時，莫誠甚至以死相脅，堅持代死。

《一捧雪》故事的義行可風，使得它成為京劇舞臺上久演不衰的劇目。京劇裡，當莫誠跪求替死時，聲淚俱下的說：

[56] 紀君祥撰：《趙氏孤兒大報仇》（臺北：宏業書局，元曲選本）第二折，頁一四八四。
[57] 李玉撰：《一捧雪》（臺北：天一出版社，全明傳奇）葉五三下。

烏鴉有反哺之意，羊有跪乳之恩，馬有渡江之力，這犬有救主之心。畜生尚且如此，難道小人不如禽獸乎？[58]

而當他經百般懇求，終於獲准代死時，竟高興的大笑起來，說：

想我莫誠一世為奴，今日替我老爺一死，乃是一樁喜事，必須大笑三聲。

於是，歡天喜地引頸就戮。由這諸多描述看來，代死乃是對主人豢養之恩的回報，在封建制度下，代主人而死的行為，除了表彰義僕的忠心外，或者有資格替死，還代表了某種程度的榮寵意味在內。

4. 玉釵記

心一山人所編《玉釵記》，[59]寫何文秀歷盡各項紛至沓來的陷害，終於苦盡甘來，和二位夫人重逢。在第二十四齣裡，小人張堂為覬覦何文秀妻子美色，設下筵席，將文秀灌醉，將殺人強姦之罪嫁禍，致使文秀無端入獄，面臨問斬。幸賴獄官王鼎以罹患風顛的兒子代死，王鼎雖然以承祀為代死的交換條件，

[58] 柳香館主編：《京戲考》（臺北：正文出版社）第一集，第八場，頁一三六。

[59] 以下所引，見心一山人編：《何文秀玉釵記》（臺北：天一出版社，全明傳奇）第二四齣。

但畢竟人命關天，何況，代死者還是王鼎的獨生骨肉，所以，何文秀雖喜活命有方，但亦不免哀矜之念。然而，文秀終究還是接受了王鼎以兒代死的好意。這樣的代死，雖然也有幾分慧眼識英雄的為人紓困成份在內，但仔細分析起來，也許說它是兩蒙其利的條件交換，比較更為符合事實，因此，文秀決意接受這偷天換日之計、前往山西攻讀之際，王鼎猶不忘殷殷叮囑：

你身遭際命欲危，我割恩情拯救伊，此行須把心懷記，箕裘永垂，家聲未墜，振書香，早赴功名會，免躊躇潛蹤匿影，隨即往山西。〈簇玉林〉

所以，這宗代死事件，是源於王安罹患風顛，雖生猶死，其父一方面憐文秀遭遇坎坷、人品俊秀，一方面亦期待文秀代承宗嗣，兩方利害相合，方才促成，和前述純粹基於義氣，是不大相同的。

（二）代選與代沒為奴、為姬

代選與代沒為奴、為姬的情節，在戲曲中，亦是常用的熟套。通常是發生在大戶人家，因小姐有難，丫頭（或好友）為報平日的深情厚待，毅然挺身替代。以下謹以幾齣明傳奇為例，以見戲劇中此種情節被運用的情況：

1. 龍膏記

明楊珽所撰《龍膏記》寫張無頗與元湘英的離合之情，⑩其中言及元載舉家遇害，除抄沒家產外，妻被押送萬年縣候審，女兒湘英奉旨發給汾陽王府為奴。然而，當時湘英正好因觸怒父親、暫避城南韋曲，幸得侍女冰夷慨然擔承。

侍女冰夷之所以代小姐發給汾陽府為奴，動機雖無明言，但由她百般為小姐排解困難看來，主要也不外代主人解決立即的危機。

2. 紅梨記

明徐復祚所撰《紅梨記》寫趙汝州與謝素秋的離合故事。⑪寫王黻拆散謝、趙二人，並打算將謝素秋送入金邦為歌妓，幸而謝接受花婆之助潛逃，王黻知情後，只好另覓一人冒名頂替，他說：

⑩ 楊珽撰：《龍膏記》（臺北：開明書局，六十種曲之五十四種）。

⑪ 徐復祚撰：《紅梨記》（臺北：開明書局，六十種曲之三十三種）。

罷了！罷了！怎麼好？昨日已報過他名，如今逃了，教我那裡追尋。也罷！只就這些妓女中揀個俊俏的，冒做謝素秋解去，只要冊子上開他做頭便了。

此劇裡，冒謝素秋之名解去的妓女，甚至連姓名都不必有，此種替代行為是被強行指定的，其後此人的下落亦不明悉，因為此種替代的重心，雖然也是在解除危機，但不是解除被代替者，而是加害者，所以，不會引起觀眾的注意，著墨自然不須太多。

3.錦箋記

明周履靖撰《錦箋記》敘寫書生梅玉與柳淑娘的曲折姻緣。[62]二人結盟過程歷經艱難，可謂一波三折。其中第三十四齣〈代選〉寫朝廷選宮，不拘巨室寒門，但有二八之齡的人家，全得悉數報上。女主角柳淑娘當時正值旖年玉貌，自然不免，亦名在選宮之列。這時，丫頭芳春自告奮勇，情願代選，她的理由是：

昔人受一飯之德，尚報千金。奴家荷半生之恩，何辭一往。└快取衣飾與奴妝著，竟往便了。

[62] 周履靖撰：《錦箋記》（臺北：開明書局，六十種曲之四十一種）。

而所謂的「半生之恩」具體的說就是：

念婢子久侍閨闈，感娘行渾如姐妹，謾說個代主承恩，又何惜捐生效死！還念你好花時，明月夜，翫詩詞，親針指，誰共徘徊？〈皂角兒〉

所以，《錦箋記》中，芳春的代主選宮，正是報恩的典型範例。

(三) 代嫁

除了前述代死、代選、代沒為奴為妓之外，傳統戲曲裡最常被運用來解除困境的代替情節，應屬代嫁，尤其是以才子佳人為題材的戲劇，在考驗男女情愛的堅貞與否時，常常安排外力的介入逼嫁，而當女性面臨自身無法排解的難關，卻又不肯屈從時，往往便會有婢女或情同姐妹的朋友挺身出來代嫁，以下謹舉例言之：

1. 鸞鎞記

明葉憲祖撰《鸞鎞記》[63]，敘寫杜羔與趙文姝以鸞鎞分合的故事。第五齣〈仗俠〉裡，令狐丞相倚仗權勢，為李補闕娶妾，要強娶趙文姝。趙家母女正慌得尋死尋活，適巧東鄰魚家惠蘭義妹特來探望，得知情形，決定代嫁以解決趙家危機，趙、魚二人於此有一段深情對話：

小旦背介：你看他母子痛傷，不覺使人鼻酸，我左右不曾許人，拼捨此生，救他兩命，有何不可！

小旦轉介：媽媽和姐姐且省愁煩，妹子情願與你們解圍！

淨旦：姐姐怎麼樣解得我們的圍？

小旦：姐姐已受杜郎之聘，義難更改。妹子幸未字人，不如待我替姐姐去了，救你母子兩命，有何不可？

旦：這是奴家命苦所招，怎麼到累及妹妹！

小旦：做妹子的平日與你怎麼樣相處，若優游無事，日逐往來，一旦有事，便掉臂不顧，豈是人之所為？況且你有媽媽在堂，不忍分離。我孑然一身，有何挂礙？何不替姐姐去走一遭？

魚惠蘭之所以仗義代嫁，一則不忍趙氏母子痛傷，一則因自己尚未字人，顧忌較少，當然，一切還是因緣於她和趙文姝「朝夕俱，情意孚」，是朋友之間的義氣，因此，趙文姝於接受感恩之餘，特別拈出兩位古之義士以為表彰：

---

63 葉憲祖撰：《鸞鎞記》（臺北：開明書局，六十種曲之二十七種）。

昔衛壽竊旄以代兄，紀信忍烹而誑楚，妹妹的意氣，何忝於兩人？

2. 荊釵記

明朱權撰《荊釵記》寫王十朋與錢玉蓮一對義夫節婦的團圓故事。64其間，王十朋赴試春闈，一舉鰲頭後，曾修書遠報佳音，卻被奸人中途訛改為休書一封，錢玉蓮之母因之逼女改嫁孫汝權，錢玉蓮不得已投江全節。在第二十九齣〈搶親〉裡，接了孫家財禮的錢家，因女兒投江，怕孫家前來打鬧，難以抵對，正坐困愁城。玉蓮的姑姑知道之後，出主意道：

哥哥！孫汝權不是好人，怎肯罷休。我有一計在此，將幾件衣服與我穿了，哄上轎去，我到他家裡，與他說話便了。

姑姑代姪女出嫁，因年齡、面貌俱有頗大差距，事情自然易露馬腳，花轎抬到孫家，果然引起一大風波。但是，在人馬雜沓的迎親場面上，姑媽不暇細思後果的嚴重，只想解決當下的煩惱，毅然代嫁，也並不突兀。

64 朱權撰：《荊釵記》（臺北：開明書局，六十種曲之二種）。

3. 永團圓

李玉所撰《永團圓》傳奇為一齣奇巧的離合劇。[65] 寫蔡文英與蘭芳江氏本有婚約，唯江父倚富，逼棄東床，江女矢志守節，於是身赴長江。第十四折〈計定移星〉中，舉家正為此變故慌亂不已，老畢於是想出了移花接木之計，他說：

> 我有一計在此，叫做移星換斗之計。
>
> 小令愛呵！做箇一時術數權到公庭掩飾收科，指鹿秦庭事，誑楚漢謀多。……〈五供養〉

江女既傳投江自盡，卻無屍體，口說無憑，以上老畢以小妹代嫁的主意，就是針對可能引起的官司而來，老畢的顧慮不無道理：

> 假如令愛死了，有屍簡驗，我每翻轉一扒，告他威逼致死，那蔡生半條性命穩穩走不脫了，如今又無屍首憑據，官府知道死也不死，蔡生一口咬定，說你藏過女兒，那時官府把你監追，三六九比責，可不把六百金撇在東洋大海內，又遭一場屈官司麼！

---

[65] 李玉撰：《永團圓》（臺北：天一出版社，全明傳奇）。

於是，莫知所以的小妹無端被捲入這場紛亂的亂點鴛鴦譜裡，與姐夫成了夫妻。正所謂「錯中錯、訛上訛，他賺我、我賺他」。

綜上所述，傳統文學作品裡，所安排的李代桃僵情節，歸納言之，不外代死、代選、代沒為奴、為姬、代嫁等，而所有代替者的身份多半是較為卑微者，或曾受施恩的一方，譬如《趙氏孤兒》中代趙氏孤兒死的平民程嬰之子、《一捧雪》裡代主人莫懷古死的義僕莫誠、《龍膏記》裡代元載女湘英被發放為奴的侍女冰夷、《錦箋記》中代小姐柳淑娘選宮的丫頭芳春，在劇中的關係都係主僕；而《玉釵記》裡代何文秀死的獄官之子，雖說身份未必較低，但因身染重疾，旦夕且死，於為人條件上亦不免遜色。《蝴蝶夢》中最後代死的趙頑驢亦是如此，因為是偷馬賊，身份明顯屬於弱勢。只有《紅梨記》裡的代沒為妓的無名妓女、《鸞鎞記》中代趙文姝出嫁的魚惠蘭，和被代者身份相當，然前者非屬主動為之；後者則因二人義同金蘭，情誼特殊之故。

耐人尋味的是，代死者除莫懷古出於主動外，多半由別人代做決定，不是身犯重罪的刑事犯，就是無知的嬰兒，或受母親宰制的兒子，這和代嫁或代沒為姬、為奴者多屬主動為之，有著很大的不同。顯然類似代死這般關係生死的行為，是需要更多的勇氣，若非不得已，恐怕很難自行做出決定。

另外，代替行為發生過後，代死者固然一命嗚呼，不再於場上出現，其他的代替者，彷彿也僅為這個代替的儀式而生似的，從此下落不明，只有少數的戲劇，如《鸞鎞記》、《永團圓》等有著甚少的交待，其意義似乎僅止於聊備一格，並無進一步的開拓的格局。

（四）《桃花扇》中李代桃僵舊關目的新意義

《桃花扇》中的李代桃僵舊關目見諸第二十二齣〈守樓〉裡，楊龍友為田仰逼婚李香君，香君抵死不從，不惜倒地撞頭，致使血噴滿地，而奉命前來迎娶的管家卻不顧場面的混亂，仍執意聲聲要人，兵荒馬亂之際，楊龍友惻隱之心大作，於是提出了一個權宜之法：

娼家從良，原是好事，況且嫁與田府，不少喫穿。香君既沒造化，你（李貞麗）倒替他享受去罷。

這代嫁之計，貞麗原是不從，然而事出倉促，在惡勢力的籠罩下，也由不得她不從，身為青樓的負責人，她不會不清楚違抗閹黨可能付出的代價，所以當她心生猶豫，只在龍友稍一提醒：

明日早來拿人，看你捨得捨不得！

貞麗便立刻警醒的從善如流，說道：

也罷！叫香君守著樓，我去走一遭兒。

在簡單交待過後，她便急急上路，唱道：

下樓下樓三更夜，紅燈滿路輝；出戶出戶寒風起，看花未必歸。蕭郎從此路人窺，侯門再出豈容易！捨了笙歌隊，今夜伴阿誰？

貞麗懷著惆悵的心情上路，因著她的挺身而出，解決了所有可能引發的問題，但此處的代嫁卻和前述的代嫁多出自主動不同，她是在楊龍友的幾近威嚇下就範，這般的代嫁，應該更符合人性心理。而此舉的意義，正如楊龍友下場前所說：

貞麗從良，香君守節，雪了阮兄之恨，全了馬舅之威，將李代桃，一舉四得，倒也是個妙計。只是母子分別，未免傷心。

而由龍友此番話，亦可充份看出當日閹黨作威作福的心態，想盡方法拆散他人姻緣、逼迫他人改嫁，原來只是為了雪恨顯威，全然不顧老百姓的生死。

值得注意的是，貞麗的代嫁，在整齣《桃花扇》裡，有著舉足輕重的關鍵地位，它不再是如前述的李代桃僵戲劇情節，只是為解決戲劇發生的當下問題而已，它更進一步引起其後的分分合合。貞麗代嫁之後，這個看似為成全香君而犧牲的角色，並不就此功成身退，在沉潛四齣之後，她又在第二十七齣〈逢舟〉中意外的出現，為因仗義傳書而不慎落水的蘇崑生伸出救援之手，從風急水緊的黃河裡，冒險把他營救起來。

李貞麗代嫁後的種種到底如何？緣何又出現在風濤拍岸的黃河堤上？觀者莫不急於知道答案，孔尚任在吊足了讀者胃口後，方才慢慢道來：

奴家命苦，如今又不在那田家了。想起那晚，匆忙扮作新人，奪藏嬌，金屋春，一身寵愛，盡壓釵裙。誰知田仰嫡妻，十分悍妒，獅威勝虎，蛇毒如刃，把奴揪出洞房，打個半死，田郎有氣吞聲忍，竟將奴賞與一個老兵。此是漕標報船，老兵上岸下文書去了。奴自坐船頭，舊人來說新恨。〈瑣窗寒〉

這一段回敘，正好接續了第二十二齣以來的空白，李貞麗嫁予田仰後的滄桑，以至於流落黃河邊上的遭遇。此處的補敘，正凸顯侯、李愛情原本極可能面臨的凶險，如非貞麗代嫁，承擔了坎坷艱辛的不幸，香君勢必淪落配予老兵的難堪境地，孔尚任藉著貞麗的現身說法，開示了讀者，侯、李愛情的完美性，除了侯、李二人對情愛的堅持外，其他那些低階層的可敬人物，如李貞麗、蘇崑生等的同情、支持，乃至於犧牲，亦是不可輕忽的因素。第二十七齣〈逢舟〉的必要性，是以貞麗代嫁的豪邁擔當，帶出蘇崑生不辭艱難的遠道傳書的義氣，更藉傳書之舉綰合侯、李形同中斷的交往，所以，代嫁這一情節的運用，於此非但具備傳統解除危機的用心，更被賦予開展劇情的任務，這是較前述所有代替劇作更為周延的寫作，亦是它更卓越之處。

然而，《桃花扇》終究是以侯、李的分合為主線的，李貞麗的代嫁，在顯現其動人的光輝後，終必歸絢爛為平靜，李貞麗在經歷這一番波折後，亦不免對人生發出嗟歎：

想起在舊院之時，我們一家同住，今日船中，只少一個香君，不知今生還能相見否？一家人離散了，重聚在水雲。言有盡，離緒百分，掌中嬌養女，何日說艱辛？〈金蓮子〉

貞麗代替閱讀者說出心聲，面對人世的萬般艱難險阻，異日的相逢竟成不可期的神話，貞麗一語成讖，隨老兵終老是她在《桃花扇》最後的發音：

妾身厭倦煙花，伴著老兵度日，卻也快活。不意故人重逢，又惹一天舊恨。你聽濤聲震耳，今夜那能成寐也。

江濤之聲，聲聲震耳。貞麗與香君「悠悠萍水一番親」的聚合，因著貞麗在危機四伏時刻的慨然代嫁，而彰顯出青樓女子的惺惺相惜之義，較之飽讀詩書的阮大鋮等實大有過之，為《桃花扇》中諸多低階層民眾的義行善舉，又平添熠熠光輝。

第二節　寫作手法的創新

云亭山人自拈的《桃花扇》傳奇凡例十六則中，再三強調其寫作上的創新。因此，孔尚任創作《桃花扇》非常重視創新殆無疑義。而孔氏所提醒的這些創新，包括體製、情節、曲文、典故、上下場詩……等，確實也是一本傑出的劇作所不可或缺的條件。只是，劇作家雖然陳義很高，卻往往流於眼高手低，空自有極高的理想，經常無法落實在劇作中。本節擬以作者自懸的創新標準，來檢視《桃花扇》的寫作手法，是否「劇如其論」？

一、體製的創新

《桃花扇・凡例》最後一則言：

全本四十齣，其上本首試一齣，末閏一齣，下本首加一齣，末續一齣，又全本四十齣之始終條理也。有始有卒，氣足神完，且脫去離合悲歡之熟徑，謂之戲文，不亦可乎？

將《桃花扇》體製上的創新，具體指出，亦即在正戲四十齣之外，又安排了〈先聲〉、〈閒話〉、〈孤吟〉、〈餘韻〉四齣，這是和《桃花扇》前後時期所寫作的傳奇非常不同的地方。

明清傳奇一般的體製，大都分為上下兩本，便於分作兩天演出。66上本首齣為副末或末開場，虛籠大意或概括本事。67上本末齣名曰「小收煞」，所謂「暫攝情形，略收鑼鼓」，「令人揣摩下文，不知此事如何結果」。也就是說，使觀眾因懸念接續劇情，等著一探究竟。下本末齣名為「大收煞」，要求「無包括之痕，而有團圓之趣」。也就是要求結尾要收得自然風趣，餘味無窮。上下本篇幅大多相等。68在《桃花扇》之前的傳奇，大體依照這樣的體製。相形之下，《桃花扇》上下本各增額外的兩齣，就顯得非常與眾不同。這樣的處理有否它的必要性？或者說，這般獨創的體製上的突破，是否使得劇作的表現有更為卓越的成績？這可分幾點言之：

1.副末老贊禮不再像以往般，在首齣開場，而另立「試一齣〈先聲〉」，交代傳奇始末。並於下本之始，亦另立「加二十一齣〈孤吟〉」，作為下本開場，於演出的兩天都率先於劇首引領觀眾情緒；甚至在格。

66 傳奇之所以分為兩本，係為便於分兩天演出。《桃花扇》加二十一齣〈孤吟〉裡，老贊禮說明前往太平園看演《桃花扇》下本，而昨日已看過上本可證。另外，李卓吾批評《幽閨記》劇中尾聲云：戲文自古出梨園，今夜裡，且歡散，明日裡，再敷演。亦可證明代時，傳奇作品上下兩本就是分兩天演出。

67 也有例外情形。譬如：倚晴樓的《居官鑑》、《鴛鴦鏡》、《脊令原》，藏園的《空谷香》及墨憨齋訂本《人獸關》等，第一齣就是正戲開場，而不用副末開場；《投筆記》則在第一齣正戲之前，另有副末開場，稱作〈開場引首〉，都算是別格。

68 此種狀況也有例外。譬如：《元宵鬧》傳奇，上本十七齣，下本十齣，這是因應劇情的演出段落，比較是少數。

第四十齣〈入道〉結尾之後，更有「續四十齣〈餘韻〉」，與柳敬亭、蘇崑生二人於龍潭江畔同悼南明之亡。非但如此，老贊禮還突破往例，躍入劇中，和劇中人同悲喜，就如同他自己在〈先聲〉所說：

> 老夫欣逢盛世，到處遨遊。昨在太平園中看一本新出傳奇，名為《桃花扇》。就是明朝末年，南京近事，借離合之情，寫興亡之感。實事實人，有憑有據。老夫不但耳聞，皆曾眼見。更可喜把老夫衰態也拉上了排場，做了一個副末腳色，惹的俺哭一回、笑一回、怒一回、罵一回，那滿座賓客怎曉得我老夫就是戲中之人。

因此，在〈鬨丁〉、〈拜壇〉、〈沉江〉、〈入道〉中，老贊禮都和劇中人物一道活動，成為「皆曾眼見」的見證人。在戲裡，老贊禮既是局外人，又是劇中人，虛虛實實之間，產生一種奇異的特殊魅力。而且，由他帶動開場，又由他墊後了結，首尾完足。且另立章節，不參入本劇，亦使得劇作的層次上更顯多姿多彩，這樣的創新，不止有新意，而且對劇作有強化的作用，值得鼓勵。

2. 上本的最後，加「同二十齣〈閒話〉」，由張薇、藍瑛、蔡益所擔綱，補結崇禎王朝之亡，由張薇代替老贊禮，行使串場的重任。因為，老贊禮在南京活動，無法擔當補結崇禎王朝之亡的任務，而由來自明朝都城北京、並熟知北京變故的張薇取代，一來可彌補角色不在場可能引起的劇情缺陷；一來也為劇末張薇在南京建水陸道場，預先做好了埋伏。

所以，通本《桃花扇》，以張薇為經部角色經星，老贊禮為經部角色的緯星，一經一緯，首尾貫串。

這多出的四齣與全本四十齣正戲融為一體，脫去傳奇熟徑，為《桃花扇》增色不少。這種創格，使結構更有層次，除上下卷各有起迄，同時又統一聯貫，成為一部完整的有機戲劇結構，使作者所欲表達的感慨更深，議論更完足，可以明顯看出孔尚任求變求新的苦心，無怪乎《曲海揚波》卷一要說：

《桃花扇》卷首之〈先聲〉一齣，卷末之〈餘韻〉一齣，皆云亭創格，前此所未有，亦後人所不能學也。一部極悽慘極哀怨極忙亂之書，而以極太平起，以極閒靜極空曠結，真有華嚴鏡影之觀。[69]

二、人物刻畫的創新

關於人物刻劃，《桃花扇・凡例》中有第十三、十四兩則有關的敘述：

設科之嬉笑怒罵，如白描人物，鬚眉畢現，引人入勝者，全借乎此。今俱細為界出，其面目精神，跳躍紙上，勃勃欲生，況加以優孟摹擬乎！

腳色所以分別君子小人，亦有時正色不足，借用丑淨者。潔面花面，若人之妍媸然，當賞識於牝

[69] 任中敏錄：《曲海揚波》（臺北：中華書局，新曲苑本）卷一，葉七下，梁啟超語。

牡驪黃之外耳。

意即不應只從生、旦、淨、末、丑等角色分類或臉譜，去作觀察，而有其更深刻的角度。本則雖從反面立論，仔細研析，就是間接指出傳統劇作只有典型、沒有個性的缺失，[70]強調應突破角色及臉譜局限，免得人物淪於僵硬刻板的描摹。這點，孔尚任的劇作確有十分卓越的表現，尤其值得注意的是他所安排的五花八門的出場方式，除了予觀眾深刻的印象外，對角色的刻劃，也有意在言外的暗示意義，值得注意。

人物的出場在人物的刻劃上佔著很重要的地位。[71]別出心裁的出場，常能予觀眾耳目一新的感受，對此人物留下深刻的印象。尤其，傳奇齣數動輒上四、五十，人物亦不在少數，出場、入場，往來如梭，教人目不暇給。所以，對人物的出場時機、出場地點和出場方式，如何作適當的調理，使其在勻稱中，不失變化，從而幫助作者準確的描摹各個腳色的各自性格，便成為劇作家最大的考驗。

《桃花扇》中的人物，根據孔尚任自理的左部、右部、奇部、偶部、經部，合計共有三十人，或先

[70] 曾永義先生於〈中國古典戲劇的特質〉一文中指出：我國古典戲劇的角色一出場，便自述姓名、履歷、懷抱，有時還由主要角色介紹其他次要角色，尤其更說出自己的所作所為。如此一來，劇中人物往往只有類型而幾無個性。見曾先生《中國古典戲劇論集》頁四五—四六，聯經出版公司。

[71] 戲曲人物出場，稱為「出腳色」；按照我國傳統舞臺結構，劇中人物出入的孔道叫「上下場門」，無論由上場門出（表示從外邊來），或由下場門出（表示由內室出來），都泛稱出場。

後出場，或同時出場，或由先出場者於口語中先行引介，於千呼萬喚中，方才姍姍現身。孔尚任根據不同的人物形象，安排各種不同的出場，匠心獨運，不落俗套。如同樣在劇中扮演舉足輕重角色的大臣，左良玉與史可法，文臣武將，出場方式亦大是有異。左良玉在第九齣〈撫兵〉中出場時，就由貳將四卒吹打開門、聲勢奪人的戎裝出現；而身為淮安漕撫的史可法便白鬚冠帶置身清議堂內。同屬民間藝人，柳敬亭以說書始，蘇崑生以傳歌出，出場便點明行業，予人明晰印象。第八齣總批說：

左部八人，未出蔡益所，而其名先標於第一折，右部八人，未出藍田叔，而其名先標於第二折，總部二人，未出張瑤星，而其名先標於開場，直至閏折始令出場，為後本關紐。後本二十八、二十九、三十折，三人乃挨次沖場，自述腳色，匠心精細，神工鬼斧矣。

事實上，這三人在正式出場前，孔尚任便先於同二十齣〈閒話〉裡，於兵荒馬亂時，同時匆促露面，予人驚鴻一瞥，如此，姓名先點，倉促出場，以至隆重沖場，凡此種種，皆是作者匠心獨運之處。

最耐人尋味的是第三齣〈鬨丁〉裡，南京孔廟正舉行祭孔盛典。副末老贊禮「暗上」，接著副末阮大鋮「掩面上」。眉批上分別寫道：「老贊禮如此出場，其猶龍乎！」「阮鬍子如此出場，其如鬼乎！」可見這兩種不同方式的上場，是經過孔尚任匠心處理過的。所謂「暗上」，是無聲出場的通稱；所謂「掩面上」，是以袖遮臉而躬身出場。兩者都是人物出場的傳統程式，其運用之妙，端看劇作家的慧心。按照一向傳奇的慣製，副末只在第一齣裡擔任開場任務，而《桃花扇》裡，卻在第三齣中，再度將他拉上了排場，負責祭禮的禮贊職務，且在壇戶防備贊禮偷吃祭品之時，不聲不響上場，給議論中的壇戶迎頭反擊，使他們大喫一驚。贊禮的出場，可謂神龍見首不見尾，既詼諧，又風趣。而阮鬍子的上場，亦充滿了暗示性的意義。身為閹黨餘孽的他，當時幾乎已成過街老鼠，但是，為了扳回頹勢，仍想在清流中作困獸的掙扎，竟然掩面混入祭孔盛典裡。掩面出場除代表作賊心虛，在莊嚴的孔廟中，如此鬼祟行動，亦予人委瑣魑魅印象。一暗上，一掩面上，一正一邪，形成鮮明對映，孔尚任效史家寓褒貶的《春秋》筆法，頗堪玩味。

細心的讀者，也許還會從全本《桃花扇》中，看出孔尚任看似無意、其實有心的《春秋》筆法。如劇中兩位大奸臣阮大鋮、馬士英的名字首次出現，是在第二齣〈傳歌〉裡，李貞麗出場時說：

> 這裡有位罷職縣令，叫做楊龍友，乃鳳陽督撫馬士英的妹夫，原做光祿阮大鋮的盟弟，常到院中誇俺孩兒，要替他招客梳攏。

明眼人一看便知，此中大有文章。其實，在第一齣〈聽稗〉裡，侯方域已經提過阮大鋮其人，只孔尚任當時偏不讓他直呼其名，而以「阮鬍子」代之，卻在李貞麗出場時，幾乎是在十分牽強的狀況下，勉強安排由李來說出二人完整的姓名，其目的無非是刻意要讓兩位遺臭人間的名字由老鴇口中說出，表示對他們的貶斥。孔尚任為孔子第六十四代孫子，他自言寫戲時自比老祖宗的「正雅頌」，從字裡行間，確實處處可見其用心的良苦。因此，這般的姓名出場方式，是頗值得吾人注意的。

三、上下場詩的創新

明清傳奇體製，在人物上下場時，大都有兩句或四句詩，稱之為上（下）場詩。原本上下場詩都是作者綰合劇情、衡量人物個性，自撰詩句，或者採用俗諺而成，及至後世，受到宋代以來作詩流行集唐人詩句的影響，上下場詩也開始風行集唐。如《長生殿》第十四齣〈偷曲〉，下場詩：

倚天樓殿月分明（杜牧），歌轉高雲夜更清（趙嘏），偷得新翻數般曲（元稹），酒樓吹笛有新聲（張祜）。[72]

分別集自四位唐代詩人的四句詩。這樣，一則可「借博雅以見其才」，一則可「取現成以免思索」。然而，取集句詩亦有它的侷限，常見若干集句詩和劇情無法搭配，而顯得勉強湊合，甚至風馬牛不相及，完全失去了上下場詩真正的作用。

孔尚任有鑑於此，特別在〈凡例〉中說明其創作上下場詩的原則：

上下場詩，乃一齣之始終條理，倘用舊句、俗句，草草塞責，全齣削色矣。時本多尚集唐，亦屬

[72] 洪昇撰、曾永義注：《長生殿》（臺北：國家出版社，中國古典戲劇選注）頁六〇三—六〇四。

濫套。今俱創為新詩，起則有端，收則有緒，著往飾歸之義，彷彿可追也。

因上下場詩擔負「著往飾歸」的重責大任，孔尚任以為不應如往昔般草率以舊句、俗句或集唐敷衍塞責，應針對端緒，自行創作，才能準確發揮它在劇中繼往開來的作用。例如：第二十六齣〈賺將〉下場詩云：

宛馬嘶風緩轡來，黃河冰上北門開，南朝正賞春燈夜，讓我當筵殺將才。

此下場詩總結這一齣戲的大旨，撻伐許定國賺殺南明守將高傑而降清的罪行，譴責弘光王朝君臣沉浸逸樂的腐敗，以短短的四句七言詩沉痛的批判南明亡國的癥結所在，啟發觀者去思考、去反省。所以，這樣的下場詩，其實有著比實際情節進展更深刻的意義在其中，因此，此處的眉批就寫著：

《桃花扇》上下場詩，簇新指出，有旨有趣，可作南朝本事詩。

他如：上本最後一齣〈閒話〉的下場詩：

雨洗雞籠翠，江行趁曉涼，烏啼荒塚樹，槐落廢宮牆。帝子魂何弱，將軍氣不揚，中原垂老別，慟哭過沙場。

一首五言律詩，總結上本，蒼涼悲慟，於烏啼槐落之聲中，於荒塚樹、廢宮牆之間，故宮禾黍之思，躍然紙上，這樣的下場詩，將劇作的氛圍營造得如詩如畫、如悽如泣，其作用已遠遠超越單純的結束場面的作用。《桃花扇》的下本下場詩，也是劇作的精華所在，字字珠璣，讓人愛不忍捨，且低迴不已：

> 漁樵同話舊繁華，短夢寥寥記不差，曾恨紅箋啣燕子，偏憐素扇染桃花。笙歌西第留何客，煙雨南朝換幾家，傳得傷心臨去語，每年寒食哭天涯。

觀者就算拿它當作一首單純的七律來欣賞，恐怕與唐宋大家的作品相較，亦毫不遜色。無怪乎吳梅《顧曲麈談》要擊節三歎：

> 余謂《桃花扇》不獨詞曲之佳，即科白中詩詞對偶，亦無一不美。如「葉分芳草綠，花借美人紅」、「新書遠寄桃花扇，舊院常關燕子樓」及上下本結穴之五、七律兩首，幾乎無一字不斟酌。摶兔用全力，唯云亭足以當之耳。[73]

[73] 吳梅撰：《顧曲麈談》（臺北：商務印書館，人人文庫）頁一八四。

《桃花扇》前後計四十四齣，唯獨第三十七齣〈劫寶〉，黃得功　劍刎死後，大叫：

大小三軍，都來看斷頭將軍呀！

劇作便在淒厲的叫聲中，戛然結束，並未有下場詩，眉批云：

將軍已死，誰發咽嗚之歌耶！

顯見此劇之沒有下場詩絕非作者疏忽，而係孔尚任有意的安排，以靜默無聲來映襯英雄的最後悲鳴，而深沉哀悼之意便不言自喻。這應該也算是《桃花扇》下場詩的創格吧。

四、結局的創新

《桃花扇・凡例》最後談到：

全本四十齣，……有始有卒，氣足神完，且脫去離合悲歡之熟徑，謂之戲文，不亦可乎？

所謂「脫去離合悲歡之熟徑」，即指它的情節進展，和一般當時大行其道的才子佳人劇作不同，它的布局充滿新奇，讀者可能很難再憑藉過去的閱讀經驗來揣測它的發展或結局。而其中最容易讓讀者聯想到的，應該就是它的悲劇結果。第四十齣〈入道〉總批說：

離合之情，興亡之感，融合一處，細細歸結。最散最整，最幻最實，最曲迂最直截。此靈山一會，是人天大道場。而觀者必使生旦同堂拜舞乃為團圓，何其小家子樣也。

對這個擺脫傳統大團圓的悲劇結尾，一般的劇評家倒是眾口交譽的。如：《藤花曲話》裡就說：

《桃花扇》以〈餘韻〉折作結，曲終人杳，江上峰青，留有餘不盡之意於煙波縹渺間，脫盡團圓俗套，乃顧天石改作《南桃花扇》，使生旦當場團圓，雖其排場可快一時之耳目，然較之原作，孰劣孰優，識者自能辨之。[74]

《小說叢考．桃花扇傳奇考》裡對這點也有評論云：

今坊間祇有云亭之作，而《南桃花扇》不多見，蓋小說收束，最忌團圓，如讀《西廂》者，至崔

[74] 蔣瑞藻撰：《小說枝談》卷下，頁一三九，引《藤花曲話》。

張花燭一回，更有何趣味也。[75]

我國傳統戲曲，一向總喜以大團圓作結，即使是號稱悲劇的作品，也很少打破這樣的成習，例如今人王季思等人主編的《中國十大古典悲劇集》裡的十大劇作[76]，歸納其結局，亦不外三種：一是由清官或開明君主出場，為民伸冤，例如《竇娥冤》裡竇娥的父親竇天章蒙恩中舉，為女兒伸冤。《琵琶記》裡，歷盡艱難的趙五娘終獲誥命，封為夫人。《精忠旗》中，為秦檜所害的岳飛也在陰司蒙皇帝追封武穆王。《清忠譜》裡囊首獄底的周順昌，最後也得到封妻蔭子的表忠。一是劇中主角在仙境或夢境裡團圓，如《嬌紅記》裡的成仙，《梁山伯與祝英台》的化蝶，《長生殿》的月宮重圓，《漢宮秋》的夢中暫聚。另外一種則是受害者的後代繼起抗爭，如《趙氏孤兒》中的孤兒終於聯合魏絳誅殺屠岸賈報仇，《雷峰塔》端賴白蛇之子許士麟哭奠呼天，感動佛爺，從雷峰塔裡救出了母親。如此說來，十本被視為十大古典悲劇的劇作，竟只有《桃花扇》徹底的顛覆了傳統補恨、大團圓的結局，而以生旦各自入道的悲劇作結，這不能不說是一種創新。

歸納中國古典戲劇之所以喜歡以大團圓或補恨作結，其實可以從思想觀念和演出場合兩方面加以探討：

[75] 錢靜方撰：《小說叢考》（臺北：長安出版社）頁二三七—二三八。

[76] 王季思編：《中國十大古典悲劇集》（山東：齊魯出版社），共收《竇娥冤》、《漢宮秋》、《趙氏孤兒》、《琵琶記》、《精忠旗》、《嬌紅記》、《清忠譜》、《長生殿》、《桃花扇》、《雷峰塔》十本劇作。

1.從演出場合來看：依戲班的組成來說，我國戲班可分宮廷內府承應的戲班、以營利為目地而組成的戲班及豪門貴族私人設置的家樂。內廷演劇，多半於年節或萬壽日，衝州撞府的營利戲班除於勾欄、戲園公演外，也常應召於秋收、廟會、祠堂落成或修譜等歡樂場合演出，家樂則主要是供一家或一姓的喜慶宴會。因此，我國古典戲劇的演出，主要是為喜慶粧點、藉會助興和日常娛樂。在如此歡樂的場合裡，自然不宜演出哭哭啼啼或非常絕望的戲碼，即使是悲劇，也希望觀眾在離開劇場前，還抱些許希望，還好人以清白，或給壞人以打擊，最好是有情人不管遭受多少磨難，都能在結束劇情前，終成眷屬，免得掃興或不吉利。

2.從中國傳統溫柔敦厚的觀念及翻案補恨思想來看：除了喜慶娛樂之外，中國傳統的戲劇還同時肩負著道德教化的重責大任，所以，我國戲劇所表現的不外傳統宗教信仰及儒家思想，而不管儒家溫柔敦厚詩教或宗教勸人為善的因果之說，都不希望看到太淒厲的結果。尤其，善有善報、惡有惡果的思想深入人心，一般觀眾很難接受好人含冤負屈卻沒能得到昭雪或有情人橫遭拆散卻不得結為連理的結局，所以，編劇為饜足觀眾的需求，只好讓大團圓、補恨的結局不斷的在戲臺上上演。於是鬼神報應、死後補償等劇情紛紛出籠，尤其在政治黑暗、民眾憤懣之情難以排解的年代，這樣的抒忿方式更被普遍的運用著。

當我們了解了以上的情況後，再來討論《桃花扇》如此不落俗套的結局方式，就更加佩服孔尚任不屈從流俗的前瞻性眼光。這樣的結局，事實上，不止於「與眾不同」的創新意義，如果更往深層探視，則可以延申至劇作家在票房和忠實自己間的掙扎，就這一點而言，孔尚任是值得稱道的。

總之，《桃花扇》除摒棄生旦當場團圓的舊套，顛覆了長久以來觀眾的觀劇習慣，予人耳目一新的感受外，孔尚任尚且提供了一個「乾坤寂然矣而秋波再轉，餘韻鏗鏘」的〈餘韻〉齣作為終結，就如總批所說：

水外有水，山外有山，《桃花扇》曲完矣，《桃花扇》意不盡也。思其意者，一日以至千萬年，不能彷彿其妙。曲云，曲云，笙歌云乎哉！科白云乎哉！

《桃花扇》不但消極的終結俗套，重要的是，積極的開拓出新境界。這不但揭示了《桃花扇》的特色與成就，也是為戲劇創作開拓了新天地，值得擊節三歎。

附錄：兩則有關《桃花扇》資料的辨正

一、蔣瑞藻《小說枝談》卷下錄《脞語》之誤。

研究孔尚任者常徵引蔣瑞藻《小說枝談》卷下錄《脞語》之一段記載，云：

孔東塘尚任隨孫司空在豐勘裏下河濬河工程，住先映碧棗園中，時譜《桃花扇》傳奇未畢，更闌按拍，歌聲嗚嗚，每一齣成，輒邀映碧共賞。❶

此段文字，隱藏兩個疑點：一、孔尚任是否曾邀李映碧共賞《桃花扇》？二、孔尚任於南下治河時，曾否住棗園中？

先談李映碧其人。《明史》卷一百九十三有傳，云：

❶ 蔣瑞藻撰：《小說枝談》（上海：商務印書館）卷下，頁一四二。

思誠孫清，字映碧。崇禎四年進士。由寧波推官擢刑科給事中。熊文燦撫張獻忠，清論其失策。以久旱請寬刑，忤旨，貶浙江按察司照磨。未赴，憂歸。起吏科給事中。俄出封淮府，國變得不與。福王時，請追謚開國名臣及武、熹兩朝忠諫諸臣，於是李善長等十四人，左光斗等九人，並得謚。❷

他是明嘉靖、隆慶兩代顯臣李春芳的玄孫。師儉堂刻本《興化李氏世譜本傳》云：

乙酉之後，退隱邑之棗園，杜門纂述。……手不離帙，而於史學最為專勤。清四十年不窺户，以癸亥季冬卒於家，年八十有二。海內推之，以為龔君賓、謝文節復見云。

據此往上推算，則李映碧應生於明萬曆三十年（一六〇二），卒於清康熙二十二年（一六八三）。而孔尚任於甲子年（一六八四）年冬於康熙御前講經，得授國子監博士，次年奉詔進京，再次年（一六八六），隨孫在丰南下治河，其時映碧早已不在人世，何得邀映碧共賞？此其一。

其次，談棗園。據咸豐本《興化縣志》卷一輿地之七所載：

棗園，明邑人李思誠築，其孫清隱於此。❸

❷ 張廷玉等撰：《新校本明史并附編六種十》（臺北：鼎文書局，二十五史本）列傳八一，頁五一二〇。

李思誠為李春芳❹之孫，李清之祖，棗園為其所構築，其孫李清（映碧）隱居於此，知棗園位於興化縣。《湖海集》卷一丙寅有〈興化龍珠院和壁上韻〉、〈返棹昭陽留寄家人〉兩首詩❺，表明孔尚任南下昭陽之初，曾於興化短期寓居，丁卯五月，重至昭陽，是否曾「住先映碧棗園中」？據《湖海集》卷三〈詩．丁卯存稿〉有詩〈昭陽拱極臺上五日有感〉❻，詩後有黃仙裳小注，云：

此作乃公駐昭陽之始。

卷內還有〈館拱極臺撥悶〉、〈拱極臺上憶顏修來〉、〈拱極臺張宴口號〉、〈拱極臺招宋既庭蔣玉淵柳長在李艾山湯孫皇望周安期朱天錦汪柱東徐蘭江丙文陳鶴山納涼即席分韻〉、〈蔣玉淵朱天錦汪柱東過拱極臺消夏竟日〉諸詩，詩中有「腳疾冠裳廢，扶僮見客遲」、「冷館無兼品，新荷採數枝」等句，由語氣可知，孔尚任當時應是寓居拱極臺。何況，同卷有詩〈昭陽拱極臺余題曰海光樓十月二十四日懸額其上黃仙裳交三繆墨書柳長在于臣虎汪柱東朱天錦陳鶴山邑人朱鶴山李艾山若金九畹釋雲間同來落成即席分韻後〉，黃仙裳有注，云：

---

❸ 見《重修興化縣志》（成文出版社，中國方志叢書）卷一之七，古跡，頁一〇。

❹ 李春芳為明嘉靖、隆慶兩代顯臣，官至禮部尚書、吏部尚書、首輔。事見《明史》列傳八一，頁五一一九。

❺ 孔尚任撰：《湖海集》（臺北：世界書局）卷一，頁四。

❻ 同前注，頁三七。

昭陽拱極臺，擅一邑之勝，先生館其上，題以佳名。❼

另外，卷八〈海光樓記〉中孔尚任亦自云：

余因疏海至昭陽，館拱極臺之北樓……余今者來昭陽，避世乎？用世乎？而事勢紛更，去留靡定，閒居樓上，朝憑夕眺，城內外百里間，人煙帆檣，魚鳥芰荷，雖皆足以供觴詠，以余當之，祇為增憂益病之具。❽

「館拱極臺之北樓」、「閒居樓上，朝憑夕眺」等字眼，已明確指出，其時孔尚任確居拱極臺之北樓，非「住先映碧棗園中」。又三卷裡，有〈李湯孫招宴棗庭同宋既庭蔣玉淵朱天錦汪柱東徐丙文陳鶴山黃含礐分韻賦苦熱〉詩，李湯孫名國宋，其父李瀚與李映碧為嫡親堂兄弟❾，李湯孫招宴棗庭（即棗園），既言「招」，則證明孔尚任並非住在棗園中，否則，何「招」之有？何況該詩中亦明言：

---

❼ 同前注，頁五二。

❽ 同前注，頁一九二。

❾ 劉輝〈燈下偶得——桃花扇和小忽雷的創作過程及其相互關係〉（小說戲曲論集，貫雅出版社）中云：「李湯孫就是李映碧，興化人，他的兒子李柟是《桃花扇》脫稿後第一個籌備演出的人。」其實是張冠李戴，李湯孫以詩聞名江淮間，李映碧為身肩要職的達官學者，二人乃叔姪關係，非為一人。

> 君訂棗庭約，停午扣禪房。觸暑肩輿漫，穩坐耐酷威，入門驚綺席，雨汗不停揮。……❿

由「扣禪房」、「入門」等詞句，亦可見出東塘先生實非居於棗園之中也。

此段記載之所以致誤，探其緣由，乃為作者誤信口傳之說，未加稽核所致。蔣瑞藻所編《小說考證》、《小說枝談》等書，資料豐富，向為學界所重視，唯對資料的出處注明過簡，常引起運用者之不便。如本則所注出處的《脞語》，如非文中有「先映碧」三字可為線索，否則，實難查考作者為何人。因「先映碧」字眼，故當知為興化李映碧後人。據民國編《興化縣續志》卷十二人物之六文苑中有〈李詳墓志〉，其後開列李詳著作裡有《拭觚脞語》，卷十四藝文志之二書目，又著錄此書。一九一一年出版的第七冊《國粹學報》有李詳題為〈孔東塘桃花扇〉之記載⓫，與本則所錄對勘，一字不差，其總題為《脞語》，故知《脞語》實即《拭觚脞語》。墓志作者署名閔侯陳石遺，即陳衍（字叔伊）之號，為同光派代表人物，與李詳為同時人。而陳衍因係李詳之密友，故於墓志中依李詳生前之意，補題為《拭觚脞語》。

李詳為李春芳八世孫，李映碧為其曾祖輩，照說有家譜傳略等資料可作佐證，又有家傳口碑之類參證，《拭觚脞語》之說應頗為可信，何以出現上述的錯誤？

李詳曾與吳梅共同為《暖紅室匯刻傳奇》進行校勘，跋語中，李詳曾敘及此事云：

---

❿ 同注❺，頁四一。

⓫ 見第七冊《國粹學報》（中央研究院藏，一九一一年出版）。

寒家與東塘有世契乎！當東塘從孫司空在丰勘河南，下寓家映碧先生棗園，攜《桃花扇》稿本自隨，夜闌按拍，歌嗚嗚出窗外，棗園之對岸拱極臺，東塘暇登其上，題「海光樓」榜，與棗園相映帶。寒家故老遞傳此事，以為美談。⓬

此段記載，除《脞語》所載外，又加「棗園之對岸……以為美談」一段，上文中，東塘曾住棗園已證為子虛烏有，其中比較值得注意的是「寒家故老遞傳此事」，由此可知，以上敘述，並非根據文字資料，而係依據口傳之美談，李詳並未再加稽核美談之真實性，因之方有此誤。此種錯誤，雖於《桃花扇》之研究無什大礙，然於東塘之交游考則有釐清之必要，否則，以訛傳訛，必亂人耳目，故為之辨正如上。

二、吳梅《顧曲麈談》言：「自《長生殿》進御後，此曲（指《桃花扇》）稍衰矣。」

吳梅《顧曲麈談》第四章〈談曲〉中有云：

⓬ 見暖紅室匯刻傳奇《桃花扇・跋》，文後題為：「丙辰三月揚州興化李詳時正謁醫里中，訪棗園故址也。」

《桃花扇》相傳聖祖最喜此曲，內廷宴集，非此不奏。自《長生殿》進御後，此曲稍衰矣。⓭

凡論《桃花扇》者，鮮少不引此說。聖祖喜《桃花扇》否，暫且不論，此言《長生殿》進御後，《桃花扇》方始聲勢稍歇。王應奎《柳南隨筆》卷六中有云：

康熙丁卯戊辰間，京師梨園子弟，以內聚班為第一。時錢塘洪太學昉思著《長生殿》傳奇初成。授內聚班演之，聖祖覽之稱善，則優人白金三十兩，且向諸親王稱之。於是，諸親王及閣部大臣，凡有演會，必演此劇。而纏頭之賞，其數悉如御賜，先後所獲殆不貲，內聚班優人因告於洪曰：賴君新製，吾輩獲賞賜多矣，請開筵為君壽，而即演是劇以侑觴，凡君所交遊，當延之具來。乃擇日治具，大會于生公園，名流之在都下者，悉為羅致，而不及吾邑趙，時趙館給諫王某所，乃言於王，促之入奏。謂是日係皇太后忌辰，設宴張樂，為大不敬，請按律治罪。上覽其奏，令下刑部獄。凡士大夫及諸生除名者，幾五十人。益都趙贊善伸符，海寧查太學夏重，其最著者也。後查以改名慎行登第，而趙竟廢置終其身。⓮

查為仁《蓮坡詩話》亦云：

⓭ 吳梅撰：《顧曲塵談》（臺北：商務印書館，人人文庫）第四章，〈談曲〉，頁一八四。

⓮ 王應奎撰：《柳南隨筆》（臺北：中華書局，清史料筆記叢刊）卷六，頁一二四。

洪昉思以詩名長安。交遊燕集，每白眼踞坐，指古摘今，無不心折。作《長生殿》傳奇，盡删太真穢事，深得風人之旨。一時朱門綺席，酒社歌樓，非此曲不奏。好事者借事生風，旁加指斥。以致秋谷、初白諸君，皆挂吏議。此康熙己巳秋事也。⓯

李嶟瑞（蒼存）有〈太平園〉一詩云：

新曲爭謳舊譜刪，雲璈依佛在人間。諸郎怪底歌喉絕，生小都從內聚班。⓰

詩題注有：「京師演出之所。」本詩編年己巳，可知己巳年京師演劇之所謂「太平園」，班名「內聚班」，此與《柳南隨筆》中所載同。而董潮亦云：

大會生公園，名優內聚班演是劇。⓱

章培恆所撰《洪昇年譜》中言及洪昇傳略即云：

⓯ 查為仁編：《蓮坡詩話》（臺北：明倫出版社，清詩話）第一三四則，頁五〇五。
⓰ 見《後圃編年稿》卷七。
⓱ 見《東臯雜鈔》卷二。

昉思嘗於康熙十二年（一六七三），與友人嚴曾槃（定隅）共坐杭州皋園，談及開元天寶間事，感李白之遇，作《沉香亭》傳奇。旅客北京，友人毛玉斯謂其排場近熟，因去李白，入李泌輔肅宗中興，更名《舞霓裳》。至康熙二十七年（一六八八），又重取而更定之，刪去李泌，專寫唐明皇、楊貴妃故事，定名《長生殿》。蓋經十餘年，三易稿而始成。又與友人徐麟（靈昭）審音協律，自謂無一字不慎。此劇既出，遂盛行於時。因招伶人於邸中搬演，其友人皆醵金往觀，值佟皇后之喪，猶未除服，為言者所劾，斥去國子生籍，時康熙二十八年也。⑱

同書年表部份更進一步於康熙二十八年下詳加解說：

是劇素為明珠之黨所惡，昉思又與「南黨」中人善，明珠黨人遂藉此興獄，排除異己。給事中黃六鴻劾昉思等於「國恤」張樂為「大不敬」。會康熙帝亦惡此劇，乃繫昉思於刑部獄，已而獄決，昉思革去國學生籍。⑲

凡此均可證明《長生殿》完成於康熙二十七年，進御應在康熙二十八年(己巳)間事。而《桃花扇・本末》上云：

⑱ 章培恆撰：《洪昇年譜》（上海古籍出版社，一九七九年二月）頁一二—一三。

⑲ 同上注，頁二八四。

己卯秋夕，內侍索《桃花扇》甚急。予之繕本，莫知流傳何所。乃於張平州中丞家覓得一本，午夜進之直邸，遂入內府。⓴

明白指出《桃花扇》呈進內府為己卯年（康熙三十八年），整整晚了《長生殿》十年光景，不知《顧曲麈談》之說何所根據？

⓴ 孔尚任撰：《桃花扇》（臺北：文光出版社）頁五。

結　論

《桃花扇》是清代傳奇的佳作，它的演出狀況雖不如同時期的《長生殿》，但就文學價值看來是絕對毫無遜色的。綜括本書研究結果，大體可歸納如下：

《桃花扇》寫作於康熙三十八年（一六九九）作者孔尚任的朋友佟蔗村讀此書才數行，擊節稱賞之餘，解囊相助，使得《桃花扇》得以廣為流傳。介安堂原刻本刻於清康熙年間，現存北大圖書館，是最早、也是最好的刻本。最早的重刻本為西園刻本，刊刻時間至晚在乾隆七年以前。其後代有翻刻本，一般以為民國三年劉世珩暖紅室刻本校刻較為精審。除此之外，海外並有多種外文譯本陸續問世。

《桃花扇》書成之後，引起康熙皇帝的關注，曾「午夜進之內府」，孔尚任在康熙觀劇後的次年，遭到罷官的命運，但因有關文獻對罷官原因都沒有直接的記載，遂引起後世頗多的揣測。由諸多新發現的文獻來觀察，孔尚任因《桃花扇》而罷官的說法，並不可信，被讒言所害是最有可能的原因，而歸結被讒害的禍因，「文字招禍」是當時他的許多朋友的共同說法，應該較為可信，但到底是哪些文字，則缺乏直接的證據來論定。

在《桃花扇》的內容方面，可分幾點言之：

一、命意方面：「桃花扇」一詞源出晏幾道〈鷓鴣天〉詞：「舞低楊柳樓心月，歌盡桃花扇底風」，因晏幾道以它來形容歌兒舞妓，因此到晚明文人筆下，「桃花扇」一詞已約定俗成為妓女的代稱。而《桃花扇》中的扇上桃花為全劇「不奇而奇」的關鍵，孔尚任以桃花入扇，實綰合中國傳統知識份子對桃花所沿襲套用的思想蹊徑，賦予劇作更豐富多樣的意涵，不但有助於作者呈現個人的寫作意圖，更促進讀者引發豐富的聯想，達到高妙的閱讀效果。

二、主題方面：《桃花扇》的主題思想，近來也引起甚多臆測，我認為不管「表現民族意識」或「擁護清朝」都有它無法合理解釋的地方，只有「悼明戒清」的說法，較能涵蓋《桃花扇》的整體意圖。這樣旺盛企圖心的作品，因寫作年代和作品所呈現的年代十分接近，曾引起非常強烈的閱讀及觀賞熱潮，但也因為時過境遷，漸漸失去它作為政治議題的魅力，而受到觀眾的冷落，無法和《長生殿》以情愛為主題的持久吸引力相比。

三、寫作手法的創新方面：在體製上，《桃花扇》於正戲之外，另於上本首加試一齣、末加閏一齣，於下本首加一齣、末續一齣，這種創格，使結構更有層次，除上下卷各有起迄，同時又統一連貫，成為一部完整的有機戲劇結構，可見孔尚任求變的苦心。在人物刻劃上，孔尚任突破傳統劇作只有典型，沒有個性的缺失，除予觀眾深刻印象外，也有意在言外的暗示意義，值得注意。在上下場詩方面，他打破傳統劇作集唐的慣例，針對端緒，自行創作，準確發揮它在劇中繼往開來的作用。在結局上，他脫去離合悲歡熟徑，擺脫大團圓結局，予人耳目一新的感受，向為劇評家所眾口交譽。所以在寫作手法上，孔尚任為戲劇創作開拓出新境界，值得擊節三歎。

四、文學藝術成就方面：音律上，孔尚任並非如有些人所說的不懂音律，但是，他用了許多觀眾不大熟悉的曲牌也是事實，這都因緣於他為求音樂變化而自創新聲的結果，仔細檢驗《桃花扇》中的套曲，不合格律者甚少，他對戲曲格律曾下過許多功夫。在結構上，孔尚任充份掌握自訂的結構三原則，針線細密、貫串終始，但和當時的文人劇一樣，在排場的搭配上，未能因應觀眾的觀劇習慣，掌握冷熱相互調劑的要訣，以致容易失去舞臺的生命。曲文賓白則是採用高度詩化的語言，典雅而富文采，但和排場同樣，典雅有餘，當行不足。情節則能擺脫窠臼、獨闢境界，將南朝興亡，繫之桃花扇底，使單調的歷史，異彩紛呈。綜觀全劇，文學價值更甚於戲劇成就，雖不免略有瑕疵，但難掩大瑜。

五、孔尚任寫作歷史劇《桃花扇》，對歷史資料的處理，採用紀實存真、諱筆藏巧、虛構寫意、誇飾摹神、以簡御繁、對比襯映等手法，所敘內容極為龐雜，所談人物極為眾多，所寫時代極為混亂，但他都能做最適切的去取，絲毫不覺拼湊堆砌，允稱改編高手。

六、《桃花扇》中，除獨創技巧外，孔尚任亦自傳統中採用若干戲劇套式，但並非僵硬套用，而都有他推陳出新之處。另外，由中國文學中各式情節相互襲用的情況看來，中國文人並不以取法古人作品為禁忌，甚至還有和古人一較長短的態勢，所謂「脫胎換骨」，並不限於同樣的文類之間，如本書所探討的香君罵筵情節，孔尚任成功的結合當時的新思潮，關照了歷史和小說、戲劇中「罵」的情節的差異，為香君的形象做了一完美生動的編排，使香君這一罵，罵得痛快淋漓，而李貞麗的代嫁情節，也不像過往的諸多李代桃僵故事，只為解決小說或戲劇所面臨的當下問題，而是更進一步引起其後的分分合合，因此，它不但具備傳統解決危機的用心，更被賦予展開劇情的任務，是一種更周延的寫作手法。

七、「表記」二字，自從元雜劇中正式登場以來，便開始廣泛流行於才子佳人的小說與戲劇之中，然一向只被視為旁枝末節，《長生殿》裡雖已意識到表記在情愛中所占的重要地位，並開始當作重要證物來加以處理，但真正將表記運用到教人嘆為觀止的爐火純青地步的，當首推《桃花扇》。它以表記命名，是一齣名符其實的表記文學。較諸以往小說、戲曲裡的表記，桃花扇更具豐富意涵，它不但能貼切詮釋持有人李香君的身分與悲情，更跳脫傳統表記追求團圓的公式化窠臼，進一步成為映照國家命運、揭露南明滅亡的證物，甚至一躍而變成對精神解脫、個體自由的希冀，為表記文學做了最卓越的呈現。

八、其他：

㈠桃花扇的形狀，一般以為是柄團扇，但由劇作本身加以考察，並由當時的風尚來推測，桃花扇應是一把摺扇。

㈡《桃花扇》中〈哀江南〉曲曲文低格書寫，不管是借用曲或插曲，應該都不是孔尚任所作，但也非借用賈鳧西之作，亦非徐旭旦之曲，應是當時已頗流行之曲，至於〈寄扇·北新水令〉風格與孔尚任作品一致，〈題辭〉與〈小引〉、〈凡例〉、〈本末〉等作者文字相互呼應，都應是孔尚任自作，非如有人所揣測的是借用徐旭旦之作。

㈢兩則錯誤資料經過查考證實，孔尚任隨孫在丰南下治河時，李映碧早已辭世，尚任無法邀映碧共賞《桃花扇》，《小說枝談》引《脞語》的記載錯誤。另一則係證實《長生殿》進御當早於《桃花扇》，《顧曲塵談》指自《長生殿》進御而《桃花扇》遂衰，是沒有根據的。

總而言之，以現代的文學、戲劇理論來評論，《桃花扇》雖然仍不免有它時代的侷限，或不夠周延之處，但在清初的環境下，《桃花扇》的出現，毋寧是一股活水，為當時的劇場，引進了天光雲影，確實是一本劃時代的鉅製。

重要參考書目

專書：

*孔尚任撰：《孔尚任詩文集》（中華書局，一九六二年八月）。
*孔尚任撰：《桃花扇》（臺北：文光圖書公司，一九七四年三月再版）。
*孔尚任撰：《桃花扇》（臺北：商務印書館，人人文庫，一九七九年三月臺三版）。
*梁啟超注、孔尚任撰：《桃花扇》（臺北：中華書局，一九八七年十二月，飲冰室專集）。
*王季思等注、孔尚任撰：《桃花扇》（臺北：里仁書局，一九九一年一月）。
*曹增祥編寫：《孔尚任和桃花扇》（一九六一年九月）。
*陳萬鼐撰：《孔尚任研究》（臺北：商務印書館，一九七一年八月）。
*耿湘沅撰：《桃花扇考述》（臺北：嘉新論文，一九七一年）。
*陳萬鼐撰：《孔東塘先生年譜》（臺北：商務印書館，一九七三年四月）。
*陳萬鼐撰：《孔尚任》（臺北：河洛圖書出版社，一九七七年三月）。

*董每戡撰：《五大名劇論》（人民出版社，一九八四年）。
*清孔尚任撰：《湖海集》（臺北：世界書局，孔尚任集，一九八四年九月）。
*謝麗淑撰：《桃花扇研究》（臺北：東吳大學中文碩士論文，一九八五年）。
*洪柏昭著：《孔尚任與桃花扇》（廣東人民出版社，一九八八年四月）。
*徐振貴撰：《孔尚任評傳》（山東大學出版，一九九一年）。

戲劇類：

*梁廷枏撰：《曲話》（北京：中國戲劇出版社，中國古典戲劇論著集成，一九五八年七月）。
*董氏誦芬室覆刊：《盛明雜劇》（文光出版社，一九六三年十一月）。
*青木正兒撰：《中國近世戲曲史》（臺北：商務印書館，一九六五年三月）。
*柳香館主編：《京戲考》（臺北：正文出版社，一九六九年一月）。
*吳梅撰：《顧曲麈談》（臺北：商務印書館，人人文庫，一九六九年二月）。
*曾永義著：《長生殿研究》（臺北：商務印書館，人人文庫，一九六九年十月）。
*明毛晉編纂：《六十種曲》（開明書局，一九七〇年四月）。
*任中敏編：《新曲苑》（中華書局，一九七〇年八月）。
*王季烈撰：《螾廬曲談》（臺北：商務印書館，人人文庫，一九七一年七月）。
*姚一葦譯注、亞里士多德著：《詩學箋註》（中華書局，一九七三年十一月）。

*周貽白撰：《中國戲劇發展史》（臺北：僶勉出版社，一九七五年九月）。

*曾永義編注：《中國古典戲劇論集》（聯經出版公司，一九七五年十月）。

*羅錦堂撰《元雜劇本事考》（臺北：順先出版社，一九七六年四月）。

*不著撰人編：《雍熙樂府》（臺北：商務印書館，一九七六年，四部叢刊續編本）。

*章培恆撰：《洪昇年譜》（上海古籍出版社，一九七九年二月）。

*錢南楊校注、九山書會編注：《永樂大典戲文三種校注》（臺北：華正書局，一九八〇年）。

*莊一拂撰：《古典戲曲存目匯考》（上海古籍出版社，一九八二年）。

*劉階平考輯：《木皮散客鼓詞》（臺北：正中書局，一九八二年六月）。

*隋森編：《元曲選》（臺北：宏業書局，一九八二年九月）。

*曾永義選注：《中國古典戲劇選注》（臺北：國家出版社，一九八三年十二月）。

*隋樹森編：《全元散曲》（臺北：漢京文化公司，一九八三年十二月）。

*楊家駱編：《全元雜劇初編》、《全元雜劇二編》、《全元雜劇外編》（世界書局）。

*《全明傳奇》（臺北：天一出版社，中國戲劇研究資料第一輯，一九八三年）。

*徐渭撰、周中明校注：《四聲猿》（臺北：華正書局，一九八五年六月）。

*陳汝衡撰：《陳汝衡曲藝文選》（北京：中國曲藝出版社，一九八五年七月）。

*隋樹森撰：《雍熙樂府曲文作者考》（北京：書目文獻出版社，文獻評考叢書，一九八五年九月）。

*淩景埏、謝伯陽編：《全清散曲》（山東：齊魯出版社，一九八五年九月）。

*張師清徽撰：《明清傳奇導論》（華正書局，一九八六年十月）。
*張庚、郭漢城合著：《中國戲曲通史》（臺北：丹青圖書公司，一九八六年十二月）。
*周妙中撰：《清代戲曲史》（中州古籍出版社，一九八七年十二月）。
*王季思編：《中國十大古典悲劇集》（山東：齊魯出版社，一九九一年九月）。
*劉輝撰：《小說戲曲論集》（貫雅出版社，一九九二年三月）。
*李漁撰、覺世稗官編次、睡鄉祭酒批評：《李漁全集》（浙江古籍出版社，一九九二年十月）。
*張師清徽撰：《清徽學術論文集》（華正書局，一九九三年八月）。

詩類：

*屈師萬里選注：《詩經選注》（臺北：正中書局，一九六八年九月）。
*晉陶淵明撰：《靖節先生集》（臺北，中華書局，一九六六年三月，四部備要本）。
*郭茂倩編：《樂府詩集》（臺北：中華書局，一九六六年三月，四部備要本）。
*徐陵編：《玉臺新詠集》（臺北：商務印書館，一九八一年九月，四部叢刊本九三冊）。
*王琦輯注：《李太白全集》（臺北：河洛圖書出版社，一九七五年五月，夏學叢書本）。
*楊西河編：《杜詩鏡銓》（臺北：新興書局，一九七〇年十月）。
*宋韓駒撰：《陵陽集》（臺北：商務印書館，文淵閣四庫全書本第一一三三冊）。
*宋王禹偁撰：《小畜集》（臺北：商務印書館，一九八一年九月，四部叢刊本）。

*宋陸游撰：《劍南詩稿》（臺北：中華書局，一九六六年三月，四部備要本）。
*宋范成大撰：《石湖詩集》（臺北：新文豐出版社，一九八五年三月，叢書集成新編）。
*明袁中郎撰：《袁中郎詩集》（臺北：清流出版社，一九七六年，袁中郎全集）。
*明袁中道撰：《珂雪齋詩集》（上海：上海雜誌公司，中國文學珍本叢書第一輯第四一種）。
*明陳維崧撰：《湖海樓詩集》（臺北：商務印書館，四部叢刊本）。
*明王次回撰：《疑雨集》（臺北，蘭臺書局，一九七一年八月）。
*明豐坊撰：《萬卷樓遺集》（明萬曆四五年明豐氏家刊本）。
*明李良年撰：《秋錦山房集》（臺北：中研院藏線裝本）。
*明顧景星撰：《白茅堂詩集》（臺北：中研院藏光緒二〇年補刊本）。
*明冒襄撰：《巢民詩集》（中研院藏線裝本，如皐冒氏叢書）。
*明杜首昌：《綰翠園詩選》（臺北：明文書局，清代傳記叢刊）。
*明汪懋麟撰：《百尺梧桐閣集》（臺北：文海出版社，近代中國史料叢刊三編四六輯）。
*清范國祿撰：《十山樓詩鈔》（臺北：中研院藏線裝書，崇川大家詩鈔彙存）。
*清洪昇撰：《洪昇集》（浙江古籍出版社，一九九二年八月）。
*清康發祥撰：《伯山詩話後集》（北京大學圖書館藏泰州康氏刻本）。
*清徐釚編：《本事詩》（臺北：新文豐出版社，叢書集成續編一一五冊）。
*清徐釚編：《本事詩後集》（臺北：新文豐出版社，叢書集成續編一一五冊）。

*清雷晉編：《青樓詩話》（臺北：廣文書局，一九八二年）。
*清張船山撰：《船山詩草》（臺北：學生書局，一九七五年）。
*清邢昉撰：《石臼後集》（中研院藏線裝本，金陵叢書丙集第一二冊）。
*清王澐撰：《王義士輞川詩鈔》（中研院藏線裝本，藝海珠塵竹集三二冊）。
*清萬壽祺撰：《隰西堂集》（臺北：中研院藏線裝本，明季三孝廉集第一—二冊）。
*清方文撰：《嵞山集》（上海古籍出版社據清康熙間刊本影印，清人別集叢刊）。
*阮元輯：《淮海英靈集》（臺北：新文豐出版社，叢書集成新編五八冊）。

詞類：

*宋周紫芝撰：《竹坡詞》（臺北：汲古閣線裝本，宋六十名家詞）。
*明毛晉編：《宋六十名家詞》（臺北：中華書局，四部備要本，一九六五年三月）。
*明曹貞吉撰：《雪珂詞》（臺北：中華書局，四庫備要本）。
*明陳維崧撰：《湖海樓詞集》（臺北：中華書局，四部備要本）。
*明陳維崧編、蔣國祥校：《篋衍集》（清康熙三一年精刊本，中央圖書館善本室藏）。
*明張祿編：《詞林摘艷》（臺北：鼎文書局，一九七二年四月）。
*明王衡撰：《緱山先生集》（臺北：中央圖書館善本書一一九四〇號，明萬曆間太倉王氏家藏稿）。
*明龔鼎孳撰：《定山堂詩餘》（臺北：中華書局，四部備要本）。

*清張思巖輯：《詞林紀事》（臺北：中華書局，一九六〇年，中華國學叢書本）。

*盧師元駿選註：《詞選註》（臺北：正中書局，一九六〇年九月）。

*唐圭璋編：《全宋詞》（臺北：古新書局，一九七五年一月）。

文章類：

*唐皮日休撰：《文藪》（臺北：新文豐出版社，叢書集成續編第一二三冊）。

*明侯方域撰：《壯悔堂文集》（臺北：中華書局，四部備要本）。

*黃宗羲撰：《南雷文定》（臺北：中華書局，四部備要本）。

*明閻爾梅撰、張相文編：《閻古古全集》（臺北：中研院藏線裝本）。

*錢謙益撰：《有學集補》（臺北：商務印書館，四部叢刊本）。

*周容撰：《春酒堂文存》（臺北：新文豐出版社，四明叢書）。

*吳偉業撰：《梅村家藏稿》（臺北：商務印書館，四部叢刊本）。

*吳偉業撰：《吳梅村集》（臺北：商務印書館，四庫全書本）。

*龔鼎孳撰：《定山集全集補遺》（臺北：中研院藏線裝書）。

*王猷定撰：《四照堂文集》（臺北：中研院藏豫章叢書，線裝二四冊）。

*夏荃撰：《海陵文徵》（中研院藏清道光二三年刊本）。

*金聖歎批：《金聖歎全集》（長安出版社，一九八六年九月）。

*毛奇齡撰：《西河集》（臺北：商務印書館，四庫全書本）。
*清邵長蘅撰：《青門賸稿》（臺北：康熙間刊本，線裝）。
*顏元撰：《四存篇》（臺北：河洛圖書公司，一九七五年）。
*王夫之撰：《龍源夜話》（臺北：自由出版社，船山遺書全集第一七冊）。
*王夫之撰：《宋論》（臺北：自由出版社，船山遺書全集第一六冊）。
*王夫之撰：《讀通鑑論》（臺北：河洛圖書公司，一九七六年）。
*邵廷采撰：《思復堂文集碑傳》（明文書局，明代傳記叢刊一五八冊）。
*黃宗羲撰：《黃梨洲文集》（北京：中華書局，一九五九年）。
*全祖望撰：《鮚埼亭集》（臺北：藝文印書館，四部叢刊本）。
*施閏章撰：《施愚山先生全集》（臺北：曹氏楝亭刊本，線裝本）。
*王士禎撰：《漁洋山人自撰年譜》（中華書局，四部備要本，漁洋山人精華錄）。
*王源撰：《居業堂文集》（光緒五年定州王氏謙德堂刊本）。
*李塨撰：《恕谷後集》（臺北：廣文書局，一九六五年）。

歷史方志類：

*司馬遷撰：《史記》（臺北：藝文印書館，二十五史本）。
*劉向編：《列女傳》（臺北：華正書局）。

*范曄撰：《後漢書》（臺北：藝文印書館，二十五史本）。
*晉陳壽撰：《三國志・魏書》（臺北：藝文印書館，二十五史本）。
*房玄齡撰：《晉書》（臺北：鼎文書局，二十五史本）。
*司馬光撰、胡三省注：《新校資治通鑑注》（臺北：世界書局，一九八七年一月）。
*張廷玉等撰：《新校本明史并附編六種十》（臺北：鼎文書局，二十五史本）。
*趙爾巽等撰：《清史稿》（臺北：中華書局）。
*清朱奎、楊修、吳延華等撰：《天津縣志》（臺北：成文出版社，中國方志叢書）。
*清尹會一、程夢星纂修：《揚州府志》（臺北：成文出版社，中國方志叢書）雍正一一年刊本。
*清良鼎芬修、丁仁辰纂：《番禺縣續志》（臺北：成文出版社，中國方志叢書）。
*蔡冠洛編：《清代七百名人傳》（臺北：明文書局，清代傳記叢刊）。
*李桓編：《國朝耆獻類徵》（臺北：明文書局，清代傳記叢刊）。

筆記、小說類：

*《列子》（臺北：新文豐出版社，一九八五年三月，叢書集成新編第二〇冊）。
*郭璞註：《山海經》（臺北：新文豐出版社，一九八五年三月，叢書集成新編第九〇冊）。
*唐段成式：《酉陽雜俎》（臺北：新文豐出版社，一九八五年三月，叢書集成新編本第一一冊）。
*王師夢鷗校釋：《唐人小說校釋》（臺北：正中書局，一九八三年三月）。

*李昉編：《太平廣記》（臺北：新興書局，乾隆間天都黃氏石印本影印一九七三年一月）。
*宋郭若虛撰：《圖書見聞誌》（臺北：商務印書館，四部叢刊本）。
*洪邁撰：《夷堅支志》（上海古籍出版社，四庫筆記小說叢書，子部十二）。
*羅貫中編：《三國演義》（浙江文藝出版社）。
*明瞿佑著：《歸田詩話》（臺北：藝文印書館，續歷代詩話下冊，一九七四年）。
*明陸容撰：《菽園雜記》（臺北：新文豐出版社，叢書集成新編）。
*明陳維崧撰：《婦人集》（海山仙館叢書本，咸豐丙辰年刻）。
*明劉元卿撰：《賢奕編》（臺北：新文豐出版社，叢書集成新編）。
*明夏荃撰：《退庵筆記》（臺北：文海出版社，近代中國史料叢刊本）。
*明吳偉業撰：《鹿樵紀聞》（臺北：中研院藏線裝本，痛史第二五冊）。
*張岱撰：《陶庵夢憶》（臺北：新文豐出版社，叢書集成新編第八九冊）。
*馮夢龍編刻、魏同賢校點：《古今小說》（江蘇古籍出版社）。
*馮夢龍編、魏同賢校點：《警世通言》（江蘇古籍出版社）。
*馮夢龍編、魏同賢校點：《醒世恒言》（江蘇古籍出版社，一九九三年三月）。
*清沈默撰：《發幽錄》（海陵叢刻第一八種雜流類）。
*清張潮撰：《虞初新志》（文學古籍刊行社）。
*清夏荃撰：《梓里舊聞》（臺北：海陵叢刊第二種）。

*清宮偉鏐撰、韓國鈞輯：《微尚錄存》（北京大學圖書館藏泰縣同利昌書局鉛印石印本，海陵叢刻第一一種）。
*清劉廷璣撰：《在園雜志》（臺北：文海出版社，近代中國史料叢刊）。
*乾隆御賜：《石渠寶笈》（臺北：商務印書館，四庫全書文淵閣影印本）。
*清查為仁編：《蓮坡詩話》（臺北：明倫出版社，清詩話）。
*王應奎撰：《柳南隨筆》（臺北：中華書局，清史料筆記叢刊）。
*清金埴撰：《巾箱說卷》（臺北：新興書局，筆記小說大觀四四編第一〇冊）。
*清金埴撰：《不下帶編》（臺北：新興書局，筆記小說大觀四四編第一〇冊）。
*清莫劍光、雷琳、汪秀瑩合輯：《漁磯漫鈔》（臺北：中研院藏線裝本，清乾隆年刊本）。
*柴萼編：《梵天廬叢錄》（臺北：禹甸文化公司據中研院民國二五年上海中華書局石印）。
*徐釚編：《詞苑叢談》（臺北：新文豐出版社，一九八五年三月，叢書集成續編八一冊）。
*清皮錫瑞等撰：《觀劇絕句》（臺北：新文豐出版社，叢書集成續編一一六冊）。
*清王士禛撰：《分甘餘話》（臺北：商務印書館，四庫全書本）。
*清王士禛撰：《池北偶談》（北京：中華書局，清代史料筆記叢刊）。
*清王澐撰：《漫遊記略》（臺北：廣文書局，筆記小說大觀二七編第八冊）。
*清俞樾撰：《茶香室三鈔》（臺北：中國文獻出版社，春在堂全書第七冊）。
*鄭之誠編：《清詩記事初編》（臺北：明文書局，清代傳記叢刊）。

*西園老人口授、清蔣烈編：《南吳舊話錄》（廣文書局，筆記小說大觀四編）。
*清李瑤撰：《南疆繹史摭遺》（臺北：明文書局，明代傳記叢刊第一〇五冊）。
*華紹袁撰：《啟楨紀聞》（臺北：中研院藏線裝本，痛史第一八—二一冊）。
*清瞿共美撰：《粵遊見聞》（臺北：文海出版社，明清史料彙編二集第五冊）。
*清《思文大紀》（臺北：中研院藏線裝本，痛史第六冊）。
*清余懷撰：《板橋雜記》（臺北：新文豐出版社，一九八五年三月，叢書集成新編八三冊）。
*清陸士儀編：《復社紀略》（臺北：明文書局，明代傳記叢刊本第七冊）。
*清黃嗣艾輯：《南雷學案》（臺北：正中書局，一九三六年）。
*徐珂編：《清稗類鈔》（臺北：新興書局）。
*徐一士撰：《一士譚薈》（臺北：文海出版社，近代中國史料叢刊第一輯）第六冊。
*鄭處誨撰：《明皇雜錄補遺》（臺北：新興書局，筆記小說大觀第一六編）。
*胡應麟撰：《少室山房筆叢》（臺北：世界書局）。
*沈德符撰：《萬曆野獲編》（臺北：偉文圖書出版社據中研院史語所藏舊抄本影印）。
*署名「公仁子曰」：《增補批點圖像燕居筆記》（上海古籍出版社，古本小說集成影印）。
*章學誠撰：《丙辰劄記》（臺北：新文豐出版社，叢書集成續編第二十冊，一九八九年）。
*第七冊《國粹學報》（中央研究院藏，一九一一年出版）。
*故宮編：《舊都文物略》（臺北：故宮博物院）。

*洪式良撰：《柳敬亭評傳》（上海古典文學出版社，一九五六年）。
*聞一多撰：《詩經新義》（臺北：九思出版社，古典新義，一九七八年）。
*蔣瑞藻撰：《小說考證》（臺北：河洛圖書出版社，一九七九年）。
*蔣瑞藻編：《小說枝談》（臺北：河洛圖書公司，一九七九年）。
*黃師永武：《中國詩學・思想篇》（臺北：巨流出版社，一九七九年四月）。
*陳汝衡撰：《說書藝人柳敬亭》（上海文藝出版社，一九七九年九月）。
*錢靜方輯：《小說叢考》（臺北：長安出版社，一九七九年十月）。
*譚達先撰：《中國神話研究》（臺北：木鐸出版社，一九八二年六月）。
*胡士瑩撰：《話本小說概論》（丹青出版社，一九八三年）。
*陳汝衡撰：《說書史話》（人民文學出版社，一九八七年五月）。
*袁珂撰：《中國神話傳說》（臺北：里仁出版社，一九八七年九月）。
*葉大兵、烏丙安主編：《中國民俗辭典》（上海：辭書出版社，一九九〇年）。
*莊申撰：《扇子與中國文化》（臺北：東大圖書公司，一九九二年四月）。

期刊論文：

*容肇祖撰：〈孔尚任年譜〉（嶺南學報，三卷二期，一九三四年四月）。
*盧冀野撰：〈桃花扇・餘韻齣哀江南之本來面目〉（上海：京滬周刊一九四七年第三期）。

*陳志憲撰：〈關於桃花扇的一些問題〉（光明日報文學遺產專刊一八期，一九五四年八月九日）。
*姚忠聲撰：〈讀桃花扇的偶得〉（文學遺產增刊第一期，一九五五年四月）。
*趙儷生撰：〈論孔尚任愛國主義思想的社會根源〉（文史哲，一九五五年十月）。
*鄭康民撰：〈桃花扇餘韻齣中之哀江南曲〉（臺北：建設雜誌第八卷第三、四期合刊）。
*袁世頌撰：〈關於孔尚任和桃花扇的幾個問題〉（山東大學學報，一九六一年四期）。
*舒翼撰：〈史可法揚州死難考〉（光明日報史學雙週一七〇號）。
*馬雍撰：〈孔尚任及其桃花扇〉（光明日報文學遺產，第七期）。
*杜朝光撰：〈也談孔尚任罷官〉（中山大學學報哲學社會科學版論叢一古代戲曲論叢）。
*陳萬鼐撰：〈論孔尚任因事罷官疑案〉（臺北：故宮博物院故宮文獻第一卷第二期）。
*顧國瑞、劉輝輯：〈張潮與孔東塘書十八封〉（文獻雜誌第一〇期）。
*袁世頌撰：〈關於孔尚任和桃花扇的幾個問題〉（山東大學學報，一九六一年四期）。
*穆欣撰：〈不應當為投降變節行為辯護〉（光明日報，一九六二年十二月二十九日）。
*管勁丞撰：〈柳敬亭通州人考〉（江海學刊，一九六三年第一期）。
*陳安娜撰：〈桃花扇傳奇之研究〉（臺北：師大國文系曲學集刊，一九六四年）。
*祝冬泗撰：〈為何曲意迴護──從孔尚任的一首詩談起〉（光明日報，一九六四年十一月二十九日）。
*劉世德撰：〈桃花扇的出現適應了清初封建統治者的政治需要〉（光明日報，一九六五年一月）。
*劉雁霜撰：〈試談孔尚任罷官問題〉（光明日報文學遺產，一九六五年六月二十七日）。

*玉言撰：〈阮大鋮與侯方域〉，（臺北：商務印書館，一九七三年《藝文叢錄第九編》）。
*蕭善因撰：〈試論孔尚任的桃花扇〉（社會科學戰線，一九七八年四月）。
*傅繼馥撰：〈桃花扇底看左傾——桃花扇的評價問題〉（江淮論壇，一九七九年第一期）。
*黃天驥撰：〈孔尚任與桃花扇〉（文學評論，一九八〇年一期）。
*王進珊撰：〈桃花扇的首演與孔尚任的罷官〉（徐州師院學報，一九八〇年二期）。
*趙景深等撰：〈實事求是地評價孔尚任和桃花扇〉（文學評論七輯，一九八〇年十月）。
*黃卓明撰：〈有關評價孔尚任的幾個問題〉（文學評論，一九八一年二期）。
*戴勝蘭撰：〈談桃花扇的思想傾向〉（齊魯學刊，一九八一年第六期）。
*廖全京撰：〈論桃花扇傳奇的結構藝術〉（戲劇論叢，一九八二年五月）。
*史鐵良撰：〈論桃花扇的傾向〉（社會科學，一九八二年七期）。
*張乘健撰：〈桃花扇發微〉（文學遺產，一九八三年四期）。
*謝伯陽撰：〈孔尚任桃花扇中的徐旭旦作品〉（南京大學學報，一九八三年第三期）。
*謝伯陽撰：〈散曲雜考二則〉（南京大學學報，一九八四年第三期）。
*井維增撰：〈桃花扇的政治傾向及其評價問題〉（齊魯學刊，一九八五年第三期）。
*張阿利撰：〈桃花扇結構新論〉（西北大學學報哲學社會科學版，一九八七年第三期）。
*孔瑾撰：〈封建王朝的挽歌〉（中央戲劇學院學報，一九八八年夏季號）。
*陳多撰：〈無情之戀——桃花扇情愛描寫新析〉（戲劇藝術，一九九〇年第三期）。

*宋雲彬撰：〈侯方域與壯悔堂集〉，收錄於《藝文叢錄》第九編。

*蔣星煜撰：〈桃花扇之小引與北雙調套曲作者考〉（河北師院學報，一九九一年第四期）。

*何法周、謝桂榮合撰：〈侯方域平生思想考辨〉（文學遺產，一九九二年第一期）。

*廖玉蕙撰：〈論柳敬亭及其說書藝術〉（中正嶺學術研究集刊第一一集，一九九二年三月）。

*宋平生撰：〈桃花扇傳奇版刻源流考〉（中國人民大學學報，一九九二年第六期）。

*劉彥君撰：〈功名文名相生相剋——孔尚任命運的癥結〉（河北學刊，一九九三年三月）。

*徐沁君、黃強撰：〈桃花扇中「寄扇」「餘韻」齣套曲的作者問題〉（揚州師院學報，一九九三年第一期）。

*廖玉蕙撰：〈論侯方域其人其文〉（中正嶺學術研究集刊第一三集，一九九四年六月）。

*廖玉蕙撰：〈桃花扇命意考〉（東吳大學中文學報第一集，一九九五年六月）。

難以割捨的中國情結

——國學大叢書系列

徘徊在品味鑑賞與深入研究間的進退
留連於課堂與書房間的取捨
您需要的，是部面面俱到、深入淺出的國學導引叢書
從古典文學到現代文學
從經史子集到文字聲韻
邀集各家名師精心撰述
伴您學習之路不再徬徨躊躇
三民國學大叢書值得您期待

思想類

書名	作者	出版狀況
宋明理學	陳郁夫	撰稿中
學庸	陳滿銘	撰稿中
論語	黃俊郎	撰稿中
老子	余培林	撰稿中
呂氏春秋	傅武光	撰稿中
佛學概論	林朝成	撰稿中
淮南子	陳麗桂	撰稿中
周易	黃沛榮	撰稿中

古典文學類

中國文學概論	黃麗貞	撰稿中
詞選	林玫儀	撰稿中
中國民間戲曲	曾永義	撰稿中
文心雕龍析論	王忠林	排印中
楚辭	高秋鳳	撰稿中
詩經	孫劍秋	撰稿中
古典戲曲	王安祈	撰稿中
詩學	歐陽炯	撰稿中
細說桃花扇	廖玉蕙	已出版

現代文學類

現代小說	楊昌年	已出版
現代散文	鄭明琍	撰稿中
現代文學批評	沈　謙	撰稿中
民間故事論集	金榮華	排印中

小學類

古音研究	陳新雄	撰稿中
語言學	姚榮松	撰稿中
聲韻學	林　燾　耿振聲	撰稿中
文字學	裘錫圭	撰稿中
爾雅	邱德修	撰稿中

史書類

中國史學史概論	鄧元忠　曾光正	撰稿中
史記	張高評	撰稿中
資治通鑑	林礽乾	撰稿中
左傳	劉正浩	撰稿中

其他

治學方法	劉兆祐	撰稿中
國文教學法	黃錦鋐	排印中